KB078256

GAME OF GOETIA

니콜로 장편소설

FUSION FANTASTIC STORY

마왕의 게임

마왕의 게임 12

니콜로 장편소설

초판 1쇄 찍은 날 § 2016년 6월 2일
초판 1쇄 펴낸 날 § 2016년 6월 9일

지은이 § 니콜로
펴낸이 § 서경석

편집책임 § 조현우

펴낸곳 § 도서출판 청어람
등록번호 § 제387-1999-000006호
등록일자 § 1999. 5. 31
어람번호 § 제1-2447호

주소 § 경기도 부천시 원미구 부일로 483번길 40 서경B/D 3F (우) 14640
전화 § 032-656-4452 팩스 § 032-656-4453
http://www.chungeoram.com
Email § chungeorambook@daum.net

ISBN 979-11-04-90832-3 04810
ISBN 979-11-04-90396-0 (세트)

GAME OF GOETIA

12

니콜로 장편소설

FUSION FANTASTIC STORY

마왕의 게임

도서출판 청어람

목차

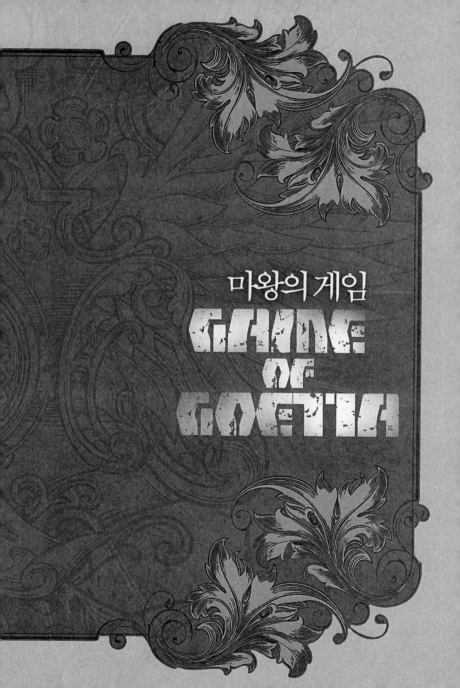

제1장

패배

'저 바보.'

경기장의 VIP석.

부스 안에 있는 선수의 얼굴까지 잘 보이는 명당에 앉은 박영호는 쓸쓸한 기분을 느꼈다.

진철환은 이미 패배자의 얼굴을 하고 있었다.

이대로 지지는 않겠다고 각오했을 테지만, 박영호가 보기에는 이미 마음은 져 있는 것 같았다.

'하기야 상대가 상대인데 패패승승승을 노릴 엄두가 나겠냐마는.'

내가 패배하는 순간을 모두에게 보여야 한다는 고통…….

그리고 그걸 의식했을 때, 이기기 위해서가 아니라 잘 지기 위해 싸운다.

불순물처럼 두려움이 섞이니 집중력이 100% 발휘되지 못하고, 플레이에 날카로움이 무뎌진다.

그렇게 점점 패배에 가까워진다.

그것은 공포였다.

악몽이었다.

박영호는 몸을 떨었다.

그 고통을 어찌 박영호가 모르겠는가.

'철환아, 그렇게 지면 더 아파. 집중해야 돼!'

패배를 하고 나서야 땅을 치며 후회한다. 자기 실력을 100% 발휘하지 못했음을.

그러니까 그렇게 지면 안 된다.

필사적으로 이기기 위한 플레이를 해야 한다.

박영호는 마음속으로 응원을 보냈다.

다행히 3연속 치즈러시 같은 일은 벌어지지 않았다.

하지만 다행이 아니었다.

진철환은 8병영을 의식해서 이번에는 9번째 일벌레로 수정관을 짓고 바퀴 6마리를 뽑는 등 가난한 출발을 한 것이다.

만약에 이신이 8병영을 또다시 시도했다면 완벽한 카운터가 되었을 터.

하지만 이신은 이를 엿 먹이듯이 평범하고 무난한 1병영 더블이었다.

진철환이 뽑은 바퀴 6마리는 아무것도 못한 채 이신의 본진 앞을 서성거릴 뿐이었다.

─진철환 선수가 정말 출발이 좋지 않았습니다. 바퀴 6마리를 뽑느라 돈을 썼는데 할 수 있는 게 별로 없거든요.

─자신감이 떨어져 있습니다. 공격 들어가서 피해를 주던가 해야 하는데 그러지도 못해요.

─그야 그렇죠. 이런 초반에 이신 선수의 디펜스 능력은 무적이거든요.

'에이 씨, 진짜.'

박영호는 속이 탔다.

역시나 진철환의 플레이에서 이신에게 압도당한 기색이 보였다.

앞마당에서 바퀴들이 들어갈 듯 말 듯한 모션을 취하며 위협했지만, 이신은 꿈쩍도 하지 않았다.

그렇게 출발이 좋지 않은 진철환.

시간이 흐르면서, 진철환은 쐐기충을 꺼내들었다.

하늘을 날며 쐐기를 쏘는 쐐기충 부대로 지속적으로 인류에게 피해를 입히겠다는 의도.

이는 괴물의 아주 기본이 되는 패턴이기도 했다.

이에 대응하여 이신이 꺼내든 유닛은 로켓 프리깃.

공대지 공격이 불가능하지만, 공중전에서는 엄청난 범위 공격을 구사하는 비행 유닛이었다.

─이신 선수는 병영 체제에 로켓 프리깃이라는 조합을 택했습니다!

—진철환 선수, 가난하게 출발한 만큼 쐐기충으로 반드시 이신 선수에게 피해를 주며 시간을 벌어야 할 텐데요.

—보병 숫자를 줄여야 합니다! 이신 선수가 지금 보병 숫자가 계속 쌓이고 있어요. 저 숫자를 줄여주면서 진출 타이밍을 지연시켜야 해요.

—자, 갑니다!

진철환의 쐐기충 부대가 움직였다.

그리고 이신 역시 설계를 하기 시작했다.

로켓 프리깃 2기와 보병·의무병 부대가 일사불란하게 움직였다.

맵 한쪽 구석에 로켓 프리깃 1기를 숨겨놓고, 다른 1기는 본진을 지키게 했다.

보병·의무병 부대는 두 무리로 나눠서 각각 본진 앞마당과 바깥으로 나눴다.

—이신 선수가 바쁘게 움직이는데요.

—저건 설계입니다. 진철환 선수의 쐐기충들을 몰이 사냥해서 다 녹여 버리기 위해 함정을 파고 있는 거예요. 진철환 선수, 정신 바짝 차려야 합니다!

진철환의 쐐기충 부대가 이신의 앞마당에 도착했다.

—끼엑!

—퍼어엉!

—끼에엑!

—퍼엉!

시작은 좋았다.

터닝 샷으로 계속 쐐기를 쏴서 건설로봇을 1기씩 파괴했다.

보병들이 몰려오자, 언덕을 끼고 왔다 갔다 하며 쐐기를 쏴서 보병을 하나씩 죽였다.

―으악!

―으아악!

하지만 그때, 로켓 프리깃이 날아왔다.

―슈슈슈슉!

다연발 로켓 미사일이 쐐기충들에게 쏟아졌다.

범위 공격이라 모든 쐐기충에게 대미지를 누적시키기 때문에, 진철환은 싸우지 않고 달아났다.

바로 그때부터 이신의 설계가 시작됐다.

맵 구석에 숨겨놓은 로켓 프리깃 1기가 쐐기충들의 예상 동선으로 날아갔다.

바깥에 빼놓은 보병·의무병 무리 또한 다른 방면의 쐐기충의 예상 동선에 배치했다.

넓게 그물망을 쳐 놓고 사냥을 하는 것!

달아나던 쐐기충들은 로켓 프리깃을 만나자 급히 방향을 돌렸다.

양방향에서 로켓 프리깃들이 쐐기충들을 몰이 사냥했다.

그리고…….

―거긴 안 돼요! 거긴 보병들이 총을 들고 기다려요, 진철환 선수!

—아아아!!

—투타타타타타타타타!!

각성제를 흡입하고 미친 듯이 총을 갈기는 보병들.

로켓 프리깃들에게 쫓겨 그곳을 지나가던 쐐기충들이 아이스 크림처럼 녹아버렸다.

—끼에에엑!

—끼에엑! 끼엑!

"와아아아아아아!!"

"오오오오—!!"

"대박이다!"

"꺄아악, 이신 오빠!!"

시간을 벌기 위해 꼭 필요했던 소중한 쐐기충들이 몰살당했다.

이신이 완벽하게 설계한 함정에 제대로 걸려든 것이었다.

그 짜릿함에 팬들이 뜨거운 환호성을 지르며 답했다.

이신의 치밀함.

완벽하게 성공시킨 짜릿함.

관객들은 그래서 이신의 플레이에 매료될 수밖에 없었다.

그래서 이신은 신이라 불리는 것이었다.

신을 믿는 자에게 매번 이렇게 짜릿한 카타르시스를 선사해주니까!

쐐기충들이 몰살당하는 순간,

—이신 선수, 이제 망설임 없이 달려갑니다!

―질풍가도입니다!

이신의 보병들이 각성제를 흡입하며 전속 질주했다.

진철환은 다급히 앞마당에 촉수탑을 건설하기 시작했지만, 그 방어가 구축할 틈조차 주지 않는 것이었다.

쏜살같이 달려온 보병들이 아직 덜 지어진 촉수탑들을 공격했다.

―투타타타타타!

―푸하악!

―콰지직!

완성되어 촉수 한 번 뻗지 못하고 박살 나버리는 촉수탑들……

게다가,

―슈슈슈슉!

반대편 하늘에서 나타난 로켓 프리깃들이 하늘군주를 몰살시켰다.

확인 사살이었다.

'철환아……'

박영호는 두 손으로 얼굴을 감쌌다. 차마 볼 수가 없었다.

―진철환 선수 GG!!

―마지막까지 철두철미하게 숨통을 끊는 이신 선수의 멋진 플레이였습니다.

―진철환 선수 정말 아쉽겠습니다. 이번 대회를 위해 많은 준비를 했다는 게 그동안의 경기력에서 느껴졌었거든요.

—그렇습니다. 비록 오늘 3 대 0이라는 아쉬운 결과로 끝났습니다만, 이번 대회에서 진철환 선수가 보여준 공격적인 플레이는 아주 인상 깊었습니다. 보다 경험을 쌓고 연륜이 깊어지면……

고개를 절레절레 젓던 박영호는 자리에서 일어나 경기장을 떠났다.

＊　　　　＊　　　　＊

그날, 진철환은 휴가를 받아 JKT 숙소로 돌아오지 않았다.

박영호가 자정이 넘도록 홀로 연습실에서 훈련을 하고 있을 때, 진철환으로부터 전화가 걸려왔다.

—형, 저예요.

"알아, 인마."

박영호는 퉁명하게 대꾸했다.

—아, 형. 왜 그렇게 목소리가 뚱해요? 형도 제가 싫은 거예요? 이신한테 3 대 0으로 떡 실신해서 싫어진 거죠?

"아니, 술 마신 목소리로 내 훈련을 방해해서 그런다, 왜."

—와, 이 시간까지 훈련하는구나.

"이겨야 하니까."

—씨, 나도 형처럼 열심히 했는데.

"알아."

—형……

"왜, 인마."

―나 오늘 정말 못했지?

"…부정을 못 하겠다."

―나 진짜 별로였지?

"……"

―술 마시다가 오늘 경기 영상 봤어. 경기 전 인터뷰에 이신이 그랬더라. 피 튀는 싸움이 될 거라고… 이신은 그렇게 기대했던 거겠지?

"……"

―근데 내가 너무 병신이라 기대에 부응하지 못했던 거 맞지? 그렇지?

"……"

―씨발… 경기 봤는데, 너무 무덤덤하더라. 내가 상대인데… 별것도 아닌 것처럼, 연습하듯이 덤덤하게 플레이하더라.

핸드폰 너머로 들리는 진철환의 목소리는 울음이 섞여 있었다.

박영호는 아무 말도 할 수 없었다.

어떤 위로도 도움이 되지 않는다는 걸 너무나 잘 알았다.

지면 그냥 좆같은 거다.

어떤 위로를 받아도 그냥 욕만 나오는 거다.

그래서 술 취해서 지껄이는 진철환의 주정을 그냥 묵묵히 들어주기만 했다.

―형……

"어, 왜?"

—꼭 이길 거지?

진철환이 물었다.

—올도어SCC의 두 놈 다 이기고 우승할 거지?

"당연하지."

—꼭 형이 우승해야 해. 내가 못 했으니까 형이 우승하지 않으면 안 돼…….

"나도 알아."

통화가 끝나고 박영호는 한숨을 쉬었다.

"이 새끼는 괜히 사람 어깨만 더 무겁게 만들고 있어. 졌으면 그냥 발 닦고 잠이나 쳐 잘 것이지."

박영호는 구시렁거리며 온라인을 뒤져 대전 상대를 찾았다.

늦은 시각이지만 아직 잠 안 자고 게임에 미쳐 있는 인간들이 한둘이 아니었다.

자신처럼 말이다.

*　　　　　*　　　　　*

[이신 결승 진출!]

['게임의 신' 이신, 3—0으로 진철환 격파]

[결승 진출 기록 갱신한 이신, '하루하루가 신기록']

[아직 끝나지 않은 신화]

이신의 결승 진출에 한국 e스포츠 전체가 축제 분위기였다.

불후의 흥행카드 이신!

그가 또다시 무사히 결승 무대로 올라오면서, 2021년 전반기 개인리그도 피날레를 화려하게 장식할 수 있게 되었다.

차이, 혹은 박영호.

둘 중 누가 결승에 올라오든 빅 매치였다.

세계적으로도 관심이 많았다.

한국에서는 차이의 인기가 급상승했으나, 세계무대에서는 은메달리스트인 박영호의 인지도가 꽤 높았다.

이신과 박영호의 대결이 이루어지면 상당히 수준 높은 명경기가 나올 거라고 기대하는 반응들이었다.

그러던 중, 재미있는 일이 벌어졌다.

[이신 지겹다. 이제 우승 좀 그만해라······]

SNS에 올라온 흔한 글 중 하나였다.

e스포츠를 좋아하는 어떤 유저가 아무 생각 없이 쓴 이 흔한 글은, 갑자기 큰 화제가 되어버렸다.

바로 박영호가 이 글을 공유했기 때문이었다.

덕분에 SNS는 이신에게 보내는 박영호의 도발에 웃음바다가 되었다.

차이도 이 글을 같이 공유하면서 더 뜨거운 화제가 되었고, 주디를 통해 이신의 귀에도 들어갔다.

그리고 이신의 블로그에 3번째 글이 올라왔다.

[나도 지겹다.]

그 글은 즉시 퍼져 나가 모든 프로게이머의 부러움과 분노를 샀다.

그렇게 세 사람의 도발이 오가면서 개인리그에 대한 팬들의 기대감은 더욱 커져만 갔다.

그리고 이틀 뒤.

마침내 이신의 결승전 상대가 가려지는 날이 되었다.

"어? 이신이다!"

"저 차!"

"와, 차 봐라."

경기장 앞.

푸른색 롤스로이스 팬텀이 나타나자 팬들이 우르르 몰려들었다.

다들 이 차가 누구의 것인지 알고 있었다. 이신 때문에 한국에서 롤스로이스가 유행하게 되었으니 말 다한 셈이었다.

차에서는 전략팀장 박진수와 차이, 그리고 이신이 차례로 내렸다.

오늘은 중요한 경기이니만큼 특별히 이신도 동행한 것이었다. 차이와 박영호의 경기력을 현장에서 직접 확인하려는 목적도 있었다.

"오빠!"

"사인 좀 해주세요!"

찰칵거리는 폰 카메라 소리가 사방에서 들려왔다.

세 사람은 인파를 헤치고 경기장 안으로 들어섰다.

선수 대기실을 향해 걸음을 옮기는데, 관계자 외에 출입이 금지된 구역에서 박영호와 마주쳤다.

박영호는 JKT의 최용훈 감독과 함께 있었다.

"안녕하십니까!"

박진수와 차이가 즉각 인사했고, 이신도 고개를 꾸벅 숙여 보였다.

"어, 너희도 왔구나. 준비는 많이 했고?"

"예, 그렇죠 뭐."

박진수가 최용훈 감독을 상대하는 사이, 나머지 세 사람이 서로를 바라보았다.

그들은 말이 없었다.

말을 걸기에는 박영호가 눈빛에 띤 기세가 너무나도 날카로웠다.

평소의 밝고 익살맞은 박영호가 아니었다.

살인이라고 할 것 같은 서늘한 표정.

"그럼 수고들 해."

최용훈 감독이 그런 박영호를 데리고 떠나 버렸다.

"오늘 장난 아니네, 영호."

박진수가 툭 내뱉었다. 두 사람이 박영호에게서 느낀 인상을 대변한 한마디였다.

　　　　　*　　　　　*　　　　　*

　부스에 들어선 차이는 올도어SCC의 팀 로고가 새겨진 게이밍 백팩에서 장비를 꺼냈다.

　세팅을 마치고 컴퓨터 인공지능을 상대로 테스트 게임을 한 뒤에야 준비가 끝났다.

　"다 되셨나요?"

　준비를 도와주는 부스걸이 물었다.

　"네."

　차이는 빙긋이 웃으며 고개를 끄덕였다.

　그러고는 눈을 감고 명상에 잠겼다.

　"괴물이 가장 싫어하는 인류는 어떤 스타일이에요?"

　며칠 전, 박영호와의 일전에 대비하여 연습 상대가 되어준 유진영에게 건넨 질문이었다.

　그때, 유진영은 금방 답했다.

　"인류는 그냥 다 싫어."

　인류에 대한 괴물 플레이어들의 불만을 대변하는 한마디였다.

　그 말에 차이는 키득거리며 웃었다.

　"엄밀히 고르라면 이신 스타일이 가장 싫지. 치즈러시 잘하고, 정신없이 견제하고, 괴물이 치즈러시를 걸면 건설로봇 컨트롤로

다 막아버리고, 마법 잘 쓰고, 성격까지 나쁘고… 그냥 가지가지로 다 싫어."

"선생님 상대하길 좋아하는 선수는 아무도 없잖아요."

"있잖아, 너."

"저야 뭐, 워낙 많이 상대하다 보니 선생님 스타일에 익숙해진 것뿐이죠."

"어쩌면 박영호도 비슷할지도 몰라."

"……?"

"이신의 공격력을 막기 위해서 디펜스가 발전된 형태가 박영호의 철벽괴물 스타일이지. 아마 이신을 상대로 가장 잘 싸울 수 있는 괴물 플레이어는 박영호가 아닐까?"

"저도 그렇게 생각해요. 아마 현존하는 괴물 중에서는 가장 강한 것 같아요."

그러면서 차이는 유진영에게 씨익 웃으며 애교 있게 덧붙였다.

"물론 진영이 형도 잘하지만요."

"됐다, 자식아."

유진영은 피식 웃었다.

"아무튼 너나 박영호나 똑같이 방어적이고 장기전에 강해. 그럼 변수는 딱 하나야."

"어떤 거요?"

"맵 자원."

유진영의 설명은 간단했다.

자원이 많은 맵에서는 박영호가 우세하다.

괴물은 병력 생산량이 굉장히 좋은 만큼, 자원도 많이 소모한다. 때문에 자원이 많은 맵에서 강세를 보인다.

같은 이유로, 자원이 비교적 적은 맵에서는 차이가 우세하다.

버티고 또 버티다 보면, 필히 박영호의 자원이 먼저 고갈될 테니까.

차이와 박영호의 4강전.

1세트부터 5세트까지 쓰이는 맵 중, 2개는 자원이 많은 맵이고 3개는 자원이 적은 맵이었다.

단순하게 따지면 차이가 3 대 2로 박영호를 이길 수 있는 여건인 셈이었다.

"자원이 적은 맵에서는 그만큼 박영호가 더 공격적으로 나오겠지. 박영호는 컨트롤도 순간 판단 센스도 지금 역대 최고라고 생각될 정도로 물이 올라 있으니까 주의해야 할 거야."

"네."

그렇게 유진영과 연습하면서 차이가 준비한 전략은 인류의 정석 중의 정석이라 할 수 있는 탄탄한 수비 위주의 플레이였다.

빈틈을 최대한 주지 않으면서 끈질기게 버틴다!

단순하지만 가장 강력한 인류의 스타일이라 할 수 있었다.

'반드시 이기겠어.'

조금만 더 가면 된다.

그럼 그토록 꿈꿔왔던 무대에 서게 된다.

결승전.

상대는 역사상 가장 위대한 프로게이머.

그리고 거기서 이신을 꺾는다면, 차이는 이번 생에서의 자신의 삶의 이유를 다 이뤘다고 말할 것이다.

"저를 이겨보십시오. 저보다 더 강한 선수라고 역사에 새겨보십시오. 이제 기회가 많지 않습니다."

'기회가 많지 않아!'

차이는 조급했다.

이번 기회를 놓친다면, 두 번 다시 기회가 오지 않을 수도 있었다.

이신의 역량이 언제까지고 지금 수준 그대로일 거라는 보장이 없었다.

그런 모습을 본다는 것은 정말 슬플 것이다.

그러니까……

'내가 꺾을 거야! 선생님이 가장 화려할 때!'

뜨겁게 불타오르는 야망을 속에 품은 채, 차이는 게임에 임했다.

─오래 기다리셨습니다! 올도어SCC의 인류와 JKT 괴물의 자존심을 건 대결이 마침내 시작됩니다!

─각자 자기 팀을 대표하는 에이스로서 자부심을 갖고 있는 두 선수입니다. 지난번에 프로리그에서 붙었을 때는 박영호 선수가 이겼었죠? 차이 선수로서는 그때의 설욕을 할 수 있는 찬스입니다.

마침내 1세트가 시작되었다.

맵은 투지.

종족 간 밸런스가 가장 좋은 맵이라 불리지만, 엄밀히 따지면 자원이 적어 괴물에게 약간 불리했다.

*　　　　*　　　　*

경기장에 쩌렁쩌렁한 함성이 울려 퍼지고 있었다.

"박영호! 박영호!"

관객들은 예상치 못한 박영호의 파워풀한 플레이에 열광했다.

—끼에엑!

—퍼엉!

—끼엑!

—퍼어엉!

쐐기충들이 하늘을 날며 쐐기를 쏠 때마다, 건설로봇들이 터져 나갔다.

기동포탑을 연달아 끊어주면서 승기는 박영호에게도 크게 기울어진 뒤였다.

—정말 대단합니다, 박영호 선수! 차이 선수에게 전술위성이 나오고, 보병들도 공격력 업그레이드가 되면서 더 이상 쐐기충들을 활용하기 어려워진 상태였거든요!

—그런데 그런 상황에서 한 번 더 쐐기충을 생산하면서 허를 찔렀어요!

허를 찌른 박영호의 쐐기충 플레이!

차이의 전술위성이 쐐기충 무리를 향해 방사능을 살포했다.

하지만 그 순간,

"와아아아!"

"우와아!"

함성이 다시금 울려 퍼졌다.

방사능은 뭉쳐 다니는 쐐기충에게 쥐약이었다. 방사능에 오염되어서 뭉쳐 있던 다른 쐐기충까지 죄다 녹아버리기 때문.

그런데 그 짧은 순간, 박영호는 방사능에 맞은 쐐기충만 정확하게 클릭해서 따로 빼내는 데 성공했다.

재빠른 컨트롤로 방사능 오염으로 인한 추가 피해를 차단한 것이다.

—컨트롤 정말 예술입니다!

—오히려 쐐기충들이 전술위성을 공격합니다!

—퍼어어엉!

폭죽 터지는 소리와 함께 전술위성이 격추되어 버렸다.

쐐기충들은 그대로 차이의 본진으로 다시 돌입했다.

그 바람에 본진 방어를 위해 차이의 병력들이 회군.

공격 타이밍을 또다시 놓치고 말았다.

—끼에엑!

—으아악! 으악!

—키엑!

—퍼어어엉!

쐐기충들이 무빙을 하며 쐐기를 쏠 때마다 보병들이 무더기로 죽고, 심지어 기동포탑까지 1기 터졌다.

경기장의 대형화면에 두 선수의 모습이 잇달아 비춰졌다.

진땀을 흘리는 차이.

그리고 살기등등한 눈빛의 박영호.

―와아아! 정말 컨트롤에 혼이 실려 있습니다!

―예, 그렇습니다. 이번 1세트에서 쐐기충으로 끝내겠다고 작정을 하고 준비했거든요! 쐐기충 컨트롤에 모든 걸 걸지 않으면 안 되는 상황이었거든요. 멋지게 성공했습니다. 드디어 괴물주술사가 나왔어요!

박영호의 진영에서 괴물주술사가 생산되었다.

인류가 주도권을 쥘 수 있는 순간은 끝났고, 이제부터는 괴물이 칼자루를 뽑아 들 때였다.

쐐기충들이 계속 활약하며 괴롭히는 가운데, 다량의 바퀴들과 촉수충들이 괴물주술사와 함께 뛰쳐나왔다.

―퍼엉!

―펑!

인류의 병력을 만날 때마다 괴물주술사가 흑안개를 펼쳤다.

원거리 공격이 통하지 않는 흑안개 속에서 보병들의 소총 사격은 무용지물.

바퀴와 촉수충이 흑안개 속에 들어가 보병들을 공격했다.

―으악!

―아악!

차이는 흑안개 속에서 싸우지 못하고 병력을 뺐다.

그러고는 항공수송선으로 드롭을 시도해 난전을 유도하고자
했다.

난전으로 괴물의 확장을 억제하고 시간을 벌어서 기갑 체제로
전환하고자 했던 것.

하지만,

―퍼어엉!

병력을 태우고 괴물의 확장 기지로 은밀히 날아들던 항공수
송선은, 그곳에서 기다리고 있던 폭탄충 2마리의 자폭으로 격추
당했다.

―철벽!!

―완벽한 디펜스입니다! 철벽괴물이 진가를 드러내기 시작합
니다!

계속해서 촉수충들이 길목마다 매복하여서 땅위를 지나가는
인류의 병력을 향해 촉수를 뻗는다.

폭탄충들이 쐐기충들과 함께 하늘을 누비며 전술위성이든 항
공수송선이든 닥치는 대로 격추시킨다.

"저 정도였나, 박영호가."

선수대기실.

화면을 통해 지켜보고 있던 박진수가 혀를 내둘렀다.

이신이 말했다.

"힘들겠는데."

"당연히 힘들지. 저 상황에서 어떻게 역전을 해? 1세트는 내

주고……."

"아니."

이신은 고개를 저으며 박진수의 말을 끊었다.

"오늘 경기."

"뭐?"

"지금까지 본 괴물들 중 최고 수준이야."

이신은 차이의 진영을 유린하는 박영호의 플레이를 보며 말을 이었다.

"지금의 박영호는 장양보다 손이 빨라."

오싹.

박진수는 그 말에 섬뜩함을 느꼈다.

피지컬에 관한 한 최고의 수준인 장양.

게임하는 기계처럼 손이 전광석화인 장양보다 빠르다면 대체 어느 정도란 말인가?

'아마 저 정도겠지……'

괴물주술사가 적을 발견할 때마다 흑안개를 펼쳤다.

흑안개를 잇달아 펼치며 구름다리를 만든다.

구름다리 안으로 바퀴 떼가 질주하며 차이의 진영으로 돌입!

그 와중에 반대편 하늘에서 나타난 폭탄충들은 차이의 전술위성을 위협한다.

손이 많이 가는 플레이를 저렇게 다각도로 펼칠 수 있다니.

너무나 대단한 수준의 괴물 플레이였다.

이신의 말대로 역대 최강의 괴물이라 해도 과언이 아니었다.

오늘의 박영호는 그 정도로 컨디션이 좋았다.

"다음 판에 기갑체제로 장기전 할 생각이지?"

이신의 물음에 박진수는 고개를 끄덕였다.

이신이 말했다.

"하지 마."

"뭐?"

"초반에 끝내야 해. 3병영 타이밍 러시든 치즈러시든 심리전 걸어서 빨리 승부하라고."

"어째서?"

"박영호가 저 스피드로 괴물주술사와 여왕괴물을 쓸 텐데 감당할 수 있을 것 같아?"

"…준비된 플레이를 하지 않으면 차이답게 싸우지도 못할 거야."

이신도 더는 권유하지 않았다.

하지만 화면에 보이는 박영호의 플레이는 모두에게 충격과 파란을 던지고 있었다.

전술위성이 방사능을 살포할 때마다, 방사능에 맞은 쐐기충만 잽싸게 빼버리는 박영호의 컨트롤은 거의 미친 수준이었다.

잠시 후, 꽤 끈질기게 버틴 차이는 GG를 치고 돌아왔다.

"죄송해요."

"아냐, 지금은 박영호가 워낙 잘했어. 다음 2세트 집중하자."

박진수는 차이를 다독이며 2세트 전략을 점검하기 시작했다.

그러는 동안, 이신은 가만히 화면을 바라보았다.

1세트가 끝났음에도 선수대기실에 돌아가지 않고 부스 안에서 휴식시간을 보내는 박영호가 비춰지고 있었다.

입김을 불어 두 손을 녹이는 박영호.

시퍼런 광기가 흐르는 두 눈빛이 카메라를 응시한다.

그 눈빛을 화면을 통해 마주하며, 이신은 박영호의 마음을 느꼈다.

간절하게 이기고 싶은 거다.

승리를 향한 강렬한 집착이었다.

눈빛은 차이를 넘어, 결승에서 기다리는 이신을 바라보는 채……

어쩌면 오늘, 차이는 패배를 배울지도 몰랐다.

모두가 지켜보는 단두대 위에서,

5판 3선 다전제라는 진검승부에서,

패배하는 고통을 말이다.

휴식 시간이 끝나고, 차이는 2세트를 치르러 무대에 올랐다.

2세트는 자원이 상당히 많이 매장된 맵으로 장기전 양상이 곧잘 나타나곤 했다.

아니나 다를까, 경기는 1시간이 넘어갔다.

차이는 매우 공격적인 기갑 체제 운영으로 끊임없이 압박했지만, 박영호의 철벽은 깨질 줄을 몰랐다.

괴물주술사의 흑안개를 활용해 최소한의 병력만으로 잇따라 막아내면서, 계속 확장을 거듭해 몸집을 불려 나가는 박영호.

그리고 끝내 괴물의 최종 병기인 공성벌레가 무더기로 나오며,

차이가 감당할 수 없는 병력의 물결이 몰아쳤다.

스코어는 2─0.

차이는 궁지에 몰렸다.

                    *   *   *

선수대기실의 분위기는 침울했다.

차이는 피로에 깊이 잠긴 표정이었고, 그 옆에서 박진수가 열심히 다음 전략을 설명했다.

"다음 맵은 6 대 4로 인류가 유리한 맵이야. 스코어도 2 대 0으로 리드하고 있으니까, 아마 박영호는 올인 전략을 시도할 수도 있어."

"올인 안 해."

잠자코 듣던 이신이 말했다.

"뭐?"

박진수가 의문을 표했다.

이신이 말했다.

"무조건 운영 대결이야."

"왜 그렇게 생각하는데?"

"실력으로 압도하고 있는데 도박수를 쓸 필요가 없잖아."

"……."

이신의 돌직구에 싸늘한 정적이 찾아왔다.

이신은 차이를 보며 말했다.

"적어도 박영호는 그렇게 생각하고 있다는 뜻이야. 1세트도, 2세트도, 박영호는 별다른 꼼수를 쓰지 않았어."

"맞아요."

차이는 순순히 수긍했다.

"3세트도 운영으로 승부하려 하겠네요."

"그래."

박진수는 직설적으로 말하는 이신의 태도를 원망했다.

하지만 차이는 그 말에 상처받지 않은 모양이었다.

아니. 오히려 그것은 도발이 되었다.

"실력 차이로 완벽하게 졌다……."

차이의 눈빛이 흉험하게 빛났다.

"절대로 그런 평가를 받고 끝나지 않을 거예요. 고작 그런 결말을 위해 여기까지 올라온 게 아니니까요."

"그럼 한번 보여 봐."

"지켜봐 주세요, 선생님."

그리고 차이는 3세트를 향해 무대로 떠났다.

차이가 떠난 선수대기실.

이신과 박진수 둘만이 남은 채 모니터 화면으로 나오는 경기장 무대를 바라보았다.

저쪽에서도 박영호가 이미 부스에 자리 잡고서 손을 풀고 있었다.

문득 박진수가 물었다.

"3세트도 지면 완패네."

"그렇지."

상대의 전략에 속아 넘어가 당한 게 아니라, 장기전 운영 대결로 3-0 참패.

그것은 프로게이머로서 무엇보다 뼈아픈 고통이 될 것이다.

명백한 실력 차이였다는 평가가 내려진다.

이날의 결과가 꼬리표처럼 따라다니며, 저 선수보다 한 수 아래라고 공인되어 버린다.

"많이 상처받을 텐데."

박진수의 걱정은 당연했다.

차이는 올도어SCC의 전도유망한 에이스이며, 아직 어렸으니까.

"어쩔 수 없지. 진 건 진 거니까."

"그렇게 냉혹하게 결론짓지 말아줄래? 넌 한 번도 겪어본 적 없잖아."

"없지."

"항상 승패의 기로에서 가해자의 입장에 섰던 너는 모르겠지."

이신은 할 말이 없었다.

알 리가 없었다. 패배를 한 기분 같은 것은 말이다.

"상대보다 못한 사람이라고 낙인이 찍힌 것 같은 그 분함을 말이야. 그건 정말 끔찍해. 다시는 설욕할 수 없을 때는 특히나 더."

"······"

"차이처럼 프라이드가 높은 애한테는 더 큰 상처가 될 거야."

"상처라……."

이신은 나직이 읊조렸다.

까닭 없이, 또다시 공허함이 밀려왔다.

대체 왜 이런 이상한 피로감이 드는 건지 알 수 없었다.

*　　　*　　　*

초반.

차이는 정찰을 통해 박영호의 빌드 오더를 확인했다.

수정관 없이 본진과 앞마당에 부화실만 총 3개.

방어를 배제한 채 일벌레만 왕창 뽑아 자원 채집을 하고 있는 부유한 체제였다.

가만 둬서는 상대의 부유함을 감당할 길이 없어진다고 판단.

차이는 즉각 건설로봇 1기와 보병 2명으로 기습을 시도했다.

─굉장히 부유한 출발을 한 박영호 선수! 내리 2승을 거뒀기 때문에 배짱이 두둑합니다.

─저걸 가만둬서는 안 되죠, 차이 선수! 바로 응징하러 갑니다. 손해를 입혀서 균형을 맞춰놔야 해요.

박영호는 자신감이 있었다.

전투 병력이 없더라도, 상대의 초반 찌르기 정도는 일벌레를 싸움에 동원해 막아낼 수 있다는 확신이었다.

그런 방어 능력이 철벽괴물이라는 별명을 선사해 주었고 말이다.

하지만 차이의 응징은 뜻밖의 형태로 나타났다.

앞서 정찰을 했던 건설로봇이 앞마당에 서성이더니, 농토의 한쪽 구석의 빈 공간에 절묘하게 참호를 짓기 시작한 것이었다.

—오, 차이 선수! 아주 멋진 위치에 참호 러시를 시도합니다!

—박영호 선수도 일벌레를 대거 동원해 맞서 싸웁니다.

박영호는 빠르게 대응했다.

일벌레 2마리는 참호를 짓고 있는 건설로봇을 공격.

나머지 일벌레 다수는 이쪽으로 걸어오는 보병 2명을 마중 나갔다.

—교전이 시작됩니다!

보병 2명이 일벌레를 향해 사격을 개시했다.

보병들은 쫓아오는 일벌레들과 적당한 거리를 두고 물러서며 계속 총을 쐈다.

일벌레들이 일을 못하게 함으로서 자원 손해를 누적시키겠다는 의도였다.

짓고 있던 참호는 완성 직전에 중단하고는, 보병들로 끊임없이 공격과 후퇴를 반복하며 실랑이를 벌였다.

박영호 또한 보병의 사정거리를 넘나들며 컨트롤.

체력이 닳아 죽을 것 같은 일벌레를 적당히 빼주며 피해를 최소화했다.

깔끔한 교전.

여기서 더 피해를 입히기 위해 기교를 부리는 것은 이신의 성향.

하지만 차이는 적절히 리스크 관리를 하며 상대의 자원 손해를 입히는 데 주력했다.

그러고는 박영호에게서 바퀴가 생산되자,

—퍼어엉!

참호 건설을 취소시켜서 절반의 자원을 환불받고, 보병 2명과 건설로봇 1기를 그대로 후퇴시켰다.

추격을 당해 건설로봇이 터졌지만, 박영호가 입은 자원 손해를 생각하면 나쁘지 않은 전과였다.

—차이 선수도 이득을 챙겨갔고, 박영호 선수도 정말 깔끔하게 잘 막았습니다.

—예, 체력이 닳은 일벌레를 빼주면서 단 1마리도 잃지 않은 박영호 선수의 컨트롤이 대단했죠. 양 선수 모두 역시 잘합니다.

—딱 고수와 고수가 붙어서 팽팽하게 합(合)을 교환한 느낌이죠.

—하하하, 그렇습니다. 재미있는 것은, 스승인 이신 선수였다면 더 끈덕지게 밀어붙여서 피해를 냈을 텐데 차이 선수는 깨끗이 빠져 버렸죠. 깔끔한 운영을 더 선호한다는 뜻입니다.

—3세트도 두 선수의 운영 승부가 기대되고 있습니다.

그 뒤로는 소규모 교전조차 없는 운영의 대결이었다.

병영을 4개까지 짓고 병력을 생산한 차이는 군대를 진군시켰다.

하지만 공격은 없었다.

그냥 압박하여 수비에 돈을 쓰게 만든 뒤에 회군했다.

박영호는 그 와중에 수비에 쓰는 돈을 최소화하며 차이의 압박을 넘기는 센스를 보였다.

　차이 또한 그 뒤에 기갑정거장을 늘려짓고 병영 체제에서 기갑 체제로 매끄럽게 전환시켰다.

　─양측 모두 물 흐르듯이 운영을 하네요.

　─지금까지는 별다른 전투 없이 이어졌습니다만, 이제 슬슬 결전의 순간이 다가오고 있습니다.

　먼저 움직인 쪽은 차이였다.

　차이는 확장 기지를 추가로 가져가며 맵의 절반을 차지했다.

　맵을 절반씩 나눠 갖자는 의도가 뚜렷했다.

　맵의 자원을 똑같이 나누면 자원 소모량이 어마어마한 괴물이 불리한 게 당연했다.

　가만히 있을 수 없는 박영호.

　차이는 탄탄히 방어를 구축한 채, 한 번 와보라고 손짓한다.

　박영호의 괴물 군단이 진격을 개시했다.

　　　　*　　　　　*　　　　　*

　없는 집안 살림에도 컴퓨터는 1대 있었다.

　친척이 버리는 오래된 컴퓨터인데, 그 컴퓨터로 할 수 있는 게임이 몇 개 없었다.

　그게 낙이었다.

　그때부터는 비좁고 갑갑한 집에 돌아오는 게 즐거웠다.

유일한 삶의 낙이 되니 실력이 쑥쑥 올랐다.

그런데 지나치게 잘했던 모양이었다.

프로 팀에서 연습생이 되지 않겠냐고 제의를 했다.

온라인 연습생이 아닌, 숙소에서 합숙하며 훈련을 받는 진짜 연습생 말이다.

좋아하는 게임을 직업으로 삼을 수 있다니 크게 흔들릴 수밖에 없었다.

게다가 공부를 해봤자 대학에 가려면 등록금이 필요한데 집안 사정상 그럴 돈은 없을 게 분명했다.

프로게이머가 되겠다고 하니 어머니는 우셨다.

아버지는 하고 싶은 것 하라고 큰소리 치셨지만 꽤나 속이 썩으셨으리라.

격렬히 반대하는 어머니가 문제였지만 어차피 대학 등록금도 없지 않으냐고, 빨리 진로 정해서 돈벌이 하겠다고 큰 소리를 쳤다.

부모님께 상처가 되었을 게 분명했는데도, 그렇게 말하고 프로게이머의 길을 강행했다.

그리고 힘든 연습생 시절을 보내며 이 길에 대해 회의가 느껴질 때마다 그날의 일을 떠올리며 견뎠다.

나는 죄인이다.

그러니 이것조차 못 해서는 안 된다.

참고 견디겠다.

끝끝내 전부 박살 내버리고 보란 듯이 성공해 보이겠다.

강한 집착이 된 승부 근성은 성공의 원동력이 되었다.

1군 선수가 되어 비로소 제대로 된 돈벌이를 할 수 있게 되자 부모님께 그나마 면이 섰다.

실력을 인정받고 연봉이 높아지자 집안의 빚을 다 갚았다.

그리고 현재.

이제는 누구도 그가 성공한 프로게이머라는 것을 부정하지 않았다.

하지만 아직도 승리를 향한 집착은 멈추지 않았다.

한 살 한 살 나이를 먹어가면서, 프로게이머로 있을 수 있는 귀중한 시간이 사라질 때마다 더욱더 이기고 싶어졌다.

그러니,

'너랑은 간절함이 달라, 이 새끼야!'

그의 이름은 박영호.

일명 철벽괴물.

세계 최고의 괴물 플레이어였다.

—박영호 선수가 드디어 움직이나요?!

박영호는 스노우 볼을 굴리기 시작했다.

계속 굴러간 끝에 엄청나게 불어난 눈 덩이처럼, 거대한 괴물 병력을 하나의 덩어리로 이루어 다니며 차이의 진영을 압박하기 시작했다.

거대한 눈 덩이가 여기저기 굴러다니며 사방을 위협한다.

이를 따라 차이 또한 병력을 동원해 쫓아다녀야 했다.

적의 전력이 한 지점에 집중되면, 자칫 각개 격파의 원리로 타격을 입을 수 있기 때문에 지원 병력이 쫓아다니며 견제해야 했다.

그리고 마침내 박영호가 공격을 개시했다.

—펑! 퍼엉! 펑! 펑!

화려한 이펙트와 함께 흑안개가 화면을 가득 메워 버렸다.

"우와아아아아아!"

"와아아!"

엄청난 속도로 펼쳐진 흑안개들.

쫓아가던 차이의 지원 병력은 흑안개 속으로 뛰어들지 못했다.

그러는 동안, 박영호는 계속 흑안개를 펼치며 진격로를 열었다.

시커먼 구름으로 이루어진 다리 같았다.

흑안개로 이루어진 길을 따라, 괴물들이 물밀 듯이 차이의 확장 기지를 향해 돌격했다.

—퍼퍼퍼퍼퍼펑!

확장 기지에 배치된 기동포탑들이 일제히 포격을 했다.

바퀴들이 짓뭉개지며 화면을 피의 바다로 만들어 버렸다.

하지만 계속 밀려들었다.

바퀴와 독침충과 촉수충이 계속해서 흑안개를 따라 기어가며 공격했다.

값싼 바퀴 떼가 기동포탑의 포격의 재물이 되었다.

이를 방패삼아 독침충과 촉수충이 진입하는 데 성공해 공격을 시작한다.

차이는 기동포탑으로 흑안개로 이루어진 진격로 전체를 포격케 했다.

뿐만 아니라 고속전차들이 흑안개 속으로 들어가 지뢰를 매설했다.

박영호는 끊임없이 병력을 재생산하여서 공격에 꾸역꾸역 투입했다.

괴물주술사가 계속해서 흑안개를 펼치고 피의 저주를 뿌렸다.

장대한 전투였다.

피가 끊임없이 흐르고 싸움이 멈출 줄을 몰랐다.

그리고 마침내…….

―밀었습니다!

―박영호 선수가 차이 선수의 확장 기지를 부수는 데 성공했어요!

박영호의 승리였다.

미래를 위한 자원 줄이 될 차이의 확장 기지가 밀려 버린 것이다.

―차이 선수도 정말 잘 버텼습니다만, 박영호 선수가 뿜어내는 물량이 상상을 초월했어요!

―이제 곧 모든 자원이 끊기게 됩니다. 차이 선수, 이대로 무릎 꿇을 겁니까?!

물론 그대로 포기할 차이가 아니었다.

추가 생산된 유닛을 포함한 잔존 병력을 모조리 끌고서 확장 기지 탈환에 나섰다.

―이제 자원이 다 떨어진 차이 선수입니다. 이 싸움이 마지막

기회입니다!

차이는 전투를 치르는 와중에 통제사령부 건물과 건설로봇들까지 같이 데려왔다.

그리고는 박영호의 병력을 전부 쫓아버린 뒤, 곧바로 통제사령부를 앉히고 건설로봇들로 자원을 채집할 정도로 집요한 승부욕을 보였다.

하지만 자원상에서 이미 승부는 기울어진 상태였다.

박영호가 다시 병력을 끌고 와 휘몰아쳤다.

버티고 또 버텼지만, 어느 순간 차이는 더 이상 싸울 병력이 없게 되었다.

승부는 그렇게 결정지어졌다.

              *   *   *

—Chai : GG.

이 짧은 채팅이 화면에 떴을 때, 경기장은 파란에 휩싸였다.

"우와!"

"진짜 이겼어!"

"박영호 완전 미쳤어!"

32강전에서는 이신까지 꺾었을 정도로 무서운 기량을 뽐내던 도전자.

그런 차이가 아직 목적지에 다다르지 못한 채 무대에서 퇴장하는 순간이었다.

─두 선수 모두 멋진 경기력이었습니다. 1세트, 2세트, 3세트 모두 빼놓을 수가 없는 명경기였습니다!

─예, 아주 치열한 승부였지만 모든 승부마다 박영호 선수가 조금씩 앞섰습니다. 그 결과는 3 대 0! 철벽괴물 박영호가 오늘 아주 제대로 사고를 쳤네요.

─차이 선수는 정말 아쉽겠습니다. 오늘 보인 경기력이 형편없었냐 하면 그건 절대로 아니거든요!

─그렇습니다. 하지만 결과는 어쩔 수 없습니다. 우승을 노리고 여기까지 달려왔고, 실제로 그에 걸맞은 실력으로 센세이션을 일으켰던 차이 선수의 여정은 이렇게 끝났습니다.

차이는 키보드와 마우스 등을 챙기고 쓸쓸히 무대를 떠났다.

복도에 들어서니 무대의 쩌렁쩌렁한 환호성이 멀게 느껴진다.

'끝났다.'

줄곧 동경했던 선생님과의 대결.

그리고 우승.

꿈꿔왔던 영광들이 한순간에 하룻밤의 꿈처럼 사라져 버렸다.

선수대기실 앞에 이르렀을 때, 이미 이신과 박진수는 밖에 나와 있었다.

"가자."

"네."

차이는 이신의 뒤를 따랐다. 함께 걸으며 박진수가 어깨를 툭툭 칠 뿐, 아무 말도 하지 않았다.

돌아가는 차 안에서도 별반 말이 없었는데, 차이를 배려하고 있음이 분명했다.

무슨 말을 해줘도 소용없다는 것을 알고 있는 것이다.

아니, 이신은 어떻게 위로해 줘야 할지 몰라서 내심 당황하고 있을지도 모르겠다.

그런 생각을 하니 차이는 까닭 없이 입가에 미소가 번졌다.

그 미소에 의아한 표정을 짓는 박진수.

"오늘은 컨디션이 별로였다고……"

차이가 말을 이었다.

"그렇게 변명할 수가 없어요. 오늘은 제 100%였어요. 그런데도 졌어요."

"내가 보기에도 오늘 너 좋았다. 경기 끝나고 관객들 함성 지르는 것 들었지?"

"네, 다들 아주 좋아서 죽겠던데요."

차이는 한숨을 쉬며 투덜거린다.

"아주 난리였지. 그 정도로 오늘 경기 대단했어. 전략이나 판단이나 잘못한 게 없는데, 박영호가 너무 잘했다."

"선생님은 제가 왜 진 것 같으세요?"

차이가 물었다.

이신의 대답은 간단했다.

"기본기."

"기본기요?"

"순간순간에 나타나는 컨트롤에서 차이가 갈렸어. 그 정도 반응 속도로 흑안개를 펼치면, 인류가 이기기 힘들지."

오늘 박영호가 보여준 피지컬은 장양과 견주어도 될 것 같았다.

거기에 상식을 초월한 판단력.

차이가 굳건하게 방어 태세를 갖춰놓은 곳으로 박영호는 그대로 뛰어들었다.

장양이었다면 계산상 뚫을 수 없다고 생각하고 공격하지 않았을 것이다.

하지만 박영호는 그렇게 했고, 해냈다.

어째서 그런 판단을 내릴 수 있었을까?

이유는 알 수 없다.

다만 한 가지.

때때로 그런 판단을 내릴 수 있는 사람이 최고가 된다.

그렇게 박영호는 차이를 꺾고 결승에 올라와 이신의 도전자가 되었다.

"지금쯤 승자 인터뷰하고 있겠죠?"

차이가 물었다.

"그렇겠지."

"보고 싶어요. 박영호 선수가 뭐라고 말하는지요."

"그걸 뭐 하러 봐? 보지 마."

박진수가 핀잔을 했다.

하지만 차이는 스마트폰을 꺼내서 경기 생중계에 접속했다.

결승 진출자인 박영호가 승자 인터뷰를 하고 있었다.

캐스터 이병철이 물었다.

—박영호 선수, 오늘 놀라운 플레이를 보여주었는데요, 승리의 비결이 뭐였다고 생각하십니까?

—적극적으로 승부에 나섰던 것이 주효했다고 생각합니다. 그리고 컨디션이 아주 좋았습니다.

—1년 만에 다시 결승 진출을 하게 되셨습니다. 게다가 이번에는 무패 결승 진출이죠? 이신 선수 이후로 그런 일을 해낸 선수는 박영호 선수가 처음인데 소감 한 말씀 부탁드립니다.

그랬다.

박영호는 단 한 세트도 지지 않고서 결승에 진출하게 되었다.

괴물전 스페셜리스트라 불리는 존과의 16강전.

꾸준한 기량을 자랑하는 쌍성전자의 주전 남궁민재와의 8강전.

그리고 4강에서는 강력한 우승후보로 손꼽혔던 차이까지!

박영호의 개인리그 무패행진은 누구도 예상치 못한 엄청난 활약이었다.

—아주 기쁘고…….

박영호는 무슨 생각을 하는지 말을 하다가 말았다.

잠시 후, 계속 말을 이었다.

—이제 제가 역대 최고의 도전자라고 말해도 될 것 같습니다.

"와아아아아!!"

"박영호! 박영호! 박영호!"

그 한마디에 함성이 쏟아졌다.

"이제 제가 e스포츠 역사상 가장 강한 프로게이머였다고 말해도 될 것 같습니다."

개인리그 프로모션 영상에서 전 세계를 뜨겁게 달군 이신의 한마디.

박영호는 그 유명한 말을 인용한 것이었다.

그럴 자격이 있었다.

2020년 전반기 개인리그 우승자이며, 무패 결승 진출까지 달성!

이신을 한 번 패배시키기도 했던 차이까지 3—0으로 완파할 줄은 아무도 몰랐다.

실로 가공할 기세였다.

지금의 박영호는 아주 확실하게, 지금껏 신의 권좌에 도전했던 선수들 중 최고의 도전자였다.

그렇게 인터뷰가 끝났다.

—이렇게 이신 선수와 우승을 놓고 겨룰 상대는 박영호 선수로 낙점되었습니다.

—이신 선수와 차이 선수의 사제전도 기대를 모았습니다만, 또 요즘 가장 핫한 매치가 바로 신영전 아닙니까?

신영전이란 이신과 박영호의 매치를 뜻했다.

두 사람이 붙었다 하면 언제나 명경기가 나왔기 때문에 결승전의 흥행은 보장되었다고 해도 과언이 아니었다.

—무려 차이 선수까지 3 대 0으로 꺾고서 결승 진출을 한 철벽괴물 박영호 선수! 이신 말고는 내 상대가 없다고 선언하는 듯

했습니다.

　—예전 같았으면 그래봤자 결국 이신이 이기고 우승하지 않겠느냐 뭐 그런 분위기가 보통이었습니다만, 이제는 정말 모르겠습니다!

　—예, 그렇습니다. 늘 그렇듯이 신이 이기겠지 하는 그런 안일한 속단을 할 수가 없습니다. 지금의 박영호 선수는 기세가 오를 대로 올랐거든요!

　"꺼."

　이신이 툭 내뱉었다.

　차이는 영상을 종료하고 스마트폰을 힘없이 내려놓았다.

　그러고는 말이 없었다.

　의연하게 패배를 받아들이고 패인을 묻던 차이.

　그러나 아직 어린 차이였다.

　우승이라는 목표를 위해 뼈를 깎는 훈련을 해왔던 열정 넘치는 소년이었다.

　그렇기 때문에 피부에 와 닿기 시작하는 패배라는 좌절감에, 고개를 숙여야 했다.

　"괜찮아, 질 때도 있는 거야."

　박진수는 그런 차이를 다독였다.

　"너무 괴로워요."

　"당연히 괴롭지. 근데 뭐 어때? 이길 때도 있고 질 때도 있는 거지. 지면 울다가도 이기면 웃고, 그러면 되는 거야."

　"다음에 다시 기회가 있겠죠?"

"당연하지. 그저 게임일 뿐이야. 졌으면 다음에 또 도전해서 이기면 되는 거야. 그래서 게임이 재미있는 거지. 넌 이제 막 데뷔한 신인이야. 누가 데뷔 첫해에 우승하고 주구장창 이기기만 할 수 있겠어?"

"저기 있잖아요."

차이는 불만스럽게 보조석 쪽을 가리켰다.

거기에 데뷔 첫해에 개인리그와 월드 SC 그랑프리를 무패우승하고 지금까지 다전제 대결에서 져본 적이 없는 사람이 앉아 있었다.

순간적으로 말문이 막힌 박진수.

그는 기어 들어가는 목소리로 궁색하게 대답했다.

"쟨 그냥 미친놈이고. 대신 성격에 장애가 있잖아."

그 말에 차이는 웃음을 터뜨렸다.

웃고 있는데 이상하게 눈물이 나왔다.

2021년 전반기 개인리그, 4강전 2경기.

스코어 3—0.

차이는 4강에서 탈락했다.

*　　　　　*　　　　　*

Kaiser VS Runner.

이신과 박영호의 결승전 대결이 성사되었다는 소식이 전해지자 전 세계의 관심이 집중되었다.

차이도 이신의 제자로서 유명인사이긴 했지만, 세계 e스포츠계에서 은메달리스트인 박영호만큼의 인지도는 없었다.

뿐만 아니라 예능 프로그램을 촬영하면서 붙었던 명경기가 자막과 함께 전 세계 팬들에게 팔린 탓에 박영호는 이신의 맞수로 적합하다고 세계 팬들의 인정을 받았다.

그 어느 때보다도 강력한 도전자!

그러한 타이틀이 세계 각국의 e스포츠 뉴스를 장식하면서, 한국의 국내 개인리그 결승전이 세계의 관심을 받게 되었다.

이에 따라 중계권을 가진 올도어는 부사장 지수민의 주도로 결승전 유료 생중계를 전 세계 팬들이 볼 수 있게 조치를 취했다.

바로 중국과 미국으로부터 해설진을 고용한 것.

영어와 중국어로 된 해설을 따로 결재해서 볼 수 있게 한 조치였다.

영미권과 중국어권의 e스포츠 팬을 노린 것인데, 특히나 중국과 미국은 현재 이신에 대한 관심이 매우 높아져 있었다.

이신이 중국 진출에 대한 여지를 보이는 바람에 벌어진 현상이었다.

중국 팬들이 이신을 데려오라고 아우성치기 시작했다.

당연히 중국의 수많은 프로 팀이 이신을 영입할 수 있다면 무슨 짓이든 하겠다는 기세였다.

그러자 화가 난 쪽은 바로 미국.

현존하는 가장 큰 e스포츠 시장은 미국이었으나, 중국이 엄청난 시장 규모와 자금으로 따라잡는 실정.

그런 판에 e스포츠의 상징인 이신이 중국으로 가버린다면 그 상징성은 단지 선수 하나의 문제 정도가 아니었다.

때문에 중국에 갈 바에는 우리에게 오라며 엄청난 이적료와 연봉을 준비하고 있다는 소식이었다.

아무튼 올도어는 이신으로 인해 세계의 이목이 한국에 집중된 기회를 아주 제대로 활용하겠다는 의지가 뚜렷했다.

영어와 중국어로 결승전을 중계하겠다는 뜻을 밝히자 세계 팬들이 환호했다.

한편 4강전 2경기가 치러진 다음 날, 이신과 박영호는 협회의 부름을 받았다.

결승전 홍보를 위한 촬영과 경기 전 인터뷰를 위해서였다.

"아 쫌, 따로 찍고서 같은 눈높이로 붙이면 안 돼요? 이게 뭐야, 이게!"

고성방가 하듯이 투정을 부리는 사람은 바로 박영호.

왜냐하면 포토그래퍼가 서로 마주보는 콘셉트를 요구했기 때문이었다.

가까운 거리에서 서로를 노려보자, 키의 차이에 의하여 자연스럽게 이신이 우월하게 박영호를 내려다본 형태가 되었다.

외모까지 감안하면 이미 싸우기 전에 진 모양새였다.

"이 양반이 지금 날 오만하게 내려다보잖아요. 싸우지도 않았는데 이미 내가 져 있어?! 나 이렇게는 못 찍어! 안 해, 안 해."

박영호는 다 필요 없다는 듯이 손을 마구 휘저었다.

촬영장의 스태프들이 다들 입을 가리며 킥킥거리는 가운데, 포토그래퍼가 어색하게 웃으며 말했다.

"그럼 발판을 드릴 테니까……."

"컨셉이 개그예요?"

"아, 아뇨, 물론 사진은 상반신만 나와서……."

"그냥 제가 마음에 안 들죠? 차이가 이기고 올라왔으면 둘 다 잘생겨서 그림 참 좋았을 텐데 이 새낀 뭔가 싶은 거죠?"

"아유, 그런 말씀을……!"

드립을 치며 촬영장을 웃음바다로 만드는 박영호.

사진 촬영을 하는 모습도 결승전 프로모션 영상에 활용되기 때문에 박영호가 일부러 재미있는 장면을 만들어주는 것이었다.

사진 촬영을 마친 뒤에는 잠시 휴식 시간이 주어졌다.

"어제 나 어땠어?"

박영호가 옆에서 물었다.

"잘하더라."

"어때, 형은 날 이길 수 있겠어?"

슬쩍 도발을 날렸다. 하지만,

"어."

이신은 덤덤히 대꾸했다. 1초의 고민도 없이 튀어나온 대답이라 박영호의 얼굴이 일그러졌다.

제2장

연습

파프리카TV를 배회하던 시청자들에게 알림이 떴다.

Player_SIN이 방송을 시작했다는 표시였다.

1분도 채 되지 않아 1만여 명이 모였다.

시청자가 끝도 없이 올라가며 서버가 위험해질 지경에 이르렀다.

아직 방송 화면에는 아무것도 뜨지 않았고, 그저 음악만 들릴 뿐이었다.

　―캠 빨리 안 키냐?

　―답답해 죽겠네. 빨리 캠 켜!

　―신님 결승 진출ㅊㅋㅊㅋ

—근데 결승전이 코앞인데 방송해도 됨? ㅋㅋㅋㅋ

—니 수제자 발렸더라?

—야 이 새꺄 니가 지금 방송할 때냐? 돈만 존나 밝혀요ㅆㅂ

—매니저 없냐? 채팅창 관리 좀;;;

이윽고 음악만 틀어놓은 채 잠자코 있던 BJ가 움직이기 시작했다.

욕설과 음담패설을 일삼던 시청자들이 죄다 블랙리스트에 추가되고 강제 퇴장을 당했다.

그리고 음성이 변조된 목소리가 들렸다.

"시청자 너무 많아서 채팅창을 읽을 수도 없었는데 잘됐네요. 이 기회에 한 2, 3천 명쯤 블랙리스트에 올릴게요."

그러고는 정말로 한마디라도 욕설을 한 시청자는 모조리 블랙리스트와 강제 퇴장당했다.

—ㄷㄷㄷㄷ

—학살 보소;;;

—숙청이 시작됐다!

—어그로꾼들 ㅂㅂ2

—시청자가 너무 많아서ㅋㅋㅋㅋㅋ

—이번 기회에 시청자 숫자 좀 줄이자. 채팅창이 너무 빨리 지나가.

—근데 말투가 이신이 아닌데?

—한국인의 억양이 아니다!

—여러분;;; 저거 아마 차이나 존일 겁니다. 이신은 욕을 하건 말건 관심을 안 둬요.

—태국 새끼냐?

—클래스 보소ㅋㅋ 학살도 2, 3천씩 한다.

—독재자가 나타났다!

학살과 숙청의 시간이 끝나고 마침내 캠이 켜졌다.

늘 그렇듯 가면을 쓴 사람이 앉아 있었다.

손에 턱을 괴고 앉은 꼴이 꽤나 우울해 보였다.

"안녕하세요, 오랜만이죠?"

—넌 누구냐?

—이신 아니다.

—차이냐?

—존 아님?

—주디는 확실히 아니고.

—아 욕하고 싶다. 근데 블랙당하기는 싫어…….

—여기서 어그로 끌면 별을 얼마나 쐈건 상관없이 블랙임ㅋㅋㅋㅋ

—이신이라면 열혈도 블랙이다.

가면을 쓴 남자는 한숨을 쉬며 말했다.

"제가 최근에 좀 안 좋은 일이 있어서 많이 예민해요. 어그로는 자제해 주세요."

그 말에 시청자들은 가면 쓴 소년이 누구인지 곧바로 알아차렸다.

—ㅋㅋㅋㅋㅋㅋㅋㅋㅋㅋㅋ

—차이구나.

—차이다ㅋㅋㅋ

—심히 안 좋은 일이 있긴 했지.

—안 좋은 일 ㅇㅈ

—어그로 끌지 마라. 3—0으로 발려서 빡쳤다.

—됐고 이신은 어디 갔냐고!

—오랜만에 방송 켰나 했더니;;;

—이신은 이제 지겨워서 방송 안 한대냐?

"정체를 밝힐 수 없는 그분은 지금 연습 때문에 바빠서 제가 대신 방송 켰어요. 주말에 푹 쉴 겸 기분 전환도 하려고요."

—최근에 생긴 안 좋은 일이 뭐죠? 알고 싶어요.

—나도 알고 싶다ㅋㅋㅋ

—태국은 살 만한가요?

—박영호한테 셧아웃당하신 그분 맞나요?

—차이야 힘내ㅠㅠ

—○○○님께서 별사탕 4,000개를 선물하셨습니다!

—누나가 너 아주 사랑한다!

—다음에 또 이기면 되지!

—○○○님께서 별사탕 1,000개를 선물하셨습니다!

—○○○○○님께서 별사탕 2,000개를 선물하셨습니다!

—○○○님께서 별사탕 300개를 선물하셨습니다!

—헐 별사탕 터지는 거 보소;;

—감성팔이냐?

—위로의 별사탕ㄷㄷ

"아, 고마워요. 위로는 말로도 충분합니다. 별사탕은 안 쏴서도 돼요. 제가 좀 금수저라……. 그래도 마음이 감사하네요."

채팅창에 또다시 웃음이 난무했다.

그렇게 방송이 시작되었고, 가면을 쓴 차이는 게임을 실행해 엄청난 실력을 뽐내기 시작했다.

*　　　　*　　　　*

"차이는 뭐해?"

"방송해요."

"방송?"

주디의 대답에 이신이 의아해했다.

"오랫동안 방송 안 하셨잖아요. 섭섭해 하는 팬들도 많고 해서 제가 권했어요. 기분 전환도 할 겸으로요."

그런 걸로 기분 전환을 할 수 있을까?

이신은 고개를 갸웃거렸다.

하지만 주디의 아이디로 방송에 접속해 보니, 차이는 꽤 방송을 유쾌하게 잘하고 있었다.

온라인에서 괴물 플레이어를 만날 때마다 유독 흥분해서 처절하게 박살 내는 익살스러운 모습에 채팅창에는 웃음이 가득했다.

"쟨 저쪽이 적성이 맞나 보군."

"SNS나 미디어에 노출되는 걸 많이 좋아하잖아요."

박영호에게 진 것을 놀리는 시청자들도 있는데 도리어 더 유쾌해하는 차이.

하여간 스타성은 타고난 듯했다.

잠깐 차이가 진행하는 방송을 구경하던 이신은 충분히 쉬었다고 생각하자 장양에게 말했다.

"다시 연습 시작하자. 5판 3선."

결승전에 대비한 이신의 연습 상대는 바로 장양.

현존하는 괴물 플레이어 중 박영호 수준으로 컨트롤과 피지컬을 구사할 수 있는 사람은 장양밖에 없었기 때문이다.

그런데 장양은 어쩐지 질린 표정으로 고개를 저었다.

"안 해?"

끄덕끄덕.

이신과 게임을 하고 싶어 하지 않는 장양.

이유는 간단했다.

"자꾸 져서 그렇죠. 좀 쉽게 해주세요."

주디가 말했다.

그랬다.

최근 들어 이신에게 이길 때보다 질 때가 더 많아진 장양.

평소에는 이길 때도 많았던 장양인데, 결승전에 대비하여 다전제 승부로 치르게 되니 많이 밀리게 되었다.

진검승부에서 계속 무릎 꿇는 느낌이라 패배에 대한 부담이 더 컸다.

"하는 수 없군. 온라인에서 다른 상대를 찾아봐야지."

이신은 스페이스 크래프트에 접속해 온라인에서 대전 상대를 찾아보았다.

같은 S등급의 랭킹에 있는 상대들은 대부분 프로게이머였기 때문이다.

그런데 그때였다.

"선생님."

문득 방 안에서 방송을 하던 차이가 밖으로 나와 불렀다.

"왜?"

"누가 선생님이랑 게임을 하고 싶다는데요?"

"못 한다고 해."

당연한 소리였다.

결승전을 코앞에 두고 수만 명이 보는 방송에서 게임이라니?

그럴 겨를도 없을뿐더러, 상대가 괴물일 시 박영호 측에게 준비하는 전략이 유출될 우려도 컸다.

"물론 방송에서 말고요. 결승전 연습을 도와주겠다고 꼭 좀 부탁한대요."

"상대가 누군데?"

이신은 의아해져서 물었다.

상대가 그냥 아마추어였다면 차이가 이런 말을 굳이 이신에게 전할 이유가 없었다.

"리우요."

"리우? 누구야 그건?"

"지난해 중국 프로리그 신인왕이요."

"중국?"

"네, 자꾸 별을 쏘면서 부탁하기에 확인해 보니까 정말이더라고요."

본명은 왕리우.

Liu라는 닉네임으로 활동을 하기 때문에 리우라고 보통 부른다고 한다.

작년에 데뷔해 프로리그 다승왕과 신인왕을 동시에 차지한 영예를 거둔 중국의 신성이라고 한다.

'중국의 다승왕이자 신인왕이면 어느 정도지?'

이신은 궁금증이 일었다.

최근에 붙어본 중국 선수라고 해봐야 왕펑카이밖에 없었다.

월드 SC 올스타전에서 괴물로 박살 낸 왕펑카이가 상하이 슈퍼리그의 우승자였다고 들었다.

"온라인에서 보자고 그래."

"네."

차이가 다시 방 안으로 들어갔다.
그리고 잠시 후,

—Liulll: hi.

리우에게서 귓속말이 왔다.

—Kaiser: hi.
—Liulll: Nice to see you. You are my hero!
—Kaiser: Thanks, 3/5 OK?
—Liulll: OK!

그렇게 중국의 신인왕과의 연습 게임이 시작되었다.
차이가 진행하는 파프리카TV 개인방송에서는 두 사람의 게임
을 보고 싶다는 원성이 넘쳐흘렀지만 말이다.

＊　　　　＊　　　　＊

중국, 북경.
"성사됐어요!"
신이 나서 소리치는 청년.
180센티미터의 큰 키에 어깨도 넓은 건장한 체격이었지만, 얼
굴은 아직 소년티를 벗지 못한 남자였다.

그의 이름은 왕리우.

지난해에 데뷔하여 최고의 한 해를 보낸 18세의 유망주였다.

"정말이야?"

"어디어디!"

같은 팀의 선수들이 우르르 몰려왔다.

각 나라별로 서버가 나뉘어 있었기 때문에 IP를 우회해 한국 서버에 접속하고 아이디도 새로 만들어야 했다.

그렇게 한국 아이디를 만든 중국 선수가 한둘이 아니었다. 이신과 게임을 해보고 싶다는 일념 때문이었다.

하지만 지금까지 이신은 좀처럼 대전 신청을 받아주는 법이 없었다.

"정말 이신이다!"

"우와, 카이저!"

"저 전설의 아이디를 직접 보다니!"

"나도 한 판 해보고 싶어. 말을 좀 해줘봐."

팀의 동료들이 너도나도 아우성치며 행운을 잡은 리우를 부러워했다.

"조용히들 해봐!"

그때 중년인이 나타나 소리쳤다. 선수들은 그제야 흥분을 가라앉혔다.

중년인은 리우의 곁에 다가와 말했다.

"리우."

"네."

"연습이니까 치즈러시는 없을 거야. 너도 운영 위주로 상대해 줘. 그래야 저쪽도 연습이 될 수 있고, 우리도 최대한 많은 리플레이 자료를 확보할 수 있으니까."

"알겠습니다."

중년인은 리우의 모니터 화면을 유심히 바라보았다.

SC스타즈.

중국에서 1, 2위를 다투는 프로 팀으로, 중년인은 이 SC스타즈의 감독 왕춘이었다.

'최대한 많은 리플레이를 얻어야 한다.'

리우가 파프리카TV를 통해 이신에게 접촉한 것은 왕춘 감독이 시킨 일이었다.

그렇게 해서라도 왕춘 감독은 이신의 플레이가 고스란히 담긴 리플레이 파일을 얻고 싶어 했다.

중계되는 공식 경기 영상만으로는 이신의 플레이를 다 알 수 없기 때문이었다.

이렇듯 왕춘 감독이 리우와 이신의 이번 연습 게임을 중요시 여기는 이유는 간단했다.

'이신의 실력이 어느 정도인지 알아야 해.'

지금 중국 e스포츠 업계에서는 이신을 기필코 모시겠다고 난리였다.

세계적인 명문 팀인 SC스타즈라고 예외는 아니었다.

중국 대기업의 후원도 받고 있고 엄청난 충성 팬덤도 거느린 SC스타즈가 자금력이 없을 리 만무했다.

이신을 영입하겠다고 일단 결심을 한다면, 엄청난 자금을 퍼부을 자신이 있었다.

하지만 그러기 위해서는 먼저 이신의 가치를 정확하게 파악해야 했다.

이신을 영입한다면 팬이든 후원사든 다들 좋아할 건 분명했다.

하지만 왕춘 감독으로서는 영입에 신중할 수밖에 없었다.

거금을 퍼들인 영입이 실패로 끝난다면 감독인 그만 오명을 써야 하기 때문.

'이신이 있는 팀이라는 것 하나로도 얻을 수 있는 무형의 가치는 어마어마하지만……'

그래서 일단 보기로 했다.

리우를 상대로 어떤 플레이를 하는지를 두 눈으로 똑똑히 보고, 리플레이 파일을 전략연구팀에게 분석시켜 전략성·판단력·피지컬 등을 낱낱이 뜯어볼 생각이었다.

"시작한다."

"와, 신과의 대결이라니."

"아무리 리우라지만 상대가 될까?"

게임이 시작되었다.

모두의 기대 속에서 리우는 플레이를 시작했다.

리우는 철저한 정찰과 디펜스를 통한 운영을 시도했다.

그런데 이신의 기세가 초반부터 심상치 않았다.

보병과 의무병이 빠르게 튀어나와 시종일관 리우의 진영을 난타했다.

"진짜 빠르다."

"공격 템포가 굉장히 빨라."

선수들이 감탄하는 가운데, 리우는 보병·의무병 부대로 빠르게 맵을 휘젓고 다니며 공격하는 이신을 막느라 진땀을 흘렸다.

그리고······.

왕춘 감독이 어깨를 툭 치자 리우는 알았다는 듯이 고개를 끄덕였다.

그리고 리우의 반격이 시작됐다.

*　　　　　*　　　　　*

이신에게 계속 공격을 받는 와중에도 리우는 반격을 감행했다.

반격은 매우 정교하게 이루어졌다.

맵 중앙까지 진출해 있는 이신을 병력을 잡아먹기 위해 촉수충과 바퀴 떼를 동원.

동시에 하늘군주에 촉수충 2마리를 태워서 이신의 앞마당에 드롭했다.

그리고 또,

"오!"

"좋다!"

이신의 앞마당 출입구에 촉수충 2마리를 심어 놓았다.

앞마당을 지키기 위해 회군하는 적 병력을 습격하기 위해서였다.

세 군데에서 이루어진 교전!

이는 이신의 멀티태스킹을 테스트하기 위함이었다.

그리고 리우가 유독 빛나는 부분도 바로 이 멀티태스킹이었다.

'그만큼 나이가 들었다. 과연 옛날의 그 멀티태스킹은 얼마나 녹슬었을까?'

나이가 들어 역량이 퇴보하는 신호는 멀티태스킹 문제에서 시작된다.

자신이 공격하는 상황에는 능하지만, 공격 받았을 때 그것에 대처하는 능력이 떨어지기 시작한다.

그리고 이신의 대처가 시작되었다.

맵 중앙, 이신은 삽시간에 병력을 넓게 펼쳐 학익진을 만들었다.

이윽고 앞마당.

땅속에 숨어든 촉수충이 촉수로 건설로봇들을 공격했다.

건설로봇 2기를 잃었지만, 다음 공격이 이어지기 전에 모두 본진으로 대피시켰다.

'그럼 이제 앞마당의 촉수충을 제거하기 위해 일부 병력이 돌아온다.'

리우가 생각했다.

그런데 예상과 다른 결과가 나타났다.

이신의 다른 병력은 오히려 맵 중앙에서 벌어지는 교전에 합류한 것이다.

양측에서 보병들이 사격하자 리우의 병력은 눈 깜짝할 사이에 전멸당했다.

앞마당은 일단 건설로봇들만 대피시킨 채 그냥 놔둔 것!

맵 중앙의 교전을 승리로 거둔 이신은 그대로 리우의 본진으로 질풍같이 진격했다.

앞마당의 촉수충 2마리 또한 추가 생산된 이신의 병력에 의해 제압당했다.

전황은 순식간에 이신에게로 기울어졌다.

어떻게든 버티면서 시간을 벌어보려 했지만, 그럴 틈조차 없었다.

박영호와의 일전을 앞두고 극도로 날카로워진 이신의 공격력이었다.

앞마당이 쓸려 나가고 본진까지 강행돌파!

거칠고 무자비했다.

박영호의 철벽을 돌파하려면 이 정도 공격성은 필요했으니까.

리우는 GG를 치는 수밖에 도리가 없었다.

"강하다……."

누군가가 말했다.

모두의 감상을 대변한 한마디였다.

왕춘 감독도 놀랐다.

'순간적인 판단이 아주 정확했다.'

조금도 당황하거나 고민한 기색이 없었다.

이신은 단호하게 승부를 내버렸다.

게다가 마지막에 본진까지 돌파하는 피니시.

리우의 디펜스는 충분했는데도, 컨트롤로 억지로 뚫어 버렸다.

'만약 뚫지 못했으면 리우가 이기는 거였는데.'

경험에서 우러나온 노하우였을까, 아니면 그 순간 이길 수 있다는 육감이 들었던 것일까?

후자라면 아직 감각이 녹슬지 않고 생생하게 살아 있다는 뜻이리라.

'전략연구팀이 분석해 보면 알겠지.'

이어서 둘째 판을 시작했다.

맵은 역시나 이신이 앞둔 결승전 2세트 맵과 동일했다. 결승전 연습을 돕는다는 명목이니 당연했다.

이번에도 공격적으로 나온 쪽은 이신이었다.

병영에서 보병·의무병·화염방사병을 끊임없이 생산하며 계속 공격해왔다.

목표는 괴물의 3광산 방지.

괴물은 광물 자원을 많이 필요로 하는 종족이었다.

때문에 리우가 2번째 확장 기지를 가져가는 것을 끊임없이 방해하는 것이었다.

막아도 막아도 끝이 없는 이신의 엄청난 공격력!

—투타타타타타타—!!

—촤아악! 촤악!

신기에 가까운 컨트롤로 땅속에서 공격해 오는 촉수충의 촉수를 피해 다니며 소총 난사.

　보병이 다 죽고 의무병만 남았을 때쯤, 기막히게도 추가 생산된 보병들이 합류해 공격을 이어나갔다.

　그것을 계속 견뎌내며 버티는 리우의 디펜스도 놀라웠지만,

　"어!"

　"저거 막아야 돼!"

　"와, 이쪽은 정신이 하나도 없는데……!"

　계속 몰아치는 이신의 지상군 공격에 대항하느라 정신이 없는 틈에, 항공수송선 1척이 날아들었다.

　그대로 리우의 확장 기지 한복판에 보병 6명, 의무병 2명을 드롭!

　―투타타타타타!

　―키엑!

　―키에엑!

　자원을 채집하던 일벌레들이 사살당했다.

　동시에 확장 기지 바깥에서도 이신의 군대가 다시 공격을 시작했다.

　내우외란!

　항공수송선을 통해 침투한 이신의 특공대는 쉽게 진압되지도 않았다.

　사방에서 공격하는 촉수충들의 촉수를 절묘하게 피해 다니며 지그재그로 적진을 휘젓는다.

"저게 사람의 컨트롤이야?"

"나이 많다며? 저게?"

SC스타즈의 선수들이나 왕춘 감독이나 기가 질렸다. 눈앞에서 직접 맛보는 이신의 플레이가 믿겨지지 않았다.

심지어,

"저 와중에 또 드롭한다!"

"저런 컨트롤을 하고 있는데 어떻게……!"

"말도 안 돼? 도핑이라도 하는 거 아냐?"

항공수송선이 계속해서 병력을 실어 날랐다.

리우가 폭탄충 2마리를 뽑아 배치했지만, 항공수송선은 절묘하게 폭탄충을 피해 다니며 보병을 1명씩 떨궜다. 떨궈진 보병이 총으로 폭탄충을 쏴 격추시킨다.

그런 컨트롤로 항공수송선을 살리며 계속 드롭 공격을 하는 것이었다.

그러면서 보병 컨트롤도 하고, 병력 생산도 이루어졌다.

컨트롤, 멀티태스킹에서 리우는 압살당했다.

—LiuⅢ : GG.

—Kaiser : GG.

"포악하다."

왕춘 감독이 이신의 플레이를 평했다.

리우는 연이은 완패에 정신적으로 피로해졌는지 이마에 맺힌

땀을 닦고 있었다.

왕춘 감독의 평 그대로였다.

예전의 이신이 끊임없는 견제로 상대를 괴롭히는 악랄함의 대명사였다면, 오늘의 이신은 포악했다.

아예 괴물의 숨통을 조기에 끊기 위해 악착같이 물고 늘어지는 흉포함!

리우는 방어를 확실히 해놓았다.

일반적으로 계산상 그 방어는 뚫리지 않는다.

그런데 뚫었다.

신의 경지에 이른 컨트롤.

끊임없는 후속 병력의 합류.

이신은 뚫릴 때까지 연타를 계속 먹였다.

'이것이 철벽괴물에 대한 이신의 해답인가!'

신(神)이라 불리는 솜씨는 그야말로 명불허전이었다.

"감독님, 제가 하고 싶습니다."

SC스타즈의 에이스인 지우펑이 호승심이 들었는지 나섰다.

지난해 베이징 슈퍼리그에서 우승을 차지한 팀의 간판스타 지우펑이라면 이신에게 도전할 자격이 충분했다.

하지만 왕춘 감독은 고개를 저었다.

"넌 신족이잖아. 지금은 엄연히 이신의 결승전 연습을 돕는 거다. 그리고 아직 리우의 대결이 끝난 건 아니다."

"…예."

짧은 머리에 큰 키를 가진 터프한 인상의 지우펑.

그는 모니터로 보이는 이신의 닉네임 Kaiser를 보며 눈빛을 이글이글 불태웠다.

그러거나 말거나 왕춘 감독은 리우에게 조언했다.

"3광산을 안 주려는 모양이다. 방어를 탄탄히 하고 3광산 이후의 장기전까지 한번 가보자."

"예, 근데 3광산 확보하기가 너무 힘드네요."

"길목에 촉수충을 심어서 추속 병력의 합류를 방해해야 돼."

"빈집 털이도 한번 노려볼까요?"

"그럴 수 있으면 좋지만, 가능할 것 같진 않다. 역으로 싸 먹혀서 병력을 잃을 수 있으니, 위협만 하고 마는 게 낫다."

"예."

왕춘 감독은 리우의 등을 탁탁 치며 격려했다.

"네 경기력도 절대 나쁘지 않았다. 이번에는 한발 더 나아갈 수 있을 거다."

"네!"

잠시 쉬는 동안, 선수들은 리우가 이신과 치렀던 게임의 리플레이 파일을 옮겨 받아 확인해 보고 있었다.

그러다가 이신의 플레이에서 보이는 또 다른 공통점을 확인했다.

"병영을 늘렸습니다!"

"뭐?"

"두 번 모두 그랬어요."

놀란 왕춘 감독이 그들과 함께 확인했다.

이신은 기갑정거장을 더 짓지 않고, 오히려 병영을 더 지어서 보병·의무병 등을 생산하려 하고 있었다.

리우가 버티지 못해서 그쯤에서 게임이 끝나 버렸지만 말이다.

그렇다면…….

"후반 병영 체제?"

"그럴 생각으로 충만한데요?"

왕춘 감독은 이신이 박영호를 상대로 어떤 콘셉트를 준비했는지 알 것 같았다.

'병영 체제에서 기갑 체제로 전환할 때, 병력 생산도 잠시 중단되면서 공격도 멈추게 되지. 그 틈을 노리고 역습을 감행하는 괴물도 있고.'

조금의 틈도 안 주고 계속 몰아치겠다는 이신의 의지였다.

즉, 결승전은 창과 방패의 대결이라는 뜻!

'장기전이 되면 병영 체제가 쉽지 않을 텐데… 피지컬에 자신이 있다는 건가, 아니면 후반까지 안 간다는 건가?'

더 많은 정보를 보려면 리우가 세 번째 판에서 어떻게든 더 길게 버텨주어야 했다.

왕춘 감독의 기대를 안고서, 리우는 세 번째 게임을 시작했다.

이번에는 확실히 리우가 보다 분전했다.

이신의 맹렬한 공세를 버텨가며, 3광산을 확보하는 데 성공한 것이다.

그러자 4광산 확보를 놓고 또다시 공세에 시달려야 했다.

이신은 항공수송선 다수를 동원해 여기저기에 공습을 펼쳤다.

맵 전체가 전장이 된 엄청난 난전.

난전에 대응하느라 리우는 정신이 하나도 없었고, 지켜보는 선수들이나 왕춘 감독도 정신없었다.

전력으로 멀티태스킹을 하느라 휙휙 전환되는 리우의 개인 화면을 계속 보기가 어지러울 지경!

그런데 그런 리우도 이신의 멀티태스킹을 따라잡기 벅찼다.

끊임없이 공습을 펼치며 자원 확보를 방해하는 이신.

리우는 끝내 원활한 4광산 광물 자원 수급 체계를 얻지 못하고, GG를 선언하고 말았다.

"빌어먹을!"

리우는 책상을 내려치며 분노를 토했다.

이런 패배가 가장 싫었다.

실수나 전략 실패에 의한 패배가 아닌, 전심전력을 다해놓고 지는 실력 차이의 확인 말이다.

"그 정도면 훌륭했다. 상대는 신이야."

"이기고 싶어요. 다음에는 꼭이요……."

"그래, 충분히 그럴 수 있어. 넌 이제 시작이야."

그런데 그 기회가 빨리 찾아왔다.

─Kaiser : re?

한 번 더 하자는 뜻이었다. 리우가 연습 상대로 마음에 들었던 것이다.

"또, 또 하재요."

허둥지둥 당황한 리우.

왕춘 감독은 그런 리우의 어깨를 두드려 주는 수밖에 없었다.

"부탁한다."

"네……."

리우는 울상이 되었다.

*   *   *

리우가 이신의 샌드백이 되어 묵사발이 된 보람이 있었다.

그 덕에 많은 리플레이 파일을 얻을 수 있었던 것이다.

그 자료는 고스란히 SC스타즈의 전략연구팀에 전달되어서 분석에 들어갔다.

이신의 선수로서의 역량과 남은 선수 생명이 얼마나 되는지 예측하는 분석이었다.

그리고 그 결과,

[예전보다 멀티태스킹과 반응 속도가 미세하게 감퇴했지만, 경기력에 영향을 미칠 정도는 아니다.]

이게 무슨 헛소리냐고 왕춘 감독이 물었다.

그러자 전략연구팀의 대답은 놀라웠다.

스페이스 크래프트의 대대적인 인터페이스 업데이트로 인해 병력 생산이 한결 간편해진 것!

그로 인해 이신은 전투 컨트롤에 더욱 집중할 수 있게 된 것이었다.

그게 이신의 공격력을 더욱 강화시켰고 말이다.

앞으로도 인터페이스의 간소화는 지속될 터…….

이를 통해 내릴 수 있는 결론은 하나였다.

'작년보다 더 강해졌다!'

작년에도 이미 세계 최강자였는데도 말이다!

[이신의 노화가 갑작스러운 슬럼프가 아닌 점진적인 형태로 찾아온다면, 선수 관리에 따라 앞으로 3년은 충분히 톱클래스의 기량을 유지할 수 있을 것으로 보인다.]

'이런 미친…….'

아예 욕이 나왔다.

뭐 이렇게 생겨 먹은 인간이 다 있단 말인가.

'이게 정말 사람이라고?'

게임을 하라고 하늘이 낸 천재가 아닌가.

이제 왕춘 감독은 결단을 내렸다.

'잡는다.'

돈이 얼마가 들던 간에.

그러기 위해서는 팀에 자금을 후원해 주는 스폰서를 만날 필요가 있었다.

SC스타즈의 후원사는 장린투자그룹이었다.

제3장

계획

"와, 진짜 좋네요."

어느새 방송을 마치고 돌아온 차이가 이신의 플레이를 보고 감탄했다.

"나도 저렇게 하고 싶다."

존 역시 경탄하기는 마찬가지.

존도 보병 컨트롤이 특기지만, 방금 보여준 이신의 플레이에 비하면 아직 멀었다고밖에 할 수 없었다.

연습 상대가 되어준 리우와 작별하고서, 이신은 소파에 앉아 휴식을 취했다.

그러자 주디가 마실 것을 가져다주며 다정하게 물었다.

"준비는 다 된 것 같네요?"

"아직이야."

"그래요? 충분해 보이는데요?"

"지금까지는 컨셉과 기본기의 영역이야."

이신이 말했다.

"이 상태로 붙으면 3 대 2, 박영호도 따로 준비한 깜짝 전략이 있다면 상황에 따라 3 대 2."

"그럼 이쪽도 깜짝 전략을 더 준비해야겠네요."

"그래야지. 그래야 무난하게 3 대 1 정도로 이길 수 있어."

이신은 코앞에 둔 결승전에서 3 대 1 승리의 시나리오를 구상했다.

특별한 필살 전략을 2세트에 써서 스코어를 유리하게 리드할 생각이었다.

거기에 진철환과의 4강전도 유리하게 작용했다.

어떤 전략도 노출하지 않았고, 그저 치즈러시와 쐐기충에 대한 카운터로 승리를 거뒀기 때문.

'박영호는 치즈러시를 배제할 수가 없을 것이다.'

나이든 선수는 승부를 쉽게 얻을 수 있는 치즈러시를 곧잘 시도한다.

이신의 나이도 e스포츠에서 결코 적지 않다.

박영호의 머릿속에는 치즈러시가 심어졌고, 그에 대비하여 일찍 바퀴를 뽑는 가난한 빌드 오더를 1세트에 쓸 수밖에 없다.

그러면 이신은 역으로 더 부유하게 출발해서 자원 격차를 벌릴 수 있다.

대체로 빠르면 3세트, 늦어도 4세트 이내에 승부를 볼 수 있을 거라고 이신은 내다보고 있었다.

하지만 예상을 벗어나서 5세트까지 온다면?

'그럼 재미있어지겠지.'

사실은 내심 그것을 원했다.

더 강해라.

날 재미있게 만들어 봐.

*   *   *

연습실.

제자들과 함께 출근한 이신은 최환열과 따로 이야기를 나눴다.

"무슨 일인데?"

"이적 시즌 되기 전에 여러 팀에서 접촉이 있어서."

"누구?"

"누구겠어? 우리 팀 1군 전원이지."

최환열은 혀를 내둘렀다.

"해외 팀들이 아주 우리 애들 다 빼가려고 작정하고 덤비더라."

"내 제자들이야 돈 때문에 흔들일 일은 없겠지."

"그야 그렇지. 하지만 사나다 료나 유진영은 다르잖아."

그 말은 이신도 동의하지 않을 수 없었다.

프로가 돈을 따라 가는 건 당연한 일.

사나다 료나 유진영이나 각기 품은 야망이 있을 테니 더 큰물에서 활동할 수 있는 기회를 놓치지 않으려 할지도 몰랐다.

물론 올도어SCC에 이적한 지 1년도 안 된 까닭에 계약상 떠날 수는 없다.

하지만 두 사람이 원한다면 그 마음을 무시할 수도 없었다.

"사나다 료는 우리 팀의 신족 라인업을 책임져야 하기 때문에 절대 보낼 수가 없지. 그 점은 본인도 잘 알 거야."

"응, 료는 안 돼."

다행히 사나다 료는 이신을 동경하여서 일본에서 건너온 선수였다.

올도어SCC를 떠날 생각이 당분간은 없을 것이다.

게다가 프로리그 우승이 유력한 만큼, 내년에 월드 SC 그랑프리 단체전이라는 최고의 무대에 출전할 가능성이 높은 올도어SCC다.

계약 조건도 나쁘지 않으니 사나다 료는 기꺼이 팀에 남을 생각일 것이다.

"근데 진영이는 조금 생각해 볼 필요가 있을 것 같다."

최환열이 말했다.

"쌍성전자 쪽에서 연락이 왔었어."

"쌍성전자?"

이신은 의외라는 표정이 되었다.

"이적료도 연봉도 해외 팀 못잖게 어느 정도 맞춰주겠다고 하더라고. 아무래도 진영이 입장에서도 해외보다는 국내 팀이 더 적응하기도 쉬울 테고."

"포스트시즌에 우릴 이기고 우승하기 위해 전력 보강을 하겠다는 심보잖아."

"하하, 의도야 뻔하지. 우리한테 너무 독주하지 말고 같이 라이벌 구도로 가자고 그러더라."

"생각 자체는 나쁘지 않군. 올해 그랑프리까지 계산에 넣은 거겠지."

"그렇겠지. 올해 그랑프리 단체전에서 성과를 내고 싶을 테니까."

작년 우승 팀인 쌍성전자는 올해 월드 SC 그랑프리 단체전에 출전한다.

월드 SC 그랑프리가 개최되는 때는 바로 한국에서 전반기가 끝나고 이적 시즌이 되었을 때다.

이적 시즌이 시작되자마자 유진영을 영입하면, 바로 월드 SC 그랑프리 단체전에 투입할 수 있는 것이다.

국제 규정상, 도중에 영입한 선수도 월드 SC 그랑프리 단체전에 출전시킬 수 있다. 월드 SC 그랑프리에 출전하는 다른 팀으로부터 영입한 선수가 아니라면 말이다.

최영준과 신지호에 유진영까지 합류하면 충분히 해외 강팀과 붙어도 할 만하다는 생각이리라.

"거기서 동메달이라도 따면 국내 프로 팀 최초라는 기록이 생기니까 설령 우리한테 밀려서 프로리그 우승을 놓치더라도 한국 최고의 명문 팀 이미지를 유지할 수 있다는 계산이겠지."

게다가 유진영을 지목한 것도 절묘하다.

올도어SCC는 현재 장양이 두각을 보이는 바람에 같은 괴물 플레이어인 유진영의 입지가 좁아진 것.

프로리그 경기에 출전하는 5인 중 이신과 차이, 장양, 사나다 료는 거의 고정.

그러면 남은 한 자리를 놓고 주디, 존 등과 경쟁해야 하는 상황인 유진영이었다.

그런 점을 알고서 쌍성전자는 유진영을 노리는 것이다.

유진영으로서도 당장 월드 SC 그랑프리에도 참가할 수 있고 팀 내에서 주전도 확보하니 나쁜 선택이 아니고 말이다.

"우리 입장에서 본다면 유진영을 내줄 이유가 없는데."

"그야 그렇지. 근데 나름 생각해 볼 문제라서 상의하는 거야."

올도어SCC가 돈이 부족한 팀도 아니다. 선수를 팔아야 할 이유가 없다.

하지만 한국 프로리그를 생각한다면 쌍성전자가 더 성장할 필요가 있었다.

올도어SCC는 어차피 최강 팀이 될 것이다.

이신의 존재가 아니더라도, 엄청난 자금에 힘입어 계속 선수를 영입해 전력을 보강할 수 있다. 미디어그룹 올도어도 앞으로 더 e스포츠에 투자할 의향이 강하고 말이다.

하지만 올도어SCC가 지금처럼 계속 무패독주 체제를 계속하는 것보다는, 쌍성전자가 이에 맞서는 구도로 판을 키우는 편이 좋을 지도 몰랐다.

　게다가 유진영의 입장에서 보면 쌍성전자로 가는 편이 더 좋을 수도 있고 말이다.

　"쌍성전자 측에서는 되도록 전반기 끝나기 전에 답을 달라더라."

　"일단 본인의 의사를 물어봐야겠어."

　잠시 후, 유진영이 불려와 대화에 합류했다.

　이신은 단도직입적으로 물었다.

　"쌍성전자가 널 원하고 있어."

　"엑?"

　이신의 돌 직구에 유진영은 깜짝 놀랐다.

　최환열이 부연 설명을 했다.

　"급히 필요에 의해 전력 보강을 하는 것이기 때문에 이적료도 연봉도 좋아. 아마 너한테는 신지호 급으로 대우해 줄 생각인가 봐."

　"쌍성전자가 날 영입하겠대요?"

　"그래."

　"쌍성전자에서 괴물이 필요해졌나? 아, 하긴 요즘 안재훈이 부진하고 있으니 그럴 만도 하겠네요."

　유진영은 금방 상황을 이해했다.

　그리고 왜 하필 자신을 지목했는지도 말이다.

　이신이 말했다.

　"쌍성전자로 간다면 전반기 끝나자마자 이적할 거고, 곧바로 월드 SC 그랑프리 단체전에 투입될 거야. 주전 자리도 고정일 테고."

"전부 달콤한 이야기로 들리네."

그렇게 중얼거린 유진영은 어색하게 웃으며 물었다.

"형, 내가 쌍성전자로 가길 원하는 거야?"

"아니."

이신은 단호하게 대답했다.

"네 선택을 존중할 거야. 하지만 팀에 남았으면 좋겠어."

잠시 침묵이 흘렀다.

유진영은 많은 고민을 한 끝에 입을 열었다.

"잘 모르겠어, 형."

"뭐가?"

"팀이 나를 얼마나 필요로 하는지를 잘 모르겠어."

"……."

"나도 팀 내에서 내 입지를 알아. 물론 비관하는 건 아니고."

유진영이 계속 말했다.

"우리 팀이 좋아. 한국에서 가장 강하고 선진적인 팀이고, 아마 내년에 월드 SC 그랑프리에서도 단체전 금메달을 너끈히 딸 수 있을 거야. 지금 우리 팀 멤버는 세계 최고급 전력이라고 생각하니까."

현재 올도어SCC는 전 세계가 주목하는 강팀이었다.

올도어SCC의 가공할 전력에 호평하는 외신의 기사가 인터넷에 자주 오르내릴 정도였다.

"그런데 그렇게 팀이 영광을 얻는데도, 내 입장에서는 무임승차한다는 느낌을 지울 수 없을 것 같아."

"그렇지 않아, 진영아. 우리가 이렇게 안정적으로 자리 잡기까지 네 공이 얼마나 컸는데."

최환열이 끼어들어 말했다.

유진영은 웃었다.

"어쨌든 지금은 이제 내가 없어도 팀은 전혀 문제가 없을 것 같고, 솔직히 주전 경쟁도 점점 힘들어져. 내가 없어도 팀은 별로 전력 손실이 없을 것 같고, 그런 점을 미루어보면 쌍성전자로 가는 게 나쁜 선택 같지 않아."

최환열도 그렇게 말하는 유진영을 뜯어말릴 수가 없었다.

유진영이 현재 주전 경쟁에서 점차 밀리고 있는 것이 현실이었다.

다른 선수도 아니고 저 유진영이 말이다.

그 정도로 올도어SCC의 전력은 엄청난 수준인 것이었다.

그렇다고 어느 팀을 가도 에이스급인 유진영을 후보로 놔두자니 터무니없는 낭비가 아닌가?

그때였다.

"앞으로 네 역할이 더 중요해질지도 몰라."

이신이 한 말이었다.

두 사람은 의아한 표정으로 이신을 바라보았다.

"만약에 말이야."

이신이 말했다.

"내가 없어지면, 팀이 프로리그 우승과 내년 월드 SC 그랑프리 단체전 금메달까지 모두 이루려면 네가 필요할 거야."

"그게 무슨 소리야?"

"형이 없어진다니?"

최환열과 유진영이 동시에 물었다.

"요즘 들어서 왠지 우울한 기분이 들었어. 그토록 좋아하는 게임인데 예전처럼 그렇게 좋지도 않고, 내 열정은 자꾸만 사그라지는 느낌이야."

이신이 계속 말했다.

"내가 왜 이럴까 생각해 봤어. 그러다가 전에 차이가 졌을 때 알겠더라고."

"왜 그러는데? 슬럼프야?"

최환열이 걱정스레 물었다.

이신은 고개를 저었다.

"그 반대야."

"······?"

"내가 질 것 같다는 생각이 조금도 안 들어."

그 말에 두 사람은 황당함에 그만 멍한 표정이 되었다.

하지만 이신은 나름대로 진지했다.

"많은 것이 예전과 달라졌어. 예전처럼 쓰레기 같은 팀에서 혼자 사투를 벌이지 않아도 돼. 부모님도 이제는 프로게이머로서의 나를 인정해 주셔. 손목도, 다른 건강도 문제없어. 게임이 업데이트되면서 인터페이스도 더 간편해졌어."

"……."

"그렇게 하나씩 내게 장애가 되었던 요소가 사라질수록, 긴장감도 점점 떨어져 가. 강력한 적수가 될 것 같았던 상대도 하나둘 꺾여 나갔어. 이제 누구도 기대되지 않아."

최영준, 신지호, 박영호 등 손목 부상에서 막 복귀했을 때는 기대되었던 적수가 있었다.

하지만 그들은 이제 모두 꺾여 나갔다.

이제 남은 것은 결승전 상대인 박영호뿐이었다.

"그래서? 은퇴라도 하겠다는 거야 뭐야?"

최환열이 물었다.

"이번 개인리그에서 우승하면……."

이신은 한참 후에 말을 이었다.

"해외로 진출할까 싶어."

                    *   *   *

"해외 진출?"

최환열도 유진영도 깜짝 놀랐다.

신생팀 올도어SCC의 감독 겸 선수가 되면서 화제를 모았던 이신.

그런데 또 전반기를 마치고 해외로 진출한다면 난리가 날 것이다.

"팀의 감독으로서 반년 만에 떠날 생각을 한 건 책임감 없는 일이긴 하지만, 이미 우리 팀은 내가 없어도 전혀 문제없을 정도로 체계가 잡혔어."

사실상의 감독 역할을 담당한 최환열.

그리고 이신이 사비를 들여 시도했다가 이제는 팀의 축으로 성공적으로 자리 잡은 전략 팀.

그리고 프로리그 전승행진을 이끈 선수들.

게다가 이신의 인기 덕에 짧은 시간 내에 팀의 인지도도 높여 충성 팬덤을 확보했다.

올도어SCC는 이제 이신이 없어도 아무런 문제가 되지 않았다.

그 덕에 이신이 해외 진출을 더욱 결심하게 되었고 말이다.

"유진영."

"응, 형."

이신은 유진영에게 말했다.

"그러니까 넌 팀에 남아줘. 굳이 이 얘기를 꺼낸 건 네 선택을 존중하기 위해서였어."

유진영은 고개를 끄덕였다.

"알았어. 그런데 아직 형 해외 진출 얘기도 확정된 건 아니잖아?"

"어."

"결승전에서 박영호에게 지면 해외 진출은 없었던 얘기가 되는 거고."

"…맞아."

아마 그런 일은 없을 거라고 생각했다.

하지만 만약 우승을 놓친다면, 그때는 박영호를 꺾기 위해 노력하는 이신이 될 터였다.

"하아, 보내고 싶진 않지만 이해는 간다. 해외 진출은 나도 고민해 봤던 일이기도 하고. 아무튼 일단은 결승전에 집중하자. 박영호도 기세가 대단하니까 우습게 보지 말고."

이신은 고개를 끄덕였다.

아무튼 그렇게 이야기는 일단락되었다.

그런데 이신의 결심에 호응이라도 하듯이 중국 쪽에서 소식이 들려왔다.

―정말 대단한 선수였습니다. 연습 상대가 되어주면서 단 한 판도 이기지 못했습니다. 이신은 정말 위대한 프로게이머입니다. 꼭 그와 한 팀에서 활동하며 많이 배우고 싶습니다.

―우리 SC스타즈에게 꼭 필요한 선수라는 확신이 들었다. 어떤 대가를 치러서라도 왕을 영접하겠다.

―소름이 끼치는 플레이였다. 이 같은 선수와 같은 연습실에서 훈련을 받으면 얼마나 영광일지 모르겠다. 꼭 우리와 한솥밥을 먹었으면 좋겠다.

SC스타즈 측에서 언론 플레이를 펼치기 시작한 것이다.

연습 상대였던 리우와 왕춘 감독, 그리고 SC스타즈의 에이스 지우펑이 SNS와 언론을 통해 이신을 극찬한 것.

연습 게임에서 이신이 어떤 플레이를 펼쳤는지는 비밀을 지켰지만, 이신을 SC스타즈로 데려오고 싶다는 의미가 담긴 메시지만은 확실했다.

이는 명백히, 이신을 영입하기 위한 밑밥 깔기였다.

이는 고스란히 언론 기사화되어서 한국 e스포츠계를 강타했다.

[SC스타즈 왕춘 감독 "왕을 영접할 준비되어 있다" 이신에게 러브콜]

[지난해 중국 신인왕 리우, 이신의 결승전 연습 도와줘]

[이신의 실력에 놀란 중국 최강팀 SC스타즈 '어느 정도였기에?']

[중국 최강자 지우펑도 이신 극찬 "꼭 한 팀에서 뛰고 싶다"]

중국 프로리그는 e스포츠 시장의 성장을 일찌감치 감지한 중국 대기업들의 투자로 인해 매우 융성했다.

그중에서도 SC스타즈는 장린투자그룹의 후원에 힘입어 중국 내에서 1, 2위를 다투는 강팀으로 급부상했다.

그리고 동원할 수 있는 자금력으로 치면 전 세계 e스포츠 프로 팀을 통틀어도 손꼽혔다.

그런 SC스타즈가 지금까지는 잠잠히 있다가 이제야 갑자기 적극적으로 이신 영입에 발 벗고 나선 것이다.

엄청난 자금력을 가진 SC스타즈가 나서자, 수많은 프로 팀들이 이신을 단념해야 했다.

자금력뿐만이 아니었다.

SC스타즈의 후원사 장린투자그룹은 이신과 인연이 깊었다.

장린 회장의 외아들 장양이 바로 이신의 제자인 것.

일전에 방한한 장린 회장과 만나 선물까지 받은 이신이 아닌가.

거기에 이신의 중국어 실력이 상당하다고 장린 회장이 밝히면서 더욱 화제가 됐었다.

또한, 왜 하필 박영호와의 결전을 대비한 연습 상대가 SC스타즈의 루키 리우였을까?

그 모든 사실을 취합하면, 이신이 오래전부터 중국 진출을 계획하고 있었다는 스토리가 된다.

중국 시장은 어마어마하여 한국에 비할 바가 아니었다.

장첸 같은 중국의 유력자와도 친분이 있을 정도로 인맥이 확실하다.

누가 봐도 이신이 중국을 포기할 이유가 없었다. 그게 더 바보 같은 일이었다.

─올도어SCC를 키워놓고 중국으로 진출할 생각이 아니었을까 싶음.

─확실히 이신이 많이 변했다. 예전에는 뭐든 귀찮다고 꺼려하던 인간이 이제는 팀 감독도 하고 중국어도 공부하고…….

─이신이 중국 가면 얼마 벌까?

─re: 이신은 돈에 관심 없을 듯

─re: 돈은 이미 존나 많잖아.

─re: 인터넷 개인방송까지 한 걸 보면 돈에 아예 관심이 없는 건 아닌 것 같은데.

─꼭 중국도 제패하셔서 신의 위엄을 만방에 떨치시길!

—세계 e스포츠 사상 최대 이적료 예상합니다.

—re: 이미 이신 자체가 세계 e스포츠 사상 최고의 선수니까요.

—re: SC스타즈 돈 겁나 많음.

—re: 초특급 유망주였던 리우가 SC스타즈에 입단하면서 신인 사상 최고 연봉을 받았음. 그런 리우가 연습 상대 하면서 한 판도 못 이긴 이신이라면ㅎㄷㄷ;;;;

—re: 장린 회장 외아들이 이신 제자입니다. 그냥 게임 끝난 거 아님?

한국 네티즌들의 반응은 매우 호의적이었다.

오히려 이신이 과연 얼마의 연봉 신기록을 세울지 기대된다는 투였다.

*　　　　*　　　　*

결승 전날, 올도어SCC는 꽤 번잡스러운 하루를 보냈다.

해외의 여러 팀에서 문의가 왔기 때문이었다.

문의 내용이 재미있었다.

서로 자기 팀 선수를 이신의 연습 상대로 제공하고 싶다는 것이었다.

온라인상에서 타 팀 선수와 연습하는 것은 흔한 일이었기에 나쁠 게 없었지만, 결승을 눈앞에 둔 이신의 집중에 방해될까 봐 최환열이 모두 정중하게 거절했다.

연습 상대가 계속 바뀌면 스타일도 달라져서 오히려 박영호를 대비하는 데 방해되는 것이었다.

게다가 출퇴근 때마다 기자들이 달려들어서 질문 공세를 해대는 바람에 이신은 짜증을 느꼈다.

"하여간 쓸데없이 번잡스럽게 만드는군."

쓸데없이 화제를 만들어낸 SC스타즈가 살짝 원망스러워졌다.

사실 리우가 연습 상대가 되어주겠다며 파프리카TV 개인방송을 통해 접근했을 때, 어느 정도 SC스타즈의 의도는 예상했었다.

'나에 대한 데이터를 얻고 싶은 거군.'

리플레이 파일을 통해 분석해서 영입할 것인지의 여부를 결정하려는 것일 터.

이신은 그것을 알면서도 순순히 응해주었다.

그것은 자신 역시 중국 진출에 대한 의사가 어느 정도 생겼기 때문이었다.

"이길 때도 있고 질 때도 있는 거지. 지면 울다가도 이기면 웃고, 그러면 되는 거야."

패배한 차이를 위로해 주던 박진수의 말이 떠올랐다.

"그저 게임일 뿐이야. 졌으면 다음에 또 도전해서 이기면 되는 거야. 그래서 게임이 재미있는 거지."

나는 지금 게임을 하고 있나?

나는 지금 게임을 즐기고 있는 것인가?

도전이라는 단어에서 점점 멀어질수록, 앞길에 놓여 있던 걸림돌이 하나둘 사라져 갈수록, 이신은 편한 포장도로 위를 질주하며 점점 열정을 잃어가는 스스로를 느꼈다.

'내게 게임을 보여줘, 박영호.'

경기 당일.

'날 즐겁게 만들어 봐.'

이신은 최환열과 함께 결승 무대로 향했다.

용산 e스포츠 상설 경기장.

한국 e스포츠 최대의 매치를 치르기 위해 스태프들이 이른 시간부터 분주했다.

모처럼 세계적으로 관심을 갖고 있는 엄청난 대결!

조금의 실수도 있을 수 없었다.

예전처럼 정전 사태가 벌어진다든지, 랙(Lac)이 걸려 경기가 지연된다든지 하는 사태가 벌어지면 세계가 비웃을 것이다.

일찌감치 경기장에 도착한 이신은 자신에게 배정된 부스의 PC에서 장비를 세팅하고 테스트를 해보며 점검을 마쳤다.

"아무 문제없으십니까?"

"예."

이신의 한마디면 PC 본체를 통째로 교체하는 일도 기꺼이 해야 하는 스태프들이었다.

다행히 이신이 쉽게 오케이를 하자 경기장 스태프들은 안도의 한숨을 내쉬었다.

*　　　　　*　　　　　*

　경기장에 팬들이 하나둘 모여들었다.

　어느새 관객석이 가득 찼고, 마침내 전반기 개인리그 결승전이 시작되었다.

　경기 시작에 앞서, 이신과 박영호가 모여서 촬영했던 인터뷰 영상이 관객들에게 방영되었다.

　가장 먼저 결승전 프로모션 이미지가 나타났다.

　이신과 박영호가 똑같은 눈높이에서 서로를 노려보고 있는 모습이었다.

　"꺄아아아악!"

　"이신 오빠!"

　"이신! 이신!"

　"영호 형님 파이팅!"

　관객들이 벌써부터 흥분하여 소리치기 시작했다.

　그런데 흥부까지만 나왔던 이미지에서 포커스가 점점 멀어지기 시작했다.

　두 사람의 허리, 다리까지 점점 드러나더니, 급기야 이신과 눈높이를 맞추기 위해 박영호가 밟고 올라선 발판까지 드러났다.

　"푸하하하하!"

　"저게 뭐야!"

　아무것도 하지 않았음에도, 존재 자체로 또 사람들을 웃기기 시작한 박영호였다.

이윽고 영상이 바뀌고, 대형화면에 두 사람이 나란히 앉은 모습이 나타났다.

─이신 선수에 대해 어떻게 생각하십니까?

그 질문에 박영호는 옆자리에 있는 이신을 슥 보더니 말했다.

─딱 한 가지는 존경스러운 선수라고 생각합니다.

─그 한 가지가 뭔가요?

─잘생긴 거요.

"하하하하!"

"깔깔깔!"

"영호 형도 잘생겼다!"

관객들은 또다시 웃음보가 터져 버렸다.

박영호의 말이 계속 이어졌다.

─최고의 게임 실력? 그런 건 딱히 존경스럽지는 않습니다. 제가 데뷔했을 때, 이신 선수는 이미 신이었고 꼭 노력해서 저 사람의 실력을 따라잡겠다고 결심했습니다. 그리고 이제 따라잡았다고 생각합니다.

"오오오!"

"와아아아아!"

─그럼 이신 선수는 막 데뷔한 박영호 선수를 처음 봤을 때 어떻게 생각하셨나요?

─참 말이 많다…….

이신의 한마디에 또다시 웃음을 터뜨리는 관객들.

이신이 계속 말했다.

—그런데 실력은 제법이라고 생각했습니다.

—그때 그 선수가 지금 이렇게 최고의 도전자가 될 줄을 예상하셨나요?

—못 했죠.

그밖에도 문답이 오가며 관객들을 즐겁게 만들어주었다.

인터뷰가 막바지에 이르렀다.

—마지막으로 두 선수 모두 결승전에 대한 각오를 밝혀주십시오.

먼저 박영호가 마이크를 잡았다.

—이신 선수를 볼 때마다 참 가진 것 많아서 좋겠다고 생각했습니다. 집 잘살아, 잘생겼어, 게임도 잘해, 우승도 더럽게 많이 해…….

박영호는 씨익 웃었다.

—그러니까 이제 그중 하나쯤은 나한테 양보할 때가 되지 않았나 싶습니다. 가진 것 없는 자의 무서움을 보여주겠습니다.

그리고 마이크가 이신에게로 넘어갔다.

—특별한 각오 같은 건 없습니다. 그냥… 가진 자의 여유를 보여주겠습니다.

그 말에 옆에 있는 박영호가 한 대 얻어맞은 표정이 되었다.

—아니, 잠깐만, 이러면 내가 이미 진……!

인터뷰는 그렇게 끝나 버렸다.

"제, 제길! 영호 형이 졌다."

"싸우기 전에 이미 져 있어."

"젠장, 분하다!"

박영호의 골수팬들이 벌써부터 패배감에 젖었다.

하지만 다들 웃으며 즐거워하고 있었다.

그러다가 어느 순간, 웅장한 음악이 분위기를 반전시켰다.

거대한 자막이 대형화면에 임팩트 있게 나타났다.

[신 vs 철벽괴물]

그렇게 결승전이 시작되었다.

제4장

결승

1세트, 천상의 갈림길.

사고가 터졌다.

―으악!

―으아악!

한차례 위협을 가하기 위해 진출했던 이신의 병력이 쐐기충 부대와 바퀴 떼에게 싸 먹혀 버린 것.

―박영호 선수의 멋진 플레이! 이신 선수의 병력을 한차례 잘라냈습니다.

―이신 선수가 박영호 선수의 바퀴 숫자를 제대로 파악 못 했기 때문에 벌어진 일입니다. 박영호 선수가 정말 철저하게 정찰을 커트시키며 보안을 유지했거든요.

─이렇게 되면 박영호 선수가 3광산을 수월하게 가져갈 가능성이 높죠.

─출발이 좋지 않은 이신 선수였습니다.

거기서 끝나지 않았다.

박영호는 여세를 몰아 그대로 이신의 진영으로 쳐들어갔다.

이신에게 병력이 얼마 안 남은 것을 알고 있기 때문에 게임을 끝낼 수 있다고 판단한 것이다.

─박영호 선수가 덤벼듭니다!

─이신 선수 위기! 남은 병력이 얼마 없는데, 와! 이신 선수도 판단은 빨라요.

이신은 진출 병력을 잃자마자, 앞마당에 참호 2개를 짓고 있었다.

순식간에 내린 판단!

하지만 박영호의 결단도 빨랐기 때문에 괴물의 병력이 참호가 완공되기 전에 앞마당에 들이닥쳤다.

─참호가 완성될 시간을 벌어야 하는데요?!

─이신 선수, 앞마당의 건설로봇을 총동원합니다!

일하던 건설로봇들이 일제히 뛰쳐나와 싸움에 동원됐다.

신속하게 뛰쳐나와 블로킹!

밀려드는 바퀴 떼와 전투를 치렀다.

뒤에서는 보병들이 총을 난사했다.

박영호도 지지 않고 컨트롤을 해줬는데, 쐐기충들이 하늘을 날아다니며 건설로봇들을 한 기 한 기 처치했다.

―퍼엉! 펑! 퍼엉!

계속 죽어나가는 건설로봇들.

하지만 블로킹은 예술적이었다.

참호를 짓던 건설로봇이 쐐기충의 쐐기에 맞고 사살되자, 다른 건설로봇으로 즉각 건설을 재개시킨다.

그러면서 서로를 수리하며 계속 버티기.

―투타타타타타타!

―키엑!

―키에엑!

뒤에서 각성제를 흡입하고 미친 듯이 총을 쏘는 보병들에 의해 바퀴들이 죽어나갔다.

처절한 사투!

마침내 참호 2개가 완성되었다.

―완공됐습니다!

―아슬아슬하게 완성된 참호 안으로 보병들이 들어갑니다!

―박영호 선수도 공격을 멈추지 않는데요, 과연! 과연?!

건설로봇 블로킹은 끝까지 절묘했다.

참호를 빙 둘러싸 바퀴 떼에게 공격 받지 않게 블로킹!

그러면서 수리를 하며 참호가 부서지지 않게 했다.

―콰르릉!

참호 하나가 터졌다.

다른 참호도 불타오르고 있었다.

하지만······.

—박영호 선수가 물러납니다!

—못 뚫었어요!

바퀴 떼가 전멸하고 쐐기충도 몇 마리 희생되었음에도 끝끝내 디펜스를 뚫지 못한 것이다!

"와아아아아아!"

"꺄아아아악!"

"카이저! 카이저!"

경기장이 관객들의 열광으로 뜨겁게 달아올랐다.

—신의 경지에 이른 블로킹! 건설로봇들이 말도 못 하게 잘 싸워주었습니다!

—저게 사람의 컨트롤인지 의심스럽습니다. 누가 봐도 박영호 선수가 이길 그림이었거든요!

—어떻게 저걸 막나요?!

초일류의 공방전이었다.

상대 정찰을 철저하게 막아내며 바퀴를 비밀리에 모은 박영호.

아슬아슬한 순간까지 병력 규모를 속였다가, 적군이 밖으로 나왔을 때 삽시간에 덮쳐 버린 공격력.

그 즉시 상대의 본진으로 총공세를 택한 결단!

한편, 병력을 잃자마자 적의 역습을 알고 참호 2개를 건설한 이신의 판단력도 수준급.

게다가 건설로봇 블로킹으로 다수의 적을 물리친 미친 방어력까지!

그것만으로도 이 1세트는 명경기로 꼽히기에 충분했다.

─하지만 아직 여전히 이신 선수가 불리한 상황이죠.

─예, 물론 박영호 선수가 바퀴 생산에 돈을 많이 썼습니다. 그 바퀴를 전부 잃었고요. 하지만 쐐기충은 많이 잃지 않았고, 그보다는 방어에 동원되었다가 희생된 이신 선수의 일꾼 숫자가 더 심각한 피해입니다.

─이신 선수가 피해 복구하고 병력을 다시 모으는 동안, 박영호 선수는 2번째 확장 기지를 가져갈 텐데요.

─이런 식으로 괴물이 4광산까지 무사히 가져가 버리면, 인류가 감당하기 어려워집니다.

*   *   *

불리한 상황 속에서, 이신의 두뇌가 최고조로 회전했다.

'이번 판은 거의 졌다.'

'빨리 기갑 체제로 전환해서 장기전으로 갈까?'

'아냐. 그래봤자 자원을 충분히 먹은 괴물의 공세를 버티지 못해.'

'그래도 한 가지는 노려볼 수 있다.'

'확률은 낮지만, 그걸로 가자.'

자신의 자원 상황과 상대의 자원 상황.

그걸 전부 계산에 넣고, 박영호의 플레이 성향에 대입하여 답을 도출했다.

이신이 노리는 것은 괴물의 습성.

'최소의 비용으로 방어를 하려 한다.'

괴물은 원체 병력을 빨리 생산하고 빨리 소모하니, 그 사이클을 유지하기 위해 막대한 자원이 소모된다.

때문에 괴물 플레이어들은 늘 자원을 아끼려 한다.

자원 최적화된 디펜스.

그걸 가장 잘하는 괴물 플레이어가 바로 박영호다.

그렇다면 이 불리한 상황에서 이신이 노려볼 수 있는 것은 한 가지였다.

'박영호의 견적을 넘어선 한 타 공격.'

이신은 판단을 내린 즉시 실행에 옮겼다.

건설로봇은 잃은 만큼 충당해 자원을 채집케 했다.

그러고는 건설로봇 생산을 중단.

병영을 5채까지 늘려 짓고서 보병·의무병·화염방사병을 집중적으로 뽑았다.

많이 가난한 상황.

이신은 허리띠를 졸라매고 병력을 모았다.

탁월한 운영에 의하여, 한 방을 위한 병력이 꾸역꾸역 모였다.

―이신 선수, 타이밍 러시를 준비합니다.

―기동포탑이 2기와 전술위성 1기가 생산되는 대로 공격에 나서겠죠.

―박영호 선수는 이제 3광산을 가져갔습니다.

본진과 앞마당과 2번째 확장 기지, 이 3군데서 광산을 확보해

광물 자원을 먹기 시작한 박영호.

이신의 예상대로 박영호는 방어에 자원 투자를 하지 않고 있었다.

이신이 공격을 시도하면 그때 상황에 맞춰 디펜스를 하면 된다고 내다보았기 때문이다.

계산은 정확했다.

이신은 그 계산을 넘어선 공격력을 발휘해야만 했다.

─이신 선수 갑니다!

─박영호 선수의 하늘군주가 그걸 확인했습니다.

총공격에 나서는 이신.

박영호는 미리 생산해 둔 독침충들을 촉수충으로 변태(變態)시켰다.

알이 된 독침충들.

알에서 깨어나게 되면, 땅속에 숨어 촉수를 뻗어 공격하는 촉수충으로 탈바꿈된다.

또한, 박영호는 앞마당에 방어타워인 촉수탑을 4채까지 지었다.

2번째 확장 기지도, 앞마당도 모두 방어태세가 완료되었다.

─이신 선수 갑니다!

─이신 선수, 이번 공격에서 아무런 성과를 거두지 못하면 더 힘들어집니다.

─아니, 이걸로 끝내야 해요! 철벽괴물이라 불리는 박영호 선수이지만, 언제까지 방어만 하고 있지는 않거든요!

―그렇습니다! 박영호의 철벽이 빛나는 이유는 후에 몰아치는 역습이 아주 무섭기 때문입니다!

이신의 전 병력이 박영호의 앞마당에 당도했다.

촉수탑 4채.

뒤에는 아직 변태 중인 촉수충 8마리.

공중에는 쐐기충 8마리.

앞마당을 지키는 박영호의 철벽!

우선 기동포탑 2기가 촉수탑을 포격할 것이다.

포격으로 촉수탑이 부서질 때쯤, 대기하던 보병·의무병 부대가 돌격을 감행.

하지만 그때쯤 변태가 완료된 촉수충들이 땅속에 숨어 대항한다.

그렇게 시간이 끌리는 사이, 괴물주술사가 나타난다.

흑안개와 피의 저주 등의 마법을 발휘하는 괴물주술사가 나타나면, 판도가 완전히 뒤집힌다.

박영호의 역습이 시작되고, 이신이 승리할 수 있는 기회는 더이상 없는 것이었다.

그것이 박영호의 디펜스 시나리오.

그런데 바로 그 순간이었다.

―어어어?!

―이신 선수가 그대로 달려듭니다!!

중계진이 비명과 같은 소리를 질렀다.

기동포탑 2기가 포격모드로 전환함과 동시에, 보병·의무병 부대가 그대로 돌격 개시한 것!

촉수탑이 촉수를 뻗어 반격했지만, 이신은 병력 희생을 감수하며 돌격했다.

계산을 넘어선 공격력.

그것은 적이 예상치 못한 개전(開戰) 타이밍에 달렸다.

놀란 박영호가 즉시 쐐기충으로 반격했다.

촉수탑과 쐐기충의 합격!

하지만,

―투타타타타타타―!!

―퍼펑!

엄청난 총성과 기동포탑의 포성(砲聲).

쐐기충이 모조리 녹아 버리고, 촉수탑 4채도 모두 파괴됐다.

물론 이신의 병력 역시 많이 줄었지만 말이다.

―우와아! 뚫렸습니다!!

―아직 촉수충 남았어요! 촉수충! 촉수충!

촉수충 8마리가 변태가 완료됐다.

그 순간 보병들이 집중 사격을 가해 그중 3마리를 죽였다.

하지만 5마리가 땅속에 숨는 데 성공했다.

그 순간, 이신은 반사적으로 가장 선두에 서 있는 보병을 시계 방향으로 이동시켰다.

―촤촤촤촤촤악!

촉수충들이 일제히 촉수를 뻗어 공격했다.

하지만 이신이 시계 방향으로 이동시킨 보병 1명을 잡는 데 그쳤다.

"오오!!"

"꺄아악!"

"우와! 컨트롤 봐!"

타기팅 된 보병을 다른 곳에 움직이는 바람에 촉수충 5마리의 범위공격으로 고작 보병 1명을 잡은 것!

그동안 다른 보병들이 총을 미친 듯이 난사, 기동포탑 2기도 합류해 촉수충 2마리를 더 잡았다.

—꾸엉!

—꾸어엉!

그것은 이신의 필생의 컨트롤이었다.

촉수가 뻗어 오는 타이밍에 맞춰, 보병들이 일제히 산개!

—으악!

—아악!

촉수충 3마리가 또 보병 2명밖에 못 잡았다.

—꾸어엉!

또 한 마리의 촉수충이 죽었다.

박영호는 다급히 일벌레도 싸움에 동원했다.

신의 가호를 받은 보병들은 계속 촉수를 피해 다니며 사격, 촉수충을 모조리 잡아냈다.

"꺄아아아아악!"

"와아아아아아!!"

경기장은 열광과 전율의 도가니가 되었다.

하지만 박영호의 일벌레들이 맞서 싸우는 바람에 보병이 고작 2명밖에 남지 않았다.

의무병 4명.

기동포탑 2기.

전술위성 1기.

그리고 박영호의 본진에서 부랴부랴 생산된 바퀴들이 밀려왔다.

—아! 막아 내나요!

—박영호의 철벽!!

—어? 아직! 아직입니다!!

놀랍게도 상황은 다시 한 번 반전되었다.

이신 측에서도 추가 생산된 보병들이 합류한 것이었다.

—투타타타타!

—키에엑! 키엑!

—키엑!

바퀴들만 가지고는 보병과 의무병의 조합을 막아낼 수가 없었다.

결국 앞마당의 부화실과 광산이 모두 파괴되었다.

일벌레도 다수 사살됐다.

—역전입니다! 말도 안 되는 역전극이 벌어졌습니다! 어떻게 그걸 뚫어버리는 판단을 내리나요?!

—이게 신입니다! 우리가 신이라 불리는 사람은 바로 이런 선수입니다!

—Runner : GG.

　—박영호 선수, GG—!

　패배 선언과 함께 이곳에 모인 모든 팬들이 흥분하여 소리를 질렀다.

　피 끓게 요동치는 경기장.

　대형화면에는 박영호가 상처 입은 맹수처럼 사납게 이를 드러냈다. 그의 입모양은 욕설을 발음하고 있었다.

　그리고 이신이 비춰졌다.

　"꺄아아악!"

　"오빠아아아!!"

　이신은 롤러코스터를 타고 나온 사람처럼 십년감수했다는 듯이 웃고 있었다.

　본인도 믿겨지지 않는 역전승이라는 것이 그의 얼굴에 드러났다.

　조각 같은 외모로 인하여, 그 장면은 더없이 화려한 승리의 피날레가 되었다.

　폭풍 같았던 1세트.

　이신은 1—0으로 앞서 나가기 시작했다.

　국내 해설진뿐만이 아니라, 파견을 나오거나 인터넷을 통해 생중계하는 해외의 해설진들도 흥분하여 찬사의 말을 쏟아내고 있는 상황.

경기장 현장도, 인터넷도 뜨겁게 달아올라 있었다.

＊　　　　＊　　　　＊

2세트, 나락.

나락은 대표적인 신족 맵이다.

때문에 상당수가 2세트에서 이신이 신족을 고를지도 모른다고 생각했다.

그것은 박영호도 마찬가지.

박영호는 이신의 신족에 대비하여 전략을 여러 가지로 짜온 상태였다.

하지만 뜻밖에도 이신이 고른 것은 인류였다.

─의외네요. 사실 이 맵에서 이신 선수가 신족을 고를 수도 있다고 내다봤는데요.

─예, 그렇습니다. 나락은 신족에게 유리한 맵이고 이신 선수는 전에도 결승전에서 신족을 깜짝 카드로 꺼내 들어서 상대 선수를 혼란케 했잖습니까. 하지만 이번에는 그냥 안정적으로 인류를 택했습니다.

─아무래도 종족 상성도 있으니까 그냥 인류로 간 게 아닐까 싶네요. 상대가 또 괴물 중의 괴물인 박영호니까요!

하지만 이신이 아무것도 준비하지 않은 것은 아니었다.

이신은 승부수로 준비해 둔 작전을 실행했다.

보병을 미리 보내 상대측의 하늘군주의 접근을 차단한다.

그리고 일벌레의 정찰 역시 보병으로 쫓아냈다.

일벌레가 앞마당만 보고 빠지는 그때, 건설로봇이 앞마당에 건물을 지었다.

무언가를 짓는 모습만 본 일벌레.

하지만 마우스로 찍어볼 수 없고 잔상(殘像)만 남아 있는 탓에 어떤 건물인지는 확인할 수 없다.

시간이나 위치로 보아, 박영호는 이신이 평범하게 병영 2채를 짓고서 앞마당에 확장 기지를 가져간다고밖에 생각할 수 없었다.

하지만,

—병영입니다! 통제사령부가 아니라 병영이에요!

그랬다.

앞마당에 짓는 건물은 병영이었다. 게다가,

—퍼어엉!

일벌레가 물러나자마자 이신은 건물 짓는 걸 취소시켰다.

—2병영 올인! 지금 이신 선수는 앞마당 확장 기지를 가져가는 것처럼 적을 속이고 병력을 짜내려 합니다! 이건 올인이에요!

확장 기지를 구축할 자원으로 이신은 병력을 생산했다.

병영 2채에서 보병이 쭉쭉 생산됐다.

이어서 군사학교를 짓고, 각성제 개발을 실행했다.

포인트는 지속적인 정찰 차단.

하늘군주가 앞마당을 보지 못하게 접근을 막는 것이 중요했다.

뿐만 아니라, 앞마당 앞에 보병 5명을 세워 놓아서 바퀴가 침투하지 못하도록 만전을 기했다.

그렇게 용의주도하게 이신의 올인 전략이 차근차근 이루어졌다.

마침내 이신이 출발했다.

맵을 절반쯤 횡단했을 때에야 박영호는 이신의 병력 규모를 확인했다.

보병 10명.

화염방사병 1명.

의무병 1명.

정상적으로는 이 시간에 나올 수 없는 병력 규모였다.

심지어 추가 생산된 화염방사병 2명까지 멀찍이서 뒤따른다.

그제야 박영호는 속았다는 것을 깨달았다.

─박영호 선수도 봤습니다!

─그런데 너무 늦게 봤어요! 지금 와서 준비한다고 뭐가 달라지나요?!

─박영호 선수 부랴부랴 바퀴를 생산합니다만⋯⋯!

앞마당에서 일하던 일벌레들이 모두 대피했다.

이신의 병력은 그대로 무혈 입성하여 앞마당을 부수기 시작했다.

도리가 없었다.

앞마당 확장 기지를 지키는 것은 불가능했다.

결국,

―박영호 선수, GG!!

―와아! 이렇게 2승을 챙기네요! 이신 선수의 놀라운 심리전이었습니다!

"꺄아아아악!"

"와아아아아아!"

팬들은 이신의 2번째 승리에 환호했다.

이신의 플레이를 보는 또 다른 재미!

바로 상대를 멋지게 속이는 심리전이었다.

저 만만찮은 실력자 박영호가 앞마당 페이크에 속아 넘어가서 아무것도 해보지 못하고 패배한 것이다.

―정말 제대로 노리고 준비한 전략 같은데요, 이런 필살 전략을 2세트에서 꺼내든 이신 선수의 노련함이 돋보입니다. 벌써 스코어가 2 대 0! 2세트밖에 안 지났는데 벌써 박영호 선수를 궁지로 몰아넣었거든요.

―만약에 1세트에서 졌다 하더라도, 이 올인 전략으로 반전시키고 상대를 심리적으로 타격을 입게 만든다는 플랜이 아니었을까 싶습니다. 결승 불패 카이저! 다전제의 황제답습니다.

2―0.

박영호는 삽시간에 궁지에 몰려 버렸다.

한 번만 더 지면 패배하고 마는 벼랑 끝의 상황.

때문에 미리 준비한 전략들 중 위험 부담이 높은 것을 시도할 수 없는, 위축된 처지에 놓일 수밖에 없었다.

바로 이런 점을 노리고 이신은 필살 전략을 2세트에 배치한 것이었다.

*   *   *

"어이구, 저놈은 왜 이렇게 잘한다냐."

건장한 체격에 그을린 피부를 가진 중년 사내가 속이 타는지 탄식했다.

"저게 사람인지 귀신인지……. 어휴, 우리 영호가 빨리 마음 챙겨야 할 텐데."

부인으로 보이는 중년 여성도 걱정스러운 표정이었다.

화가 머리끝까지 난 얼굴로 무대에서 퇴장하는 박영호의 뒷모습을 안타깝게 쳐다보는 중년 부부.

그들은 말할 필요도 없이, 박영호의 부모였다.

그 어느 때보다도 중대한 도전을 맞이한 아들을 응원하고자 경기장에 온 것이었다.

부부는 스페이스 크래프트를 잘 몰랐다.

하지만 아들의 경기를 인터넷으로 자주 보며 응원했던 탓에 어느 정도 경기를 볼 줄은 알았다.

한 번도 게임을 해본 적 없는 그들이 보기에도, 상대는 너무 강했다.

"이신이 괜히 이신이 아닌가 봐. 저놈이 게임 하나로 100억을 넘게 벌었다면서?"

"아이고, 국민스타고 뭐고 우리는 영호 응원해야지 그런 소릴 뭐 하러 해요?"

"잘하긴 잘하잖아, 이 사람아."

부인의 핀잔에 박영호의 아버지는 입맛을 다셨다.

'힘내라, 영호야!'

부부는 늘 아들에게 미안했다.

가난해서 고생만 잔뜩 시켰는데, 아들은 스스로의 힘으로 대한민국에서 손꼽히는 프로게이머가 되어 성공했다.

그러고는 당연하다는 듯이 집안 빚을 청산하고, 집을 지하 단칸방에서 아파트로 이사했다.

택시 기사였던 아버지는 이제 부인과 함께 아들이 차려준 노래방을 운영한다.

해준 것도 없었는데, 성공해서 집안을 일으키고 효도한 아들이 누구보다도 자랑스러웠다.

저기에 전 세계가 존경하는 대스타가 있지만, 부부의 눈에는 자기 아들이 더 멋져 보였다.

하지만 그렇기에 잘 알았다.

승리를 향한 아들의 집념과 지독한 승부욕을 말이다.

2—0으로 연패한 지금 아들이 얼마나 힘들어하는지도 말이다.

"그래도 우리 영호가 아직 포기하지는 않았어."

"물론이죠, 누구 아들인데요."

상대는 자타가 공인하는 세계 최고의 프로게이머.

이기려면 그런 적에게서 3번이나 연거푸 승리를 따내야 한다.

눈앞이 캄캄해지는 이야기였다.

하지만 부부는 끝까지 아들을 응원하기로 했다.

이기건 지건 젖 먹던 힘까지 다하여 처절하게 싸우는 아들의 모습을 끝까지 볼 생각이었다.

―자, 오래 기다리셨습니다! 이제 드디어 운명의 3세트가 시작됩니다!

―박영호 선수로서는 패배냐, 아니면 역전의 시작이냐의 기로에 놓여 있는 3세트! 아이러니컬하게도 맵의 이름은 단두대입니다, 단두대!

―하하, 어감이 박영호 선수에게는 참 듣기 안 좋겠네요. 하지만 이름과 달리 이 단두대 맵은 지금까지의 전적상 괴물이 약간 우위를 보이고 있습니다. 앞선 2패를 잊고 역전을 노리기에 딱 좋은 맵입니다.

―문제는 이신 선수가 무슨 짓을 할지 모른다는 겁니다. 2 대 0으로 상당히 앞서 있는 상황이라 깜짝 도박수도 둘 수 있거든요.

―예, 종잡을 수 없기로는 또 이신 선수가 대표적이죠. 4강에서 진철환 선수에게 그랬던 것처럼 치즈러시를 시도할 수도 있고, 아예 종족을 신족이나 괴물을 고를지도 몰라요!

―박영호 선수의 머리가 다소 복잡해지겠는데요.

대형화면에 게임을 치를 준비가 완료된 이신이 잡혔다.

저 잘생긴 얼굴이 비춰질 때마다, 어김없이 여성 팬들의 찢어질 듯한 비명소리가 울려 퍼진다.

그런데 문득 이신이 짓궂은 미소를 지었다.

왜 웃는 것일까?

그저 웃는 얼굴도 멋있다며 좋아하는 여성들을 뒤로 한 채, 팬들은 의아해했다.

이유는 곧 게임 대기 화면을 보고 알게 되었다.

[Kaiser : 랜덤]

[Runner : 괴물]

[맵 : 단두대]

ㅡ랜덤?!

ㅡ아직 종족을 안 고른 게 아닙니다! 아까까지만 해도 인류였는데 다시 랜덤으로 바꿨어요!

ㅡ와, 정말 게임 시작 전에 종족을 선택하는 것으로까지 박영호 선수를 철저히 괴롭히고 있습니다. 가뜩이나 울고 싶은데 뺨을 때려요!

ㅡ지금까지 이신 선수가 랜덤을 고른 것은 딱 한 번이었습니다. 바로 프로리그에서 오성준 선수를 상대할 때였죠. 그 오성준 선수는 바로 박영호 선수와 한솥밥을 먹는 JKT 소속의 선배입니다!

ㅡ2세트에서 심리전에 된통 당하는 바람에 멘탈이 상한 박영호 선수인데요, 이걸로 또 이신 선수가 도발을 하고 있지만 흔들려서는 안 됩니다. 침착하게 대응해야 3 대 0 완패를 모면할 수

있습니다!

—승리를 위해 뭐든지 할 수 있는 승부사 이신! 이게 결승전입니다. 이게 대한민국 최고의 선수를 뽑는 싸움입니다! 정신 바짝 차리지 않으면 절대 이길 수 없죠!

"아이고, 저놈!"

박영호의 아버지가 가슴을 치며 이를 갈았다.

자기 아들을 집요하게 괴롭히는 이신이 밉살맞기 그지없었다.

"영호야, 제발 힘내라!"

어머니는 간절히 기도를 한다. 부부에게 이신은 그보다 더 미울 수 없는 악역이었다.

카운트다운이 이루어지고, 마침내 게임이 시작되었다.

"와아아아아아아!!"

관객들이 환호했다.

이신의 종족이 마침내 드러났기 때문이었다.

—이건 정말… 승리의 여신이 이신 선수를 편애하는 건가요?

—이신 선수가 가장 잘하는 종족이 나오고 말았습니다.

그랬다.

이신의 종족은 인류였다.

본래 3세트를 대비해 사전에 준비했던 종족도 인류.

하지만 상황이 너무나 유리하자 즉흥적으로 종족을 랜덤으로 바꿔 버렸다. 심리전의 일환이었다.

평소에 많이 연습했던 맵이라, 어떤 종족이 나오든 플레이할 자신이 있었다.

그런데 인류가 나왔다.

이신으로서는 랜덤으로 박영호의 멘탈을 흔들고는, 원래 준비했던 플레이를 발휘할 수 있게 된 것이다!

이신의 위치는 7시.

박영호는 11시였다.

이신은 여기서 다시 한 번 심리전을 걸었다.

병영을 짓지 않고 곧장 앞마당에 확장 기지를 구축하는, 이른바 '생 더블'이었다.

적의 공격에 무방비한 극초반만 무사히 넘기면 대단히 부유하게 싸울 수 있는 빌드 오더였다.

―병영 없이 바로 앞마당!

―이신 선수가 또다시 심리의 허를 찌릅니다. 박영호 선수는 아직 이신 선수의 종족도 모르는 상황입니다. 당연히 초반에 과감한 플레이를 하지 못하고 위축되거든요. 그걸 감안해서 생 더블로 부유한 출발을 합니다!

다행히 박영호에게 완전히 안 좋은 상황은 아니었다.

이신은 대각선 방향인 1시부터 정찰했다.

그에 비해 박영호는 곧바로 7시로 정찰을 보내서 이신의 진영을 확인했다.

그리고 이신이 배 째라는 식으로 무방비하고 부유한 출발을 했다는 것도 알았다.

박영호의 눈에서 불꽃이 튀었다.

이신은 재빨리 심시티를 구축해 앞마당으로 들어서는 통로를 틀어막으려 했다.

하지만 박영호의 일벌레가 찝쩍거리며 심시티를 못 하게 방해했다.

건설로봇 한 기가 그런 일벌레를 공격했다.

일벌레는 필사적이었다.

빙빙 돌면서 계속 심시티를 방해했다.

그러면서 박영호의 진영에서는 수정관이 지어지고, 바퀴가 생산되기 시작했다.

2021년 전반기 개인리그 결승전 3세트.

훗날 '광속의 이신, 철벽의 박영호'라는 타이틀로, 역대 최고의 명경기로 칭송받는 혈전의 개막이었다.

                    *   *   *

결승전 당일, 화젯거리가 또 하나 있었다.

바로 SC스타즈의 왕춘 감독과 리우의 방한.

결승전을 관람하겠다고 e스포츠 빅 리그의 프로 팀 관계자가 한국까지 찾아오는 일은 진풍경이었다.

보통은 인터넷 생중계로도 볼 수 있기 때문이다.

"이신의 플레이를 현장에서 직접 느끼고 싶어서 방문했습니다."

"연습 상대로서 대체 누구를 꺾기 위해 그토록 강력한 공격을 구사한 것인지 두 눈으로 똑똑히 보고 싶었습니다."

인터뷰를 하고 경기장에 입장한 두 사람.

그렇듯 이신을 노리는 SC스타즈의 적극적인 행보는 많은 이를 놀라게 했다.

"저 전략은 저한테는 안 보여준 거네요."

"아직 그 정도로 우리를 신뢰하지 않았을 테니까."

2세트에서 절묘한 심리전으로 박영호를 무력하게 패배시킨 이신.

그건 8병영 치즈러시보다 더 치명적이다.

완전히 속아 넘어갔다는 불쾌감은 꽤 오래 남기 때문이다.

박영호가 그 감정을 과연 빨리 떨쳐내고 3세트에 임할 수 있을지가 관건인 와중에,

"랜덤……"

"결승전에서도 저 짓을 할 수 있었군."

리우와 왕춘 감독은 기가 막힌다는 표정이 되었다.

이신의 심리전은 거기서 끝나지 않고, 3세트가 시작됐을 때 '생 더블'을 시전하는 과감함을 보였다.

상대가 보면 무조건 '이 치사한 새끼'라는 말이 나오는 부유한 빌드 오더 말이다.

"이제 러너(Runner)는 반드시 덤빈다."

왕춘 감독이 말했다.

"연속된 심리전에 분노가 누적됐어. 명분도 있지. 첫 정찰로 빨리 발견했고, 저걸 방치하면 불리해지니까."

"이신이 유도한 걸까요?"

"첫 정찰로 발견당하는 상황은 원치 않았겠지. 하지만 이런 상황을 처음 겪는 이신이 아니야."

박영호의 일벌레가 분노의 무빙을 펼친다.

이신의 앞마당 통로에 계속 얼쩡거리며, 심시티를 방해한다.

군량고 2채와 병영 1채로 통로를 빈틈없이 틀어막으려 하는 이신.

하지만 일벌레가 마지막 군량고 1채를 못 짓게 방해했다.

계속 '그곳에는 지을 수 없습니다!'라는 메시지가 뜨게 만든다.

—박영호 선수의 일벌레가 계속 방해합니다!

—바퀴 6마리가 이제 생산됩니다!

이신은 판단이 빨랐다.

하는 수 없이 한 칸 아래쪽에 참호를 짓기 시작한 것.

그러는 동안 바퀴 6마리가 급히 달려오고 있었다.

—이거 참호가 완성되기 전에 도착할 것 같은데요!

—이신 선수는 이제 막 보병 1명이 생산되려 하고 있습니다. 최소한의 피해로 막지 않으면 생 더블의 의미가 없습니다!

중계진이 다급한 어조로 소리치며 분위기를 고조시켰다.

"중첩된 분노로 상대가 누군지 잊어버렸다."

왕춘 감독이 말했다.

"상대는 이신인데……."

리우가 중얼거렸다.

물론 이 상황에서 박영호의 공격 판단은 옳았다.

다만 상대가 이신이라는 것 말고는 말이다.

이신이 가장 잘 컨트롤하는 유닛이 무엇이냐는 설문조사에 고속전차, 보병, 스텔스 전투기를 제치고 건설로봇이 선정된 적이 있었다.

"1세트의 일을 잊어버릴 정도로 심리전에 말려 버렸다."

1세트, 패배의 위기를 엄청난 건설로봇 블로킹으로 살아남고 역전까지 해낸 이신이었다.

왕춘 감독의 말이 이어졌다.

"러너라면 차라리 수정관 없이 부화실 3채를 가져가는 부유한 출발로 맞불을 놓는 게 나았다. 이신의 건설로봇 블로킹을 돌파하려는 시도보다는 그 편이 나았어."

"여기서 실패하면 러너도 끝장이네요."

그리고 마침내 교전이 시작됐다.

이신은 이제 막 병영에서 보병 1명을 생산한 때였다.

바퀴 6마리가 도착.

이신은 앞마당에서 일하던 건설로봇을 일제히 싸움에 동원했다.

참호는 아직 완성되기 전.

박영호로서는 최적의 러시 타이밍이었다.

—박영호 선수가 들어갑니다!

—이신 선수의 위기!!

바퀴들이 덤비는 순간, 건설로봇들은 심시티의 빈틈을 완벽하게 메꿔 버렸다.

바퀴들은 뒤에서 총을 쏘는 보병에게 접근할 수 없어 우왕좌왕했다.

박영호는 결국 바퀴를 한 번 뺐다.

그리고 다시 달려들어 건설로봇부터 1기씩 처치하기 시작했다.

—퍼엉!

—키엑! 켁!

건설로봇 1기와 바퀴 2마리를 교환.

체력이 떨어진 건설로봇을 뒤로 빼버리는 이신의 컨트롤 때문이었다.

결국 참호가 완성됐다.

—막았어요!

—역시 명불허전, 이신 선수의 블로킹! 이신 선수가 컨트롤하면 건설로봇이 사기라는 소리가 나올 만해요!

박영호는 결국 공격을 포기할 수밖에 없었다.

그저 바퀴들로 계속 위협을 가해, 건설로봇들이 돌아가서 일하지 못하게 만들어줄 뿐이었다.

"역시 막았다."

왕춘 감독이 고개를 끄덕였다.

생 더블을 한 인류가 첫 정찰에 발각당하면 보통은 낭패를 당한다.

하지만 그렇게 쓰러뜨릴 수 있는 상대였으면, 애당초 전 세계가 이신을 이기려고 그토록 골머리를 앓았겠는가?

—피해를 못 입혔고 도리어 바퀴 6마리를 뽑은 보람이 없어졌

습니다. 이러면 박영호 선수에게 또 좋지 않은 그림이 그려지는데요.

—박영호 선수로서는 어서 멘탈을 챙기고 침착하게 장기전을 노려야 합니다. 끈질기게 견디면서 버티고 또 버티다가 마침내 장기전에서 역전을 이루는 능력이 박영호 선수에게는 있어요. 그걸 보여줘야 철벽괴물인 겁니다!

이신은 병영을 계속 늘리며 병력 확보에 나섰다.

—이신 선수 병영을 늘려 짓고 병력을 꾸준히 모으고 있습니다.

—1세트도 2세트도 마찬가지였고, 이번 대결에서 이신 선수는 대체로 승부를 빨리 보는 쪽으로 가닥을 잡은 모양입니다.

—싸움이 길어질수록 박영호 선수의 장기전 능력이 살아나기 때문에 그걸 경계한 것 같네요.

공격 실패로 인해 불리한 상황 속에 놓인 박영호.

모두가 박영호의 패배를 확실시했다.

이신은 단 한 번도 유리한 상황에서 역전을 허용한 적이 없었으니 말이다.

하지만 3─0 완패를 눈앞에 두었을 때, 박영호의 집중력은 그 어느 때보다도 날카롭게 곤두섰다.

*   *   *

이신의 파상공세가 시작되었다.

앞마당에 이른 보병·의무병 부대가 박영호를 압박.

그러면서 항공수송선이 앞마당 안쪽 구석에 병력을 드롭했다.

—투타타타타타타!

—키엑!

—키에엑!

일벌레 2마리가 죽었다.

피해가 그것밖에 안 되는 이유는 순전히 박영호의 반사 신경 덕분이었다.

일벌레들을 땅굴로 피신시켰다.

땅굴은 괴물 종족의 건물로, 점액이 깔려 있는 땅이면 어디든 연결시킬 수 있다.

그렇게 양쪽이 연결되면 거리와 상관없이 통행이 가능해진다.

일벌레들이 땅굴로 연결되어 있는 2번째 확장 기지로 피신.

그리고 동시에 촉수충과 바퀴 떼가 드롭된 적병 퇴치에 나섰다.

—촤촤촤악!

—으악! 악!

보병 2명이 촉수에 긁혀 사망.

나머지 병력은 다시 항공수송선에 올라타 후퇴했다.

그 순간,

—폭탄충이 달려듭니다!

—박영호 선수 정말 대응이 빠르죠!

폭탄충 2마리가 항공수송선을 향해 날아들었다.

격추시키면 안에 탄 병력까지 모두 날려 버리는 성과를 얻는다.

그 짧은 순간에 일벌레 대피, 지상군으로 대응, 폭탄충으로 항공수송선 공격을 모두 실행!

박영호의 탁월한 디펜스 능력이 여실히 드러나는 순간이었다.

물론 상대 역시 결코 만만한 사람이 아니었다.

—파아앗!

—펑! 퍼엉!

거의 동시에 벌어진 일이었다.

폭탄충 2마리가 항공수송선과 자폭하는 순간, 건너편에서 날아온 전술위성이 디펜시브 실드를 걸었다.

디펜시브 실드에 보호된 항공수송선은 폭탄충의 자폭 공격으로부터 가까스로 목숨을 건졌다.

"와아아아!"

팬들이 환호했다.

하지만 싸움은 이제 시작이었다.

앞마당을 압박하는 이신의 병력이 다시금 공격을 시도한 것!

—꾸어엉! 꾸엉!

—으악!

—으아악!

보병들이 한순간에 부채꼴로 펼쳐져 촉수충 2마리를 잡아냈다.

촉수충들도 촉수를 긁어서 보병들을 사살했지만 말이다.

박영호의 대응은 쐐기충 편대!

2번째 확장 기지 방면을 지키던 쐐기충 편대가 어느새 날아와 이신의 지상군을 공격했다.

—쐐애액! 쐐액!

—으악! 으아악!

쐐기충들이 엄청난 터닝 샷 컨트롤로 후방에서 보병들을 한 명씩 커트했다.

동시에 앞에서도 바퀴 떼와 촉수충들이 달려들었다.

—앞뒤에서 싸먹으려고 덤빕니다!

—저걸 싸먹으면 한숨 돌리게 되는 거죠. 하지만 이신 선수, 위험한 걸 알고 바로 빠집니다!

이신의 보병들은 각성제까지 흡입하며 빠른 속도로 퇴각했다.

박영호도 더는 쫓지 않았다.

쉴 틈 같은 것은 없었다.

앞마당에서 계속 압박하는 이신의 플레이는 박영호의 이목을 붙잡아두려는 용도.

진짜 일격이 반대편에서 터졌다.

아까 드롭을 시도했다가 물러난 항공수송선이 박영호의 2번째 확장 기지에서 나타난 것이다!

이번엔 2척이었다.

박영호가 앞마당 전투에 신경 쓰는 사이,

항공수송선 2척은 그 근처를 순찰하는 폭탄충 2마리를 피해 우회하는 데 성공했다.

—퍼어어엉!

뒤늦게 이를 발견한 박영호가 폭탄충으로 항공수송선 1척을 격추시켰다.

하지만 이미 병력은 모두 내린 뒤였다.

'쌍.'

박영호는 나직이 욕설을 내뱉었다.

키보드와 마우스를 조작하는 양손이 맹렬하게 움직인다.

2번째 확장 기지에서 일하는 일벌레들을 땅굴을 통해 앞마당으로 대피.

앞마당에 있던 촉수충들이 땅굴로 건너와 넓게 포진했다.

보병의 천적인 촉수충.

하지만 이신이 컨트롤하면 얘기가 사뭇 달라진다.

—투타타타타타!

—꾸어엉!

좌편의 촉수충을 날렵하게 잡아낸 이신.

보병들이 각성제를 흡입하고 돌진해, 곧바로 땅굴을 난사했다.

—땅굴! 땅굴이 무너지면 2번째 확장 기지는 날아가 버립니다!

—박영호 선수 어떻게 할 겁니까?!

땅굴을 통해 무수히 많은 바퀴 떼가 건너왔다.

또한 땅속에서 튀어나온 촉수충들이 위쪽에서 달려 내려왔다.

위쪽에서 촉수충들이,

우측에서 바퀴 떼가!

양방향에서 보병·의무병 부대를 일시에 덮쳤다.

협공을 당하자 이신은 즉시 아래쪽으로 후퇴.

하지만 바퀴 떼가 따라붙으며 공격하고,

촉수충이 넓게 포진한 채 포위망을 좁혀와 인류의 병력을 구석에 몰아넣었다.

코너에 몰린 보병들이 마지막으로 각성제를 흡입하며 최후의 항전.

바로 그때였다.

─또! 또 왔습니다! 이신 선수의 항공수송선이 또 병력을 싣고 접근합니다!

─정말 정신을 못 차리게 사방팔방을 난타하고 있습니다!

그랬다.

보병들이 항전을 벌이며 시간을 끄는 동안, 또다시 항공수송선을 써서 드롭 공습을 시도한 것이다.

그런데 바로 그때였다.

─쐐애애액─!

쐐기충들이 날갯짓하며 빠르게 날아왔다.

접근하는 항공수송선을 맹렬히 공격했다.

이신은 격추당하기 전에 다급히 병력을 지상에 내렸다.

하지만 절반도 못 내리고,

─퍼어엉!

항공수송선이 격추당했다.

쐐기충은 절반밖에 못 내린 적병까지 모두 전멸시켰다.

—철벽! 박영호의 철벽!

　—앞마당을 지키던 쐐기충이 언제 또 거기로 온 건가요! 홍길동처럼 신출귀몰합니다!

　그러는 동안, 대피했던 일벌레들도 다시 돌아와 자원을 채집했다.

　질기게 버티면서도, 박영호는 어떻게든 자원을 꾸역꾸역 파먹었다. 처절한 투혼이었다.

　—이신 선수의 후속 병력이 또 박영호 선수의 앞마당을 공격합니다!

　—쐐기충이 저쪽으로 가서 앞마당의 방어가 약해졌거든요. 그걸 알고 귀신 같이 약점을 찌릅니다!

　—정신이 하나도 없습니다. 중계하는 옵서버가 못 따라가고 있어요!

　—이신 선수의 공격 템포가 그야말로 빛의 속도입니다! 저렇게 빠른 인류 플레이어가 있었던가요?

　—박영호 선수, 한숨 돌릴 틈도 없이 또 위기!

　그때였다.

　—퍼엉!

　흑안개가 펼쳐졌다.

　그토록 기다렸던 괴물주술사가 마침내 생산된 것!

　흑안개는 모든 원거리 공격을 무효화시킨다.

　보병 200명이 총을 쏴도, 흑안개 속에 있는 바퀴 1마리를 못 죽인다.

계속 난타당하는 불리한 상황.

하지만 절체절명의 순간, 괴물주술사의 등장과 함께 철벽괴물
이 각성했다.

＊　　　　　＊　　　　　＊

박영호는 막고 또 막아내며 3번째 확장 기지를 가져갔다.

본진까지 총 4광산을 확보하는 데 성공한 것이다.

하지만 이신은 박영호가 자원 채집을 원활하게 할 수 있게 놔
두지 않았다.

병영 체제의 장점.

그것은 값싼 보병의 대량 생산이었다.

때문에 병력을 아낌없이 소모하며 계속 공격을 퍼부을 수 있
는 것.

항공수송선을 3척이나 운용하며, 이신은 박영호에게 쉴 틈을
주지 않았다.

─항공수송선 3척이 각기 따로 움직이면서 계속 사방팔방을
공습합니다. 이신 선수가 정신없이 박영호를 휘두르고 있어요!

─하지만 박영호도, 와……!

모조리 맞받아치는 박영호도 대단했다.

괴물주술사가 터널을 통해 공격받은 지점에 도착,

흑안개를 펼쳐 보병들로부터 일벌레들을 보호했다.

─흑안개 치는 타이밍 예술이고요!

이어서 적 병력에게 피의 저주까지 끼얹었다.

피의 저주를 받은 보병·의무병·화염방사병은 체력이 왕창 깎여 나갔다.

바퀴 떼가 달려들어 마무리!

이신은 보병들을 산개시키며 끝까지 박영호를 번거롭게 만들었다.

이어서 또 다른 항공수송선이 본진 외곽 구석에 병력을 투하했다.

'씨발.'

박영호의 얼굴이 일그러졌다.

싫은 곳만 골라서 드롭 공격을 펼치는 이신이 미웠다.

'오냐, 어디 계속 와봐.'

오기가 든다.

박영호는 분노 때문에 오히려 보다 더 집중했다.

촉수충 2마리가 드롭 침투한 적 병력을 가로막았다.

이신은 단숨에 보병들을 부채꼴로 펼쳐 집중사격! 일직선으로 긁히는 촉수의 피해를 최소화하는 컨트롤이었다.

—꾸어엉!

눈 깜짝할 사이에 촉수충 1마리 사살. 이어서 또 다른 1마리가 거의 죽으려는 찰나,

—파앗!

제때 도착한 괴물주술사가 그 위에 흑안개를 치는 데 성공했다.

하는 수 없이 흑안개 밖으로 후퇴하는 보병들.

이어서 값싼 바퀴 떼로 공격을 펼쳐 모두 전멸시켰다.

하지만 그 와중에 전술위성 1기가 날아와 괴물주술사에게 방사능을 살포했다.

괴물주술사는 방사능에 오염되어서 점차 죽어갔다.

하지만 박영호가 지지 않았다.

방사능을 살포하고 유유히 돌아가는 전술위성의 퇴로에 어느새 폭탄충 2마리가 대기한 것.

―퍼어엉!

그것은 추가로 이어지는 항공수송선을 격추시키기 위해 갖다 놓은 폭탄충들이었다.

괴물주술사와 전술위성을 하나씩 맞바꾼 것이다.

"와아아아아!"

"박영호! 박영호!"

―철벽괴물 박영호! 역시 잘합니다. 드롭한 적 병력을 모두 잡아먹고 전술위성까지 떨궜습니다.

―이번 공격은 촉수충 1마리랑 괴물주술사 1마리밖에 못 잡았기 때문에 이신 선수가 손해를 입은… 어어!

해설을 계속할 틈조차 안 준다.

그 방향으로 이신의 항공수송선이 다시 나타난 것!

그 자리에 있던 폭탄충 2마리는 전술위성과 자폭하여 없어진 상태.

그 틈을 노리고 다시 드롭을 들어온 것이다.

항공수송선에서 화염방사병 6명과 의무병 2명이 내리자 모두들 질려 버렸다.

화염방사병은 흑안개 속에서도 화염으로 적을 공격 가능한 병영 유닛이었다.

화염방사병들이 각성제를 흡입하고 돌격!

박영호는 재빨리 본진의 일벌레들을 앞마당으로 대피시켰다.

그리고 괴물주술사와 막 변태가 완료된 촉수충 3마리가 본진을 지키러 달려왔다.

신속하기 이를 데 없는 박영호의 수비였다.

하지만,

―앞마당도!

―와, 정말 정신이 하나도 없네요!

이신은 일벌레들이 앞마당으로 대피할 거란 걸 예상했다.

그래서 동시에 앞마당에도 전술위성 2기가 나타났다.

전술위성 2기는 서로에게 디펜시브 실드를 걸어주고, 또 서로에게 방사능을 살포했다.

방사능 덩어리가 된 2기가 이리저리 일벌레들의 머리 위를 날아다녔다.

―키엑!

―키에엑!

―케엑!

일벌레들이 방사능에 오염되어 죽어나갔다.

더 죽기 전에 박영호는 재빨리 일벌레들을 터널을 통해 2번째 확장 기지로 피신시켰다.

폭탄충이 5마리 있었지만, 얄밉게도 디펜시브 실드로 보호되어 있어 격추시킬 수가 없었다.

본진과 앞마당의 자원 채집이 중단된 상태.

그나마 빠른 대처로 일벌레 피해가 4마리에 그친 게 다행이었다.

—정말 지독합니다! 독하게 괴롭힙니다!

—이게 이신이죠! 무슨 공격 템포가 빛의 속도예요! 박영호 선수 잘 막아주고 있긴 합니다만 계속 수세에 몰립니다.

'당하고만 있을 줄 알았지?'

박영호의 표정이 악귀처럼 일그러졌다.

이윽고 하늘군주 2마리가 이신의 앞마당 상공에 나타났다.

대공포가 대공미사일을 쏘았지만, 하늘군주들은 맞아가면서 바퀴 떼와 괴물주술사 1마리를 드롭했다.

—퍼엉!

괴물주술사가 내리자마자 흑안개를 펼쳤다.

흑안개 속에서 바퀴 떼가 날뛰며 건설로봇들을 습격했다.

건설로봇들이 우르르 달아났다.

화염방사병들이 급히 달려와 진압에 나섰다.

—푸하악!

화염방사병들에게 피의 저주를 뿌리는 괴물주술사.

바퀴 떼가 피의 저주로 체력이 닳은 화염방사병들을 덮쳤다.

—화르르륵! 화륵!

─키엑! 키에엑!

─으아악!

화염방사병들이 몰살당했다.

바퀴도 3마리밖에 남지 않은 상태. 박영호는 그걸로 계속 이신의 앞마당을 괴롭혀 일을 못하게 했다.

피해를 앙갚음한 것이다.

─이신 선수도 한 방 먹었습니다!

─와, 정말 호락호락하지 않은 박영호 선수입니다. 너무 난전이라 서로 정신을 못 차려요!

앞마당과 본진을 수복한 박영호는 다시 일벌레들을 투입해 일을 시켰다.

서로 물어뜯는 난전.

상처투성이가 되면서도, 박영호는 계속 테크 트리(Tech tree)를 올리고 있었다.

무아지경.

더 이상 박영호의 머릿속에는 어떤 생각도 없었다.

본래 공격하는 쪽보다 방어하는 쪽이 더 손이 많이 가는 법이다.

또한 괴물이 인류보다 플레이하는 데 손이 더 많이 간다.

거기에 항공수송선과 전술위성을 골고루 활용하여 빛의 속도로 공격을 퍼붓는 이신.

이에 막기 위해서는 박영호도 빨라져야 했다.

불리하게 출발한 만큼, 더 힘겨웠다.

자신의 한계를 넘어야 했다.

두뇌의 성능이 남아나지 않았다.

박영호는 게임을 위해, 머릿속에서 필요 없는 것들을 지워나갔다.

팬들.

JKT 팀 동료들.

응원하러 왔을 부모님.

우승에 대한 열망.

패배에 대한 두려움.

모든 것이 지워지고, 박영호는 이 순간을 플레이하는 기계가되었다.

쉬지 않고 막아내고, 틈나는 대로 견제 플레이로 맞불을 놓는다.

괴물주술사는 아까보다 더 빠르게 전장에 나타나 흑안개와 피의 저주를 펼친다.

그러면서 꾸역꾸역 자원을 먹으며 테크 트리를 올린다.

'전술위성이 점점 많아진다.'

이신도 시간이 흐르는 동안 제자리걸음만 하는 건 아니었다.

괴물의 천적 유닛인 전술위성의 숫자가 점점 쌓여갔다.

전쟁이었다.

전술위성은 괴물주술사와 촉수충에게 방사능을 살포하고, 박영호는 폭탄충으로 그런 전술위성을 격추시킨다.

관객들의 환호성이 어느덧 멎었다.

경기장이 조용했다.

게임 사운드만 묵묵히 울려 퍼질 뿐이었다.

다들 경기에 빠져 버린 것이었다.

조금도 쉬지 않고 계속 전투가 벌어지고 있어서 보는 사람도 정신이 없는 것이었다.

―이신의 공격은 빛의 속도인데, 박영호의 디펜스도 철벽이네요!

―철벽괴물 박영호! 정말 전율이 느껴지는 경기력입니다. 그 불리한 상황 속에서, 그렇게 얻어맞았는데도!! 기어코 게임을 여기까지 끌고 왔습니다.

―곧 있으면 공성벌레가 생산됩니다. 그때부터는 괴물의 대대적인 반격이 펼쳐지겠죠? 박영호 선수는 그 순간만 기다리며 계속 견디는 거예요!

―정말 처절합니다. 이신 선수도 그걸 알기 때문에 공격의 템포를 늦추지 않습니다. 전술위성으로 꾸준히 방사능 살포를 걸어 괴물의 자원을 낭비시키고 있어요.

―구석구석 빈틈을 찾아 항공수송선을 찌르는 플레이가 일품입니다. 역시 이신의 견제! 신의 드롭입니다!

폭탄충들이 끊임없이 날아다니며 하늘을 수비한다.

그 대공방어망을 헤집고서 은밀히 침투하는 항공수송선.

폭탄충이 달려든다 하면 어김없이 디펜시브 실드가 걸렸다.

반드시 상대가 괴로워할 자리에 병력을 드롭한다.

―이신의 공수부대가 또다시 박영호의 본진에 침투!

—계속 어지럽게 만듭니다. 그런데 박영호도 잘 대응합니다. 대체 일벌레를 몇 번 대피시키는 겁니까!

—저렇게 계속 버텨가며 지금까지 끌고 온 박영호 선수가 너무 대단합니다!

박영호는 병력을 끌고 본진을 수비했다.

그러자 상대적으로 앞마당의 수비가 느슨해졌다.

이신의 지상군이 여지없이 앞마당으로 파고들었다.

—화르르륵! 화르륵!

—꾸엉! 꾸어엉!

흑안개 속에서 촉수충들이 막아보지만, 대폭 늘어난 화염방사병의 불길에 녹아든다.

정신이 없었다.

박영호는 우선 본진에 침투한 적부터 진압했다.

그리고 병력을 둘로 나눠, 하나는 앞마당에 보내고, 나머지는 하늘군주에 태웠다.

하늘군주들이 싣고 있는 병력을 적의 후방에 드롭했다.

그리고…….

—와, 저 판단! 그 순간 침착하게 앞뒤로 싸먹는 그림을 만들어 버리는 박영호 선수!

—심장이 강철인가요? 위급한 와중에 어떻게 저런 과감한 전술을 펼치나요?!

앞뒤에서 협공!

—푸하악! 푸학!

괴물주술사들이 피의 저주를 마구 뿌렸다.

이신의 병력들이 양방향에서 밀려드는 괴물들에게 녹아버렸다.

하지만 박영호의 피해도 컸다.

그 와중에 이신은 구름처럼 몰려다니는 전술위성으로 일명 '지우개'를 펼친 것이다.

방사능에 오염된 전술위성들이 머리 위를 떠다니며 지상에 있는 괴물들을 닥치는 대로 녹여 버렸다.

그리고 지우개는 앞마당에도 펼쳐져서, 많은 일벌레가 죽고 말았다.

—와, 정말 무섭게 싸웁니다! 이러면 어느 쪽의 손해인가요?!

—양측 모두 손해입니다! 우열을 가릴 수 없이 만신창이에요!

끝이 없다.

추가 생산된 이신의 병력들이 빠른 속도로 달려왔다.

병영에서 생산되는 값싼 병력들은 얼마든지 빨리 충원할 수 있었다.

—이신 선수가 피니시에 나섭니다. 이번에야말로 앞마당을 깨부수겠다는 각오입니다!

박영호의 절체절명의 위기였다.

막을 병력이라고는 괴물주술사 2마리와 바퀴들이 전부.

화염방사병의 불길에 단숨에 녹아버릴 전력뿐이었다.

—박영호 선수의 앞마당이 위급합니다!

이신이 저돌적으로 덤벼왔다.

괴물이 뿌리는 피의 저주를 뒤집어썼지만 아랑곳하지 않는다.

앞마당을 날려 버리면 괴물의 자원 수급 체계에 심각한 타격을 줄 수 있기 때문.

뒤가 없는 돌진!

바로 그때였다.

기적과 같은 명장면이 펼쳐졌다.

―쿠어어!

―쿠어어어!

알에서 부화하는 황소처럼 거대한 괴물!

괴물 종족의 테크 트리의 끝에 있는 지상 최강의 유닛, 바로 공성벌레였다!

―쿠어어어!

여기저기서 공성벌레들이 출현했다.

피의 저주를 뒤집어썼던 이신의 병력이 막강한 공성벌레들에게 살육당하기 시작했다.

―이렇게 절묘한 타이밍이 있나요? 위기의 순간에 마침내 기다렸던 공성벌레가 생산되었습니다!

―인류의 병력이 많지만 공성벌레의 숫자도 꽤 됩니다!

"와아아아아아아아―!!"

경기장이 뒤흔드는 듯한 함성이었다.

유혈이 낭자하는 대전투는 박영호의 승리!

이제는 박영호가 공격하고 이신이 바쁘게 수비하는 형세가 되어버렸다.

승기는 박영호에게로 넘어갔다.

이신은 마지막까지 항공수송선 드롭으로 판을 흔들어보려 했지만, 박영호의 완벽한 수비에 막혔다.

─Kaiser : GG.

"와아아아!"

"박영호!"

어마어마한 경기가 나와 버렸다.

박영호의 인생 최고의 플레이로 두고두고 회자될 명경기였다.

스코어는 2─1.

박영호의 패배는 조금 더 미뤄졌다.

제5장

결판

"역시 박영호 상대로 후반 병영 체제는 무리 아니었을까?"

선수대기실.

최환열이 의견을 제시했다.

기갑 체제였다면 기동포탑의 막강한 화력과 고속전차의 지뢰로 공성벌레를 충분히 잡을 수 있다.

하지만 병영에서 생산되는 보병·의무병·화염방사병으로는 공성벌레는 무리다.

그 전에 충분히 괴물을 박살 내어서 승기를 가져와야 했다.

"기갑 체제로 전환했어도 장단점은 있었어."

이신은 고개를 저었다.

전략은 틀리지 않았다.

다만 박영호가 너무 초인적으로 잘 버텼을 뿐이었다.

"박영호가 폭탄충으로 전술위성을 아주 잘 잡았어."

"차라리 기동포탑을 같이 모으는 빌드로 갔으면 어땠을까?"

"그럼 훨씬 나았을지도."

그 점은 이신도 인정했다.

어쨌거나 진 건 진 거였다.

하지만 여기까지 스코어 2—1.

이신의 시나리오 범위 내였다.

계획대로라면 이제 다음 4세트에서 마무리된다.

"곧 경기 시작합니다."

스태프가 선수대기실로 와서 일러주었다.

이신은 자리에서 일어섰다.

"끝내고 올게."

그 말이 최환열에게는 여러 가지 의미로 들렸다.

이것이 한국에서 보는 이신의 마지막 개인리그가 될지도 몰랐다.

"그래, 다녀와라."

최환열은 그 말밖에 할 수 없었다.

이신은 무대를 향해 나아간다.

*   *   *

4세트, 신성한 잔흔.

스페이스 크래프트의 스토리에 의하면, 신족의 성지였으나 전쟁으로 피폐해져 이제는 옛 터만 남은 행성이었다.

맵은 스토리대로 신족에게 유리한 지형으로 이루어져 있었다.

초창기에는 신족에게 너무 유리한 게 아니냐는 말도 나왔을 정도.

—이제 인류나 괴물도 어느 정도 적응을 하면서 밸런스가 맞춰지긴 했습니다만, 여전히 신족에게 유리한 맵입니다. 어쩌면 이신 선수가 여기서 신족을 고를 수 있다는 예측도 네티즌들 사이에서는 오가긴 했습니다만……

—그럴 필요가 없죠. 이 맵의 최고 승률과 최다승 기록 보유자가 바로 이신 선수거든요.

—예, 그렇습니다. 인류로도 이미 최고 기록을 쌓은 맵에서 이신 선수가 굳이 차선을 택할 필요는 없습니다.

—최다승 2위는 영국의 알렉산더 스테인 선수고, 3위가 최영준 선수가 되겠습니다.

종족을 선택하고 게임이 시작되었다.

해설진의 예상대로 이신은 인류를 택했다.

양상은 3세트와 비슷했다.

이신이 보병·의무병·화염방사병으로 구성된 병영 체제로 거친 압박을 시작했다.

박영호는 긴장의 끈을 놓치지 않았다.

온 신경을 날카롭게 곤두세운 채 상대의 움직임을 살폈다.

상대는 이신.

사상 최고의 공격성과 결단력을 가진 플레이어다.

조금이라도 방심하면 과감한 돌파에 당해 패배해 버린다.

언제든 승부수를 던질 수 있는 위험한 인간과 싸운다는 것은 이토록 고달픈 일이었다.

하지만 3세트에서 이미 질리도록 겪은 보병 체제의 공격이었다.

박영호는 상당히 냉정하게 잘 대처하며 3광산까지 무사히 확보했다.

그런데 아무도 예상치 못했던 일이 벌어졌다.

―전함?!

―이신 선수가 전함을 뽑았습니다!

전함(戰艦).

인류의 최종 테크 트리에 있는 거대한 비행 유닛이었다.

스페이스 크래프트의 모든 유닛을 통틀어도 최강인 이 초호화 전력은 이렇게 이른 시간에 나오기는 힘들었다.

―이신 선수는 빠른 전함을 전략으로 택했습니다!

―전술위성의 숫자가 줄어든 대신, 전함을 뽑은 이신 선수. 이러면 박영호 선수가 조금 골치 아파지겠는데요. 전함은 전술위성과 달리 쉽사리 격추시킬 수가 없으니까요.

전함은 웬만한 건물에 비견될 정도로 체력이 많아, 격추시키려면 많은 폭탄충이 필요했다.

심지어 전함의 공격 한 방에 폭탄충 1마리가 즉사한다.

무엇보다도, 전함이 그냥 추락하게 가만히 놔두겠는가?

보병들이 곁에서 호위를 할 게 뻔했다.

'제기랄, 까다롭게 나오네.'

박영호는 자신의 체제를 공중 공격도 가능한 독침충 위주로 바꿔야 했다.

이 점도 이신이 노리는 바였다.

3세트에서 박영호의 수비는 바퀴와 촉수충 위주였다.

그렇게 엄청난 난타전을 벌이면서 손에 익었는데 이제는 독침충을 다뤄야 하는 것이다.

게다가 독침충의 독침도 원거리 공격이기 때문에 흑안개 속에서 대미지가 안 들어가는 것은 마찬가지였다.

3세트와 똑같은 방식의 공격.

거기에 전함이 추가됐다.

전함이 앞장서서 호위하는 가운데, 항공수송선이 침투해 병력을 드롭했다.

병력은 전함과 호응하여 박영호의 본진 내부를 휘젓는다.

박영호의 손길이 바빠졌다.

괴물주술사가 흑안개를 펼치고 독침충과 촉수충이 맞상대한다.

꾸역꾸역 공격해 오는 이신의 병력이 점점 부담되기 시작했다.

전함의 숫자도 1기씩 쌓여가 점점 박영호를 힘들게 했다.

그렇게 시달리는 와중에도 박영호는 박영호였다.

어느새 4광산을 확보하고, 긁어모은 자원을 바탕으로 공성벌레를 생산한 것이다.

하지만 공성벌레도 하늘에 떠 있는 전함은 어찌할 도리가 없었다.

박영호가 할 수 있는 전술 패턴은 한 가지였다.

—푸하악!

괴물주술사가 전함들에게 피의 저주를 끼얹었다.

피의 저주로 인해 체력이 닳아버린 전함에게 폭탄충이 일제히 달려들었다.

그때였다.

—파아앗!

—띠링!

여러 가지 마법 효과음이 일시에 울려 퍼졌다.

"우오오오오오!"

"와아아아아아!"

"꺄아아악!"

짜릿한 함성이 울려 퍼졌다.

띠링거리는 효과음은 의무병이 마법 기술 중 하나인 '회생'을 펼쳤을 때 나는 소리였다.

의무병의 회생 스킬은 대부분의 마법에 의한 이상 상태를 회복시키는 기능이 있었다.

원체 공식 경기에 등장하는 빈도가 드문 스킬이라 사람들이 열광한 것이다.

거기에 전술위성의 디펜시브 실드까지 걸린 전함!

3세트와 달랐다.

후반 병영 체제는 시간이 지날수록 불리해지지만, 전함이 있다면 얘기가 달라진다.

마법이 난무하면서 전투는 점점 컨트롤의 난도가 높아졌다. 이신의 특기 분야다.

—키엑!

—키에엑!

전함이 언덕 너머에서 나타나 기습하자 일벌레가 원 샷 원 킬로 죽어나갔다.

박영호가 괴물주술사와 폭탄충으로 방어에 나섰고, 이신은 전술위성을 동원했다.

—푸하악!

—파아앗!

괴물주술사의 피의 저주와 전술위성의 디펜시브 실드가 동시에 작렬했다.

폭탄충은 실드로 보호받는 전함을 지나쳐, 그대로 전술위성을 격추시켰다.

—퍼어엉!

하지만 디펜시브 실드가 걸린 전함은 속수무책!

박영호는 일벌레들을 대피시키는 수밖에 도리가 없었다.

격전은 다방면에서 치열하게 전개됐다.

인류 진영의 보병 부대와 괴물 군단이 사방팔방에서 난전을 펼쳤다.

박영호는 한 치도 물러섬이 없었다.

3세트에서도 이런 난전에서 피지컬로 이신을 능가했던 박영호였다.

하지만 쉽사리 처리되지가 않는 전함이 야금야금 박영호의 힘을 갉아먹고 있었다.

속도도 느린 주제에 치고 빠지며 얄밉게 견제 플레이를 펼치는 전함.

그럴수록 박영호의 정신적 피로는 커져갔다.

'절대 안 져. 절대 굴복 안 해, 이 새끼야!'

박영호는 이를 악물며 계속 맞섰다.

전함은 포기했다.

그 대신, 보다 빠른 지상군의 기동력을 이용해 게릴라를 펼쳐 보복하기로 했다.

둘이 함께 피 흘리며 진창에 잠겨 들어가는 진흙탕 싸움만이 답이라고 판단한 것이다.

한 줌의 바퀴 떼가 시계 방향으로 맵을 우회하며 달린다.

이동 중인 이신의 병력을 피해 침투한 바퀴 떼는 12시에 위치한 이신의 확장 기지를 기습했다.

12시 확장 기지는 참호가 하나로 방어가 되어 있었다.

그 정도는 깰 수 있다고 판단, 박영호는 그대로 달려들었다.

이신도 반응이 빨랐다.

"와아아―!!"

일을 하던 건설로봇들이 우르르 달려와 블로킹한 것이다.

참호를 빙 둘러 싸서 바퀴 떼가 참호를 공격하지 못하게 하는 방어!

─와, 순식간에 블로킹!

─정말 대단합니다! 저럴 때마다 건설로봇이 사기라는 소릴 듣는 거예요!

─오, 하지만 박영호 선수도 소득 없이 그냥 물러날 생각은 없는 모양입니다!

바퀴 떼는 대신 건설로봇들을 공격해서 다수 잡는 데 성공했다.

박영호의 게릴라는 끝이 없었다.

중간 길목에 촉수충을 매복시켰다가 지나가는 보병들을 공격하고, 하늘군주에 괴물주술사와 바퀴 떼를 태워 드롭을 감행하기도 했다.

소소하지만 번거롭게 만드는 게릴라로 끊임없이 이신을 괴롭혔다.

그 탓에 이신이나 박영호나 똑같이 자원 수급이 원활하지 않았다.

똑같이 가난해서 없는 자원을 쥐어짜는 처절한 혈투였다.

"이신! 이신! 이신!"

"박영호! 박영호!"

팬들이 각자가 응원하는 선수 이름을 부르짖는다.

─정말 이렇게 치열할 수가 있습니까! 피비린내가 여기까지 느껴져요!

─하하, 역시 세계적으로 인정받는 두 선수의 결승전답습니다.

전 세계가 감탄을 하고 있을 거예요. 한국의 개인리그 결승전이 이 정도 수준이었냐고요!

선수들의 평균적인 실력은 미국이나 중국·유럽 등에 추월당한 지 오래인 한국 e스포츠계.

하지만 이상하게도 세계적으로 인정받는 정상급 선수는 꼭 한두 명씩은 배출했다.

최환열이 그랬고, 오성준이 그랬고, 이신이 그랬다.

박영호와 최영준 등도 그런 케이스였다.

아직 미비한 한국의 제반 시스템의 열악함을 생각하면 기적 같은 일.

아직 모든 게 부족한 한국에서 이토록 경이로운 결승전이 펼쳐지고 있는 것은, 그야말로 한국이 게임의 민족이기 때문이라는 말 외엔 설명할 길이 없다.

박영호는 이신의 대적자로서 자신의 이름을 실시간으로 세계에 알리고 있었다.

하지만 승부는 점점 불리해졌다.

자원도 병력 규모도 계속 열세였다.

그럼에도 불구하고 박영호는 끊임없이 소수 병력으로 게릴라를 펼쳐 끈덕지게 물고 늘어졌다.

괴물주술사로 흑안개를 치고 피의 저주를 뿌리는 컨트롤은 완전히 신들려 있었다.

─박영호! 좀 더 힘내야 합니다! 이것만 이기면 2대 2 동점이에요! 5세트로 가면 우승도 노릴 수 있습니다!

—이기려면 확장을 더 해서 자원을 확보해야 하는데, 이신 선수가 그렇게 가만 놔두지 않죠. 맵을 보세요! 미니 맵에 여기저기 이신 선수의 병력이 있어요!

박영호의 강렬한 근성만큼이나, 이신 역시 철두철미하고 집요했다.

맵의 전 지역에 보병을 하나씩 세워놓고서 박영호의 동향을 철저하게 감시했다.

승부를 예측불허로 만들 수 있는 변수를 싹도 피지 못하게 말살했다.

그러면서 공격, 공격, 계속 공격!

그걸 꾸역꾸역 다 막아내는 박영호의 철벽!

도저히 숨통이 끊어지지가 않았다.

그래서 이신은 박영호를 철저히 가둬놓고 자원이 말라 아사할 때까지 기다리기로 했다.

그냥 기다리는 게 아니었다.

계속 소모전을 벌여서 자원 고갈을 앞당기는 것.

박영호의 얼굴이 온통 땀으로 범벅되어 있었다.

금방이라도 그로기에 빠질 듯했다.

좀비처럼 버티고 있긴 하지만, 무언가 사소한 계기만 주어져도 폭삭 주저앉을 터였다.

그 정도로 박영호는 자신을 완전히 연소시킨 상황이었다.

그리고 마침내 계기가 주어졌다.

1기씩 야금야금 생산되어서 쌓인 전함이 일제히 박영호의 목숨 줄 같은 확장 기지를 공격한 것.

거기에 항공수송선 3척도 함께 동원되었다.

항공수송선 3척에서 병력이 내린다.

전함과 함께 박영호의 확장 기지를 깨뜨려버렸다.

그 순간, 박영호는 멍한 표정이 되어 있었다.

손은 여전히 치열하게 움직이고 있는데, 얼굴은 이내 쓸쓸한 허탈감으로 물들고 있었다.

아직 GG는 치지 않았다.

하지만 박영호는 키보드와 마우스에서 손을 완전히 떼버렸다.

그러고는 고개를 푹 숙인 채, 모은 두 손은 힘없이 박수를 치는 시늉을 한다.

상대를 승자로 인정하고 경외하는 것이었다.

─아, 박영호…….

─정말 잘 싸워줬는데요. 박영호 선수가 있었기 때문에 오늘 이런 명승부가 펼쳐질 수 있었던 것인데요. 너무 아쉬운 마음에 쉽사리 GG를 선언하지 못하고 있습니다.

그 모습이 너무나도 찡해서 관객들에게 감동을 주었다.

"와아아아!"

"박영호! 박영호!"

대형화면에 문득 박영호의 부모님이 비춰진다.

박영호의 아버지도 어머니도 눈물을 훔치고 있다.

잠시 후, 박영호의 GG가 선언되었다.

＊　　　　＊　　　　＊

　―승자가 결정되었습니다. 예, 언제나 그렇듯이 권좌의 주인은 변함없이 단 한 사람의 것입니다.

　―이신 선수가 또다시 우승패를 들어 올립니다. 영원불멸할 e스포츠의 1인자! 역사상 가장 위대한 프로게이머가 우승패를 가지러 나옵니다.

　부스에서 나온 이신은 많이 초췌해 보였다.

　엄청난 템포로 전개되었던 혈전은 피지컬의 소모가 너무 컸기 때문이었다. 철벽괴물 박영호란 그 정도의 상대였다.

　우승패의 디자인은 변함없이 밋밋했다.

　늘 들어 올렸던 그것이었다.

　번쩍 집어 든다.

　입맞춤을 했다.

　"와아아아아아아아아!!"

　"이신! 이신! 이신!"

　"꺄아아아악, 오빠!"

　열광이 울려 퍼졌다.

　특히 여성 팬들의 비명은 고막을 찢을 것처럼 날카롭고 쩌렁쩌렁했다.

　2021년 전반기 개인리그, 우승자는 이신이었다.

　부상으로부터 복귀 후 2회 연속 우승.

　그동안 박영호, 최영준, 신지호, 차이 등 강력한 맞수가 될 거라는 상대를 모두 꺾었다.

이신은 자신이 여전히 최강자라는 것을 공고히 한 것이다.

경기의 하이라이트가 재생되었고, 시상식이 열렸다.

박영호는 준우승 상패와 상금을 받고 쓸쓸히 퇴장했다.

그리고 이신은 성대한 시상식이 열린 후, 기자들에게 둘러싸인 채 인터뷰를 했다.

―우승을 하신 소감을 듣고 싶습니다.

"기쁩니다."

기자들의 웃음소리.

좀 더 길게 해달라는 기자들의 불만에 이신이 다시 말했다.

"준비했던 대로 경기를 치를 수 있어서 기쁘고, 만만치 않은 상대였던 만큼 더 값진 우승이라고 생각합니다."

―승리의 비결이 무엇이었다고 생각하십니까?

"준비성의 승리라고 자평하고 싶습니다. 박영호 선수도 많이 연습했겠지만, 치밀함에서 제가 우위에 있었다고 봅니다."

―우승을 하기 위해서 어떻게 준비를 하셨습니까?

"전체적인 컨셉은 병영 체제의 빠른 공격 템포로 잡았고, 각 세트마다 맵에 적합한 전략, 그에 맞는 상황별 지형별 세부 전술 등 세 파트로 분류하여서 구체적으로 준비했습니다."

게임의 내용에 대한 이야기가 나오자 이신의 대답이 길어졌다.

"2세트의 심리전과 4세트의 빠른 전함은 확실히 이길 수 있다고 확신하고 준비한 전략입니다. 거기서 목표대로 2승을 거뒀기 때문에 스코어도 예상대로 3—1이 될 수 있었습니다."

―치밀한 구상으로 짜임새 있게 승리를 거두셨다는 말씀이신데, 그렇다면 예상 밖이었던 부분은 없습니까?

이신은 잠시 생각하다가 마이크를 잡고 답했다.

"박영호 선수의 기량이 제 생각보다 더 뛰어났습니다."

―주로 어떤 부분에서 말씀이십니까?

"3—1로 이긴다고 예상은 했습니다. 하지만 그 1패는 1세트의 상황처럼 상대의 전략에 속아서 지는 것이지 3세트 같은 패배는 아니었습니다."

―질 거라고 생각했던 부분에서는 이겼고, 이긴다고 생각했던 경기에서는 지셨네요?

"예. 1세트의 역전승은 아주 희박한 확률로 거둔 것이고, 3세트는 의도대로 승리할 수 있는 판이 만들어졌는데 박영호 선수의 수비력에 막혔습니다."

―그만큼 박영호 선수가 위협적인 도전자였다는 거네요?

"예. 하지만 결국 박영호 선수는 순수 실력과 센스에 의존했을 뿐, 그 이상의 특별한 준비가 부족했습니다."

상대에 대한 비판을 슬슬 시작하는 이신.

기자들은 얼씨구나 싶어서 열심히 받아쓴다.

"그런 개인의 순수한 기량과 센스만 가지고도 3세트의 역전극을 벌였을 정도로 박영호 선수는 뛰어났습니다. 그때는 제가 준비했던 전술들이 모두 막혀서 상당히 놀랐습니다. 하지만……."

이신의 말은 거기서 끝나지 않았다.

"그런 선수를 가지고도 팀이 제대로 전략적인 지원을 해주지 못했다고 생각합니다. 작년에도 비슷한 말을 했던 것 같은데, 오늘 제게 진 것은 박영호 선수 한 명이 아니라 JKT 전체입니다."

이신은 작년에도 박영호가 월드 SC 그랑프리에서 금메달을 따지 못한 것이 JKT의 책임이라고 발언했었다.

원수 진 것도 아닌데, 공교롭게도 오늘 또다시 JKT를 비난한 것이다.

"JKT에 딱히 감정이 있는 것은 아니고, 사실 이런 부분의 개선이 제가 가장 바라는 부분입니다."

이신의 말이 계속 이어졌다.

"해외 빅 리그의 공식전은 양 선수뿐만이 아니라 팀의 전략적 역량을 겨루는 두뇌싸움이 된 지 오래입니다. 우리나라만 아직 패배가 선수만의 탓이고 팀의 역할은 연봉과 숙식 제공뿐입니다. 그런 부분을 흉내조차 내지 못하고 있는데 어떻게 그랑프리 단체전에서 성적을 내기를 기대합니까?"

─올도어SCC의 감독으로서 가장 먼저 전략팀을 도입하신 행보도 그런 이유 때문입니까?

"예, 아직 갈 길은 멀지만 벌써부터 전략팀의 효과가 나타나고 있습니다. 쌍성전자나 JKT 등도 전략팀이 신설되는 등의 변화가 있으니 이 또한 긍정적이라고 생각합니다."

대답을 마치고서 이신은 시간을 확인했다.

손목에 장식된 바쉐론 콘스탄틴이 늦은 저녁임을 알려준다.

"피곤하니 질문 하나만 더 받겠습니다."

그러자 발언권을 얻은 기자가 마지막 질문을 던졌다.

—오늘 중국의 명문팀인 SC스타즈의 왕춘 감독과 리우 선수도 직관을 하러 온 모습이 인상적이었습니다. 해외 팀들의 러브콜이 계속되고 있는데요, 혹시 해외 진출에 대해 생각하고 계십니까?

"예."

이신은 대답에 조금도 망설임이 없었다.

"고려하고 있습니다. 물론 아직 구체적인 계획은 없습니다만."

그렇게 인터뷰가 끝났다.

＊　　　　　＊　　　　　＊

[우승패는 다시 이신의 품에]

[이신, 최다 우승 기록 또 경신!]

[신의 전설은 아직 현재진행형]

[이신 "해외 진출 고려 중" 폭탄선언]

[이신 "박영호 잘했지만 팀의 지원이 부족"]

살아 있는 e스포츠의 전설 이신.

그는 자신이 걸어 다니는 기삿거리 제조기라는 것을 또다시 증명했다.

1세트의 역전승, 2세트의 심리전, 3·4세트의 명승부.

JKT의 팀 역량 비난에 해외 진출에 대한 의향까지!

이신은 그야말로 종합선물세트로 기자들에게 일감을 제공해 주었다.

그에 따라 네티즌들의 반응도 뜨거웠다.

—진심 명승부였다ㅠㅠ

—진짜 4세트 박영호가 이기고 5세트까지 갔으면 더 좋았을걸.

—버릴 세트가 없었다. 매 순간순간이 존나 꿀잼. 두 선수 모두 수고 많았어요.^^

—I세트에서 병력 먹히자마자 참호 2개 짓는 판단ㅋㅋ 이신 진짜 오진다.

—개인적으로는 3세트가 최고의 명승부였다고 생각한다. 연속 심리전으로 승리의 판을 만들어 놓은 이신의 노련함과 박영호의 미친 수비!

—위에 박영호 팬이냐?

—최고 명경기는 I세트지! 그걸 역전해 버리는데 이신 완전 또라이급으로 잘함ㅋㅋㅋㅋ

—이신 오빠 상대가 안 되던데. 역시 신 오빠 만세!

—영호 형님 오늘 5—I로 패배하셨다. 경기 전 인터뷰로 I패, 경기 후 이신 인터뷰로 또 I패ㅠㅠ

—VOD 판매량 장난 아닐 듯

—이신아, 개인방송 안 하냐—_—

—이번 주에 개인방송 키면 별사탕 쏟아질 듯

—신 님 경기 보려면 팬티가 몇 장이 필요한 건가요? 볼 때마다 지려서 짜증나네요.

—해외 나가도 개인방송으로 계속 볼 수 있었으면 좋겠다.ㅠㅠ

쏟아지는 찬사.
열광한 것은 한국의 네티즌뿐만이 아니었다.

—한국은 정말 게임에 미친 나라인 것 같아. 저게 사람의 플레이라고?

—다들 3세트 봤어? 카이저 대단한 거야 이미 충분히 알고 있지만, 나는 러너의 역량도 놀라워.

—좀처럼 나오기 힘든 역전 경기가 두 번이나 나오다니. 혹시 사람이 아니라 인공지능을 쓴 게 아닐까?

—1세트의 카이저를 봐. 저 컨트롤은 사람의 솜씨가 아니라고!

—제발, 제발! 카이저를 미국으로 데려오란 말이야!

—TC(팀 크라이시스)! 카이저를 놓치면 안 돼!

—re : TC는 무리야. 마이클 조셉이라는 간판스타를 놔두고 카이저를 영입한다고? 마르케스 감독이 조셉을 엿 먹이는 짓은 안 해.

—re : 그게 무슨 상관이야? 조셉은 카이저의 광팬이니까 상관하지 않을 거야.

—re : 팬이기 전에 프로지. 카이저에게 자기 인기를 뺏길 게 뻔한데 그걸 바랄 리가 있어? 조셉은 카이저가 미국 땅 밟는 것 자체를 꺼릴걸?

—러너를 영입해도 괜찮을 것 같아. 카이저를 상대로 역전승을 따낼 수 있는 사람은 흔치 않아. 무엇보다 코미디언처럼 재미있는 남자야.

—re : 인정해. 정말 기계처럼 정확하고 끈질긴 친구였어.

—re : 러너가 4세트 지고서 고개 숙였을 때 나도 눈물이 나고 말았어.

—I세트에서 카이저가 질 줄 알았어. 신에 대한 믿음이 부족했던 거지. 그래서 지금 I세트 영상을 I7번 보며 반성하고 있어.

—CHOO, CHOO! 여기 카이저 찬양 열차 만석이요!

세계의 관심을 불러 모은 결승전이었다.

때문에 이신은 물론이고 상대로서 분전한 박영호에 대한 관심도 지대해졌다.

실제로 SNS를 통해 박영호에 대한 관심을 표현하는 해외 프로 팀 감독들의 글이 다수 올라오기도 했다.

박영호를 지키기 위한 JKT의 피나는 노력이 예상되는 대목이었다.

아무튼 관심이 집중된 가운데, 이신의 첫 행보가 조명을 받았다.

바로 휴가였다.

개인리그가 끝나고 프로리그가 재개되기까지 일주일의 여유가 있었다.

그 틈에 올도어SCC의 사실상의 감독인 최환열은 전원에게 사흘의 휴가를 주었다.

"차이, 너 캐나다 와봤어?"

"토론토까지는. 밴쿠버는 이번이 처음이야."

"장양이야 말할 필요도 없겠지?"

비행기 안은 와자지껄했다.

레벨린 가문의 전세기 안은 이신은 물론 제자들도 있었고, 장양이 걱정돼서 따라붙은 리쟈와 그 경호원들까지 북적거렸다.

'피곤하군.'

이신은 기내가 부산스러워서 눈살을 찌푸렸다.

본래는 휴가 내내 집에 틀어박혀 조용히 쉬고 싶었다.

그런 그를 밴쿠버 행 비행기에 태운 장본인은 바로 주디였다.

"집에 다녀오고 싶어요."

"다녀와."

"같이 가요."

"싫어."

"약속했잖아요."

주디가 불퉁한 표정으로 말했다.

그게 무슨 소리냐는 표정이 된 이신.

하지만 이내 떠올라 버렸다.

주디가 차이를 상대로 8강전을 치를 때, 집 앞 공원을 함께 산책하자고 약속했었다. 다만 그 집이 밴쿠버에 있는 본가라고는 생각하지 못했을 뿐이었다.

"피곤해."

"그러니까 조용한 곳에서 쉬어요. 한국은 시끄럽잖아요."

결국 이신은 주디의 설득에 넘어갔다.

그동안 이신을 쫓아다니며 뒷바라지를 하다시피 한 주디.

그 탓에 점점 입김이 강해져서 이신도 특별한 일이 아니면 거절하기가 어려워졌다.

"밴쿠버SCC에서 찾아오겠네요."

존이 문득 말했다.

"여기 탐나는 선수들이 5명이나 있잖아. 안 찾아올 리가 없지."

차이도 웃으며 맞장구쳤다.

"해외 진출을 할 결심이 섰다면 중국에 오시는 것이 순리입니다. 어디도 우리 중국보다 좋은 대우를 약속하지 못해요."

리쟈가 신신당부했다.

그녀는 이신과 함께 장양도 중국에 데리고 돌아가려는 의지가 굴뚝같았다.

좀처럼 조용해지지 않는 기내.

이신의 미간이 점점 찌푸려지는 가운데, 옆자리에 앉은 주디는 뭐가 그리 좋은지 노래를 흥얼거렸다.

제6장

수학

기내.

주디는 자러 침실로 들어갔고, 나머지 세 제자들은 게임 룸에서 놀고 있는 모양이었다.

이신은 가만히 책을 읽고 있었는데, 문득 바로 맞은편 자리에서 누군가가 부르는 소리를 들었다.

"이신 씨."

"……?"

그제야 이신은 맞은편에 리쟈가 앉아 있다는 것을 알아챘다.

"집중력이 좋으시군요."

"습관입니다."

정확히는 유전.

아버지도 책을 읽고 있으면 누가 서재에 들어와도 알아차리지 못했다.

"진지하게 상의하고 싶은 게 있습니다."

"안 됩니다."

말도 안 들어보고 거절하는 이신의 태도에 리쟈는 당황해 버렸다.

"얘기하기 싫다는 말씀이십니까?"

"장양은 올도어SCC에 남아 있어야 합니다."

"……."

다시 꿀 먹은 벙어리가 된 리쟈.

말을 들어보기도 전에 용건을 알고 즉답해 버리는 이신의 화법에, 그녀는 아직 익숙하지 않았다.

"어째서죠?"

"일단 아직 정해진 건 아무것도 없습니다."

"만약에 이신 씨가 중국으로 진출을 하신다면 당연히 우리 양이도……."

"장양은 올도어SCC에게 꼭 필요한 선수입니다."

"만약에 이신 씨가 양이와 함께 SC스타즈로 이적하신다면, SC스타즈는 올도어SCC에 많은 이적료를 안겨줄 수 있을 거예요. 그 돈이면 다른 선수를 영입할 수 있겠죠."

"무엇보다도 중요한 이유가 하나 더 있습니다."

이신이 말했다.

"사실 장양이 중국까지 날 쫓아온 데도 전 별로 상관이 없습니다."

"그럼요?"

"올도어SCC에 남겨놓는 것은 제 나름대로 장양의 장래를 배려한 것입니다."

리쟈는 이해하기 힘들다는 표정이었다.

이신이 설명했다.

"이제야 차이나 존 같은 친구들이 생겼습니다. 친구들과 함께 팀 연습실에 출근을 하고, 훈련을 하고, 경기에 출전합니다. 말은 여전히 없지만 제스처로 나름대로 의사소통도 하지요."

"알아요. 정말 감사하게 생각하고 있습니다."

"생색내려고 한 말이 아닙니다. 내가 없으면 불안해하던 애가 이제야 간신히 프로로서 생활할 수 있게 된 겁니다."

"……."

"그런데 나와 함께 중국에? 낯선 환경에서 낯선 팀 동료들과 부대끼며 다시 적응을 하라고요?"

이신은 고개를 저었다.

"장담컨대 다시 제자리걸음이 될 겁니다. 처음 만났을 때처럼 내게 의존하게 될 겁니다."

"…그런 점은 생각하지 못했네요."

"그래서 안 된다는 겁니다. 이제는 내게서 독립해야 할 때입니다. 제가 없어도 프로게이머로서 생활해야 합니다."

리쟈도 납득할 수밖에 없었다.

늘 장양을 사회적 약자로만 생각했기 때문에, 어른으로 성장해가는 시기에 있다는 것을 자꾸만 까먹게 된다.

얼마 전까지만 해도 손 쓸 도리가 없을 정도로 심한 자폐증을 앓았던 장양이기에, 그녀나 장양의 부모나 장첸 노사나 과보호를 할 수밖에 없는 것이었다.

'우리 양이의 미래를 위해 깊은 생각을 하고 있었구나.'

지금처럼 장양이 좋아진 것 또한 이신 덕분이었다.

리쟈는 이 대화를 통해 더욱 이신을 신뢰하게 되었다.

"그리고 솔직히 말하자면 조금 귀찮긴 합니다."

"……"

높아졌던 신뢰도가 다시 원상복구 되었다.

*   *   *

"일어나세요."

"…벌써 다 왔나?"

이신은 부스스 눈을 떴다.

그런데 깨어난 장소는 공항이 아니었다.

어디서 많이 본 듯한 화려한 침실이었다.

"슬슬 식사하셔야죠."

이신을 흔들어 깨운 그레모리가 싱글거리며 웃고 있었다.

그랬다.

이신은 캐나다로 향하는 도중에 그레모리의 부름을 받은 것이었다.

그리고 이번에도 자기 침실로 소환한 짓궂은 그레모리였다.

한숨을 쉰 이신은 그녀를 따라 밖으로 나왔다.

늘 그렇듯이 화려하게 차려진 거대한 식탁이 보였다.

시녀들의 시중을 받으며 식사를 했는데, 원체 입이 짧은 이신임에도 불구하고 오랜만에 포식을 했다.

이상하게도 마계의 음식은 하나같이 맛이 좋아서 자꾸만 먹게 되는 것이었다.

입에 안 대던 술까지 마시며 식사를 마무리.

이신은 슬슬 질문을 던졌다.

"다음 상대는 누구입니까?"

개인리그 결승전도 끝났겠다, 이제는 다소 여유가 있는 이신이었다.

돌아가도 어차피 휴가라 서둘러 적응을 할 필요가 없어 이제는 여유 있게 서열전을 준비할 수 있었다.

"다음 상대는 악마군주 푸르카스예요."

"우리가 도전하는 겁니까?"

"후훗, 물론이죠. 우리에게 도전해 오는 간 큰 악마군주는 없으니까요."

연승 행진을 거듭한 이신.

그 덕에 악마군주 그레모리는 예전에 추락하기 전보다 더 높은 성세를 자랑하게 되었다.

당연히 상승세에 있는 그레모리와 이신에게 도전해 오는 악마군주는 없었다.

한창 기세가 좋은 적과 싸우는 것은 어리석은 일이었으니 말이다.

"푸르카스는 철학을 비롯해 수사학·논리학·천문학·화점술에 조예가 깊은 악마이지요. 그는 자기 성향에 맞는 사람을 계약자로 맞이했다고 들었어요."

"그게 누구입니까?"

"니콜라 폰타나라는 사람인데 들어보셨나요?"

이신은 고개를 갸웃거렸다.

니콜라 폰타나?

어디서 언뜻 들어본 것 같기는 한데 통 알 수가 없었다.

"근래에 들어 가장 상승세를 떨친 계약자를 3명 꼽으라면 카이저, 항우와 더불어서 그자가 손꼽히곤 해요."

항우도 이전까지는 비상식적인 용맹을 바탕으로 서열전에서 엄청난 활약을 떨쳤었다.

최하위에서 지금까지 이례적인 연승 행진을 하고 있는 이신은 말할 필요도 없었다.

그런 두 사람과 함께 손꼽힌다면 필시 대단한 인물일 터였다.

하지만 이신은 도무지 니콜라 폰타나라는 이름이 잘 기억나지 않았다.

그 정도로 서열전에서 활약을 떨쳤으면 살아생전에도 대단한 위인이었을 텐데 말이다.

"종족이 무엇입니까?"

"마물이라고 하더군요."

다행히 가장 보편적인 종족인 마물이었다.

질 드 레 같은 훌륭한 연습 상대도 있는 이신으로서는 가장 맞서기 익숙한 종족이었다.

"한번 알아보고 준비하도록 하겠습니다."

"네, 그렇게 하세요."

식사를 마치고서 자신의 영지로 배정된 궁전 뒤뜰로 향했다.

그런데 자신의 영지에 도착한 이신은 깜짝 놀랐다.

원래 그의 영지였던 오두막 한 채는 어디로 갔는지 보이지 않았고, 대신 귀족의 별장쯤 되어 보이는 화려한 저택이 세워져 있었던 것이다.

'이게 어떻게 된 일이지?'

그때였다.

저택 안에서 질 드 레가 걸어 나왔다.

"주군, 오셨습니까?"

"이게 어떻게 된 일이지?"

"아, 주군께서 중급 악마로 격상되신 기념으로 악마군주 그레모리 님께서 선물을 해주셨습니다."

저택은 무려 5층 높이라 사도 5인을 모두 데리고 살아도 문제가 없었다.

게다가 규모도 더 넓어진 것이, 확실히 그레모리가 제대로 선물을 해준 셈이었다.

"주군을 뵙습니다!"

"오셨습니까, 주군!"

사도들이 하나둘씩 모여들어 인사했다.

이신은 그들 다섯을 모두 한자리에 모아놓고 물었다.

"이중에 니콜라 폰타나라는 자를 아는 사람이 있나?"

"니콜라 폰타나? 그게 누구지?"

"서양인이니 우리는 알 리가 없군."

중국 출신인 이존효나 서영은 당연히 알지 못했다.

"그런 이름의 계약자가 있다는 것은 들어봤지만 자세한 건 모릅니다. 다만 이름으로 보아 이탈리아 출신이겠군요."

비교적 박식한 편인 질 드 레도 고개를 젓기는 마찬가지.

"저도 모르겠습니다."

콜럼버스도 쑥스럽다는 듯이 머리를 긁적였다.

그런데 뜻밖에도 마르몽이 손을 들었다.

"주군, 제가 알고 있습니다."

"알고 있어?"

"예, 그는 16세기 이탈리아 사람으로, 탄도학의 시초 격이 되는 인물이기도 합니다."

포병장교였던 오귀스트 마르몽은 니콜라 폰타나에 대해 아는 모양이었다.

"탄도학?"

"예, 그는 이탈리아 사람으로, 베네치아가 오스만 튀르크의 위협을 받자 포병의 명중률을 높이기 위해 탄도학을 개척했습니다."

"학자로군."

"예, 수학자입니다."

이어지는 마르몽의 설명은 이러했다.

이전까지는 포탄이 완벽한 직선으로 움직이다가 수직으로 떨어진다고 믿었다.

그런데 니콜라 폰타나에 의해 포물선 궤도를 따른다는 것이 수학적으로 증명되었다.

지금에서야 너무나 당연한 소리로 들리지만, 당시에는 편견을 깨고 새로운 증명을 하는 일이었으니 대단한 일이라 할 수 있었다.

"보통 본명보다는 타르탈리아라는 별명으로 더 널리 알려져 있습니다."

"타르탈리아?"

이신의 눈이 번쩍 떠졌다. 니콜라 폰타나보다 더 익숙한 이름이었다.

이신은 기억의 바다에서 타르탈리아에 대한 사항을 떠올리는 데 성공했다.

"3차 방정식의 해법을 발견한 수학자?"

"예."

'어쩐지 들어본 이름이다 싶었다.'

이신은 그제야 납득할 수 있었다.

고등학생 시절에 수학자에 대해 조사하라는 과제를 한 적이 있었다. 그때 조사한 수학자들 가운데 타르탈리아가 있었다.

타르탈리아(Tartaglia: 말더듬이라는 뜻).

그는 3차 방정식의 해법(解法)을 밝혀낸 수학자였다.

이 3차 방정식에 대해서 또 다른 수학자인 지롤라모 카르다노와 얽힌 일화가 유명했다.

카르다노는 감언이설로 타르탈리아를 꾀어서 3차 방정식의 해법을 배운다.

남에게 발설하지 않는다는 조건이었지만, 카르다노는 멋대로 자기 이름으로 3차 방정식의 해법을 발표해 버렸다.

이 탓에 타르탈리아는 카르다노를 평생 저주하게 되었고, 카르다노는 수학계 최대의 사기꾼으로 평가받는다.

다만, 카르다노는 그냥 사기꾼이 아니었다.

오히려 의학, 수학, 천문학 등 다방면에 업적을 남긴 천재였다.

타르탈리아의 3차 방정식 해법은 완전한 형태가 아니었고, 이를 바탕으로 카르다노가 완성한 것이었다.

때문에 오늘날에도 '카르다노의 정리'라 불린다.

'옛날 생각나는군.'

악마군주 푸르카스의 계약자는 바로 타르탈리아, 즉 니콜라 폰타나였다.

'수학자라……'

이신의 표정이 다소 심각해졌다.

타르탈리아의 명성 때문에 두려워진 것은 아니었다.

다만 이 서열전을 수학적으로 접근한다는 것이 어떤 의미인지 이신은 누구보다도 잘 알고 있었다.

실시간 전략 시뮬레이션에 대한 수학적 접근!

다름 아닌 선진국 프로 팀의 전략연구팀에서 일하는 연구원 중 상당수가 수학 전공자인 것이다.

최대한 많은 자원을 채집하는 것.

최단시간에 전략에 걸맞은 병력을 최대한 많이 생산하는 것.

거기에 상대 유닛의 공격력을 계산하여서 크고 작은 국지전의 승패를 견적 내는 것까지.

온통 수학이다.

서열전 또한 온통 계산 싸움이라고 봐도 과언이 아니었다.

가난에 찌들고 말더듬 장애까지 안고 있었음에도 독학으로 당대 최고 수준의 수학을 깨친 타르탈리아였다.

그 정도로 학구열이 있는 자가 계약자가 되어 서열전에 뛰어들었다면,

'서열전의 수학적인 접근을 안 했을 리가 없지.'

즉, 1초라도 더 시간을 단축시키려 하는 프로게이머의 마인드가 타르탈리아에게도 있을 게 분명했다.

어찌 보면 악마군주 푸르카스는 서열전의 본질을 일찍 알아채고 최적의 계약자를 얻었다고 볼 수 있었다.

*   *   *

16세기 유럽의 수학자는 승부사였다.

수학 문제로 결투를 벌였다.

치열한 나머지 진짜 몸싸움으로 번지는 경우도 비일비재했다.

니콜라 폰타나, 일명 타르탈리아는 그런 승부를 통해 영광과 굴욕을 모두 겪은 수학자였다.

그의 어린 시절은 불행했다. 프랑스 군대가 침입해 아버지를 잃었고, 자신도 턱이 쪼개지는 큰 부상을 입었다. 그 바람에 그는 평생을 말더듬이로 살아야 하는 장애를 입었다.

종이를 살 수 없을 정도로 가난을 겪기도 했다.

하지만 그럼에도 타르탈리아의 수학적 재능과 학구열을 꺾지는 못했다.

종이가 없어 아버지의 묘비를 노트 삼아 분필로 써가며 공부를 했다.

그렇게 독학으로 익힌 수학 실력은 고대 그리스 수학책의 오류를 잡아내고, 최고 수준의 산술서를 쓸 정도였다.

1535년, 타르탈리아는 어느 수학자의 도전을 받았다.

그 수학자의 이름은 안토니오 피오르.

안토니오 피오르는 스승 델 페로에게서 2차 항이 없는 3차 방정식을 푸는 근의 공식을 배웠다.

델 페로는 이를 1500년대 초에 알아냈지만, 결투를 위한 비장의 무기였기 때문에 평생 숨기고 있다가 죽기 직전에야 제자에게 전수해준 것이다.

그렇게 스승의 비법을 전수받은 안토니오 피오르는 어느 날 이상한 소문을 들었다.

수학자 타르탈리아가 3차 방정식을 풀 수 있다고 떠들고 다닌다는 소문이었다.

때문에 화가 난 피오르는 타르탈리아를 찾아가 결투를 신청했다.

"네가 정말로 3차 방정식을 풀 수 있다면 내가 낸 문제를 풀어 봐라."

피오르는 자신만이 알고 있는 30문제로 승부를 걸었다.

문제를 슥 본 타르탈리아는 쾌히 고개를 끄덕였다.

그러고는 엄청난 속도로 모든 문제를 전부 풀어버렸다.

아무도 풀 수 없으리라 생각했던 문제들이 속속히 해체되어 답이 드러나는 것을 보며, 피오르는 망연자실했다.

소문은 사실이었다.

아니, 그 이상이었다.

타르탈리아는 이미 2차 항은 물론 1차 항이 없는 3차 방정식의 근의 공식까지 밝혀낸 상황이었던 것이다.

타르탈리아의 명예는 하늘을 찌를 듯이 커졌다.

타르탈리아는 당연하게도 자신의 절대 반지와도 같은 3차 방정식의 근의 공식을 누구에게도 밝히지 않고 비밀로 간직했다.

그러던 어느 날이었다.

"제발 가르쳐 주십시오! 그것을 꼭 배우고 싶습니다."

1539년, 명성을 듣고 찾아온 한 인물이 3차 방정식의 근의 공식을 가르쳐달라고 조르기 시작했다.

그는 의사이자 수학자였던 지롤라모 카르다노였다.

당연히 타르탈리아는 거절했다.

자신에게 부와 명예를 가져다준 비법을 결단코 밝힐 수 없었다.

하지만 카르다노는 끈질겼다.

달콤한 말로 설득하며, 비밀을 엄수하겠다고 신께 맹세하기도
했다.

결국 그의 끈기에 못 이겨서 타르탈리아는 '절대 남에게 알리
지 말라'는 당부와 함께 근의 공식을 보여주었다.

그리고 그것은 치명적인 실수가 되었다.

1545년, 카르다노의 저서 '아르스 마그나'가 발표되었다. 위대
한 계산법이라는 의미를 가진 이 저서는 3차 방정식의 풀이를 담
고 있었다.

"이 사기꾼!"

타르탈리아는 대노했다.

맹세를 어긴 카르다노를 즉시 표절 혐의로 고소하고 나섰다.

카르다노는 자신의 제자를 대신 앞세웠다.

카르다노의 아들은 형편없는 여자와 결혼하여 불행히 살다가
그 여자를 독살한 죄로 사형을 당했다.

그렇게 아들을 잃은 카르다노는 제자를 두어 아들 대신 아껴
서 키웠는데, 그 제자의 이름은 로도비코 페라리였다.

제자 페라리는 도리어 타르탈리아가 델 페로의 아이디어를 훔
쳤다고 비난하고 나섰다.

1548년, 타르탈리아와 페라리가 결투를 벌였다.

결과는 이미 정해져 있었다.

페라리는 스승 카르다노까지 뛰어넘어, 이미 4차 방정식의 근

의 공식까지 밝혀낸 젊은 천재였기 때문이다.

결국 결투에서 패배한 타르탈리아는 갖은 수모를 겪었고 학교에서도 쫓겨나는 처지가 되었다.

"이, 이 죽일 놈……! 시, 신의 저주를 받을 것이다, 카르다노!"

더듬거리며 울분을 토하는 타르탈리아.

하지만 이제 그가 할 수 있는 일이라고는 넋두리 같은 저주의 말을 허공에 퍼붓는 것뿐이었다.

프랑스 군대의 만행으로 아버지를 잃고 말더듬 장애까지 얻었다. 찢어지게 가난한 그 어린 시절에 온갖 역경을 딛고 입지전적인 성공을 거둔 타르탈리아였다.

그러기까지 얼마나 뼈를 깎는 노력이 필요했던가.

그런데 그 모든 것을 잃었다.

자신의 일생 최대의 업적은 카르다노의 것이 되어서 공표되었다.

"도, 도박 중독자에… 점성술에 미친 그따위 놈에게……!"

하지만 타르탈리아 자신도 알고 있었다.

카르다노는 그냥 사기꾼이 아니었다.

그의 아버지는 레오나르도 다 빈치와 절친했던 변호사였고, 그 아들로 태어나 재능을 만개한 카르다노는 의사로서도 수학자로서도 업적을 쌓았다.

의사로서는 장티푸스와 알레르기성 질환 등을 발견했고, 천식 치료법과 탈장 치료법을 고안했다.

수학자로서는 도박을 좋아하는 작자답게 확률론을 최초로 체계적으로 정리했고, 3차 방정식 또한 자신이 알던 것을 더 완전하게 보완했다.

그가 정리한 3차 방정식에는 허수(虛數)라는 개념까지 들어가 있었다.

타고난 재능부터 이룩한 업적까지, 카르다노는 대단한 자였다.

그렇기에 더욱 울분을 느낄 수밖에 없는 타르탈리아였다.

[흐음, 원하는 게 무엇인지 참 알기 쉬운 인물이로다.]

갑자기 웬 노인의 음성이 울려 퍼졌다.

"누, 누, 누구시오?"

화들짝 놀란 타르탈리아가 물었다.

[그대의 소망을 들어줄 수 있는 존재이지.]

아니, 노인의 목소리가 아니었다.

어디서 들리는지도 알 수 없고, 사람의 성대(聲帶)에서 나는 소리도 아니었다.

"누, 누, 누구냐고 무, 물었다!"

[쯧쯧, 듣기 거북하니까 일단 그 말더듬는 것부터 좀 해결해 줘야겠군.]

딱—

손가락이 튕기는 소리가 울려 퍼졌다.

"그게 무슨… 엇?!"

타르탈리아는 또다시 놀랄 수밖에 없었다. 더듬거리지 않고 또렷하게 말을 할 수 있게 된 것이다.

평생을 안고 살아야 했던 말더듬이가 이렇게 쉽게 고쳐지다니?

"당신은 누구십니까? 신이십니까?"

[신이라… 오히려 그 반대지.]

"신의 반대… 악마?!"

타르탈리아의 안색이 변했다.

[그렇다고 그렇게 질색하지는 마시게나.]

"악마야! 내게 무엇을 바라는 것이냐?! 썩 물러가라!"

공포에 질린 타르탈리아.

그런 그에게 악마가 말했다.

[오는 게 있으면 가는 것도 있는 법. 나는 그대에게 바라는 것만 있는 게 아니다, 니콜라 폰타나. 선물해 줄 수 있는 것 또한 있지.]

"네놈은 대체 누구냐! 사탄이냐?!"

[나는 72악마군주의 하나인 푸르카스다. 철학·수사학·논리학·천문학·화점술의 달인이며, 그대의 소원을 들어줄 강대한 권능을 가지고 있지. 이를 테면 방금 네 말더듬이를 고쳤듯이 말이다.]

타르탈리아의 머릿속에서 여러 가지 생각이 스쳤다.

악마든 뭐든 일단은 무조건 적대해봐야 좋을 게 없다고 생각했다. 상대는 자신의 말더듬이를 손가락 한 번 튕겨서 고친 엄청난 존재였으니까.

"일단은 나와 주시오. 내 앞에 모습을 드러내시오. 대화는 그러고 나서 합시다."

[좋은 태도다.]

스르륵—

순간 타르탈리아의 눈앞에 안개가 뭉게뭉게 생성되었다.

안개가 걷히면서 마침내 악마군주 푸르카스가 모습을 드러냈다.

푸르카스는 창백한 말을 탄 노인의 모습이었다.

흰 수염을 길게 기른 냉혹한 얼굴에, 한 손에는 거대한 낫을 들고 있었다.

저 낫으로 자신의 목을 베어갈지 모른다는 생각에 타르탈리아는 두려워졌다.

[마주 보고 대화를 할 생각이 들었다니 다행이군. 경기를 일으키거나 고래고래 화내는 경우도 있었는데 말이야.]

"당신이 푸르카스입니까?"

[그렇다.]

"나에게 무엇을 해줄 수 있습니까?"

[복수.]

그 단어가 이렇게 오싹한 것이었던가.

푸르카스가 히죽거리며 말했다.

[카르다노와 페라리, 네 업적을 가로챈 그 두 놈에게 복수를 하고 싶지 않나? 내가 이루어줄 수 있다. 방금 고쳐준 네 말더듬이는 서비스라고 쳐주지.]

"…그럼 제게 무엇을 바라십니까? 영혼이나 그런 거면 저는 절대로 들어줄 수가 없습니다."

[크흐흐, 그런 말도 안 되는 거래는 어리숙한 인간하고나 하는

것이지. 걱정하지 마시게. 내가 원하는 것은 그대의 재능이니까.]

"……?"

[나의 계약자가 되어서 다른 72악마군주들과 경쟁에서 이길 수 있도록 네 수학적 재능을 발휘해 주었으면 한다. 그러면 그 대가로 너는 복수뿐만이 아니라, 부귀영화를 영원히 누릴 수 있을 것이다.]

"당신들의 싸움을 위해 내 재능을……?"

순간 타르탈리아는 옛 일이 떠올랐다.

전쟁을 위해 자신의 수학적 재능을 썼던 기억.

바로 포탄의 탄도를 계산하여서 가장 사거리가 긴 발사각을 증명했더랬다.

그때 타르탈리아는 살상을 위한 일에 자신의 재능을 쓴 일을 부끄러워했다.

타르탈리아는 눈물을 흘렸다.

"복수를 하고 싶지만, 그것 때문에 그들보다 더 큰 죄를 짓고 싶지 않습니다. 저는 죄인이고 싶지 않습니다."

[호오, 그게 죄인이라고 누가 그러지?]

"네?"

[아무래도 한 번 서열전이 어떤 것인지 보여줘야겠군.]

푸르카스는 타르탈리아를 데리고 전장으로 이동했다.

그리고 부하 상급 악마들로 하여금 모의전을 펼치게 하였다.

[어떠한가? 자네가 생각한 그런 전쟁과는 다르지?]

"병사를 부르기 위해서는 지어야 하는 건물이 있고… 건물을 짓거나 병사를 불러내는 데 일정한 시간이 걸리는군요."

타르탈리아는 한눈에 서열전이라는 전쟁의 본질을 깨달았다.

마력과 병력과 시간…….

세 가지 요소가 균형점을 이루어야 한다.

이것이 전쟁이라고?

아니다.

이것은 정말로 훌륭한 '놀이'다.

수학자로서의 호기심이 발휘되었다.

"저도 한번 해보고 싶습니다."

타르탈리아가 눈에 불을 켜며 말했다.

푸르카스는 씨익 웃으며 고개를 저었다.

[애석하지만 그대가 나의 계약자가 되지 않는다면 들어줄 수 없는 부탁이네.]

실망한 타르탈리아에게 푸르카스는 어깨를 툭툭 두드려 주며 말했다.

[자, 실망 말고 일단은 나의 궁전에도 가보세. 이곳까지 온 김에 손님 대접을 확실하게 해줘야지.]

그리고 푸르카스는 타르탈리아에게 그동안 구경도 못 해보았던 엄청난 사치향락을 즐기게 해주었다.

[그동안 자네가 얼마나 고생을 하며 살았던가? 이제 그렇게 피땀 흘려가며 이룬 재능으로 덕을 봐야지.]

타르탈리아의 마음은 이미 푸르카스의 제안에게도 기울어져 있었다.

그렇게 타르탈리아는 푸르카스의 계약자가 되었다.

그리고 푸르카스는 약속대로 복수를 해주었다.

카르다노는 일흔이라는 나이에 이단으로 몰려 투옥을 당했다. 그 뒤에 풀려났지만 자신의 모든 저서에 대한 권리를 상실했다.

또한 타르탈리아에게 했던 사기 행각까지 널리 알려지면서, 자신의 많은 업적보다도 수학계 최대의 사기꾼으로 더 많이 후세에 기억되게 되었다.

그뿐만이 아니었다.

악마군주 푸르카스는 카르다노가 점성술에 빠져 있다는 점을 이용했다.

카르다노는 점성술로 자신의 수명을 점쳤는데, 그 결과에 따라 예언된 날짜에 맞추기 위하여 자살을 했다.

자신의 점성술이 잘못되지 않았다는 것을 증명하기 위한 어처구니없는 선택이었다.

그의 제자 페라리도 복수를 피해가지 못했다.

로도비코 페라리는 술과 도박·싸움질에 절어 살다가 자신의 여동생에게 독살당했다.

그들의 천재적인 재능과 업적을 생각하면 참으로 비참한 말로가 아닐 수 없었다.

제7장

참관

"계산상으로는 역시 초반이 가장 우리에게 유리합니다."

"아무리 봐도 그렇지. 그런데 그 정도는 모든 계약자가 다 알고 있는 상식이란 말이야."

타르탈리아, 즉 악마군주 푸르카스의 계약자 니콜라 폰타나는 고심하며 말을 이었다.

"문제는 그런 마물 종족을 다루는 계약자들을 이신이 숱하게 꺾어 왔다는 사실이다. 그 마물 계약자들이 결코 바보들이 아닌데……."

"자코모 카사노바는 바보가 맞지만, 이존욱이나 사나다 마사유키는 제법 실력자 아니겠습니까?"

"그리고리 라스푸틴도 졌다니 이 정도면 초심자의 행운도 넘었다는 뜻이야."

막 나타난 계약자가 반짝 활약하는 경우가 있긴 했다.

오히려 초보이기 때문에 생소한 스타일의 전략을 구사하며 상대를 당황하게 한다.

하지만 그런 상대는 라스푸틴을 이기기 힘들다.

악마군주 안드라스의 계약자 라스푸틴은 흉조(凶兆)를 감지하는 능력을 가졌다.

상대의 공격을 미리 감지하고 대비할 수 있는 라스푸틴을 이기려면 그걸 정공법으로 깰 수 있는 아주 확실한 실력이 필요하다.

"어쨌든 이신이 초반에 약하다는 휴먼의 약점을 극복했음이 틀림없습니다. 그러니까 많은 마물을 상대로 승리를 거뒀겠죠."

"어떻게 이겼느냐가 중요한데. 역시 초반은 방어를 충실히 갖춰 놓고 장기전을 바라보는 건가?"

"초반에 방어를 갖출수록 마력이 투자되어서 그만큼 발전이 느려집니다. 그걸 감안하고 이신의 악마로서의 능력까지 변수에 넣어서 계산하면 최적의 공격 타이밍이 나올 듯합니다."

"한번 해보지."

고개를 끄덕인 타르탈리아는 서열전 준비를 돕는 자신의 조수에게 지시했다.

"모의전을 해보자. 네가 휴먼을 맡아봐라, 페라리."

"예, 주군."

조수의 정체는 바로 로도비코 페라리.

타르탈리아의 3차 방정식 해법을 사기 쳐서 가로챈 지롤라모 카르다노의 수제자였다.

타르탈리아를 나락으로 빠뜨리는 데 앞장섰던 그 페라리가 이제는 그의 사도가 되어 있었다.

아니, 그냥 사도가 아니었다.

그동안의 공적을 인정받은 페라리는 마력을 부여 받아 하급 악마로 승격되었고, 타르탈리아의 권속으로서 충성을 다하고 있었다.

살아생전의 관계를 생각하면 아이러니컬한 일이었지만, 사실 페라리가 타르탈리아의 휘하에 들어간 것은 우연이 아니었다.

'날 도와줄 인물을 생각해 보니 이 녀석밖에 생각 안 났지.'

다섯 종족의 서열전은 타르탈리아의 예상보다 훨씬 많은 경우의 수가 있었다.

가장 완벽한 전략이란 것이 없었다.

그 전략의 카운터가 되는 다른 전략이 얼마든지 생길 수 있으며, 끝없는 가위바위보였다.

수학적 분석과 경험이 충분히 쌓여야 승률이 올라간다.

수학적 분석이나 경험이나 도와줄 수 있는 상대가 있어야 했고, 그때 타르탈리아가 떠올린 조력자는 두 사람이었다.

지롤라모 카르다노.

로도비코 페라리.

하나같이 원수들이었지만, 타르탈리아는 자신이 아는 천재 수학자로 그 둘이 가장 먼저 떠올랐다.

그들의 재능은 인정할 수밖에 없는 것이었다.

서열전이나 모의전 등에서 특정한 인물을 소환하려면 두 가지 조건이 있었다.

얼굴과 이름을 알 것.

지옥에 있는 인물일 것.

타르탈리아는 가장 먼저 카르다노의 소환을 시도했다.

하지만 애석하게도(?) 카르다노는 지옥에 없었다.

좋은 인품을 가진 작자는 결코 아니었으나, 장티푸스 발견이나 천식·탈장 수술법 고안 등의 의학적 업적이 후세에 크게 기여되었기에 죄업을 상쇄하고도 남았다.

'쓸모가 많은 인간인데 아쉽구나.'

자신에게 사기 친 작자가 지옥행을 모면했다니 기분이 좋지는 않았다.

하지만 이미 복수도 했고, 더 이상 과거의 일에 연연하지 않았기 때문에 타르탈리아는 깨끗이 단념했다.

'그렇다면 페라리다.'

다음에 노린 인물은 페라리.

수학자로서의 실력은 스승 카르다노까지 한참 뛰어넘은 페라리였다.

4차 방정식의 근의 공식까지 발견했으니 오죽하겠는가.

역시나, 페라리는 지옥에 있었다.

술과 도박에 빠져 하루가 멀다 하고 싸움질을 하던 녀석이니 지옥행을 모면했을 리가 없었다.

'이놈도 참 불쌍하구나.'

그렇게 막 살다가 여동생에게 독살당한 비참한 최후는 타르탈리아의 복수 탓도 있었다.

하지만 애당초 올곧은 인성을 가진 녀석도 아니었기에 타르탈리아는 그 점에 대해 별달리 미안한 마음이 없었다.

어쨌거나 자기 재능에 비하면 비참한 최후였기 때문에 안타까운 마음도 들고 해서, 타르탈리아는 페라리를 사도로 삼았다.

지옥에서 건져진 페라리는 그야말로 타르탈리아에게 인정받기 위해 필사적으로 도왔다.

자신의 운명이 누구에게 달렸는지 잘 알기 때문에 필사적일 수밖에 없었다.

페라리의 합류하자 탄탄대로였다.

최소의 시간, 최대의 병력!

그 명제를 향하여 두 사람은 미친 듯이 연구에 매진했다.

"계속 방어에 마력을 쓰게 만들면서 발전력을 약화시켜야 합니다."

모의전을 계속 치러본 결과, 페라리가 결론을 내렸다.

"초반에 승부를 보기 위해 공격을 시도하면 우리도 실패 시 위험해진다는 단점이 있지."

"예, 최대한 안전하게 승리를 따내려면 상대가 계속 방어를 하며 웅크리고 있게 하면서, 우리는 발전을 해나가서 격차를 벌리는 것입니다."

"그게 일반적인 휴먼과 마물의 대결 양상이다. 그런데 계속 이

졌다면 이신이 초반을 넘기면서 그 격차를 줄였다는 뜻이다. 그
건 아마도……."

"기습이겠지요. 적은 병력으로 소규모의 군사작전을 지속적으
로 펼쳐 피해를 입히는 방법을 썼으리라 생각됩니다."

"그때쯤 지상군에서는 이쪽이 우위일 텐데, 그렇다면 그리핀이
나 열기구로군."

"예."

"하늘을 통해 적이 침입해 오지 못하게 차단한다면 되겠군."

그들은 머리를 맞대고 전략을 수립하기 시작했다.

그들의 전략은 그냥 뭉뚱그려진 방향성만이 아니었다.

커다란 종이에 구체적인 숫자와 시간이 나열하며 아주 상세하
게 짜이고 있었다.

흡사 암호문처럼 숫자가 나열된 종이.

그들에게는 그 숫자들이 치열한 전쟁으로 보였다.

그런데 그때였다.

[폰타나.]

머릿속에서 울려 퍼지는 음성.

바로 악마군주 푸르카스였다.

'무슨 일이십니까?'

타르탈리아가 물었다.

[지금 즉시 궁전으로 와라.]

'무슨 일이라도?'

[손님이 왔다.]

'손님 말입니까?'

질 드 레와 모의전을 펼치던 이신은 도중에 그레모리의 연락을 받고 의아해했다.

[네, 아주 중요한 손님이에요. 일단 와보세요.]

무슨 일인지 이신은 의아함을 느꼈다.

평소에 이신이 서열전 준비에 열중하고 있을 때는 일절 방해하지 않는 그레모리였다.

그런데 이번에는 이례적으로 일단 돌아오라고 통보까지 하는 것이었다.

그레모리의 도움을 받아 전장에서 마계로 텔레포트한 이신.

궁전에 들어섰을 때, 그레모리와 함께 있는 사람을 보고 놀랐다.

"나폴레옹?"

"하하, 잘 지냈나?"

작은 키에 단단한 체격을 가진 미남자.

나폴레옹은 유쾌하게 웃으며 반가움을 표했다.

"오랜만에 뵙습니다."

"내 선물은 어떻던가?"

"반지는 유용하게 쓰고 있습니다."

"마계에서는 그다지 쓰임새가 없는 물건인데 다행이군. 역시 살아 있는 사람에게는 써먹을 데가 많겠지."

"그런데 여긴 어쩐 일이십니까?"

"그레모리 님께 한 가지 부탁을 드리고자 찾아왔지."

이에 그레모리도 말했다.

"그 부탁에 대해서는 카이저의 동의도 필요할 것 같아서 불렀어요."

"어떤 부탁입니까?"

나폴레옹이 답했다.

"이번 서열전에 참관을 하고 싶다."

"참관이라면……."

"그레모리 님과 푸르카스 님의 서열전, 즉 그대와 니콜라 폰타나의 대결을 보고 싶다는 뜻이다."

이신은 의문을 느꼈다.

악마군주들의 서열전은 제3자가 구경할 수 없는 것이었다.

서열전에서 계약자들의 전략과 성향 등이 노출될 수 있기 때문.

이렇듯 참관을 하고 싶다고 부탁하는 것은 사실 금기적인 일이라고 알고 있는 이신이었다.

정작 의문인 것은 나폴레옹이 그런 암묵적인 금기를 깨고서 이런 부탁을 해야 하는 이유가 있느냐는 것이었다.

아무리 이신이 승승장구하는 계약자라고 해도, 어디 서열 1위의 나폴레옹만 하겠는가?

"참관을 하셔야 하는 이유가 있습니까?"

"그대의 실력을 점검해 보고 싶어서다."

"더 이해가 안 갑니다만."

나폴레옹은 아직 서열 53위에 있는 이신을 의식할 필요가 없는 위치였다.

차후 위험이 될 수 있는 경쟁자를 만났다 하더라도 이렇게 노골적인 태도로 나올 인물도 아니었다.

"아직 함부로 발설할 수 없는 이야기지만, 사실 조만간 이 마계에서 큰 축제가 벌어질 것이다."

"축제?"

"마신께서 직접 벌이신 축제인데 더는 이야기해 줄 수 없다. 어쨌든 이 축제와 관련해서 나는 그대의 실력을 점검해 봐야 할 필요가 생겼어."

나폴레옹이 계속 말했다.

"참고로 악마군주 푸르카스 님과 니콜라 폰타나 측에는 이미 허락을 받았지."

그럼 이신과 그레모리만 허락하면 나폴레옹의 참관이 성사되는 것이다.

'마신이 벌이는 축제……. 그것 때문에 내 실력을 점검해 보려한다?'

무슨 축제인지는 몰라도 서열전과 관련이 있음은 분명했다.

마치 e스포츠의 올스타전처럼 말이다.

'나폴레옹이 내 실력을 보려 한다면, 팀을 짜서 치르는 대결일 가능성이 있겠군.'

프로 팀의 경기처럼 한 명씩 출전하는 방식일 수도 있고, 아니면 2:2, 3:3, 4:4 같은 팀플레이일 수도 있었다.

게다가 마신이 직접 벌이는 큰 축제라니…….

모르긴 몰라도 우승 상금처럼 엄청난 대가가 걸려 있을 터!

[어떠세요? 저는 찬성이에요.]

그레모리가 텔레파시로 찬성의 뜻을 전해왔다.

그녀도 나폴레옹이 언급한 축제에 대해 어느 정도 짐작을 한 모양이었다.

아마도 모든 악마가 탐내는 엄청난 마력이 주어진 축제일 터!

그렇다면 나폴레옹에게 최대한 협조하는 게 옳았다.

나폴레옹은 현재 마계에서 가장 뛰어난 실력을 가진 계약자이니 말이다.

그때, 나폴레옹이 덧붙였다.

"물론 공짜로 부탁을 드리는 것은 아닙니다. 악마군주 푸르카스 님 측에도 했던 제안인데……."

나폴레옹은 씨익 웃으며 말을 이었다.

"양측 중 승리하는 쪽에게 5만 마력을 선물하겠습니다."

"5만?"

깜짝 놀란 이신.

5만 마력이라니, 지나치게 통이 크지 않은가.

그레모리도 놀라기는 마찬가지였다.

"보나파르트, 당신이 웬만한 악마군주 못잖은 마력을 가졌다는 것은 알고 있지만, 그렇다 하여도 5만 마력은 지나친 게 아닌가요?"

그레모리의 물음에 나폴레옹은 고개를 끄덕였다.

"저로서도 쉽게 내놓을 수 없는 마력량입니다. 하지만 아가레스 님에게는 그렇지 않지요."

"아……!"

그레모리가 나직이 감탄했다.

서열 1위의 악마군주 아가레스!

승자에게 선물하겠다는 5만은 나폴레옹이 아니라 아가레스에게서 나온 마력인 모양이었다.

이신은 그레모리와 눈빛을 교환했다.

이신은 망설임 없이 고개를 끄덕였고, 그레모리는 결국 나폴레옹의 제안을 수락했다.

"받아들이죠."

"부탁을 들어주셔서 감사합니다."

정중하게 화답하는 나폴레옹.

추가로 5만!

이번 서열전은 갑자기 판이 커져 버렸다.

*　　　　*　　　　*

나폴레옹의 참관이 결정되고서 이신은 더욱 열심히 서열전 준비에 박차를 가했다.

이번 상대는 수학자.

수학적 접근으로 서열전을 연구한 인물이다.

'최적화된 빌드 오더를 선보이겠지. 운영 능력은 여태껏 상대했던 계약자들 중 최고일 것이다.'

하지만 그렇다고 고성능 인공지능처럼 완벽한 전략·전술을 펼칠 거라고 생각되지는 않는다.

결국 인간이니까.

설령 슈퍼컴퓨터로 운영되는 인공지능이라 하더라도 완벽한 전략을 펼치지는 못한다.

상대에 대한 정보가 없으면 아무리 계산을 잘해도 답을 도출하지 못한다.

이쪽도 그쪽도 피차 서로에 대한 정보가 없다.

한 번 붙어본 상대였다면 그 경험을 통해 맞춤 전략을 준비했을 테지만, 아직 서로를 본 적이 없다.

'그렇다면 그때그때 정찰을 통해 알아낸 정보를 통해 맞춰가며 전략을 구사하겠지.'

결국은 이신이나 니콜라 폰타나나 조건은 마찬가지였다.

현실세계의 e스포츠 프로리그였다면 좀 더 쉬웠을 것이다.

프로리그는 오랜 시행착오와 연구를 거치고 공식 경기를 통해 그 결실을 공유하며 완성된 정석 빌드 오더가 있기 때문이다.

하지만 마계에서는 그렇지 않다.

서로 정보가 공유되지 않으니 제각기 다양한 전략과 전술 패턴이 나올 터였다.

'가만?'

이신은 문득 중요한 사실이 떠올랐다.

'최적의 빌드 오더?'

아무리 사람마다 스타일이 제각각이라 해도, 수학적으로 최적화된 형태는 분명 존재한다.

이신은 프로게이머로서의 경험이 풍부했기 때문에 금방 서열전에 있어서 최적화된 빌드 오더를 몇 가지 찾아낼 수 있었다.

주 종족인 휴먼은 물론 마물도 마찬가지였다.

싸워야 할 적을 알기 위해 마물 또한 수없이 지휘해 보며 최적화된 패턴을 찾아낸 바 있었다.

'수학자라면 분명 내가 찾아낸 그 빌드 오더 중 하나를 선택할 거야!'

조아생 뭐라 같은 인물은 예측하기가 어렵다.

그런 기분파는 대개 근거 없이 내키는 대로 행동하니까.

하지만 수학자라면?

'객관적인 기준이 있기 때문에 오히려 예측할 수 있다.'

이신은 깊이 생각을 했다. 상대의 스타일에 대해 최대한 예측해야 했다.

'학자니까 객관적인 지표에 따라 판단하고 움직일 것이다.'

즉, 되도록 모험을 하지 않으려 할 것이다.

안전 위주의 플레이는 탄탄하고 꼼꼼하다는 장점도 있지만, 적극성이 부족하다는 단점도 생긴다.

'그러니까 운영으로 최대한 격차를 벌려 승리하려 들겠지.'

5종족 중에 마물을 고른 것도 그런 성향과 맞물린다.

어느 종족보다도 확장이 빠르다는 장점 말이다.

그에 반해 이쪽은 가장 확장이 느린 휴먼.

그 종족의 차이를 반드시 이용할 터.

'적어도 올인성 플레이는 없다는 뜻이다.'

그리고 또 한 가지.

'미끼에 더 잘 걸려든다.'

숫자 계산을 좋아하는 수학자다.

그러니 계산에 딱 맞는 미끼를 던져주면 더 잘 속아 넘어간다.

'그런 부분을 위주로 노려봐야겠다.'

그렇게 이신은 차근차근 서열전 준비를 해나갔다.

그리고 마침내 도전의 날이 밝았다.

"이제 준비됐습니다."

"그런가요? 그럼 악마군주 푸르카스 측과 나폴레옹 보나파르트에게 연락을 할게요."

"예."

이신 일행은 그레모리와 함께 푸르카스의 영토로 텔레포트했다.

도착한 곳은 신전이었다.

고대 그리스 시대를 방불케 하는 건축양식으로 지어진 신전.

그레모리의 화사한 궁전과 달리 푸르카스의 신전은 싸늘한 분위기가 감도는 듯했다.

신전 앞에 세워진 거대한 푸르카스의 조각상 때문인지도 몰랐다.

[왔나.]

신전의 분위기만큼이나 싸늘한 음성이 울려 퍼졌다.

세 사람이 그레모리 일행을 기다리고 있었다.

아니, 그중 하나는 사람이 아니었다.

조각상과 똑같이 생긴, 말을 탄 노인이었다.

'저자가 푸르카스로군.'

이신은 악마군주 특유의 압도적인 존재감으로 한눈에 푸르카스를 알아보았다.

마력에서 풍겨오는 존재감이 아니더라도, 말을 탄 채 한 손에는 거대한 낫을 들고 있는 게 사람일 리는 없었다.

이신의 시선은 푸르카스의 옆에 있는 두 사람에게 자연스럽게 옮겨졌다.

'한 명은 타르탈리아고, 또 한 명은 사도?'

타르탈리아의 주 종족은 마물이다.

그런데 인간이 한 명 더 있다니.

만약 저 인간이 사도라면 아마도……

'또 다른 수학자인가?'

함께 연구를 할 수학자를 사도로 등용했을 가능성이 높다고 이신은 생각했다.

게다가 항우의 사도였던 이사처럼, 인간이라 할지라도 일시적으로 마물로 변신해서 전장에 소환될지도 모르는 일.

이곳은 마계라 어떤 일이 벌어져도 이상하지 않았다. 때문에 이신은 편견을 갖지 않고 모든 가능성을 열어놓았다.

두 사람 중 한 명이 걸어 나왔다.

"자네가 이신인가?"

듬성듬성한 수염을 가진 중년인이 물었다.

이신은 고개를 끄덕였다.

"그쪽이 타르탈리아?"

"니콜라 폰타나일세. 이제는 타르탈리아가 아니거든."

그러면서 씨익 웃는 폰타나.

더 이상 말을 더듬지 않으니 타르탈리아라는 별명은 어울리지 않았다.

"이신입니다."

"반갑네."

두 사람은 악수를 나누었다.

이신은 폰타나와 함께 있는 젊은 남자를 바라보았다.

"당신의 사도입니까?"

"아, 소개해 줘야겠군. 내 사도이자 권속일세. 이름을 들어봤는지 모르겠군."

그러자 젊은 남자가 나서서 인사했다.

"로도비코 페라리입니다."

"카르다노의 제자?"

"오래전의 일이지요."

페라리는 쓴웃음을 짓는다.

이신은 자신의 예상이 맞았다는 것을 알게 되었다.

'수학자 두 명이라. 둘이서 수많은 연구를 했겠군.'

그런데 이신은 차라리 그게 다행이라고 여겼다.

만약 군인 같은 다른 직업군의 인물이었다면, 다른 시각에서 접근하며 서로의 단점을 보완해 주는 시너지가 있었을지도 몰랐다.

둘 다 수학자라니 이신이 생각한 니콜라 폰타나의 약점도 그대로일 터였다.

'천재 수학자 두 명이 머리를 맞댔으니, 더욱 자신들의 계산을 철석같이 믿겠지.'

더욱 자신감이 생겼다.

그런데 그때였다.

파앗!

한쪽 공간이 일그러지더니, 나폴레옹이 나타났다.

"제가 늦었군요."

나폴레옹은 그레모리와 푸르카스에게 정중하게 인사를 했다.

푸르카스가 말했다.

"올 사람이 전부 왔으니 슬슬 시작하지."

"그러지. 전장과 배팅할 마력을 택해라."

그레모리도 기꺼이 동의한다.

푸르카스는 폰타나와 미리 상의해서 결정한 조건을 제시했다.

"제3 전장 리벤을 선택하겠으며, 마력은 2만을 배팅한다. 그리고 여기서 제안하고 싶은 조건이 한 가지 더 있다."

"뭐지?"

"3번을 싸워서 먼저 2번을 이긴 쪽의 승리로 하는 건 어떠냐?"

결국 3판 2선승제의 다전제 승부를 제안한 것이었다.

"어떻게 생각하시나요, 카이저?"

그레모리가 이신을 돌아보며 물었다.

이신은 잠시 고민했다.

그레모리의 마력량은 42만 9천.

그리고 듣기로 푸르카스의 마력량은 45만 1천이라고 했다.

이 정도 차이면 사실 1만 마력만 배팅된 승부라도 그레모리가 이길 시 서열이 바뀐다.

배팅한 마력 1만 외에도 이신이 소원으로 마력을 요구하면 또 총 마력량의 1%를 떼어줘야 하기 때문에, 결과적으로 그레모리의 마력량이 푸르카스를 역전하게 되는 것.

결국 단판승부밖에 선택지가 없는데, 푸르카스 측은 여러 번 싸우길 원했다.

여러 번 싸워야 이신에 대해 파악할 기회가 많아지기 때문이다.

'물론 패배한 후에 푸르카스가 곧바로 다시 도전해 오면 되지만, 그들로서는 전장을 선택할 수 없는 도전자의 입장에 서기가 싫겠지.'

변수를 최대한 줄이고 싶어 하는 수학자들에게, 전장을 고를 수 있는 선택권이 상대에게 있다는 것은 퍽 골치 아픈 일일 테니 말이다.

'그렇다면…….'

이신은 이윽고 판단을 내리고는 그레모리에게 귓속말로 이야기했다.

고개를 끄덕인 그레모리는 푸르카스에게 말했다.

"여러 번 싸우기를 원한다면, 네가 졌을 때 곧바로 다시 내게 도전하면 그만이다. 상대의 9할 이상의 마력만 갖추고 있으면 언제든 도전할 자격이 있으니까."

"……."

푸르카스는 꿀 먹은 벙어리가 되었다.

그레모리는 씨익 웃었다.

"그런데도 이런 제안을 한다는 것은, 도전자라는 불리한 입장에 서는 게 꺼려지기 때문이겠지? 우리는 12가지 전장 중 어디서 싸워야 할지 몰라 모두 철저히 준비했지만, 그쪽은 그러지 않았다는 뜻이야."

"……."

사실이므로 푸르카스는 할 말이 없었다.

"결국 네 제안은 불리함을 우리에게 떠넘기고 싶다는 것인데, 그렇다면 이쪽도 두 가지 조건이 있다."

"…말해봐라."

푸르카스는 불만 가득한 어조로 대꾸했다.

그레모리는 이신에게 귀띔 받은 조건을 내세웠다.

"첫째, 전장은 바꾸지 말 것."

"그건 좋다."

"둘째, 마력은 5만을 배팅할 것."

그 말에 푸르카스와 폰타나 일당은 물론 참관자인 나폴레옹도 놀랐다.

그렇게 되면, 승자에게 선물하겠다고 나폴레옹이 약속한 마력 5만까지 더해 무려 10만 마력이 걸린 큰 판이 되는 것이다.

"욕심이 과하구나, 그레모리."

푸르카스가 불만을 드러냈다.

그레모리는 어깨를 으쓱했다.

"싫으면 그냥 원칙대로 평범한 승부를 하면 그만이지. 우리는 자신이 있기 때문에 어느 쪽이든 상관없다. 너희가 멋대로 자기 좋을 대로 하는 게 싫을 뿐."

푸르카스는 자존심이 상했는지 눈빛이 더더욱 싸늘해졌다.

최대치 배팅이라는 제안은 그레모리와 이신의 자신감이 허세가 아니라는 증거였다.

그러다 보니 이대로 물러나면 푸르카스 측은 자신감이 부족한 것으로 보이게 된다.

나폴레옹이 참관을 하고 있었기 때문에 더더욱 자존심이 상하는 일이었다.

푸르카스는 폰타나와 상의했다.

무슨 상의를 했는지, 이윽고 푸르카스가 말했다.

"그 조건을 모두 수용하는 대신에 우리도 한 가지 조건을 더 걸지."

"마치 우리가 양보를 받았다는 듯이 말하는군."

그레모리가 불쾌감을 드러냈다.

푸르카스는 어깨를 으쓱했다.

"어느 쪽이든 자신 있다고 하지 않았던가? 이 제안은 참관자인 나폴레옹 보나파르트를 즐겁게 해주기 위한 일이기도 하다."

나폴레옹은 재미있다는 듯이 빙긋이 웃었다.

"어디 말해보아라."

"간단하다. 5번 싸워 3번을 먼저 이기는 쪽의 승리로 하자."

"뭣?"

"마력이 총 10만이나 배팅되는 큰 판인데, 그 정도는 해야 참관자도 큰 관람료를 낸 보람이 있지 않을까?"

아무래도 폰타나 측은 많이 싸울수록 자신들이 유리하다고 생각하는 모양이었다.

그레모리가 어떡해야 좋으냐는 표정으로 또 돌아본다.

나폴레옹도 흥미 가득한 표정으로 이신의 반응을 지켜본다.

두 사람의 시선을 받으며, 이신은 피식 웃었다.

"하죠. 많이 싸울수록 유리한 건 저쪽이 아닙니다."

그 말에 폰타나와 페라리의 안색이 딱딱하게 굳는다.

"그럼 이제 결정이 된 거군요?"

나폴레옹이 양측에 물었다.

푸르카스는 고개를 끄덕였다.

"좋다."

"이쪽도."

제3 전장 리벤.

걸린 마력은 무려 10만.

푸르카스 진영의 천재 수학자들과 다전제 승부에서 한 번도 진 적이 없는 이신의 대결이었다.

제8장

계산

"괜찮을까요?"

그레모리는 걱정된다는 표정이었다.

물론 이신의 능력을 믿지만, 이번 서열전은 마력이 너무 크게 걸렸다.

10만!

어느 쪽이 이기든 서열이 큰 폭으로 상승된다.

그만큼 졌을 때의 상실감은 배팅한 5만 이상이다.

이신은 걱정 가득한 그레모리에게 말했다.

"분명 수학자들이라면 지금껏 만나본 가장 강한 상대가 될 수 있습니다."

"역시⋯⋯."

"하지만 어쩌면 의외로 손쉬운 상대일 수도 있지요."

"예?"

"수학적 계산에 의한 완벽한 전략이라는 것이 존재한다면, 저들이 겨우 서열 52위에 머무르는 게 이상하지 않습니까."

이신은 판이 큰 대결을 앞두고도 조금도 변함없이 침착했다.

어떤 순간에도 침착하게 승부사 기질을 보일 수 있다는 것이 이신의 가장 큰 장점이다.

"쉬운 상대인지 힘든 상대인지 첫 싸움에서 판가름 날 겁니다."

그렇게 서열전의 첫 대결이 시작되었다.

[악마군주 그레모리 님과 악마군주 푸르카스 님의 서열전입니다. 전쟁의 승패가 서열과 마력에 영향을 줍니다. 마력은 총 10만이 배팅됩니다.]

[마력 10만이 마력석이 되어 전장에 유포됩니다.]

[서열전은 총 5회의 싸움으로 진행됩니다. 3승을 먼저 거둔 쪽이 서열전에서 승리합니다.]

[서열전의 승자는 악마군주 아가레스 님으로부터 마력 5만을 추가로 받습니다.]

[종족을 선택해 주십시오.]

"휴먼."

"마물."

이신과 니콜라 폰타나가 서로를 응시했다.

지금까지 봤던 계약자 중에서 가장 독특한 상대임은 틀림없었다.

회중시계와 노트와 펜을 챙겨 들고 있는 니콜라 폰타나의 모습은, 전쟁이 아니라 시험이라도 보러 가는 학생 같았으니까.

저 이색적인 도구들은 시간을 계산하려는 것임이 틀림없었다.

'나도 종종 초시계를 갖고 훈련한 적이 있으니까.'

'전쟁이 아닌 수학이라……'

그레모리에게 예고했던 대로, 이번 서열전은 고전하거나 혹은 낙승(樂勝)을 거두거나 둘 중 하나일 거라는 예감이 들었다.

문득 이신은 고개를 돌려 나폴레옹을 바라보았다.

5만 마력을 관람료로 내놓은 이 참관인은 씨익 웃으며 눈빛으로 건투를 기원한다는 뜻을 보냈다.

이신은 미세하게 고개를 끄덕여 화답했다.

'잘 봐라, 내 실력을.'

현재 서열 1위를 기록 중인 최고 실력자가 지켜보고 있다.

이 얼마나 흥분되는 일인가.

프로로 데뷔하자마자 정상에 올랐고 그 뒤로 줄곧 최고가 아니었던 적이 없는 이신.

그로서는 나폴레옹의 존재가 색달랐다.

그에게 자신의 최고의 플레이를 보여주겠노라고 마음먹었다.

[서열전이 시작됩니다.]

[악마군주 그레모리 님의 계약자 이신 님과 악마군주 푸르카스 님의 계약자 니콜라 폰타나 님께서 참전합니다.]

*　　　　*　　　　*

"시작했군요."

나폴레옹이 말했다.

서열전을 지켜보는 그레모리와 푸르카스의 기색에 긴장감이 감돌았다.

5판 3선승제의 다전제 승부이므로, 첫판으로 승부가 결정되지는 않는다.

하지만 첫판은 서로의 실력이 드러나기 때문에 무엇보다도 중요했다.

"나폴레옹 보나파르트, 그대는 이 대결의 승자가 누구일 거라고 생각하나요?"

그레모리가 물었다.

푸르카스도 매우 궁금하다는 표정이었다.

나폴레옹은 웃으며 답했다.

"첫 싸움을 보고 나면 대략 짐작할 수 있게 되지 않겠습니까?"

─첫 싸움에서 이긴 쪽이 이번 대결의 승자가 될 거라는 건가?

푸르카스가 물었다.

"그건 아닙니다."

나폴레옹은 고개를 저었다.

―그럼?

"승패보다는 내용이 중요하죠."

나폴레옹이 설명했다.

"첫 판에서 상대를 얼마나 파악하게 되느냐에 따라 앞으로의 싸움에 영향을 미치게 됩니다."

―그거라면 이쪽의 장기지.

푸르카스는 히죽 웃었다.

나폴레옹도 그 말을 인정했다.

"그렇겠지요. 수학자란 관측과 분석의 전문가이니."

"그렇다면 우리가 질 가능성이 높다는 뜻인가요?"

그레모리가 물었다.

"꼭 그런 것도 아닙니다. 이신도 이 점을 이미 알고 있기 때문에 최대한 자신을 숨기려 하겠죠."

즉, 상대의 모든 것을 뜯어보려는 니콜로 폰타나와 밑천을 최대한 숨긴 채 이기려는 이신의 대결이었다.

싸움이 시작된 지 얼마 안 된 상황.

시작부터 재미있는 일이 벌어졌다.

이신이 콜럼버스를 정찰 보냈고, 비슷한 시간에 니콜라 폰타나도 클로 1마리를 정찰 보냈다.

―서로 짠 것처럼 정찰 시기가 비슷하군.

"최상위권의 서열전에서도 정찰 타이밍은 이 정도입니다."

나폴레옹이 설명했다.

"혹시 모를 상대의 깜짝 전략을 파악하고 최대한 많은 위험을 방지해야 합니다. 그러면서도 마력을 채집해야 하는 노예를 정찰로 써야 하는 손해를 최소화해야 하죠."

서열 1위인 나폴레옹도 저 타이밍에 정찰을 보낸다고 했다.

그렇다면 두 사람의 정찰 타이밍은 모든 요소를 고려하고 계산된 모범 답안이라는 뜻이었다.

재미있는 일은 그 다음에 벌어졌다.

양측의 정찰이 중간에 서로 마주친 것.

서로 마주친 순간,

"어머?"

—아니?

두 사람의 정찰 방향이 바뀌었다.

콜럼버스는 1시로, 클로는 7시로 향했다.

정확하게 서로의 위치를 향해 나아가는 것.

"어떻게 저럴 수 있는 거죠?"

그레모리가 물었다.

"서로의 정찰 타이밍을 알고 있다는 뜻입니다. 시간과 거리를 통해 상대의 진영이 어디인지 예측할 수 있는 것이죠."

"정말 똑똑하네요."

나폴레옹의 설명에 그레모리는 감탄했다.

하지만 그레모리와 달리 푸르카스가 놀란 이유는 달랐다.

'저놈도 저런 계산을 할 수 있단 말인가.'

푸르카스는 니콜라 폰타나의 서열전을 쭉 봐왔기에 저런 식으로 상대 위치를 예측할 줄 안다는 것을 알고 있었다.

그런데 그걸 이신도 똑같이 했다는 것이 놀라웠다.

'역시 지금까지의 상대와는 다르다는 건가.'

니콜라 폰타나의 장점이라고 할 수 있는 정밀한 계산 능력을 이신도 갖고 있다면, 이번 승부는 정말로 행방이 불투명해진다.

푸르카스는 긴장을 할 수밖에 없었다.

*　　　　　*　　　　　*

이신은 첫 판의 전략을 이미 구상했다.

얼마 전에 박영호와의 결승전 2세트에서 써먹은 바 있었던 심리전이었다.

앞마당 확장 기지를 가져가는 척 하면서 병력을 더 모아서 방심한 적을 공격한다!

여기서 포인트는 병력 규모를 속이는 일이었다.

'그리고 숨기고 있다는 사실도 적에게 들켜서는 안 된다.'

오차 없이 정확한 숫자를 보여주어야 한다.

그래야 니콜라 폰타나가 의심하지 않는다.

이신은 상대가 수학자라는 점을 노릴 생각이었다.

싸움을 숫자와 계산으로 보는 수학자에게, 계산이 딱딱 들어맞는 모습만 보여준다면?

수학자라면 계산에 맞는 답을 믿고 싶어 하지 않을까?

그런 심리상의 허점을 찌를 생각이었다.

말처럼 쉬운 일은 아니었다.

니콜라 폰타나의 계산과 이신 자신의 계산이 정확하게 일치해야 한다.

'해보자.'

이신은 병영을 짓고 궁병을 소환했다.

처음 소환된 궁병은 역시나 로빈 후드였다.

'로빈 후드, 적 정찰을 쫓아내라.'

"옛!"

로빈 후드는 때마침 정찰을 하러 온 클로 1마리에게 활을 쐈다.

클로는 본진에 들어오지 못하고 물러나야 했다.

'앞마당 바깥까지 쫓아내라.'

이신의 지시에, 로빈 후드는 적극적으로 뒤쫓으며 클로에게 연거푸 활을 쐈다.

니콜라 폰타나는 소중한 클로를 1마리라도 잃지 않기 위해 순순히 멀찍이 물러났다.

같은 시각, 콜럼버스 또한 니콜라 폰타나의 진영에 도착했다.

앞마당에 마력석 채집장을 구축하고 있는 모습이 보였다.

본진 안도 확인해보고 싶었지만, 클로 1마리가 가로막고 있었다. 니콜라 폰타나도 방첩(防諜)의 중요성을 잘 알고 있었다.

"어떡할까요?"

콜럼버스가 물었다.

이신은 즉각 지시했다.

'블링크를 써서 침투해. 헬하운드를 소환하는지를 꼭 확인해야 한다.'

"넷!"

정찰을 반드시 성공해야 할 필요성이 있었다.

만약에 니콜라 폰타나가 헬하운드를 모으며 습격을 준비하고 있다면, 이쪽도 방어를 해야 한다.

반대로 상대는 당장 공격할 의사가 없는데 이쪽에서 지레짐작 겁먹고 방어에 마력을 쏟아 붓는다면 막심한 손해였다.

이 때문에 정찰이 중요한 것이다.

파앗!

콜럼버스가 블링크를 통해 본진 안으로 침투했다.

"헬하운드는 전혀 없는뎁쇼?!"

콜럼버스가 활기차게 소리쳤다.

'마법진에서 무엇이 소환되는지도 확인해.'

정찰을 허용하게 되자 니콜라 폰타나도 당황한 모양이었다.

클로 2마리가 콜럼버스를 내쫓기 위해 달려드는 모습에서 다급함이 느껴졌다.

붙잡힐 콜럼버스가 아니었다.

빠른 이동 속도를 무기로 요리조리 잘 도망치며 적진을 계속 활보했다.

마침내 마법진에서 무언가가 소환되었다.

파앗! 팟!

바로 클로 3마리였다. 헬하운드는 없었다.

'역시 당장 공격할 생각이 없었군.'

헬하운드가 없으니 콜럼버스는 더더욱 안심하고 계속 정찰을 했다.

'헬하운드나 전투형 마물이 나타날 때까지 계속 정찰을 속행해라.'

"옛!"

이신은 자신의 전략에 확신을 가질 수 있었다.

병영을 하나 더 짓고, 대장간을 건설했다.

총 2채의 병영에서 궁병이 계속 나왔다.

이신은 그중 일부 병력만 바깥에 배치하였다.

니콜라 폰타나에게는 병영이 1채밖에 없는 줄 착각하게 만들어야 했다.

그러기 위해서는 앞마당을 보여주면 안 된다.

앞마당에 마력석 채집장이 없다는 걸 보면, 병력을 은밀히 모으고 있다는 사실을 눈치챌 테니까.

*　　　　*　　　　*

니콜라 폰타나는 속필로 노트에 시간과 숫자를 적어가며 지휘를 하고 있었다.

'다시 정찰을 가라.'

클로 1마리가 다시 이신의 앞마당으로 접근을 시도했다.

하지만 바깥에 나와 있는 궁병들이 클로를 환영해 주었다.

쉬쉭— 콰직!

"키힉!"

클로는 도망칠 틈도 없이 화살다발에 맞고 죽어버렸다.

그 틈에 니콜라 폰타나는 재빨리 궁병의 숫자를 확인했다.

'내 생각대로라면 이 시간에 궁병이 5명 있어야 한다.'

클로가 죽기 전에 확인해 보니, 보이는 궁병 숫자는 정확히 5명이었다.

계산대로다.

상대는 병영 1채에서 궁병을 꾸준히 소환하면서, 앞마당에 마력석 채집장을 구축하고 있었다.

'하지만 아직 속단할 수가 없어.'

좀 더 확실한 정찰이 필요했다.

니콜라 폰타나는 헬하운드 2마리를 소환했다.

헬하운드 2마리는 일단 실컷 정찰을 하고 있는 노예부터 내쫓았다.

희한하게 재빠른 노예는 줄행랑을 쳐버렸는데 뒤쫓는 헬하운드와 속도가 비슷해서 따라잡을 수가 없었다.

헬하운드 2마리는 그대로 이신의 진영으로 달렸다.

적의 앞마당을 확인해야 한다.

'정말 앞마당에 마력석 채집장을 구축하고 있다면 최소한 방비를 위해 화살탑 1채쯤은 지어야 정상이다.'

화살탑이 없다면 이신이 무방비 상태로 배짱을 부리거나, 아니면 무언가 숨기고 있는 게 따로 있다는 뜻이었다.

헬하운드 2마리가 당도했다.

7명으로 늘어난 궁병이 들어오지 못하게 지키고 있었다.

'돌파해라! 반드시 앞마당을 확인해야 한다.'

명령이 떨어지자 헬하운드들이 그대로 달려들었다.

쉬쉬쉭—

날아드는 화살을 맞으며 계속 달렸다.

"커헝!"

헬하운드 한 마리가 궁병들의 집중공격에 죽었다.

다른 한 마리도 만신창이였지만 목숨을 도외시하고 계속 달린다. 하지만,

쉬익— 콰직!

"컹!"

끝내 앞마당까지 이르지는 못했다.

하지만 한 가지 확인한 사실은 있었다.

화살탑을 짓고 있는 모습이었다.

이번에도 계산과 일치하자, 니콜라 폰타나는 의심을 떨쳐 버릴 수 있었다.

'내 생각대로구나.'

노트에 써내려지는 계산 결과와 정찰을 통해 알게 된 사실이 딱딱 맞아떨어진다.

순조로웠다.

니콜라 폰타나는 상황이 자신의 계산대로 흘러간다고 확신

했다.

*　　　*　　　*

시간이 많지 않았다.

방심한 니콜라 폰타나가 가장 약하고 이신이 가장 강할 수 있는 타이밍은 정해져 있었다.

'전원 진격.'

대장간에서 무기 개발이 80% 가량 완성됐을 때, 이신은 진격을 감행했다.

궁병 다수.

방패병과 장창병도 일부 포함.

앞마당을 늦추면서까지 모은 다수 병력은 니콜라 폰타나의 1시 진영을 향해 돌격했다.

그 상황에서도 이신의 치밀함이 빛을 발했다.

'이존효, 후속 병력을 끌고 은밀히 우회해라. 너희의 존재는 최대한 들키지 않게 해야 한다.'

"예, 주군!"

궁병 8명만 앞장세워서 보란 듯이 진군.

나머지 궁병과 창병·방패병 등은 은밀히 반시계 방향으로 우회했다.

니콜라 폰타나에게는 마지막까지 병영 1채에서 소환된 규모의 궁병만 보여주는 것이었다.

이러한 이신의 속임수는 니콜라 폰타나를 혼란스럽게 했다.

'방어에 매달려야 정상이건만 공격이라고?'

휴먼은 초반에 약했다.

하물며 이신은 앞마당에 마력석 채집장을 비교적 일찍 가져간 탓에 방어력이 미약했다.

화살탑을 더 짓고 방비를 튼튼하게 해야 정상이 아닌가?

궁병 8명 정도로 공격을 시도해서 뭘 하겠다는 건지 이해가 가지 않았다.

'설마 내가 아무 방비도 안 되어 있어서 가능성이 있다고 생각한 건가?'

니콜라 폰타나는 정찰과 감시를 위해 추가 생산한 헬하운드 2마리 외에는 병력도 방어 시설도 전혀 없었다.

그럴 필요가 없었기 때문이다.

지금처럼 상대가 진격해 오는 것을 보면, 그때 방어를 구축해도 된다.

'위협을 가해서 내가 방어에 돈을 쓰도록 유도하는 것이군.'

니콜라 폰타나는 그렇게 판단을 내렸다.

그는 즉시 본진과 앞마당의 마법진에서 헬하운드 12마리를 소환했다.

그 외에 방어 시설은 짓지 않았다.

상대는 궁병밖에 없으니 헬하운드만 있어도 넉넉하게 막아내고 역으로 압박도 넣을 수 있다고 생각했다.

헬하운드 12마리가 소환 완료되자, 그중 6마리를 우회시켰다.

앞뒤로 덮쳐서 이신의 병력을 요격할 생각이었다.

그런데…….

[적을 발견했습니다!]

은밀히 우회시켰던 헬하운드들이 중간에 전혀 생각지 못했던 적들과 마주쳐 버렸다.

바로 이신이 은밀히 우회시켰던 궁병·방패병·창병 무리였다.

'이게 무슨?!'

계산상 지금 있을 수 없는 병력 규모였다.

게다가 방패병과 창병까지 있다니?

이 정도 숫자면…….

'이놈이 날 속였구나!'

앞마당에 마력석 채집장을 구축한 게 아니라면, 이 정도 규모의 병력이 나올 수 있다.

니콜라 폰타나의 머리가 빠르게 회전했다.

정밀하게 숫자를 계산한다.

시간과 병력에 들어간 마력 소비를 총괄 계산한 결과,

'곧 무기 개발이 완료되겠구나!'

그런 사실까지 알아차린 니콜라 폰타나.

무기 개발이 이루어지면 궁병이 석궁병으로 업그레이드되고, 창병은 장창병이 된다. 방패병의 방패도 더 커지고 튼튼해진다.

그때부터 휴먼의 병력은 더 이상 약하지 않게 된다.

'지금밖에 없다! 놈들의 병력이 양분되어 있을 때 한쪽을 격파하자!'

그 순간에 내릴 수 있는 가장 훌륭한 계산과 판단이었다.

니콜라 폰타나는 궁병 8명만 모여 있는 쪽을 노리기로 했다.

헬하운드 12마리가 궁병들에게 달려드는 상황. 하지만 각개격파를 당하게 놔둘 이신이 아니었다.

아직 무기 개발이 완료되지 않았으니 싸우면 손해다.

…라고 상대는 생각하고 방심하고 있으리라.

하지만 그때 이신은 니콜라 폰타나의 헬하운드들이 둘로 나뉘어 있다는 점을 포착했다.

'좌우로 싸먹는다.'

궁병 부대와 우회하던 이존효의 부대가 헬하운드 6마리를 좌우에서 덮쳤다.

오히려 니콜라 폰타나가 먼저 각개격파를 당한 셈이었다.

궁병들이 화살을 쐈다.

이존효가 창병들과 함께 진격해 헬하운드들을 공격했다.

"커헝!"

"컹!"

무기 개발 전이라 아직 약한 궁병들이었지만, 그럼에도 비처럼 쏟아지는 화살세례에 헬하운드들은 속절없이 죽어 나갔다.

뒤늦게 다른 헬하운드들이 싸움에 합류했지만,

[대장간에서 무기 개발이 완료되었습니다.]

궁병들이 일제히 석궁병으로 진화, 창병은 장창병으로 업그레이드됐다.

그 광경을 본 니콜라 폰타나는 안타까워하며 싸움을 멈추고 헬하운드들을 후퇴시켰다.

'늦었구나!'

위급한 순간에도 계산을 통해 가장 승산이 높은 판단을 내린 니콜라 폰타나였지만, 애석하게도 순간 판단력은 이신이 한 수 위였다.

무기 개발이 되기 전에 싸움을 열어서 오히려 역으로 각개격파를 하는 센스!

그것은 비슷한 상황을 숱하게 겪어본 프로게이머이기에 내릴 수 있는 결단이었다.

이신의 군대가 니콜라 폰타나의 앞마당에 당도했다.

모조리 파괴하며 본진까지 짓밟기 시작하자,

[악마군주 푸르카스 님의 계약자 니콜라 폰타나님께서 패배를 선언하셨습니다. 악마군주 그레모리 님의 승리입니다.]

[앞으로 2회 더 승리하실 경우 악마군주 그레모리 님께서 서열전에서 승리하시게 됩니다.]

니콜라 폰타나의 얼굴에 낭패의 기색이 역력했다.

"훌륭했네."

나폴레옹이 박수를 치며 이신을 칭찬했다.

"별것 아니었습니다."

"볼 줄을 모르는 사람에게는 그렇게 보일 수 있겠지."

나폴레옹은 첫판에서 이신이 부린 수준 높은 솜씨를 전부 알아보았다.

니콜라 폰타나의 계산을 속일 수 있는 정교한 미끼를 던져주었다.

던진 미끼가 계산과 조금이라도 오차가 있었더라면 니콜라 폰타나를 속일 수 없었을 것이다.

게다가 진격할 때조차도 일부 병력을 은밀히 우회 기동시켜서 끝까지 본색을 드러내지 않았다.

대단한 치밀함이었다.

무기 개발이 곧 완성된다는 걸 눈치채고 그 전에 각개격파를 노린 니콜라 폰타나의 판단도 좋았다. 훌륭한 계산과 예측이었다.

하지만 그 순간 역으로 각개격파를 해버린 전투에서 이신의 순발력을 볼 수 있었다.

무엇보다도,

'자신에 대한 정보를 최대한 숨기는 데 성공했다.'

승리를 따내면서도, 이신은 니콜라 폰타나에게 자신의 능력을 보여주지 않았다.

보여준 것이라고는 콜럼버스의 블링크 정도?

물론 니콜라 폰타나도 악마로서 자신의 능력을 발휘하지 않았지만, 가장 핵심이라 할 수 있는 수 싸움에서 졌다는 것이 큰 타격이었다.

[바로 시작하지.]

악마군주 푸르카스가 분노가 담긴 목소리로 말했다.

"충격을 추스를 시간이 더 필요하지는 않나?"

그레모리가 놀리듯이 물었다.

[필요 없다!]

"그럼 시작하지."

그렇게 두 번째 판이 시작되었다.

이번에는 이신이 1시, 니콜라 폰타나는 11시 위치에서 시작했다.

'첫 판은 원하는 대로 승리했다.'

심리전으로 승리.

다전제에서 가장 중요한 첫 번째 싸움을 승리하여서 1—0으로 리드할 수 있게 되었다.

스코어를 리드하고 있어야 주도권을 쥘 수 있다.

이신이 수많은 경험을 통해 체득한 이 사실을 니콜라 폰타나는 모른다.

기세 싸움이라는 개념이 없다.

그냥 1패는 1패일 뿐, 첫 싸움에 큰 의미를 부여하지 않는다. 결국 3승만 하면 이긴다는 마인드다.

그런 수학자의 객관적인 관점은 약점이 될 수도 장점이 될 수도 있었다.

패배에 동요하지 않고 여전히 흔들림 없는 자기 스타일을 유지할 수도 있고, 아니면 자기도 모르게 이미 기 싸움에서 압도된 채 끌려 다니는 싸움이 될 수도 있다.

'아무튼 내 치유 능력을 보여주지 않고 1승을 따낸 게 컸어.'

그렇다면 이제는 니콜라 폰타나가 아직 이신의 치유 능력을 모른다는 점을 최대한 활용하여 승리를 얻어내야 한다.

이신의 치유 능력이 극적으로 발휘되어 승리의 결정적인 요소가 되는 전략.

그렇게 스코어를 2—0으로 만들면, 승리는 식은 죽 먹기.

어떤 상황이 되더라도 남은 세 판 중에 1승 정도는 할 수 있으므로, 결과적으로 대결에서 승리하게 되는 것이다.

그렇게 이신은 서서히 다전제 대결의 시나리오를 구축해 나가고 있었다.

이번 두 번째 판에서 어떤 전략을 쓸 지는 이미 확정한 지 오래였다.

연습도 많이 했다.

질 드 레와 수십 번씩 모의전을 거듭해가며 완성도를 높였다.

이제 그것을 써먹을 차례였다.

*　　　　*　　　　*

극초반.

싸움이 시작된 지 얼마 되지도 않았을 때였다.

별안간 이신의 진영에서 노예 한 명이 밖으로 나갔다.

―정찰을 벌써?

푸르카스가 불길함이 섞인 의문을 표했다.

나폴레옹이 고개를 저었다.

"아닙니다. 타이밍도 너무 이를뿐더러, 저 노예는 정찰을 담당하는 사도가 아닙니다."

그랬다.

정찰이라고 하기에는 너무 빨랐다.

노예는 전장의 중앙 지역까지 나왔다.

이윽고,

"호오?"

나폴레옹의 입에서 흥미롭다는 감탄사가 흘러나왔다.

노예가 병영을 건설하기 시작한 것이다.

자기 진영도 아니고 전장의 중앙 한복판에서 말이다.

"아, 저걸 쓰시는구나."

그레모리는 이신이 무엇을 하는지 대충 짐작했다.

그동안 치러왔던 서열전에서 이신은 종종 저런 과감한 초반 필살 전략을 시도하곤 했다.

실패하면 극히 불리해지지만, 성공하면 아주 쉽게 이긴다.

즉, 치즈러시였다.

"초반 기습 전략인 듯한데, 너무 무모하지 않습니까?"

나폴레옹이 물었다.

이런 이른 시간대에 휴먼은 매우 약하다.

노예도 궁병도 약하기 때문에 저런 극초반의 승부수는 승산이 없었다.

"카이저에게는 그렇지 않아요."

그레모리가 답했다.

나폴레옹은 고개를 끄덕였다.

"초반에 약해지는 휴먼의 단점을 보완할 수 있는 고유 능력이 그에게 있다는 것이군요."

역시나 단숨에 알아맞히는 나폴레옹. 그레모리는 웃으며 고개를 끄덕였다.

"호호, 맞아요."

반면, 화기애애하게 담소를 나누는 둘과 다르게 푸르카스는 속이 썩어가고 있었다.

'알아차려라, 제발!'

니콜라 폰타나 역시 클로 1마리를 내보내 정찰을 했다.

정찰 운은 좋았다.

클로가 한 번에 이신이 위치한 1시로 향하는 것.

전장의 중앙에 건설 중인 병영은 보지 못했지만 말이다.

'어차피 놈의 본진이 텅 비어 있는 것을 보면 대번에 파악할 수 있겠지.'

그런데 그때였다.

이신의 본진에서 또다시 병영이 건설되기 시작했다.

게다가 본진 출입구에 노예를 한 명 세워두어서 안으로 들어오지 못하게 했다.

그러면서 콜럼버스가 정찰을 개시한 상황.

초반임에도 마력석을 채집하지 않는 노예가 아주 많았다.

극히 가난한 출발.

이는 전략이 성공하지 못하면 반드시 패배한다는 의미였다.

…그만큼 이신이 공격 타이밍을 아주 빠르게 잡고 있다는 뜻이었다.

정찰을 온 클로는 본진 출입구를 가로 막고 있는 노예 때문에 안으로 들어가지 못했다.

다만 본진 출입구 근처에서 병영을 짓는 모습을 확인하는 데 만족해야 했다.

"하하하! 정말 대단하군."

나폴레옹이 웃음을 터뜨렸다.

이윽고 궁병을 소환하기 시작했다.

본진에서도, 전장 중앙에 앞서 건설한 병영에서도 궁병을 소환했다.

그러면서 이신 역시 11시 지역에서 니콜라 폰타나의 위치를 확인했다.

마침내 이신이 진격을 개시했다.

본진에서 출발한 이신의 병력은 궁병 1명에 노예 6명이 전부였다.

근처에서 서성거리며 염탐하던 클로가 그것을 발견했다.

니콜라 폰타나는 당황할 터였다.

왜 약한 휴먼 주제에 저것밖에 안 되는 병력으로 공격에 나서는 걸까, 하고 말이다.

전장 중앙에 궁병이 2명 더 있다는 사실을 모를 테니 말이다.

＊　　　　＊　　　　＊

[악마군주 푸르카스 님의 계약자 니콜라 폰타나 님께서 패배를 선언하셨습니다. 악마군주 그레모리 님의 승리입니다.]

[앞으로 1회 더 승리하실 경우 악마군주 그레모리 님께서 서열전에서 승리하시게 됩니다.]

스코어는 2—0.

이신은 치유 능력을 펼쳐서 기습 공격을 성공시켰다.

자신의 치유 능력을 상대가 모른다는 이점을 극대화한 전략을 펼쳐서 2승을 따낸 것이다.

계획적으로 2—0을 만들어 상대를 궁지로 몰아넣은 이신.

이제 한 번만 더 지면 서열전에서 패배하게 되는 니콜라 폰타나와 악마군주 푸르카스 측은 당혹감에 휩싸였다.

승자는 +10만 마력.

패자는 -5만 마력.

굉장히 큰 마력이 걸린 서열전에서 패배가 임박하니 충격에 빠진 것은 당연했다.

악마군주 푸르카스는 잠시 휴식을 요청했다.

당장 시작해야 한다는 규칙 같은 건 없었으므로 그레모리도 쾌히 승낙했다.

니콜라 폰타나는 자신의 사도인 페라리와 함께 머리를 맞대고 분석에 들어갔다.

첫 판과 두 번째 판을 통해 이신의 플레이 성향을 분석하고 다음 판의 전략을 수립하려는 것이다.

푸르카스 진영이 바쁘게 고민하는 동안, 여유가 있는 이신은 참관자인 나폴레옹과 담소를 나눴다.

"연속으로 멋진 작전을 펼쳤군. 첫 번째는 나도 배울 정도로 완벽한 심리전이었고, 두 번째는 누구도 상상을 못 했을 거야."

"제 능력이 반드시 필요한 전략이었지요."

"다음에는 어떤 전략으로 허를 찌를지 궁금하군."

나폴레옹이 그렇게 말했다.

하지만 그 순간, 이신은 그 말을 단순한 칭찬이나 덕담으로 받아들이지 않았다.

말속에 숨은 의미를 단숨에 눈치챈 이신이 말했다.

"세 번째는 당신을 위한 싸움이 될 겁니다."

"나를 위한?"

"당신은 나의 역량을 보고 싶다고 했습니다."

"그랬지."

"그렇다면 내 전략 기획 능력은 앞선 두 승리로 충분히 보았을 거라고 생각합니다."

"잘 봤네."

"하지만 허를 찌르는 작전만 가지고는 끝없이 반복되는 서열전에서 승리를 얻을 수 없습니다. 지금까지 나는 한 번 겨뤘던 계약자와 다시 서열전을 펼친 경험이 없는데, 나폴레옹 당신이 궁금한 나의 역량 중에는 이런 부분도 포함되어 있으리라 싶습니다."

이신은 나폴레옹을 똑바로 쳐다보며 말을 이었다.

"좋은 작전만 가지고는 승리를 계속할 수 없습니다. 특히 당신처럼 최고위 서열에 올라가면 한 번 싸웠던 상대와 계속 반복해서 싸워야 하니까."

"그렇다면 이번에는 다른 모습을 보여주겠다는 것이군."

나폴레옹은 흥미롭다는 듯이 웃어 보이며 말을 이었다.

"자신이 나와 같은 최고위 서열에 오를 수 있는 자격과 역량이 있는지를 말이야."

"보면 압니다."

기본기.

운영과 전술과 판단.

세 번째 대결에서 이신은 허를 찌르는 전략이 아니라 바로 그러한 역량을 선보일 생각이었다.

물론 이는 단지 나폴레옹에게 보여주기 위한 것만은 아니었다.

지금까지 두 판 모두 초반의 기습적인 전략을 펼쳤기 때문에, 이를 경험한 니콜라 폰타나에게 또 비슷한 수를 시도하기는 무리였다.

그렇기 때문에 이번에는 오히려 초반의 기습을 경계하여 움츠

러든 적을 상대로 길고 멀리 바라보는 장기전을 펼칠 생각이었다.

"그대는 정말로 최고의 자리를 바라보고 있군. 관점부터가 이미 우리들 같은 최고위 서열의 계약자들과 동일하니 말이야."

"물론입니다."

하지만 나폴레옹이 모르는 사실이 있었다.

애당초 이신은 현실 세계에서 이 같은 대결을 수없이 펼쳤다는 사실을 말이다.

똑같은 상대와도 수없이 싸워봤고, 한 번 싸울 때마다 무수히 많은 경쟁자들에 의해 분석당했다.

그러면서도 계속해서 왕좌를 지켜온 비결은 하나였다.

기본기!

결국은 상대가 방심하기를 기대하기만 해서는 최고가 될 수 없다는 것을 이신은 알았다.

상대가 이미 알고 대비하고 있음에도 꺾을 수 있어야 한다.

그런 기본 역량은 오직 꾸준한 훈련으로 길러진다.

'기본기로도 이길 자신이 있다는 것은 앞선 두 판의 싸움을 통해 확신했다.'

잠시 후, 푸르카스 측은 전략을 수립했는지 서열전을 재개하자고 말해왔다.

그레모리도 기꺼이 동의했고, 그렇게 세 번째 대결이 시작됐다.

*   *   *

'전략가로서의 비범함은 잘 봤다. 제법이더군, 이신.'

나폴레옹은 서열전을 지켜보며 생각했다.

악마군주 아가레스에게 청하여 5만 마력을 투자해 서열전을 참관하길 정말 잘했다는 생각이 들었다.

첫 번째 대결에서 이신이 보여준 전략은 나폴레옹도 충분히 써먹기 좋은 훌륭한 작전이었다.

'나도 비슷한 속임수를 곧잘 썼지만 저렇게 정교하지는 않았지.'

수학자를 상대로 계산상의 오차가 조금도 없는 미끼를 던져 주는 정밀함은 본받을 만했다.

나폴레옹은 그때 이신이 전략을 펼치던 순서를 빠짐없이 외웠다.

노예의 숫자, 건물 짓는 시기 등을 전부 기억했기 때문에 차후 서열전에서 써먹어볼 생각이었다.

이따금씩 써서 상대의 허를 찌르기 좋은 작전이었다. 가위 바위 보에서 낼 수 있는 선택지가 하나 더 늘었다고나 할까?

하지만 그것만으로는 모자라다.

전략가로서가 아니라 다른 측면도 보고 싶었다.

싸울 때 얼마나 전술을 잘 펼치는지, 예상치 못한 상황에 처했을 때 얼마나 임기응변이 좋은지 등등.

만약 모든 요소에서 모두 합격을 한다면…….

'그럼 기꺼이 네게 내 첫 지명권을 쓰겠다.'

조만간 엄청난 축제가 열릴 것이다.

마신이 직접 주관한 서열전 축제!

72악마군주가 일제히 뛰어드는 대회전!

최종 승자에게는 마신에게 어마어마한 마력을 상으로 받을 것이다.

최상위권의 다른 악마군주에게 빼앗길 경우 1위 자리가 위태로울 정도의 어마어마한 마력이 말이다!

악마군주 아가레스는 그 엄청난 보상을 놓칠 생각이 전혀 없었고, 나폴레옹도 마찬가지였다.

이미 최상위권의 악마군주들에게는 그 축제가 어떤 식으로 진행되는지가 이미 오래전에 전달이 된 상태였다.

나폴레옹이 이신에게 관심을 갖게 된 것도 이 때문이었다.

첫 만남은 오귀스트 마르몽을 빼앗기는 바람에 이루어졌지만, 그 뒤로도 나폴레옹은 신진 강자로 떠오르는 이신의 소식에 계속 귀 기울였다.

그리고 마침내 5만 마력까지 써가며 직접 참관을 하게 된 것이다.

'다른 녀석들도 그레모리와 이신에게 관심을 두고 있을 텐데, 아마 내가 직접 참관했다는 소식을 들으면 더욱 이신을 탐내겠지.'

세 번째 대결을 지켜보고 이신이 기대 이상의 실력자라면, 나폴레옹은 절대 그를 다른 경쟁자에게 빼앗기지 않을 터였다.

"이번에는 앞마당에 마력석 채집장을 건설하는군요."

그레모리가 말했다.

그 말에 나폴레옹도 상념에서 깨어나 서열전에 집중했다.

이신은 병영을 짓고서 앞마당에 마력석 채집장을 구축하는 운영을 선보였다.

평범해 보이지만 나폴레옹은 그 운영에서 이신의 과감함을 느꼈다.

'병영을 지은 후에 궁병 하나 소환 안 하고 바로 마력석 채집장이라니.'

별것 아닌 것 같아도, 마력석 채집장을 추가로 가져가는 타이밍에 따라 얻을 수 있는 마력량의 차이는 상당했다.

앞선 두 판과는 다르게 대단히 부유한 운영이었다.

'방어의 취약함을 건물 배치와 정찰로 잘 커버하는군.'

식량창고 2채와 병영을 잘 취합하여 앞마당으로 진입하는 통로를 매우 좁혔고, 그 조금의 빈틈도 화살탑을 지어서 완전하게 메꾸었다.

그런 이신의 과감함에 비해, 니콜라 폰타나는 상대적으로 위축되어 있었다.

연속으로 기습을 당한 탓에 경계심이 지나치게 강해졌다.

초반에 정찰에 클로를 2마리나 동원한 것이 그 증거였다.

전장의 중심부까지 살펴보는 모습에서, 완전히 속아서 진 충격이 얼마나 컸는지 알 수 있었다.

그 와중에 이신은 니콜라 폰타나에게 또 한 방 먹였다.

정찰을 나온 콜럼버스가 도중에 클로와 마주치자, 놀랍게도 콜럼버스가 즉각 공격을 시도한 것이다.

마비침을 사용해 클로를 1초간 꼼짝 못하게 굳게 만들고, 그 틈에 힘껏 펀치를 날려 선공을 성공시켰다.

이윽고 마비가 풀린 클로와 드잡이를 한 끝에 처치하는 데 성공했다.

별것 아닌 소소한 전과였지만, 이신에게는 기분 좋은 출발이었다.

니콜라 폰타나는 연이은 패배에 이어 시작부터 클로 1마리가 당하는 바람에 기분이 더욱 안 좋아졌고 말이다.

'굳이 싸울 필요는 없었는데 공격을 했다. 심리적으로 상대를 더욱 위축시키기 위함일 것이다.'

사실 클로 1마리를 처치했다고 꼭 이득은 아니었다.

싸우는 동안 정찰이 더 지체됐고, 콜럼버스에게 마비침이라는 공격 수단이 있다는 것이 상대에게 드러났다.

하지만 이신은 심리적인 측면에서 더욱 승기를 자신의 것으로 만들기 위하여 감각적으로 그런 선택을 했다.

나폴레옹이 보기에 이신은 싸움에 대해 아주 잘 아는 백전연마의 지휘관이었다.

계산에 능하나 그만큼 사람의 심리에 대해 잘 몰라 계속 말려든 니콜라 폰타나와는 대조되는 모습이었다.

'안됐군.'

나폴레옹은 니콜라 폰타나에게 동정심을 느꼈다.

그의 계산 능력은 분명 발군이었다.

하지만 반대로 심리전에 대해서는 영락없는 초보자였다.

차라리 조아생 뮈라 같은 단순무식한 상대를 만나면 자신의 장점을 온전히 발휘하여 이길 수 있을 텐데, 하필이면 이신 같은 천적을 만나 버렸다.

똑같이 계산에 능하면서, 심리전에도 달통하여 약점을 귀신같이 찌르는 싸움의 달인 말이다.

니콜라 폰타나는 적절한 수의 헬하운드를 소환해 이신을 견제하면서 확장을 했다.

마력석 채집장이 본진과 앞마당을 포함하여 총 3군데.

그 상태에서 니콜라 폰타나는 비로소 병력을 모으기 시작했다.

니콜라 폰타나는 엔트와 헬하운드의 조합을 주력으로 택한 모양이었다.

엔트의 방어력과 헬하운드의 기동성으로 싸움을 풀어나가겠다는 생각인 듯했다.

그런데 그때, 이신도 움직였다.

그동안 모았던 석궁병과 장창병·방패병 부대가 일제히 진격했다.

'정면대결은 아니로군. 저 정도 병력 가지고는 마물 진영을 끝장낼 수 없어.'

나폴레옹의 예상이 옳았다.

병력의 진군과 함께 열기구 3척이 함께 나타났으니 말이다.

열기구를 통해 곳곳을 타격하여 피해를 줄 요량인 듯했다.

이신의 병력이 빠르게 기동했다.

이동속도가 빠르다는 뜻이 아니라, 결단하고 실행에 옮기는 이신의 지휘 템포가 빨라졌다는 뜻이었다.

이신의 병력은 한차례 니콜라 폰타나의 앞마당을 위협한 뒤에 싸우지 않고 물러섰다.

그 직후, 그 병력을 열기구 3척에 나눠 태워서 3군데로 각기 따로 움직였다.

무려 3군데에서 동시에 공격을 받으니 마물 진영이 일시적으로 혼란에 휩싸였다.

여러 곳이 일시에 타격을 받으니 아무리 침착하고 꼼꼼해도 100% 완전히 막지 못하는 것이 당연했다.

'잠깐 앞마당을 위협해서 이목을 빼앗고, 곧장 열기구에 나눠 태워서 3군데 타격이라. 훌륭하군.'

게다가 기습 작전을 지휘하는 이신의 전술 판단은 노련하기 그지없었다.

니콜라 폰타나가 완벽하게 대비를 하고 있으면, 바로 병력을 다시 열기구에 태워 후퇴시켰다.

대신 다른 열기구 2척이 계속 하늘을 날아다니며 빈틈을 찾아 병력을 투하했다.

그런 방식으로 무려 열기구 3척을 운용하니, 니콜라 폰타나는 정신이 하나도 없는 눈치였다.

물질적인 피해보다 상대의 정신을 쏙 빼놓는 데 더 주력하는 움직임이었다.

'여러 군데를 일시에 분쟁지역으로 만들어서 집중력을 흐트러 뜨리는 방식인가?'

실질적으로 입히는 피해는 적지만, 덕분에 니콜라 폰타나가 막는 데 정신없어서 해야 할 일을 제대로 못하고 있다.

그에 반해 이신은 그 와중에도 빈틈없이 운영도 해내고 있었 다.

그런 차이가 조금씩 양 진영에 격차를 만들고 있었다.

이른바, 멀티태스킹 싸움.

나폴레옹의 눈에는 퍽 신선하게 보였다.

*　　　　*　　　　*

─어떻게 저런 싸움이… 믿을 수가 없다.

푸르카스가 신음을 하며 중얼거렸다.

그레모리도 숨 막히는 템포로 정신없이 진행되는 싸움에 넋을 놓았다.

니콜라 폰타나는 시간이 지날수록 아주 자연스럽게 불리해지 고 있었다.

실시간으로 최소 2군데 이상은 열기구를 타고 침투한 병력에 게 공격을 받고 있었다.

하지만 니콜라 폰타나는 신속하게 공격받은 지점에 병력을 적 절히 투입해 막아내고 있었다.

그래서 큰 대미지가 일어난 공격은 없었다.

그런데 그럼에도 불구하고 가랑비에 옷 젖는 것처럼 상황은 점점 니콜라 폰타나에게 안 좋게 되어가고 있었다.

이유는 하나였다.

니콜라 폰타나는 공격을 막는 데 정신이 없어서 다른 운영에 신경 쓸 틈이 없다는 점.

때문에 지시가 계속 느려지고, 그만큼 운영에 차질이 빚어졌다.

그에 반해 이신은 단 1초의 시간 낭비도 없이 철두철미하게 운영을 하고 있었다.

멀티태스킹!

한 번에 여러 가지 일에 신경 쓰는 능력이 압도적으로 이신의 우세였다.

동시다발적으로 싸움이 벌어지는 와중에도 이신은 자기 할 일을 재깍재깍 하고 니콜라 폰타나는 그러지 못하고 있다.

단지 그것뿐이었다.

그것만으로도 가랑비에 옷 젖듯이 니콜라 폰타나는 불리해졌다.

'이런 방법으로 이길 수도 있었군.'

어린아이 손목 비트는 듯한 싸움이었다.

멀티태스킹에서 따라갈 수가 없으니 정밀한 계산에 입각한 운영이고 뭐고 소용이 없었다.

이신은 더 이상 석궁병 등을 소환하지 않고, 병영을 1채만 남기고 다 부숴버렸다.

그리고 그 자리에 특수병영을 여러 채 짓기 시작했다.

특수병영에서 기사들과 공병들이 쏟아져 나왔다.

공병들이 일제히 투석기를 제작했다.

석궁병·장창병·방패병을 열기구에 태운 교란 작전에서 기사+투석기로 체제를 전환하는 것이었다.

신속하고 스무스한 체제 전환.

전장은 빠르게 이신에 의해 잠식되었다.

마력석 채집장을 곳곳에 가져가고, 모여드는 마력량이 어마어마한 병력으로 나타났다.

차곡차곡 모아놨던 기사단과 투석기 군단이 장대한 진군을 시작하였다.

'이제 휴먼이 강해지는 시점에 접어들었군.'

경험상 나폴레옹은 이신이 이제 패배할 이유가 없다는 것을 느꼈다.

후반에 강해지는 휴먼이 아무런 타격도 입지 않고 제대로 덩치가 커져 버렸다.

니콜라 폰타나는 정말 정신없이 휘둘리다가 아무것도 하지 못했다.

'이신이 대군 운용에 서두른 모습을 보이고, 이 점을 파고들어 대승을 거둔다면 그나마 해볼 만해지겠지만……'

니콜라 폰타나가 역전할 수 있는 가능성을 점쳐보았지만, 그 희망이란 정말 실낱같았다.

게다가 이신은 대군 운용에 결코 서툴지 않았다.

'오히려······.'

나폴레옹은 이신의 물샐틈없는 대군 운용에 감탄을 느꼈다.

이신과 그의 사도가 된 마르몽의 대단한 합작이 탄생했다.

투석기가 여러 곳에 나눠서 조립되어서 세 방면을 동시 타격하기 시작했다.

니콜라 폰타나는 날아드는 바위에 곳곳에 타격을 입으면서도 어찌할 바를 몰라 했다.

반격을 가해서 투석기를 걷어내는 게 급선무였는데, 다수의 기사단이 지키고 있어서 그럴 수가 없었다.

하지만 선택의 여지가 없었다.

어차피 이대로 가면 패배하게 되는 것이었다.

거의 자포자기의 심정으로 니콜라 폰타나는 총력전에 나섰다.

마물 군대가 우르르 몰려나와 꼬라박듯이 총공세를 펼쳤다.

그리고 그 순간,

'허!'

아직 살아 있는 열기구 2척이 귀신같이 니콜라 폰타나의 본진에 침투했다.

그토록 게릴라 작전에 써먹고도 여전히 살아 있는 석궁병·장창병 무리로 카운터펀치를 날린 것이다.

모든 병력이 공격에 나선 틈에 얻어맞은 일격!

니콜라 폰타나는 삽시간에 거꾸러졌다.

[악마군주 푸르카스 님의 계약자 니콜라 폰타나님께서 패배를

선언하셨습니다. 악마군주 그레모리 님의 승리입니다.]

　[악마군주 그레모리 님께서 마력 5만을 획득하셨습니다.]

　[악마군주 그레모리 님께서 악마군주 아가레스 님으로부터 마력 5만을 받았습니다.]

　[마력 총량 52만 9천으로 악마군주 그레모리 님께서 서열 49위가 되셨습니다.]

　[마력 총량 40만 1천으로 악마군주 푸르카스 님께서 서열 54위가 되셨습니다.]

　승자와 패자의 희비는 극명하게 엇갈렸다.

　그레모리는 53위에서 49위로 4계단이나 점프해 버렸다.

　총 10만이나 되는 마력을 한꺼번에 차지한 덕분이었다.

　반면 최대치인 5만 마력을 배팅했다가 패배한 푸르카스는 52위에서 54위로 2계단 추락을 당해야 했다.

　게다가 아직 푸르카스의 시련은 끝나지 않았다.

　"소원은 마력으로 한다."

　이신의 말에 푸르카스는 분노를 절제하지 못하고 푸들푸들 떨었지만 도리가 없었다.

　마력 총량의 1%인 4,010마력이 이신에게 이양되었다.

　[마력: 14,471/14,471]

　'당장은 쓸 일이 없으니 일단 모아놔야겠군.'

최하위에서부터 연승 행진을 해오면서 악마군주들로부터 받은 마력이 많은 이신.

하지만 최대치가 배팅된 서열전을 이긴 경우가 많아서 서열이 2계단씩 점프하는 경우가 많았다.

게다가 이번에는 무려 4계단이나 서열이 점프됐다.

서열이 너무 빨리 오르는 바람에 비슷한 서열권의 계약자들에 비해 마력량이 적을 거라고 이신은 생각했다.

무엇보다 계약자가 된 지 이제 막 1년째인 이신이 훨씬 더 오랫동안 있었던 다른 계약자들과 비교될 수는 없는 것이었다.

하지만 악마군주들로부터 소원으로 마력을 챙기는 이신의 성장 속도는 그레모리의 상승세만큼이나 무서웠다.

그런데 그때, 니콜라 폰타나가 이신에게 다가왔다.

"잠깐 나 좀 보세."

"무슨 일입니까?"

"여러 가지로 묻고 싶은 게 있네. 잠깐 시간을 내주지 않겠는가?"

니콜라 폰타나는 간절함이 묻어 있는 표정으로 물었다.

이신은 쾌히 고개를 끄덕였다.

"이렇게 일방적으로 나를 이길 수 있을 거라고 예상했었나?"

"쉽거나 혹은 가장 어렵거나, 둘 중 하나라고 예상했었습니다."

"쉽거나 가장 어렵거나? 어째서인가?"

"전쟁에 있어서 순발력 있게 적극적으로 움직이며 정확한 계산이 겸비되었다면 당신은 분명 제가 지금껏 상대한 가장 힘든 적이었겠지요."

"내가 그러지 못했군."

"계산은 정확하지만 순발력이 없었습니다. 순발력이 없는 이유는 당신이 싸움이 아닌 계산을 했기 때문이죠."

"싸움이 아니라 계산을 했다고?"

"첫 번째 싸움에서 나는 당신의 계산과 맞아 떨어지는 미끼를 던져주었고, 당신은 그것을 믿었습니다. 자기 계산에 맞는 것을 믿고 싶었기 때문입니다. 그때 난 당신이 쉬운 상대라고 확신했습니다."

"……"

부인할 수가 없었다.

오늘의 자신은 이신에게 아주 손쉬운 상대였다.

3—0의 일방적인 스코어가 말해주지 않은가.

"불확실한 모험을 하지 않고 안전을 꾀하려는 태도도 당신의 약점입니다. 정찰로 상대를 파악하고 그에 걸맞은 대응을 하면 안전하게 이길 수 있겠지만, 그것만으로는 지금의 서열이 한계일 거라고 생각합니다. 나처럼 상대의 정찰을 끊거나 조작된 정보를 주는 데 능한 사람에게 당신은 어려운 상대가 아닙니다."

다소 낙담을 한 니콜라 폰타나는 이내 고맙다는 짧은 말과 함께 떠났다.

결국 그는 정확한 계산력을 갖고 있으나, 싸움은 아마추어였다.

상대의 심리를 읽으려 하지 않고 눈앞에 있는 명확한 정보만 받아들였기 때문에 그런 수학적 재능을 가지고도 전패(全敗)할 수밖에 없었던 것이다.

"내가 보기에는 그냥 타고난 재능의 차이 같은데."

나폴레옹이 웃는 얼굴로 장난스럽게 말했다.

"세 번째 대결은 니콜라 폰타나도 크게 실수한 부분은 없었지만 그냥 일방적으로 휘둘리다가 압살을 당하고 말았지. 그건 잘못이나 실책을 떠나 그냥 타고난 순발력의 격차 같은데."

"사실 그렇긴 합니다."

사실 심리전이나 멀티태스킹이나 훈련을 통해 향상되는 것보다는 타고난 재능이 더 큰 부분을 차지한다.

"저 수학자 친구는 앞으로도 이 정도 서열에서 머무를 것 같은데. 뭐, 악마군주 푸르카스의 본래 서열이 50위 정도였으니 현상 유지 정도는 하는 셈이군."

"그보다 묻고 싶은 게 있습니다."

"안 돼."

"……."

나폴레옹의 칼 거절에 이신은 말문이 막혔다.

묻지도 않았는데 거절.

주로 자신이 쓰던 화법에 당한 경우는 오랜만이었다.

"조만간 열릴 축제에 대해 자세히 듣고 싶은 거겠지?"

"예."

"앞서도 말했지만 아직 밝힐 수 없다. 어차피 그때가 되면 알게 될 테니 기다려라."

"…그럼 다른 질문을 하지요. 내 실력은 어땠습니까?"

"훌륭했지. 참고할 부분도 있었고."

"그렇다면 이 자리에서 나와 모의전을 해보시겠습니까?"

이신은 불쑥 나폴레옹에게 도전을 했다.

서열 1위 계약자의 실력이 어느 정도인지 보고 싶은 욕심이었다.

나폴레옹의 입가에 띤 미소가 짙어졌다.

"자네도 내 실력이 궁금하겠군."

"물론입니다."

"나도 그랬네. 어제까지만 해도 말이지."

과거형의 대답에 이신은 눈살을 찌푸렸다.

"이를 어쩌나. 난 이제 자네의 실력이 궁금하지 않아."

"피하는 겁니까?"

"그렇다고 해두지. 물론 자네는 재미있는 상대가 될 것 같긴 한데, 서열전으로 직접 맞붙어야 더 재미있을 것 같아. 그래서 그런 날이 올 때까지는 이 재미를 아껴두기로 하지."

그렇게 일방적으로 못 박은 나폴레옹은 불만스러운 기색이 역력한 이신을 보며 웃었다.

"모쪼록 분발해라. 이 기세라면 2위까지 올라오는데 그리 긴 시간이 걸릴 것 같지 않은데."

"그때도 당신이 서열 1위 자리를 지키고 있지 않으면 실망할 것 같습니다."

"걱정 마라. 지금 서열 2위를 굳건히 지키고 있는 친구가 있는

데, 그 친구는 애석하게도 상성상 나한테 약하거든."

그렇게 푸르카스 측과의 서열전은 승리로 마무리되었다.

단숨에 49위로 도약한 고무적인 대승이었다.

＊　　　　＊　　　　＊

"일어나세요."

누군가가 귓가에 대고 속삭인다.

어린 소녀의 억양 이상한 한국어가 귀엽게 들린다.

눈을 떠보니 어린 소녀는 아니었다. 주디는 어엿한 성인이니까.

"도착했어?"

"네."

기내의 침실에 설치된 2층 침대.

1층에서 일어난 이신은 2층에서 아직 깨어나지 않은 장양을 툭툭 쳤다.

장양은 짜증스러운 신음을 내며 뒤척거렸지만, 이신은 가차 없이 계속 흔들어 깨웠다.

불만스러운 표정으로 일어난 장양은 이신과 눈이 마주쳤다.

"내릴 준비 해."

북경에 있던 자폐아 시절이었다면 고래고래 소리를 지르며 짜증을 표했을 터.

하지만 장양은 순순히 웃옷을 걸치고 내릴 준비를 하기 시작했다.

전용기에서 내리고 간단한 입국 수속을 마쳐서 공항을 빠져나
오는데, 주디와 존의 부모님이 보내준 것인지 여러 대의 차량이
대기하고 있었다.

아직 익숙하지 않은 해외였지만, 재벌인 주디의 가족 덕에 이
신은 편하게 밴쿠버에 도착할 수 있었다.

그런데 차량을 타고 주디의 집으로 향할 때였다.

주디의 스마트폰 벨소리가 울려 퍼졌다.

"어라?"

발신자를 확인한 주디는 눈을 동그랗게 떴다.

이신도 영어로 된 발신자 이름을 언뜻 볼 수 있었다.

—Vancouver SCC

이신 일행이 캐나다에 온 것을 어떻게 알았는지, 밴쿠버SCC에
서 귀신 같이 주디에게 전화를 한 것이다.

제9장

벤쿠버에서

　전에 밴쿠버SCC의 연습실을 방문한 적이 있었는데, 그때 주디의 연락처를 얻은 모양이었다.

　이신은 오른손 중지에 낀 반지에 마력을 주입했다.

　영어로 통화하는 주디의 대화가 알아듣게 통역되기 시작했다.

　"여보세요? 네, 오랜만이에요. 네, 맞아요. 며칠간 밴쿠버에서 다 같이 휴가를 보내려고요."

　상대 말을 가만히 듣던 주디가 다시 말한다.

　"네, 재미있을 것 같긴 하네요. 그런데 말씀드렸죠? 우리는 휴가 중이라고요. 선생님도 지금은 휴식이 필요하시고요. 한번 여쭈어보겠지만 너무 큰 기대는 하지 말아주세요. 네, 알겠어요."

　통화를 끊자 이신이 불쑥 물었다.

"밴쿠버SCC에서 보재?"

"스크리미지(Scrimmage)를 제안하던데요. 그쪽은 이제 포스트 시즌 결승전을 눈앞에 두고 있어서 연습이 필요한가 봐요."

"스크림을?"

스크림이란 럭비 용어인 스크리미지의 줄임말로, e스포츠에서는 팀 간의 연습 시합을 뜻했다.

밴쿠버SCC는 현재 2020—21시즌 포스트 시즌에 진출하여 최종 우승을 노리는 상황이었다.

우승을 목전에 둔 중요한 시기니 매일같이 다른 팀과 스크림을 하며 치열한 훈련 중이었다.

주디는 어깨를 으쓱하며 말했다.

"이쪽도 선생님과 우리를 포함하면 5명이니까 스크림이 가능하지 않겠냐는 건데, 그냥 이걸 핑계로 선생님과 접촉하고 싶어 하는 것 같아요."

"캐나다 최고 명문 팀인데 스크림 상대야 얼마든지 구할 수 있겠지. 네 말이 맞아."

온라인을 통하면 미국이나 유럽에서도 스크림 상대를 얼마든지 찾을 수 있다.

밴쿠버SCC는 이번 제의를 핑계로 이신 일행과 친분을 다지고 싶은 것 같았다.

이신과 제자들의 실력도 직접 보고, 이신에게 넌지시 영입 제의도 건네고 일석이조 아닌가.

"쉬러 온 거라 큰 기대는 하지 말라고 했는데… 역시 거절할까요?"

주디의 물음에 이신은 잠시 생각하다가 고개를 저었다.

"언제든 하자고 그래."

"쉬러 오셨는데 귀찮지 않으세요?"

"휴가라고 해봤자 어차피 아직 시즌 중이라 쉬는 동안 감각이 떨어지면 곤란해. 그런 강팀과의 스크럼이 좋은 기회가 될 거야."

숨을 쉬듯이 하루 종일 게임을 하는 프로게이머였다.

며칠 게임에서 손을 놓고 쉬는 것만으로도 일시적으로 감이 떨어진다.

이기든 지든 상관없지만 약간 긴장감도 있는 스크럼이 감각을 유지시켜주는 좋은 훈련이 된다.

"푹 쉬러 온 건데 어딜 가나 가만 놔두지를 않네요."

주디는 한숨을 푹 쉬었다.

하지만 남자들은 의견이 달랐다.

"재미있을 것 같은데? 캐나다 최고 강팀의 실력이 한국과 얼마나 다른지 한 번 보고 싶고."

찬성하는 차이.

"나도 재미있을 것 같아. 그쪽 사람들 다들 실력 좋아. 양아, 너도 괜찮지?"

존의 말에 장양도 고개를 끄덕거린다.

"근데 생각해 보니까 재미있네. 우리 딱 5명이잖아. 우리끼리 팀 꾸려도 되겠어."

"그러니까. 선생님이 신족 하시면 딱 3종족 다 있는 거잖아."

키득거리는 차이와 존.

이신도 딱히 밴쿠버SCC의 연락을 싫어하는 눈치가 아니었다.

주디는 불길함을 느꼈다.

'제대로 휴가를 즐길 수 있을까?'

생각해 보면 이 남자들이 집에 있을 때 스페이스 크래프트 말고 딴짓을 하는 것을 본 적이 없었다.

기껏해야 책을 읽는 이신의 모습만 가끔 볼 뿐이었다.

불길한 예감은 어김없이 적중했다.

휴가 첫날.

"야, 너희들 왜 나만 공격해? 둘이 짠 거 아냐?"

"두 눈 시퍼렇게 뜨고 있는데 감히 몰래 확장을 해?"

깔깔거리며 게임을 하는 소년들.

차이, 존, 장양은 휴가 첫날부터 게임 룸에서 신나게 게임을 하고 놀고 있었다.

일 대 일 대 일로 내기 게임을 하는데, 도통 게임 룸에서 나올 생각을 하지 않고 있었다.

직업도 게임, 취미도 게임.

그 외에 딴짓이라고는 조금도 하지 않는 프로게이머들의 폐해였다.

"게임은 평소에도 실컷 하잖아, 밖에 좀 나가서 놀자."

"나가 봤자 딱히 놀 게 없잖아?"

"관광이라도 시켜줘야지! 차이나 장양이나 밴쿠버는 처음이라고 하잖니."

주디의 핀잔에 존은 귀찮다는 듯이 두 사람에게 물었다.

"관광하고 싶어?"

"난 패스. 아무 때고 올 수 있는 덴데 딱히 흥미 없어."

차이는 거절했다.

외출을 싫어하는 장양 역시 도리도리 고개를 저었다.

"그리고 평소에는 훈련을 해야지 이렇게 놀면서 게임을 하지는 못하잖아."

"……"

주디는 질렸다는 듯이 고개를 가로저으며 나왔다.

'하긴, 아직 애들이니까.'

달리 생각하니, 오히려 잘됐다 싶었다.

이 기회에 애들은 게임이나 하라고 집에 놔두고, 이신과 단둘이 오붓하게 이곳저곳 다닐 수 있겠다는 기대감이 샘솟았다.

이신은 2층 테라스에서 차를 마시며 책을 읽고 있었다.

놀러가자고 말하려다가 주디는 말문이 막혔다.

그냥 가벼운 독서가 아니었다.

중간 중간 노트에 메모를 하며 공부하듯이 역사책을 파고 있었다.

아니, 무슨 학생도 아닌데 독서를 저렇게 여유 없게 한단 말인가.

그런데 다행히 이신은 잠깐 머리를 식힐 생각인지 책을 덮고 주디를 바라보았다.

"무슨 일이야?"

"모처럼 왔는데 어디 안 가실래요?"

"애들은 뭐하는데?"

"걔들은 게임하느라 정신없어요."

"휴가 중에도 게임이야?"

"그러게요. 일 대 일 대 일로도 하고 팀플도 하면서 놀고 있는 모양이에요."

"하긴, 손이 완전히 굳어도 곤란하니까."

그러면서 자리에서 일어난 이신은 어슬렁거리며 자연스럽게 게임 룸으로 향했다.

그러고는 애들이 게임하는 걸 구경하더니, 금방 끼어들어서 함께 놀았다.

"……."

주디는 할 말을 잃었다. 게임에 미친 남자들이란 저런 것이었다.

*   *   *

"와우."

모니터 화면에 재생되는 경기를 보며, 20대 중반쯤 된 백인 남성은 감탄사를 토했다.

한국의 2021년 전반기 개인리그 결승전 VOD다.

한국의 경기지만 영어로 해설된 버전이 따로 서비스되고 있어서 쉽게 찾아볼 수 있었다.

"멋지다."

남자는 순수하게 감탄했다.

상대는 러너(Runner) 박영호.

아직도 열띠게 회자되고 있는 1세트였다.

예상치 못했던 다량의 바퀴 떼에 의해 진출된 병력이 잡아먹힌 상황.

바퀴 떼는 그대로 인류의 진영으로 돌격한다. 인류의 전력이 현재 턱없이 약하다는 것을 알고 있는 판단.

하지만 그 순간부터 믿기 힘든 디펜스가 펼쳐졌다.

병력이 바퀴 떼에게 포위 섬멸 당했을 때, 이미 방어 시설인 참호 2채를 앞마당에 짓기 시작했다.

그리고 앞마당에서 일하던 건설로봇들이 일제히 뛰쳐나와 블로킹!

물샐틈없이 바퀴 떼의 진격로가 막혀버렸다.

설마 막을 수 있나?

설마 저걸?

설마?

관객들의 환호성이 점점 뜨겁게 울려 퍼진다.

—신이시여! 정말 막았습니다! 대단합니다, 카이저!

—경이로운 디펜스가 나왔습니다. 신의 솜씨였어요!

—하지만 여전히 불리한 상황입니다. 일단 고비는 넘겼습니다만, 카이저는 과연 어떤 타개책을⋯⋯!

"어때? 저게 카이저의 가장 최근 경기야."

밴쿠버SCC의 코치 존 패트릭이 감상을 물었다.

한때 캐나다 e스포츠의 스타였고, 월드 SC 그랑프리 개인전에서 막 데뷔한 신인이었던 이신에게 완패한 과거도 있는 존 패트릭.

캐나다 국내에서는 개인리그 우승 1회와 팀의 프로리그 우승 및 MVP 2회 수상 등 화려한 이력을 세웠다.

은퇴 후 코치로서도 존 패트릭은 훌륭한 능력을 발휘했다.

팀을 대표하는 스타급 선수를 몇 명이고 키워낸 것.

함께 영상을 보는 20대 중반의 백인 남성도 바로 그가 키운 선수 중 하나였다.

맥 존스.

그는 신족 플레이어로 존 패트릭의 후계자라고까지 불리는 선수였다.

"할 말이 없네요."

기적 같은 역전승을 거두는 장면까지 보고 나서 맥 존스가 중얼거렸다.

"이렇게 세월이 지나면 좀 약해질 법도 한데, 어떻게 예전 그대로 저렇게 잘 할까요."

"예전 그대로가 아니야."

존 패트릭이 말했다.

"시간이 흐를수록 선수들의 실력은 점점 발전했어. 그 흐름에 맞춰서 이신 역시 같이 발전한 거야. 한 번도 도태되지 않고서."

"끄응, 정말 대단하네요. 이만큼 세월이 지났으면 이제 내가 이길 수 있을 줄 알았는데."

맥 존스의 나이도 어느덧 25세.

맥 존스는 사실 스승과도 같은 존 패트릭과 마찬가지로 2년 전에 월드 SC 그랑프리에서 이신에게 처참하게 패배한 경험이 있었다.

그 탓에 존 패트릭의 후계자답다는 조롱도 들었고, 맥 존스는 언젠가는 복수하리라 마음먹고 절치부심 실력을 갈고닦았다.

하지만 몇 달 지나지 않아 들린 이신의 손목 부상 소식에 맥 존스는 충격에 빠졌다.

머릿속이 새하얘지는 충격.

전 세계 e스포츠계가 싸늘하게 얼어붙은 대참사였다.

맥 존스는 믿을 수가 없었다.

직접 겪어보았다.

철저히 준비된 전략대로 완벽한 플레이를 펼쳤음에도, 하나둘 분쇄되더니 끝내 무릎 꿇어야 했다.

완벽한 자신의 승리로 끝날 시나리오였는데, 이신의 가공할 강함은 그 대본을 한참 벗어났다.

그때 깨달았다.

정말 위대한 선수라고.

세상에 저런 선수는 다시는 없을 거라고.

그런데 그 위대한 프로게이머가 어떻게 저렇게 허망하게 사라

질 수가 있단 말인가?

그때부터 맥 존스는 부진에 빠졌다.

다행히 밴쿠버SCC는 훌륭한 전략지원팀이 있었고, 팀의 캐리로 간신히 50%대의 승률은 사수했다.

하지만 맥없는 컨트롤과 상대의 움직임을 놓치는 등의 실수를 반복하는 맥 존스는 더 이상 예전의 그가 아니었다.

'나도 이렇게 끝나는구나.'

'하긴, 나도 이제 적은 나이가 아니지.'

'프로게이머란 잠깐 반짝하다가 끝나 버리는 하루살이들 같다.'

'카이저 같은 위대한 선수조차도 그렇게 허망하게 끝나 버렸는 걸.'

그랬다.

맥 존스는 우울증에 빠져 있었다.

본인은 알지 못했지만 이신의 존재는 그에게 매우 큰 동기부여를 주는 활력소였다.

스승인 존 패트릭의 가르침을 받으면서도 농담처럼 카이저에게 복수를 해주겠다고 말하곤 했었다.

그런 목표가 사라지자 맥 존스의 그런 정신적인 문제가 미세한 컨트롤과 혹독한 멀티태스킹이 요구되는 플레이에 고스란히 반영된 것.

그런데 그랬던 맥 존스가 작년 말부터 부진에서 벗어나기 시작했다.

이신의 복귀 소식 덕분이었다.

절대로 회복되지 않는다던 부상을 이기고 복귀한 그의 인간 승리에 은퇴를 생각했던 맥 존스를 다시 각성시켰다.

열정을 되찾자 다시 폼이 올라오기 시작한 맥 존스.

하지만 아쉽게도 손목 질환을 앓는 바람에 1개월간 쉬어야 했고, 그때 이신이 팀 연습실을 방문했었다고 한다.

이제 부상에서 완전히 벗어나 기량도 회복하여 25세의 많은 나이에도 불구하고 팀을 포스트시즌으로 보내는 데 크게 공헌한 맥 존스.

그런데 마침 이신 일행이 휴가차 밴쿠버에 왔다고 하니 기대감이 들었다.

그에게 열정과 절망을 모두 안겨주었던 장본인과 제대로 만날 기회였다.

*　　　　*　　　　*

'다 봤다.'

뭘 해도 정도를 모르고 파고드는 이신은 기어코 자신이 가져온 엄청난 두께의 역사책을 독파했다.

그냥 흘려 읽은 것도 아니고, 중간 중간 등장하는 인물을 짧게 요약 정리하면서 읽었다.

혹시나 마계에서 이름을 듣게 될 경우 알 수 있도록 말이다.

그렇게 수능 공부하듯이 팠는데도 휴가 첫날에 책 한 권을 끝장 내버렸다.

'너무 열심히 했나?'

캐나다에서의 첫날을 그렇게 보내고서 뒤늦게 든 생각.

그런 생각이 든 이유는 불만 가득한 표정으로 주변을 서성이는 주디 때문이었다.

수시로 음료나 디저트를 가져다 주면서 쉬면서 하라고 상냥한 목소리로 압력을 가하는 주디.

그쯤 되면 아무리 이신이라도 눈치를 보지 않을 수가 없었다.

'그래도 이 정도면 충분하니 됐어.'

나이 들어서 오랜만에 한 공부인데, 어째 전교 1등을 놓치지 않았던 중·고교 시절보다 더 머리가 잘 돌아가는 느낌이었다.

필요에 의해 하는 공부라서 그런 듯했다.

역사를 읽다 보면 실제로 마계에서 만난 인물이 등장할 때도 있는 까닭에 흥미가 더하니 집중이 더 잘 됐다.

완벽한 공부 체질!

아무튼 백과사전처럼 두꺼웠던 책을 하루 만에 독파한 이신은 휴가 둘째 날에 드디어 주디에게 말을 건넸다.

"오늘은 밖에 좀 다녀볼까?"

"정말요?"

거의 포기 지경이었던 주디가 반색을 했다.

이신은 고개를 끄덕였다.

"구경도 하고 식사도 하자."

"네!"

"애들은?"

"여전히 게임 삼매경이죠."

"스페이스 크래프트?"

"그럼 뭘 하겠어요. 그것밖에 안 해요."

"휴가 나와서 그게 뭔 짓인지 모르겠군."

쯧쯧, 혀를 차는 이신.

주디는 황당하다는 듯이 그런 그를 쳐다보았다.

저게 휴가 나와서 수능 앞둔 수험생처럼 공부에 매달린 작자가 할 말인가.

함께 나가기 위해 게임 룸에 가보니, 뜻밖에도 세 사람은 평소처럼 낄낄거리지 않고 진지하게 게임에 몰두하고 있었다.

존은 자신의 주 종족인 인류를 플레이하면서 괴물 플레이어를 상대로 치열한 싸움을 전개 중이었다.

차이와 장양은 뒤에서 이를 유심히 지켜본다.

"뭐 해?"

"아, 선생님. 독서는 끝나셨어요?"

차이가 되물었다.

"어, 너희는?"

"아, 지금 폭스 게이밍 애들이랑 3 대 3 대결 중이에요."

"폭스 게이밍?"

폭스 게이밍(Fox Gaming)이라면 미국의 명문 프로 팀이었다. 마이클 조셉이 소속된 팀 크라이시스와 함께 우승을 다투는 강

팀이었다.

"네, 아마드 부티아라고 아시죠?"

"전에 올스타전에서 봤지."

이신은 월드 SC 올스타전에서 봤던 아마드 부티아를 떠올릴 수 있었다.

아마드 부티아는 인도 출신의 천재 프로게이머로, 미국에 진출하여 현재 전미 프로리그 최강자 마이클 조셉의 호적수로 평가받는 스타였다.

"걔랑 온라인에서 우연히 만나서 알게 됐는데요, 마이클 조셉에 대비한 연습 삼아 선생님과 게임을 하고 싶다고 하더라고요."

주디의 미간이 살짝 찌푸려졌다. 푹 쉬려고 모처럼 캐나다까지 왔는데 어째 온통 게임 얘기였다.

"…그래서?"

"우릴 이기면 말씀드려 보겠다고 했죠. 그래서 쟤네랑 연승제로 3 대 3 대결 중이에요. 이제 첫 판이에요."

그렇게 말하며 키득거리는 차이.

'지금 상대 괴물 플레이어가 아마드 부티아인가? 하여간 잘하는군.'

이신은 존의 플레이 화면을 보면서 생각에 잠겼다.

그런데 그러다가 뭔가가 뒤늦게 떠올랐는지 흠칫하고 뒤를 돌아보았다.

주디가 아주 불만이 많은 듯한 표정으로 자신을 빤히 쳐다보는 것이었다.

"…그럼 수고들 해라."

이신은 흥미진진한 게임 관전을 포기하고 물러났다.

"식사 때 되면 연락할 테니까 밖으로 나와!"

주디도 게임에 미친 소년들을 뒤로 하고 이신과 함께 집을 나섰다.

"어디 갈까요?"

"네 마음대로 골라. 전에 한 번 와봐서 딱히 궁금한 곳은 없어."

전에도 주디와 함께 밴쿠버에 온 적이 있었다.

그때 아마 주디가 개인리그 16강에 들면 소원을 들어준다고 약속했던 탓에 어쩔 수 없이 밴쿠버에 끌려왔던 것으로 기억된다.

이번에도 그렇고, 자주 주디의 꾐에 넘어가는 이신이었다. 물론 정말 싫었다면 가차 없이 거절했겠지만.

두 사람이 함께 간 곳은 캐나다 플레이스(Canada Place)였다.

밴쿠버의 상징과도 같은 이곳은 영화관, 무역컨벤션센터, 기타 다양한 숍과 레스토랑이 밀집된 곳으로, 건물 모양이 바다에 정박한 거대한 배와 같았다.

주위로 시원한 바다를 바라볼 수 있는 산책로가 있어서 마음에 들었다.

비수기에 오전이라 그런지 사람이 생각보다 별로 없었다.

하지만 이신을 알아보는 사람이 생각보다 꽤 있었다.

사람들이 사인을 부탁하거나 사진을 찍어도 되냐고 종종 요청했고, 이신은 그때마다 기꺼이 응해주었다.

밴쿠버에서는 주디도 꽤 유명인사라, 함께 사진을 찍기를 원하는 사람들도 있었다.

나란히 벤치에 앉아 바다를 바라보았다.

주디가 문득 물었다.

"선생님은 미래에 대한 계획이 있으세요?"

"미래?"

"네, 앞으로의 계획이요."

"글쎄."

이신은 대답을 하지 않고 얼버무렸다.

나름대로 끊임없이 고민하는 문제였기 때문이다.

"저는 프로게이머를 은퇴하면 대학에 입학해서 경영 공부를 하려고요. 그리고 e스포츠 분야에 투자해서 사업을 할 거예요. 지수민 부사장님처럼 유능한 사업가가 되고 싶어요."

"좋군. 관심도 있고 잘 아는 분야니까 잘할 거야."

"고마워요. 선생님은 어때요?"

"몰라."

이신이 답했다.

"먼 미래는커녕 당장 눈앞의 장래도 어떤 선택을 해야 할지 모르겠어."

"어떤 선택이 있는데요?"

"하나는 지금 이대로 한국에 지내는 것. 내년이면 학교도 복학해서 미래를 위한 진로도 병행할 수 있어. 부모님도 그쪽을 원하시고."

프로게이머로서 그리 많이 남지 않은 삶을 즐기고, 학업을 병행하여서 그 이후의 진로까지 준비할 수 있다.

이는 부모님의 바람까지 충족시키는 가장 안전한 선택이라 할 수 있었다.

특히나 부모님과는 이제 막 화해를 해나가는 과정이었다.

아버지는 비로소 자신의 길을 인정해주셨고, 때문에 자신 역시 아버지의 바람대로 학업을 하고 싶었다.

"다른 하나는 해외 진출이죠?"

"맞아."

낯선 환경에서 낯선 선수들과 싸우며 새로운 프로게이머의 삶에 도전하는 선택이었다.

엄청난 연봉과 새로운 경험이 그를 기다린다.

하지만 대학 복학을 포기해야 하니 부모님이 실망할 것이다.

그 말을 듣고 주디는 별달리 고민도 없이 곧장 말했다.

"당연히 해외 진출을 하셔야죠."

이신은 뜻밖에도 단언하는 주디의 말에 의아함을 느꼈다.

주디는 웃으며 말을 이었다.

"안전한 선택과 안전하지 않은 선택 둘 중 하나를 골라야 한다면 당연히 후자예요."

"왜지?"

"그런 경우 대개 자기가 진심으로 원하는 길은 안전하지 않은 쪽이에요. 안전한 길은 타협을 했기 때문이고요."

그 말에 이신은 답답했던 가슴이 탁 트이는 기분이 들었다.

명쾌한 해답이었다.

"똑똑하네."

이신은 진심으로 주디에게 감탄했다. 그녀에게 이런 어른스러운 면이 있는 줄은 몰랐다.

주디는 귀엽게 눈웃음을 지으며 말했다.

"저도 고민을 했거든요. 프로게이머가 되고 싶어서 한국행을 택했을 때 말이에요. 아파서 밴쿠버를 벗어날 수 없는 동생을 놔두고 혼자 꿈을 좇아 떠나는 게 미안하고, 시간 낭비가 될까봐 불안하기도 했어요."

"……"

"아빠가 그런 저에게 말씀해 주셨어요. 미안하고 불안한 쪽을 택하라고요. 그쪽이 정말 제가 원하는 길이라고요."

"맞는 말이야."

"전 그렇게 선택했고 후회하지 않아요. 동생과 부모님께 미안했는데, 다들 절 이해해 주고 응원해 줬어요. 그러니까 선생님도 후회하지 않을 선택을 하세요. 분명히 선생님의 부모님께서도 격려해 주실 거예요."

도리어 자기보다 어린 제자에게 조언과 격려를 받은 이신은 문득 피식 웃었다.

"왜 웃으세요?"

"이렇게 보니 성인이 맞구나 싶어서."

"저 어린애 아니라고 했죠?"

뾰로통한 표정을 하는 주디를 보며 이신은 미소를 지었다.

"그런데 의외네요."

"뭐가?"

"선생님은 그런 걸로 고민을 전혀 안 하실 줄 알았는데. 뭔가 선택을 할 때는 거침이 없으셨잖아요."

이신은 쓴웃음을 지었다.

"무서워서 그래."

그건 이신의 입에서 나왔다고 하기에는 너무나도 의외의 말이었다.

"미래가요?"

"나이를 먹는 게 무서워."

"……."

"당연했던 승리들이 나이 들수록 어려워질 테고, 세계 e스포츠의 수준은 꾸준히 성장하는데 내 성장을 멈추게 되겠지."

이신의 말이 이어졌다.

"하지만 그런 건 상관없어. 최선을 다해 극복할 거니까. 그런데 정말 무서운 건……."

"그게 뭔데요?"

"지금과 같은 선택지가 주어졌을 때, 안전한 쪽을 택하게 되는 거. 나이가 들면 그렇게 타협을 해가면서 나는 나도 모르는 사이에 약해져 있을 거야."

"……."

"내 자신의 한계와 맞닥뜨리는 걸 두려워하지 않았으면 좋겠어. 나이가 든다 해도."

*　　　　*　　　　*

밴쿠버SCC의 코치 존 패트릭은 경기 영상을 살펴보고 있었다.

자신의 후계자라 일컬어지는 맥 존스의 플레이 영상이었다.

하나는 예전의 플레이고, 또 하나는 얼마 전의 경기였다.

둘 다 결과는 승리였지만, 존 패트릭의 표정은 그리 좋지 않았다.

'너무 변했다.'

예전의 맥 존스는 대단히 공격적이었다.

카이저의 신족 버전이라 불릴 정도.

주특기는 3수송기 뚫기.

인류 진영의 두터운 방어를 수송기에 태운 광신도들을 대거 드롭하며 지상군 병력과 함께 일격에 뚫어버리는 필살기였다.

또한 괴물을 상대로는 사략기+암흑사제의 조합이나, 수송기에 태운 대사제의 견제 플레이 등 컨트롤이 요하는 아슬아슬한 전술로 승리를 따냈다.

공격적이고 아슬아슬하다.

그래서인지 엄청난 역전승도 많이 이뤄냈다.

그의 경기는 언제나 곡예처럼 짜릿하고 흥분된다.

그런데 언제부터인가 그런 뚜렷했던 스타일이 바뀌었다.

'너무 무난해.'

맥 존스는 평범한 신족 플레이어가 되어 있었다.

우울증으로 인한 부진이 있었다.

손목 부상 때문에 쉰 기간도 있어 아직 회복기이다.

그렇게 핑계 댈 거리는 많다.

하지만 냉정하게 평하면, 나이가 들면서 예전의 날카로움을 잃었을 뿐이었다.

대신 풍부한 경험으로 인한 판단력과 전략 수행 능력은 발군이라 높은 승률을 기록했지만, 예전의 그 파괴적이던 모습은 결코 아니었다.

이미 팀의 에이스 자리도 같은 팀의 후배 존 도에게 내줬으니 말이다.

그럭저럭 괜찮은 1군 주전.

그냥 그걸로 만족해도 될까?

나이가 있으니 이제 그걸로 만족해도 된다고 타협해도 좋단 말인가?

'그 모습이 네가 원해서 된 모습이 아니라면, 일깨워주고 싶다. 다시 자각하고 예전으로 돌아가기 위해 노력하도록. 그렇게 사력을 다해 노력했는데 안 되면, 그때 비로소 타협을 하면 되는 거야.'

각성.

혹은 진정한 좌절.

존 패트릭은 자신이 키운 후계자가 진심으로 자신의 한계와
대면했으면 하는 바람이었다.

이신이 그 계기를 주리라 믿었다.

『마왕의 게임』 13권에 계속…

검자 新무협 판타지 소설
FANTASTIC ORIENTAL HEROES

목탁

해적으로 바다를 누비던 청년,
절해고도에 표류해… 절대고수를 만나다!

"목탁은 중생을 구제하는
좋은 이름일세"

더 이상 조무래기 해적은 없다!
거칠지만 다정하고, 가슴속 뜨거운 것을 품은

목탁의 호호탕탕 강호행에
무림이 요동친다!

Book Publishing CHUNGEORAM

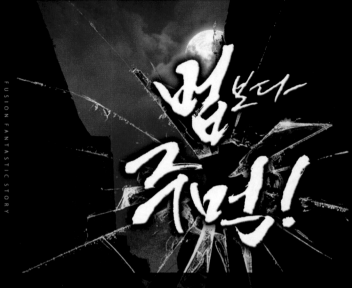

사략함대 장편소설

FUSION FANTASTIC STORY

2016년 대한민국을 뒤흔들 거대한 폭풍이 온다!

『법보다 주먹!』

깡으로, 악으로 밤의 세계를 살아가던 박동철.
그는 어느 날 싱크홀에 빠진다.

정신을 차린 박동철의 시야에 들어온 건 고등학교 교실.
그리고 그에게 걸려온 의문의 ARS는 그를 새로운 인생으로 이끄는데······.

빈익빈 부익부가 팽배한 세상, 썩어버린 세상을 타파하라!

법이 안 된다면 주먹으로!
대한민국을 뒤바꿀 검사 박동철의 전설이 시작된다!

Book Publishing CHUNGEORAM

유행이 아닌 자유추구 -
WWW.chungeoram.com

니콜로 장편소설

FUSION FANTASTIC STORY

마왕의 게임

마왕의 게임 10

니콜로 장편소설

초판 1쇄 찍은 날 § 2016년 4월 12일
초판 1쇄 펴낸 날 § 2016년 4월 19일

지은이 § 니콜로
펴낸이 § 서경석

편집책임 § 조현우
편집 § 한준만

펴낸곳 § 도서출판 청어람
등록번호 § 제387-1999-000006호
등록일자 § 1999. 5. 31
어람번호 § 제1-2404호

주소 § 경기도 부천시 원미구 부일로 483번길 40 서경B/D 3F (우) 14640
전화 § 032-656-4452 팩스 § 032-656-4453
http://www.chungeoram.com
Email § chungeorambook@daum.net

ISBN 979-11-04-90748-7 04810
ISBN 979-11-04-90396-0 (세트)

GAME OF GOETIA

10

니콜로 장편소설

FUSION FANTASTIC STORY

마왕의 게임

도서출판 청어람

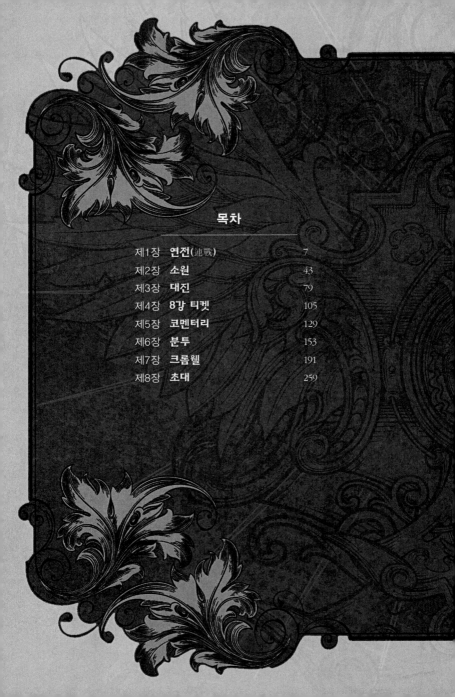

목차

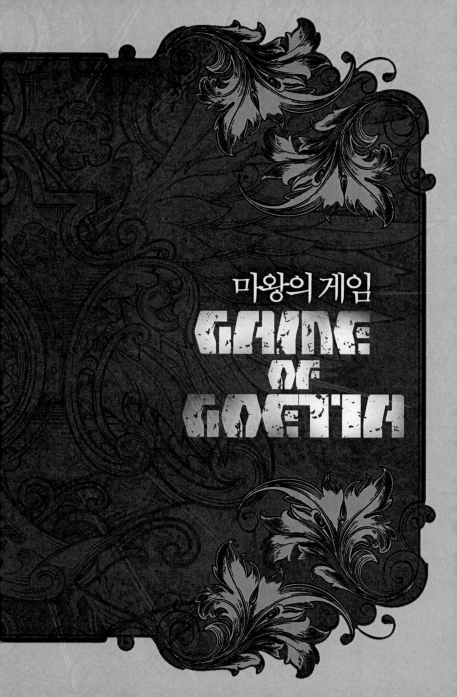

마왕의 게임

GAME
OF
GOETIA

제1장

연전(連戰)

　결전의 날이 되었다.

　이신은 그레모리의 손에 이끌려 악마군주 오로바스의 영지로 텔레포트했다.

　"오랜만이군, 그레모리."

　"그렇구나, 악마군주 오로바스."

　악마군주 오로바스.

　그는 반인반마의 형상에 머리까지도 말의 모습이라 괴기스러움을 더하였다.

　아름답게 휘날리는 은색의 갈기도 그 기괴함을 덮지 못하였다.

　악마군주 오로바스의 영지에는 궁전이 없었다.

끝없이 펼쳐진 벌판.

카펫 대신 온갖 종류의 꽃들이 벌판을 빈틈없이 메우고 있었다.

형형색색의 꽃들이 가득 차자 아름답다기보다는 지나치게 화려해 섬뜩하기까지 했다.

흉물스럽게 큰 아름드리나무들이 성벽처럼 벌판을 온통 둘러싸고 있었으며, 그 안에 호수와 동식물이 보였다.

자연으로 이루어져 있었지만, 자연스러움보다 인공적인 느낌이 더 물씬 드는 이상한 장소였다.

그런데 그 벌판에 유독 커다란 천막이 하나 있었다.

백금 기둥이 지지대를 이루며, 비단으로 이루어진 천막에서 한 사내가 터덜터덜 걸어 나왔다.

멋들어진 콧수염을 가진 서양인.

책에서도 언뜻 본 초상화와 닮아 있었다.

바로 영국의 영웅, 프랜시스 드레이크였다.

황금과 보석이 주렁주렁 달린 요란스러운 복장으로 나온 그의 패션은 사치와 탐욕이라는 성정을 노골적으로 보여준다.

"네가 이신?"

"그렇다."

프랜시스 드레이크의 눈빛이 흥미로 빛났다.

"아직 살아 있다면서?"

"그렇다."

"딱딱한 말투하고는, 군인인가?"

"그렇다."

이신은 귀찮아서 대충 대답했다.

"아참, 우연히 들었는데 콜럼버스 그 양반이 그쪽의 사도라고?"

"그래."

"푸하하하, 그 엉터리 사기꾼을 대체 어디에 쓰겠다고 데리고 있는 거야? 아무튼 이쪽 동네는 참 재미있단 말이야."

"나름 쓸모가 많더군."

"그래? 궁금한데."

"곧 보게 될 거다."

"기대하지, 군인 양반."

드레이크는 건들거리며 이신을 향해 웃어 보였다.

하지만 이신은 드레이크보다 두 악마군주의 대화에 더 관심을 기울였다. 서열전의 방식이 결정되었기 때문이다.

"마력은 1만, 전장은 제7 전장 오린으로 하겠다."

그레모리는 흘깃 이신을 바라보았다.

'그렇게 나왔군.'

제7 전장 오린은 스타팅 포인트가 3군데였다.

지형은 산처럼 전장이 중심부로 향할수록 고도가 높았다.

서로 간의 거리가 짧다는 점에서, 기동력에서 약한 드워프에게 유리한 전장이기도 했다.

이신은 그레모리를 향해 고개를 끄덕여 보였다.

사양할 이유가 없었다.

철저히 준비했기 때문에 제7 전장 오린에서도 구사할 수 있는 전략이 몇 가지 있었다.

"좋다."

그리고…….

[악마군주 오로바스 님과 악마군주 그레모리 님의 서열전입니다. 전쟁의 승패가 서열과 마력에 영향을 줍니다. 마력은 2만이 배팅됩니다.]

[마력 2만이 마력석이 되어 전장에 유포됩니다.]

[종족을 선택해 주십시오.]

"휴먼."

"드워프."

드레이크는 이신을 똑바로 응시하며 능글맞게 웃어 보였다.

그러나 이신은 아무런 미동도 없었고, 드레이크는 곧 재미없다는 표정을 지었다.

[서열전이 시작됩니다.]

[악마군주 그레모리 님의 계약자 이신 님과 악마군주 오로바스 님의 계약자 프랜시스 드레이크 님께서 참전합니다.]

그렇게 서열전이 시작되었다.

악마군주 오로바스의 마력량은 360,100.

악마군주 그레모리는 329,000.

배팅된 마력은 최소치인 1만이었기 때문에 이신이 이긴다 해도 서열의 변동은 없다.

즉, 이길 경우 즉석에서 다시 한 번 도전해서 2차전을 치를 수 있다.

아마도 오로바스와 드레이크가 염두에 두는 것도 2차전일 터.

'내 명성은 들어봤을 것이다. 1차전에서 패하더라도 최소한의 마력만 넘겨주고 내 전략을 파악해 2차전에 집중하겠다는 뜻이겠지.'

하지만 이신은 이러한 다전제 같은 방식의 대결에 매우 익숙했다.

자신이 준비한 모든 것을 다 보여줄 생각이 없었다.

상대가 1차전을 져도 좋다는 마인드로 서열전에 임했다면, 이신은 그만큼 더 손쉽게 1승을 빼앗을 생각이었다.

서열전 시작 후 초반.

병영에서 첫 궁병으로 로빈 후드가 소환되었다.

'나가서 상대의 정찰을 차단해라. 절대로 우리 앞마당을 보여주지 않을 것이다.'

"옙!"

로빈 후드가 달려 나가 앞마당으로 향하는 통로에서 경계를 섰다.

그때쯤 정찰에 나선 콜럼버스가 상대의 진영을 발견했다.

프랜시스 드레이크는 앞마당에 마력석 채집장을 구축하고 있었다.

거의 시작과 동시에 마력석 채집장부터 추가로 가져가는 형태.

e스포츠 프로리그로 치면 생 더블이라 불리는 전략을 구사하는 프랜시스 드레이크였다.

'앞마당을 빨리 가져갈 거라고 예상은 했다.'

드워프는 마력이 많이 필요로 한다.

풍부한 마력을 공급받으면 어떤 종족보다도 강력한 화력을 발휘한다.

'그냥 빠져.'

이신이 지시를 내렸다.

콜럼버스는 적진에 들어가지 않고 바로 물러났다.

본진 안까지 들어가 샅샅이 정찰해서 괜히 드레이크의 경계심을 자극할 필요가 없었다.

게다가 드워프 총수가 소환되면 콜럼버스가 총에 맞아 죽을 염려가 있었다. 빙의를 해야 하는 콜럼버스를 잃어서는 손해였다.

아무튼 드레이크가 생 더블을 시도했으니 이걸 가만 놔둘 리가 없는 이신이었다.

'잘됐군.'

이신은 일찌감치 끝내 버리기로 결심했다.

병영에서 궁병을 계속 뽑아 전진 배치해 상대의 정찰을 철저하게 차단했다.

드레이크가 정찰을 보낸 드워프 광부가 궁병들이 쏜 화살에 맞아 절명했다.

'답답할 거다.'

드레이크는 이신의 앞마당도 보지 못했다.

이신이 앞마당에 마력석 채집장을 짓고 있는지, 아니면 병력을 모으거나 테크 트리를 올리고 있는지 전혀 모른다.

'궁금하겠지.'

스페이스 크래프트에 '페이크 더블'이라는 전략이 있었다.

인류가 신족을 상대로 구사하는 정석 플레이인데, 앞마당 확장 기지를 가져가는 척하며 병력을 모아 상대를 치는 전략이다.

혹은 병력을 모으는 척하며 상대에게 방어에 집중하게 한 뒤에, 본진 안에 지은 통제사령부 건물을 앞마당으로 옮겨 확장 기지를 가져가기도 한다.

인류가 둘 중 어떤 전략을 구사할지 모르므로, 신족은 혼란을 느끼게 된다.

이신이 지금 구사하는 것은 서열전 휴먼에 맞게 재구성된 페이크 더블이었다.

앞마당으로 들어서는 통로에 화살탑을 지었다.

전진 배치시켜둔 궁병 4명을 화살탑 안에 넣었다.

병영을 추가로 늘려서 병력을 모으고, 대장간에서 무기 강화를 했다.

하지만 그렇게 모은 병력은 본진 안에 숨겨 놓았다.

이윽고 드레이크의 정찰이 한 번 더 왔다.

드워프 광부는 이동 속도가 느린 탓에 화살탑에서 화살을 쏘는 궁병들의 공격에 숨졌다.

화살탑의 위치는 이신의 정밀한 계산에 따른 것이었다.

드워프 광부가 정찰을 왔을 때, 앞마당은 확인 못한 채 화살탑만 보고 죽게 된다.

하지만 드레이크는 화살탑으로 방어가 된 것을 보고 판단하게 된다.

이신이 앞마당에 마력석 채집장을 건설했다고 말이다.

사실은 공격하기 위해 병력을 모으고 있는데 말이다.

[창병이 소환 완료되었습니다.]

[계약자 이신 님의 사도 이존효가 소환 완료되었습니다.]

궁병 다수와 방패병, 창병 등이 모였다. 무기 강화도 개발 완료 직전에 이르렀다.

거기에 돌격대장이라 할 수 있는 이존효까지 소환되자 최적의 공격 타이밍이 나왔다.

'이존효.'

"예, 주군!"

'창병을 끌고 시계방향으로 우회해 적진에 접근해라. 내가 신호할 때 돌입하면 된다.'

"알겠습니다!"

'나머지는 정면으로 진격한다.'

마침내 이신이 움직였다.

지금쯤 생 더블로 출발한 드레이크는 마력석 채집장을 구축하느라 마력을 써서 병력이 많지 않을 터였다.

정면으로 드레이크의 진영으로 전진하는 병력. 그리고 반시계 방향으로 우회하여 따로 움직이는 이존효의 창병들.

때마침,

파아앗!

무기 강화가 완료되었다.

궁병들은 석궁병이 되었고, 방패병의 방패가 커다란 사각방패로 탈바꿈하였다. 이존효의 창병들도 장창병으로 변했다.

드레이크도 녹록한 인물은 아니었다. 다시 한 번 정찰을 보낸 드워프 광부가 정면에서 진격해오는 이신의 본대를 발견한 것.

"공격이다!"

우락부락한 덩치에 비해 키가 땅딸한 드워프 광부는 소리치며 달아났다.

'진격 속도를 늦춰라.'

이신이 병력 본대에 지시했다.

이유는 간단했다. 상대의 병력을 밖으로 끌어내기 위함이었다.

드워프 총수는 석궁병보다 사거리가 길다. 그러니 일단 병력이 부족해도 요격(邀擊)을 나와 긴 사거리를 이용해 최대한 시간을 끌려 할 터였다.

예상대로였다. 7명밖에 안 되는 드워프 총수들이 전방에서 나타났다.

'방패병 앞으로.'

'석궁병들 사격 준비.'

'대형을 유지한 채 속도를 더 늦춰서 적을 더 끌어낸다.'

'이존효는 돌입 준비, 금방 신호하겠다.'

이신의 명령이 속사포처럼 쏟아졌다.

그의 병력들이 일사불란하게 움직였다.

드레이크의 드워프 총수들 또한 일렬 대형으로 사격 태세를 취한 채, 천천히 앞으로 걸어 나왔다.

상당히 신중한 태도였지만, 어쨌거나 이신의 의도대로 되고 있었다.

그런데,

[적이 발견되었습니다!]

의외의 방면에서 안내음이 들려왔다.

아까 이신의 본대를 보고 도망쳤던 드워프 광부가 하필이면 우회하여 돌입하려 했던 이존효의 장창병 부대를 발견한 것이었다.

"후퇴!"

드워프 총수들이 급히 퇴각했다.

'이존효 돌입!'

동시에 이신도 명령했다.

이존효와 3명의 장창병들은 텅 빈 드레이크의 진영에 침투하려 했고, 드워프 총수들은 빈집털이당하는 것을 막기 위해 허겁지겁 돌아갔다.

누가 더 빠르냐의 싸움, 하지만 그 짧은 순간에 이신의 뇌리로 많은 생각이 오갔다.

'현재 시점에서 드워프 총수의 숫자가 7명? 상대가 생 더블로 시작했다는 점을 감안해도 숫자가 부족하다.'

'일부 드워프 총수를 본진 안에 남겨 놓았다는 뜻이다.'

'드워프 총수들이 요격을 나온 타이밍도 생각보다 늦다.'

'도망친 드워프 광부가 하필이면 이존효가 있던 곳에 나타났다는 건 우연이 아니다.'

이신은 급히 이존효에게 명령했다.

'돌입 중지.'

이존효와 장창병들이 정지했다.

"무슨 일이십니까, 주군? 아슬아슬하게 들어갈 수 있었는데요."

'함정이다.'

이신은 그렇게 판단했다.

드레이크는 이신이 진격한다는 것을 알았을 때, 다른 방향으로 척후대가 올 지도 모른다고 생각하고 경계했다. 그것을 대비해 본진에 드워프 총수 일부를 남겨놓았고, 드워프 광부로 보내 확인한 것이다. 척후대가 침투하면 역으로 잡아먹어서 이신의 병력을 줄일 의도였으리라.

현재 이신의 병력이 우위에 있었지만, 이존효와 장창병을 그런 식으로 잃으면 전투에 차질이 생긴다. 그렇게 조금이라도 더 시간을 주면, 더 많은 마력을 공급 받고 있는 드레이크에게 역전을 당하게 되는 것이었다.

결국 드레이크의 드워프 총수들은 모두 본진으로 돌아갔다. 본진 출입구 쪽에서 웅크리고 누워 사격 자세를 취하고 있었다. 하지만 지금 이 상황에 대해서도 이신은 이미 생각이 있었다.

'콜럼버스.'

"예, 주군?"

공격에 따라 온 콜럼버스가 대답했다.

'화살탑을 건설해라.'

콜럼버스는 드레이크의 앞마당 앞에 화살탑을 건설하기 시작했다.

*　　　　*　　　　*

'역시 만만치가 않군.'

드레이크는 아까워했다. 속았다는 것을 알았을 때는 정신이 아찔했다.

당연히 앞마당에 마력석 채집장을 구축하는 줄 알았다. 통로에 건설한 화살탑을 보고 당연히 그렇게 판단했다. 하지만 병력이 대거 쏟아져 나와 진군해 오는 걸 봤을 때 경각심이 머릿속에서 경종(警鐘)이 울리는 기분이었다.

'이런 식으로 속이는 방법도 있었군!'

감탄도 나왔다. 참 세련된 방식의 전략이라고 말이다.

하지만 그는 프랜시스 드레이크. 나름대로 비범한 센스를 가진 인물이었다.

병력 구성에 창병이 없는 것을 한눈에 포착했다.

혹시나 하는 생각에 드워프 광부로 다른 방면을 정찰 보냈다. 아니나 다를까, 우회해 오는 장창병 무리를 발견했다.

'저 창병들만 먼저 끌어들여 괴멸시키면 할 만하다!'

드레이크는 그 순간에 유인 작전을 떠올렸다.

저 장창병만 사라지면 휴먼은 백병전(白兵戰)이 불가능해진다. 무기도 체력도 드워프 쪽이 우월하니까.

그러면 시간을 벌 수 있다. 이쪽은 마력석 채집장을 먼저 구축했기 때문에 조금만 더 지나면 더 압도적인 병력을 모을 수 있게 된다.

다만 하나 아쉬운 것은 지형이었다. 전장의 중심부로 갈수록 지형이 높고, 가장자리에 위치한 본진은 중심부보다 낮다. 상대보다 낮은 위치에서 싸우면 불리한 것이 당연했다.

'그래도 버티기만 하면 된다. 어디 한 번 와봐!'

드레이크는 본진 출입구에 드워프 총수들을 밀집시킨 채 대비했다.

그런데 이신은 뜬금없이 자신의 앞마당 앞에 화살탑을 짓기 시작했다.

'저건?!'

아예 꽁꽁 틀어막겠다는 의도였다. 아무리 시간이 흐를수록 드워프의 화력이 더 강력해진다고 하지만, 이렇게 가두어지면 그건 곤란해진다. 한 점에 고립된 채 전장 전체에 대한 판도를 잃으면 미래가 없는 건 이쪽이었다.

'서둘러서는 안 되지. 일단은 지상군 화력을 모아서 단숨에 돌파해 버리자.'

드레이크는 드워프 총수의 비율을 줄이고 테크 트리를 올려 포병을 소환하기 시작했다.

그도 나름대로의 판단이 섰다. 이신이 저렇게 화살탑을 지어서 틀어막았다면, 다음은 총공세가 아니라 마력 확보였다. 추가로 더 마력석 채집장을 마련해 마력 우위를 점할 거라고 판단한 것이다.

포병이 소환되어 배치되기 시작하면서 드워프 총수들도 서서히 전진배치 되기 시작했다.

그런데 바로 그때였다.

[적이 출현했습니다.]

그 안내음에 드레이크는 깜짝 놀랐다.

"키에엑!"

그리핀의 울음소리가 창공에서 쩌렁쩌렁하게 울려 퍼지고 있었다. 그제야 드레이크는 자신의 본진의 한쪽 귀퉁이에 적병 무리가 있음을 알아차렸다. 그리핀 3마리가 언덕을 넘어 병력을 본진 안에 몰래 실어 나른 것!

방패병 3명과 석궁병 3명!

또다시 나타난 그리핀 3마리는 이번에는 장창병 6명을 태우고 있었다.

"막아!"

집중적으로 모은 드워프 포병은 이미 전진 배치되어 있어서 쉽사리 돌아오지 못했다. 하는 수 없이 드워프 총수들을 동원했다. 그리핀은 마력석을 채집하고 있는 드워프 광부들 사이에 장창병 6명을 일제히 드롭했다.

"죽여라!!"

[계약자 이신의 사도 하급 악마 이존효가 능력 광기를 사용합니다.]

[주변 아군이 광기에 휩싸여 공격력이 크게 강화되었습니다.]

장창병들이 빠르게 드워프 광부들 다수를 죽였다.

드워프 광부들과 뒤섞여 있어서, 드워프 총수들이 쉽사리 사격을 하지 못했다. 게다가 더 큰 문제는 방패병을 앞세워 접근한 석궁병이 볼트를 쏴서 견제하는 것이었다.

본진 안에서 벌어진 한바탕의 총격전. 그 틈바구니에는 어느새 콜럼버스도 끼어 있었다.

그런데 콜럼버스의 손에서 이상한 하얀 빛이 나와 총에 맞은 방패병과 석궁병의 상처를 치유해 주는 게 아닌가.

'치유 능력?'

드레이크는 저 안에 이신이 빙의되어 고유 능력을 펼치고 있음을 알아차렸다.

[적의 습격을 받았습니다!]

정신이 하나도 없었다. 이신의 공격은 연속으로 펼쳐졌다.

어느새 5마리로 늘어난 그리핀이 석궁병을 태운 채, 이번에는 전진 배치된 드워프 포병을 노린 것이다. 대포는 지대공 공격이 안 되기 때문에 드워프 총수의 호위가 없으면 무력하게 당할 수밖에 없었다. 드워프 총수들은 지금 본진에 당한 습격을 막느라 대부분 돌아와 있었다.

"으악!"

"크아악!"

"이따위 화살에……!"

드워프 포병들은 대포 한 방 쏴보지 못하고 사살 당했다.

드레이크는 어처구니가 없었다.

'입구를 봉쇄한 것조차 속임수였나?'

벌써 그리핀이 5마리나 나타났다면, 이신은 자신을 봉쇄해놓고는 마력석 채집장을 늘리기보다는 도리어 빨리 결판 짓기 위해 전력을 더 확충시켰다는 뜻이었다. 그것도 드레이크가 포병 위주로 화력에 집중할 거라고 예상하고, 그 카운터인 그리핀을 말이다.

[적의 습격을 받았습니다!]

드워프 포병 전력이 무너지자, 앞마당 앞에 밀집되어 있던 이신의 군세가 돌입했다.

지상군과 그리핀 편대가 합작으로 드레이크의 앞마당을 유린했다.

드레이크는 불쾌해졌다.

'화살탑을 보란 듯이 지어서 속임수를 쓴다니, 내가 한 수 배웠다.'

소득은 있었다.

상대가 굉장히 공격적인 성향을 지녔다는 것.

'그렇지 않고서는 이런 공격을 펼칠 수가 없지.'

단시간에 몇 차례나 연속으로 공격을 퍼붓는 이 솜씨는 보통 공격적이지 않으면 발휘할 수 없는 것이었다.

게다가 기동력을 중시한다.

드워프의 화력에 기동성의 우위를 대항 카드로 삼은 것이 틀림없었다.

'다음 대결은 어림없다.'

이신의 능력이 치유라는 것까지도 이번에 알았다.

정보를 모두 얻었으니 다음 대결은 지금과 전혀 다를 터였다.

결국,

[악마군주 오로바스 님의 계약자 프랜시스 드레이크 님께서 패배를 선언하셨습니다. 악마군주 그레모리 님의 승리입니다.]

[악마군주 그레모리 님께서 마력 1만을 획득하셨습니다.]

[악마군주 그레모리 님의 마력 총량이 33만 9천이 되셨습니다. 서열의 변동은 없습니다.]

[악마군주 오로바스 님의 마력 총량이 35만 1백이 되셨습니다. 서열의 변동은 없습니다.]

"소원을 말해라. 나는 너에게 거짓을 간파하는 능력을 줄 수도, 지위와 공적을 선사할 수도 있다."

악마군주 오로바스가 이신에게 말했다.

이신은 고개를 저었다.

"마력을 원한다."

"…하는 수 없지."

오로바스는 보유한 마력의 1%인 3,501마력을 이신에게 부여했다.

이신이 보유하고 있던 마력은 총 7,560.

그런데 거기에 3,501마력이 더해지자 1만을 넘기게 되었다. 그것은 즉,

[악마군주 그레모리 님의 계약자 이신 님께서 총 11,061마력을 획득하여 중급 악마가 되셨습니다.]

중급 악마의 기준치인 1만 마력을 초과한 것이다.

파앗!

이신은 잠시 하얀 빛에 휩싸였다가 다시 나타났다.

악마군주 오로바스는 물론 드레이크까지 똥 씹은 표정이 되었다.

한 번 더 서열전을 치러야 하는 마당에, 설상가상으로 상대가 중급 악마로 진화한 것이다.

그것은 그의 고유 능력인 치유가 더 강화되었다는 의미였다.

"축하해요."

반면 그레모리는 몹시 흐뭇해했다.

"어서 한 번 더 가죠."

"시간은 많아요, 능력이 어떻게 진화되었는지 알아본 다음에 도전해도 돼요."

"지금은 별로 상대에게 대비할 틈은 주지 않고 싶습니다."

이신도 인지하고 있었다.

방금은 전초전이었다.

1만 마력을 대가로 드레이크 측은 자신이 준비한 전략과 고유 능력을 파악했다.

시간을 주면 드레이크는 이를 중점적으로 보완한 전략을 준비할 터. 그 전에 빨리 승부를 보는 편이 옳았다.

그리고 이신은 준비한 전략이 또 있었다.

방금 전의 전략을 똑같이 반복할 생각이 없었다.

드레이크의 머릿속이 페이크 더블 찌르기와 그리핀에 쏠려 있을 때, 다른 전략을 쓰면 더 쉽게 깰 수가 있다.

"들었지? 나의 계약자는 아직 더 싸우고 싶어 하는데."

그레모리는 의기양양하게 오로바스에게 말했다.

"좋다, 같은 전장에서 방금과 동일한 1만 마력을 배팅하겠다."

그렇게 2차전이 벌어졌다.

시작은 동일했다.

이신은 병영을 짓고 궁병을 전방에 세워 상대의 정찰을 원천 봉쇄했다. 그러면서 콜럼버스를 정찰 보냈다.

그런데 드레이크는 확실히 아까와는 달랐다. 앞마당에 마력석 채집장이 없었다.

이번에는 보다 안전하게 병력을 보유한 뒤에 확장을 할 생각으로 보였다.

본진으로 들어서는 출입구는 드워프 광부 한 명이 지키고 있었다. 정찰을 못하게 막겠다는 드레이크의 강한 의지로 보였다.

몸싸움을 벌여 이기지 않는 한 안으로 들어가지는 못할 듯했다.

물론, 콜럼버스에게는 본진에 침투할 수 있는 방법이 하나 더 있었지만 말이다.

"주군, 블링크를 써서 들어갈까요?"

바로 이신에 의해 하급 악마가 되면서 새로 생긴 능력 블링크였다.

하지만 이신의 지시는 뜻밖이었다.

'당장 도망쳐.'

"예?"

의아해하는 콜럼버스.

'마력석 채집장이 아니라 병력을 모으기로 작정했다면, 지금쯤 적어도 1명 이상의 드워프 총수가 있어야 한다.'

"그런데요?"

일단 시키니까 돌아서서 달리며 콜럼버스가 물었다.

'저 출입구를 지키고 있는 게 드워프 총수였어야 한다.'

이신은 프로게이머 중에서도 시간 계산이 탁월했다.

계산상 지금쯤 1명쯤은 드워프 총수가 있어야 한다는 걸 이신은 알았다.

그런데 드워프 총수 대신에 일을 해야 할 드워프 광부가 출입구를 지키고 있다는 게 무슨 뜻이겠는가?

'널 노리는 거다.'

지금 드워프 총수가 돌아오는 길에 잠복한 채 콜럼버스를 노리고 있다는 의미였다.

"힉! 저, 정말입니까?"

콜럼버스는 겁을 먹었다.

'내가 네게 빙의해서 치유 능력을 쓴 걸 봤을 테니까. 시계 방향으로 크게 우회해서 본진에 돌아와라.'

"옛!"

콜럼버스는 엉뚱한 방향으로 달렸다.

*　　　　*　　　　*

아니나 다를까.

이신의 경이적인 순간 판단은 틀리지가 않았다.

드레이크는 빠른 타이밍에 소환한 드워프 총수로 하여금 길에 잠복케 했다.

퇴로를 차단한 것.

빙의하여 치유를 펼칠 수 있는 사도 콜럼버스를 먼저 제거할 의도였다.

초반에 약한 휴먼의 약점.

그 약점을 치유 능력으로 보완하고 있다는 것을 드레이크는 정확히 파악했다.

하지만,

'왜 안 오지?'

본진으로 돌아가려면 이 길을 지나야 하는데, 드워프 총수가 배치된 길로 콜럼버스는 나타나지 않았다.

드레이크는 곧장 깨달았다.

'귀신같은 놈!'

콜럼버스는 먼 길로 돌아서 도망쳤으리라.

본진 출입구를 드워프 광부가 지키고 있는 모습만 보고 거기까지 알아차리다니!

'정말 명불허전이군. 하지만 네가 한 가지 모르는 게 있다.'

[사도 스틸린의 능력 빙의를 사용합니다.]

[계약자 프랜시스 드레이크 님이 사도 스틸린의 육체에 빙의됩니다.]

사도 스틸린은 바로 길에 잠복시켜 놓았던 드워프 총수였다.

소총을 양손에 꼬나 쥐며 드레이크는 씨익 웃었다.

"사냥을 시작해 볼까?"

이신은 아직 자신의 고유 능력이 무엇인지 모르고 있었다.

그 점에서 아직 자신이 유리하다고 드레이크는 판단했다.

[계약자 프랜시스 드레이크 님께서 고유 능력 추적을 사용합니다. 1회에 30마력이 차감됩니다.]

망망대해에서 스페인 화물선을 귀신 같이 찾아내 약탈했던 해적 중의 해적 프랜시스 드레이크.

그의 고유 능력은 바로 추적. 특정 타깃의 위치를 알 수 있는 능력이었다.

드레이크는 추적 능력으로 콜럼버스가 달아난 방향을 탐지했다.

'저놈은 내가 사냥한다. 나머지는 총공격!'

드레이크는 마침내 승부수를 띄웠다.

그것은 모의전에서 콜럼버스가 선보였던 초반 공격이었다.

당연한 일이었다.

초반에 약한 휴먼의 약점은 누구나 노려봄직한 부분이었다.

드워프 총수 2명, 드워프 광부 5명.

기본적으로 체력이 막강한 드워프의 병력이 이신의 진영을 향해 진격했다.

그리고 다른 드워프 총수의 육체에 빙의된 드레이크는 별도로 움직여 콜럼버스를 사냥했다.

'콜럼버스를 돌아가지 못하게 막으면 된다.'

초반에 약한 휴먼.

상대는 그 약점을 자신의 고유 능력으로 극복하려 한다.

그렇다면 그 고유 능력을 펼치는 데 꼭 필요한 콜럼버스만 사냥하면 되는 것이다.

이는 추적 능력을 상대에게 들키지 않았기 때문에 시도할 수 있는 기습 작전이었다.

*　　　　　*　　　　　*

시계 방향으로 우회시킨 콜럼버스가 또다시 드워프 총수를 만났다.

타앙!

"억!"

콜럼버스가 당황하여 허둥지둥 뒷걸음질을 쳤다.

거리가 멀어 다행히 총탄에 맞지는 않았다. 가시거리에서 발견했기에 망정이지 하마터면 죽을 뻔했다.

"크하하하! 쥐새끼 같은 놈! 어디 한 번 달아나 봐라! 여긴 제7 전장이지 망망대해가 아니야!"

드워프 총수에 빙의한 드레이크가 껄껄 웃으며 소리쳤다.

'콜럼버스가 돌아오지 못하게 적극적으로 막는군.'

이신의 두뇌가 팽팽히 회전했다.

계약자 1명당 거느릴 수 있는 최대 사도 숫자는 5명.

장기적으로 본다면 당장 콜럼버스 하나 죽인다고 자신에게 딱히 큰 피해를 입힌 건 아니다.

5명 중 하나일 뿐이고, 노예 병과의 사도일 뿐이다.

그런데 저렇게 악착같이 사냥하려는 이유는 무엇일까?

답은 하나였다.

'치즈러시?'

그랬다.

초반의 기습 공격을 노리고 있다면, 콜럼버스를 악착같이 사냥하려 드는 이유가 설명된다. 병력이 극소수인 초반에는 콜럼버스 같은 사도 1명이 아쉬울 때니까.

이신은 즉각 방어 태세를 갖췄다.

본진 출입구에 병영 하나를 더 짓고, 화살탑도 지어서 빈틈을 아예 메워 버렸다.

예상이 옳았다.

"공격!"

"화살탑 짓는 인간 놈부터 쏴!"

드워프 총수 2명이 머스킷 소총으로 조준을 하고 발사했다.

타앙!

"크악!"

화살탑을 짓던 노예가 드워프 총수 2명의 집중 사격에 죽어 버렸다.

이신은 즉시 옆에 대기시켜 놓은 다른 노예에게 화살탑 건설을 재개시켰다.

타앙— 탕—!

"아아악!"

또다시 죽어 버린 노예.

이신은 눈 하나 깜짝하지 않았다.

대기시켜 놓은 또 다른 노예가 화살탑 건설을 이어 받았다.

"우리도 쏴!"

"저 새끼들이!"

궁병 3명이 드워프들에게 화살을 쏴 맞췄다.

아직 드워프 총수의 머스킷 소총의 업그레이드가 이루어지지 않아 궁병과 공격 사거리가 똑같았다. 물론 위력 면에서는 큰 차이가 있었지만 말이다.

"완공 못하게 해!"

"밀어붙여!"

드워프 광부들이 앞장서서 달려들었다. 뒤에서 드워프 총수들
이 총을 쐈다.

"막아!"

노예들이 뛰쳐나왔다. 뒤에서 궁병이 화살을 쐈다.

본진 출입구에서 난장판 같은 격전이 벌어졌다.

그 와중에 이신은 노예를 계속 잃었음에도 냉정하게 화살탑
을 완공시켰다.

"후퇴!"

싸움에 동원되었던 노예가 썰물처럼 본진 안으로 되돌아왔다.

완공된 화살탑으로 궁병 3명이 들어갔다.

병영에서 추가 소환된 궁병도 화살탑에 들어갔다.

다소 노예의 피해는 있었으나, 어쨌거나 이신은 막아내는 데
성공한 것이었다.

드레이크의 다음 행동이 심상치 않았다.

싸움에 동원된 뒤 살아남은 드워프 광부 2명이 되돌아갔다.

대신 드워프 총수는 계속 추가되기 시작했다.

병력을 모아서 돌파를 시도할 것이 틀림없었다.

'콜럼버스가 돌아오지 않으면 곤란한데.'

초반의 지상군 싸움은 휴먼이 불리할 수밖에 없었다. 궁병과
드워프 총수의 공격력은 차이가 명확했다. 거기다가 드워프 총수

의 머스킷 소총이 업그레이드까지 되면 차이가 더 벌어진다.

'소총 업그레이드가 되면 승부를 보러 오겠군.'

이신은 드레이크의 체제를 훤히 꿰뚫어보았다.

그의 머릿속에서는 이 싸움을 초 단위까지 정밀하게 계산해가며 해석하고 있었다.

'그렇다면 병영 병력 갖고는 무리다.'

이신은 과감한 결단을 내렸다.

대장간을 생략해 버렸다. 바로 특수병영을 짓기 시작했다.

대장간을 짓지 않는 것은 무기 강화로 병영 병력을 석궁병·장창병 등으로 승급시키지 못한다는 뜻이었다. 석궁병과 장창병·방패병 등으로는 드워프 총수로 이루어진 소총부대를 꺾지 못한다는 이신의 판단이었다.

'필요한 건 기사야.'

기사의 순간 돌파력과 기동력에 무기를 둔 이신. 그리고 싸움에서 이기기 위해 필요한 게 또 하나 있었다.

*　　　　　　*　　　　　　*

"젠장, 미치겠네!"

도망치면서 콜럼버스가 욕지거리를 내뱉었다.

드워프 총수 한 명 때문에 아직까지도 본진으로 돌아가지 못하고 전장을 헤매고 있는 콜럼버스. 어디로 우회하든 귀신 같이 알고 나타나는 드워프 총수가 짜증이 났다.

그때였다.

'콜럼버스.'

"예, 주군!"

'1분 10초 뒤에 앞마당에 있는 적과 결전을 치를 것이다. 타이밍 맞춰서 블링크로 놈을 따돌리고 그곳에 도착해야 한다.'

"1분 10초 뒤요?"

'이제 1분 3초다.'

소름 끼치는 이신의 시간 감각에 오싹해진 콜럼버스.

콜럼버스 역시 머릿속으로 카운트다운을 하며 타이밍을 재기 시작했다. 이리저리 도망치며 술래잡기를 하던 콜럼버스는 24초를 남겨 놓았을 때, 마침내 승부수를 띄웠다.

반시계방향으로 크게 우회해서 다시 한 번 드워프 총수를 따돌려보았다. 하지만 드워프 총수에 빙의된 드레이크는 다시 한 번 추적을 써서 콜럼버스의 경로를 파악했다.

"돌아서 가시겠다고? 어림없지."

드레이크는 여유롭게 움직여 1시에 위치한 이신의 본진으로 향하는 길목을 막았다.

드워프 총수의 느린 이동 속도, 그리고 부츠로 인해 5% 더 향상된 발 빠른 콜럼버스.

그 이동 속도의 차이를 감안하면, 추격해서 사살하기보다는 1시 본진으로 돌아가지 못하게 막아서는 정도가 최선이었다. 그러면서도 드레이크는 자기 진영의 지휘를 계속해 드워프 총수를 추가 소환했다.

소환되는 족족이 드워프 총수들이 이신의 앞마당에 집결하기 시작했다.

이제 소총 업그레이드만 이루어지면 총공격을 감행할 예정이었다. 반시계방향으로 우회하던 콜럼버스를 포착했다.

타앙!

"크윽!"

콜럼버스는 왼쪽 어깨에 총탄을 맞았다. 하지만 다치는 것은 물론 죽어본 것도 한두 번이 아닌지라, 달리는 속도는 멈추지 않았다.

"어림없다!"

드레이크는 1시로 향하는 길목을 차단했다. 도리어 콜럼버스는 2시로 도망치는 바람에 코너로 몰렸다. 드레이크는 회심의 미소를 지으며 천천히 다가왔다.

도망칠 길도 없이 구석에 몰린 콜럼버스는 당황한 기색으로 그런 드레이크를 바라보았다.

"자, 탐험가 양반. 이제 지옥으로 탐험을 떠날 시간이야."

"이런 제기랄!"

하필이면 때마침, 드레이크의 머스킷 소총이 더욱 정교한 소총의 형상으로 변했다.

소총 업그레이드가 끝난 탓이었다.

드레이크는 씨익 웃고는 머스킷 소총으로 콜럼버스를 겨누었다.

그런데, 별안간 콜럼버스는 씨익 웃었다.

"내가 마술 하나 보여줄까?"

"……?"

파앗!

[계약자 이신의 사도 하급 악마 콜럼버스가 능력 블링크를 사용합니다.]

[10미터 범위 내에서 순간이동을 합니다.]

콜럼버스는 드레이크의 눈앞에서 사라졌다.

그리고 절벽 너머에서 웃음소리가 들렸다.

"으하하하! 돌아왔다! 신대륙이라도 발견한 기분인데!"

그랬다.

2시 지역 구석으로 몰린 것은 콜럼버스의 의도였다.

절벽만 통과하면 1시의 본진으로 돌아갈 수 있기 때문이었다.

"이런 빌어먹을!"

드레이크는 분통을 터뜨리며 뒤돌아 달렸다. 이렇게 되면 더 지체할 시간이 없었다.

"총공격! 놈들을 끝장내 버려!"

마침내 최후의 결전이 시작되었다. 드워프 총수들이 전진하며 총을 쏘기 시작했다.

타타타탕!

화살탑이 총탄 세례에 벌집이 되었다.

"쏴!"

"덤벼!"

궁병들도 화살을 쏘며 맞서 싸웠지만, 그들의 화살은 드워프 총수들에게 닿지 않았다. 업그레이드로 보다 우월해진 사거리를 이용, 멀리서 쐈기 때문이다.

쾌지직!

결국 화살탑이 무너지고 말았다. 본진으로 들어서는 출입구가 열린 셈이었다.

"진격!"

드레이크가 소리쳤다.

타탕— 타타탕!

드워프 총수들이 계속 진격하며 궁병들을 공격하기 시작했다. 궁수들은 맞서지 않고 물러섰다.

"돌입해!"

드레이크가 소리쳤다.

드워프 총수들은 파죽지세로 출입구로 들어섰다. 그렇게 본진으로 돌입할 때였다.

"지금이다, 돌격!"

기다렸다는 듯이 명령을 내리는 기사. 바로 질 드 레가 이끄는 기사 4기였다.

좁은 출입구를 통과하느라 드워프 총수들의 진형은 2열 종대가 되어 있었다.

그들에게 기사 4기가 일제히 기술 '돌격'을 감행했다. 게다가 앞장선 기사는 사도 서영!

쾌지직! 우지끈!

"크아악!"

"피해!"

"기사들이 돌격한다!"

기사들은 한 번의 돌격으로 출입구를 통과하던 드워프 총수들을 그야말로 짓밟아 버렸다.

돌격이 제대로 먹혀들면서 드레이크의 드워프 총수 부대는 큰 타격을 입었다.

이어지는 난전.

기사들이 드워프 총수들과 어우러져 한바탕 싸움을 시작했다. 물러났던 궁병들도 다시 달려와 화살을 쏘며 덤볐다. 갑옷 명광개를 입고 장창을 휘두르는 서영의 용맹은 빼어났다.

질 드 레 역시 롱 소드를 휘두르며 전투를 총지휘했다.

[계약자 이신의 사도 하급 악마 질 드 레가 능력 지휘를 사용합니다.]

[20명의 병력이 질 드 레의 휘하가 되어 통제됩니다.]

질 드 레는 지휘 능력을 이용해 주변 병력을 모두 휘하에 넣어 수족처럼 자유자재로 부렸다.

뒤엉켜 싸우던 기사들이 잠시 후퇴.

콜럼버스에 빙의한 이신이 그들에게 치유를 걸어주었다.

[계약자 이신이 고유 능력을 사용합니다. 1초에 5마력씩 소모됩니다.]

[주변의 모든 아군의 체력이 회복됩니다.]

중급 악마로 진화하면서 이신의 고유 능력인 치유도 업그레이드가 되어 있었다.

1초에 5마력이나 소모되긴 하지만, 주변의 모든 아군에게 치유를 걸어줄 수 있다는 막강한 장점이 생긴 것이다.

"산개해! 산개해서 기사부터 쏴!"

드레이크가 악에 받쳐서 지휘했지만, 기울어진 전황은 극복할 수가 없었다.

질 드 레의 지휘와 이신의 치유가 더해지면서 드레이크의 드워프 총수 부대는 지리멸렬했다. 출입구에 들어서는 순간 돌격을 걸어 승부를 본 이신의 타이밍 감각이 빛을 발한 승리였다.

"적 본진까지 달려."

이신이 말했다.

"옛! 끝내고 오겠습니다."

질 드 레는 서영 등 기사들을 거느리고 6시에 있는 드레이크의 진영으로 질주했다.

머지않아 안내음이 떴다.

[악마군주 오로바스 님의 계약자 프랜시스 드레이크 님께서 패배를 선언하셨습니다. 악마군주 그레모리 님의 승리입니다.]

[악마군주 그레모리 님께서 마력 1만을 획득하셨습니다.]

2연승!

드레이크의 의중을 전부 간파하며 따낸 승리였다.

제2장

소원

[마력 총량 34만 9천으로 악마군주 그레모리 님께서 서열 57위가 되셨습니다.]

[마력 총량 33만 6,599로 악마군주 오로바스 님께서 서열 58위가 되셨습니다.]

연이은 승리에 마침내 서열이 역전되었다.

2연패를 당한 악마군주 오로바스와 그 계약자 드레이크는 똥씹은 표정이 되었다.

"이제 서로 반대의 입장이 되었구나. 이번에는 네가 나에게 도전할 수 있는 모양인데, 한 번 더 겨뤄볼 테냐?"

그레모리가 도발하듯이 물었다.

오로바스는 분해서 이를 갈며 옆에 있는 드레이크를 바라보았다.

마음만 같아서는 어디 끝까지 해보자고 소리치고 싶었다.

하지만 중요한 건 정작 싸움에 임하는 계약자의 컨디션이었다.

드레이크도 못내 분통을 터뜨리기는 마찬가지. 연속으로 자신의 생각이 전부 간파되고 패배한다는 것은 굉장히 분한 일이었다.

꼭 되갚아주고 싶었다.

하지만……

"도저히 안 되겠군."

드레이크는 결국 질색을 하며 고개를 저었다.

"오늘은 분하지만 계속 싸워도 마찬가지일 거야. 준비가 더 많이 필요해."

오로바스도 하는 수 없다는 듯이 고개를 끄덕인다.

"나도 그렇게 생각했다. 분하지만 네 실력이 명백히 열세였지."

"제길! 덕분에 많이 배웠다. 다음번에 다시 붙거든 오늘처럼 호락호락하게 지지 않을 거다!"

그렇게 오로바스 일행은 먼저 떠나 버렸다.

"아쉽네요."

"뭐가 말입니까?"

"벌써 2승을 거두셨잖아요. 카이저가 또 10승을 채우면 저는 계약 연장 때문에 마음을 졸여야 하는 걸요."

"당분간 서열전을 그만둘 생각은 없습니다."

"호호, 그거 다행이네요. 그런데 만약에 오로바스가 도전을 했다면 마력을 얼마나 배팅하는 게 좋았을까요?"

"5만."

그레모리는 확신에 찬 이신의 대답에 미소를 지었다.

"자신감이 넘치시네요."

"심리적으로 제가 우위에 있었습니다. 그걸 아니까 드레이크도 포기한 겁니다."

아무튼 또다시 서열전에서 승리하여 그레모리를 57위로 올려 놓았다.

정상까지 갈 길이 아직 멀었지만, 1년도 안 된 시간에 벌써 그레모리를 최하위에서 여기까지 올려놨으니 믿을 수 없을 정도로 가파른 상승세였다.

제 역할을 다한 이신은 개인 리그 준비를 위해 급히 현실로 돌아갔다.

          *   *   *

현실 세계에 돌아오니 팀 연습실이었다.

'이런.'

마계에서 상당 시간 게임에 손 놓은 채 보낸 탓에 감각이 많이 떨어져 있었다.

이 상태로 선수들과 함께 부대껴서 연습하면 이상한 시선을 받게 될 것이다. 최환열이나 차이, 장양 등 눈썰미가 날카로운 인간들이 한둘이 아니니 말이다.

이신은 자기 장비를 게이밍 백팩에 챙겨 넣으며 자리에서 일어섰다.

"응? 너 어디 가?"

옆자리에서 최환열이 물었다.

"오늘따라 컨디션이 안 좋아서 일어서려고."

"뭐? 갑자기? 낮까지만 해도 괜찮던 녀석이."

"형이 선수 복귀를 고려한다는 헛소리를 하고부터 이상하게 안 좋아졌어."

농담으로 얼버무린 이신.

"이 자식이! 죽을래?"

최환열이 헤드록을 걸었다.

혼자 집에 돌아온 이신은 온라인에 접속해 죽어라 게임을 했다.

다행히 1년 만에 게임을 다시 했을 때도 금방 적응했던 이신이었다. 몇 판 지나지 않아서 생소함이 사라지고 익숙한 느낌이 들었다.

'아직 멀었어.'

편안한 느낌으로 게임을 해서는 안 된다. 긴장감이 더 필요했다.

면도날처럼 날카롭게 감각이 벼려져 있어야 반응이 빨라지고 놓치는 부분이 없어진다. 그런데 문득, 온라인으로 누군가가 귓속말을 보냈다. 친구 등록한 유저가 아니면 전부 차단시켜 놨는데, 귓속말을 보낸 사람은 바로 주디였다.

　—iLoveSin : 한 판?

이신은 피식 웃었다.

　—Player_SIN : 사나다 료와 연습하지 않았어?
　—iLoveSin : 존이 차지해 버렸어요.

주디의 32강전 첫 상대는 광전사라 불리는 오광태.
그리고 존의 첫 상대는 광기신족 최영준이었다.
둘 다 신족전 준비가 중요해서 32강전에서 이미 탈락한 사나다 료가 연습 상대로 인기가 많았다.

　—Player_SIN : 내가 상대해 줄게. 지금 컨디션 좀 안 좋은데 이해하고.
　—iLoveSin : 네!

그렇게 주디와의 게임이 시작되었다.
신족을 택한 이신은 오광태의 스타일을 차용하여 지상군 싸움으로 가닥을 잡았다.
'손이나 풀어볼까.'

이신은 기습적인 센터 참회실 광신도 러시로 첫 게임을 시작했다.

기습적으로 찌른 광신도와 신도 1명씩이 본진에 들어와 주디를 괴롭혔다.

—으악!

소수 유닛 싸움으로 몰고 가자 주디가 애를 먹었다.

대응이 나쁘다기보다는, 이신의 컨트롤이 너무 좋았다.

계속해서 1명씩 달려오는 광신도가 보병과 건설로봇을 죽였다.

체력이 닳아 아슬아슬한 유닛을 귀신같이 찾아서 노린 이신의 눈썰미와 컨트롤!

익숙한 상대인 주디와 연습을 해서 그런지 감각이 금세 돌아왔다.

주디는 묘한 상대였다.

직접 아바타처럼 조종하며 키워서 그런 것일까? 분명 만만한 상대는 아니다. 가끔이지만 연습하다가 질 때도 있었다. 그런데도 편안한 익숙함이 든다.

몇 판을 더했지만 이신은 연속으로 승리를 거두었다.

—Player_SIN : 전투에서 지면 안 돼. 오광태는 싸움을 아주 잘하고 공격적이야.

—iLoveSin : 컨트롤을 더 신경 써야 하나요?

—Player_SIN : 넌 그런 스타일 아냐.

―iLoveSin : 그럼요?

―Player_SIN : 인류는 다른 종족과 달라. 올바른 위치에 병력을 갖다 놓고 놔두는 거야.

―iLoveSin : 자리 잡는 거요?

―Player_SIN : 그래. 위치와 포진만 제대로 하면 돼. 전술위성 무력화 탄으로 마법유닛 잘 맞추고.

―iLoveSin : 네.

다시 연습이 시작됐다.

이제 감각이 완전히 회복된 이신이 손지훈식의 스노우볼 운영으로 지상군 싸움을 다시 유도했다.

이번에는 암흑사제를 병력에 섞어서 난전을 벌였다.

돌진하는 광신도와 무빙을 당기며 정교하게 레이저빔을 쏘는 거신병기.

그 틈에 암흑사제가 각기 다른 방향으로 움직여 확장 기지들을 기습했다.

난전을 치르는 중에 투명한 암흑사제는 일하는 건설로봇들을 서걱서걱 베어 넘겼다.

시야를 밝혀주는 전술위성이나 대공포가 없는 사각지대로 파고드는 침투 경로가 예술적이었다.

하지만 주디의 반응 속도는 매우 빨랐다.

건설로봇들이 일제히 달아나고, 전술위성이 날아와 보이지 않는 암흑사제들을 시야에 밝혔다.

그리고 근처에 배치된 기동포탑들이 불을 뿜으려는 순간, 이신은 날렵하게 컨트롤해 암흑사제를 한 기동포탑 옆으로 바짝 붙여 버렸다.

ー퍼퍼펑! 콰르릉!

암흑사제와 함께 붙어 있던 기동포탑까지도 포격에 휘말려 날아가 버렸다.

이신의 컨트롤.

주디의 꼼꼼한 대응.

두 사람의 장점이 맞붙었다.

암흑사제 견제가 끝나자 이신은 병력을 다시 뒤로 빼버렸다.

그리고는 수십 개나 되는 참회실이 다시 병력을 생산.

병력이 눈덩이처럼 불어나자 또다시 덤벼드는 이신이었다.

병력 물량 회전률 싸움이었다.

그런데 그때였다.

ー적의 공격을 받았습니다.

'……!'

이신은 흠칫 놀랐다.

1시 확장 기지가 공격 받았다.

맵 센터에서 대회전이 벌어지는 동안, 이번에는 주디가 항공 수송선 2척에 고속전차 8기를 실어 날라 기습 드롭한 것.

고속전차가 쏜살같이 달려들어 1시에서 자원을 캐고 있는 신도들을 급습했다.

즉시 신도들을 12시 방면으로 대피시켰다. 그런데 또 다른 고속전차 무리가 나타나 신도들을 공격했다.

연속으로 들어간 견제에 천하의 이신이 다수의 신도를 잃고 말았다.

'제법인데?!'

이신은 이루 말할 수 없이 날카로운 주디의 반격에 놀랐다.

하지만,

'고속전차를 너무 많이 동원했어.'

그 견제에 의하여 형세가 주디에게로 급격히 기우는가 싶은 순간, 이신은 초인적인 판단력을 발휘했다.

맵 센터의 대회전에서 이신의 병력이 끝장을 보자는 식으로 돌격한 것.

각지에서 추가 생산되는 광신도들이 속속들이 전장에 합류해 돌진했다. 계속되는 돌격, 돌격, 돌격!

순간적으로 물량을 뿜어내며, 이신의 병력은 마침내 주디의 중앙 디펜스 라인을 돌파했다!

돌격은 주디의 본진까지 이어졌다.

견제를 통해 많은 이득을 봤지만, 고속전차를 너무 많이 동원한 것이 탈이었다.

다수의 고속전차가 빠진 것을 본 순간, 이신은 돌파를 결심한 것이다.

고속전차의 공백이 디펜스 라인의 돌파로 이어졌다.

결국 주디는 아쉽게 GG를 쳤다.

—Player_SIN : 견제 잘했어. 근데 좀 적게 동원하지 그랬어.

—iLoveSin : 그러게요ㅠㅠ

이신은 피식 웃었다. 주디의 채팅이 귀엽게 느껴졌다.

—Player_SIN : 오광태는 서로 바꾸는 싸움에 강해. 이런 구도 조심해.

—iLoveSin : 네!

그 뒤로도 이신은 늦게까지 주디의 연습 상대가 되어주었다.

—iLoveSin : 벌써 시간이 이렇게 됐네요. 아직 저녁 식사 안 하셨죠?

—Player_SIN : 어.

—iLoveSin : 빨리 가서 밥 차릴게요.^^

—Player_SIN : 대충 챙겨 먹으면 돼.

—iLoveSin : 안 돼요! 금방 가니 기다려요!

—Player_SIN : 맘대로 해.

—iLoveSin : ㅎㅎㅎ

주디의 접속이 끊겼다. 그런데 문득 핸드폰으로 문자 메시지가 도착했다.

—주디 : 저 16강 갈 수 있을까요?

이신이 답장을 보냈다.

—가능해. 오광태 외엔 할 만해.
—주디 : 그럼요, 만약에요······.
—뭐?
—주디 : 저 16강 진출 성공하면, 소원 하나만 들어주시면 안 돼요?

나직이 웃음이 나왔다. 이번에도 같이 사진을 찍자거나 근사한 곳에서 외식을 하자는 정도의 소원이리라.

—알았어.
—주디 : 약속했어요?
—어, 빨리 와. 배고파.
—주디 : 네!

이윽고 주디가 집에 돌아왔다. 그런데 차이와 존, 장양 없이 주디 혼자였다.
"다들 어디 갔어?"
"팀원들과 같이 저녁 먹고 늦게까지 남아 연습하겠대요."
이신은 수긍했는지 고개를 끄덕였다.
차이와 존은 개인리그와 프로리그를 동시에 준비하느라 바빴고, 장양은 한 번 게임에 빠지면 웬만해서는 자리에서 안 일어난다.

주디는 돌아오자마자 급히 식사 준비를 했다.

식탁에 단둘이 마주 보고 앉게 되었다.

문득 앞을 응시하다가 주디와 눈이 마주쳤다.

주디는 방긋 웃었다.

"맛있게 드세요."

"어."

식사를 하는 동안 틈틈이 주디의 시선이 느껴졌다.

왜 자꾸 쳐다보냐고 묻고 싶었으나, 본인이 시치미를 떼기에 그냥 모른 척해주었다.

평소와 같은 식탁.

평소와 같은 메뉴.

그러나 단둘이 있으니, 이신을 힐끔힐끔 보는 주디의 태도로 인해 분위기가 묘해졌다.

"연습 많이 했어?"

이신이 문득 물었다.

"네."

"오광태만 이기면 무난하게 16강 갈 수 있을 거야."

"네, 알아요."

주디는 눈웃음을 지으며 활기차게 말을 이었다.

"꼭 이겨서 소원을 빌게요."

"그래, 마음대로 해."

"무르기 없기예요."

"……."

이신은 서서히 불안해졌다.

대체 어떤 소원을 빌려는 것일까? 오늘따라 묘한 주디의 태도 탓에 이신은 불안감을 느꼈다.

*   *   *

개인리그 본선 32강 4조, 최영준 대 존 레벨린.

사고가 터졌다.

레이더로 최영준의 진영을 확인한 존은 로봇공학실을 포착했다.

떠올린 것은 당연히 철갑충차와 수송기. 존은 고속전차로 철갑충차가 드롭될 예상 지역에 지뢰를 매설해 대비했다. 하지만 들킨 것을 알게 된 최영준의 반응이 놀라왔다.

철갑충차가 생산되기도 전에, 광신도 4명을 수송기에 태워서 한발 먼저 공격에 나선 것.

지뢰가 발동되어 광신도 1명이 폭사했다.

곳곳에 지뢰가 매설된 것을 알고는 최영준은 오히려 거꾸로 이용했다.

광신도를 태웠다가 드롭했다가를 반복하며 지뢰를 끌고 와 건설로봇들과 함께 자폭해 버린 것이다.

—퍼어어어어엉!

건설로봇 8기 가량이 폭사해 버렸다.

심지어 광신도는 지뢰가 폭발하는 순간 다시 수송기에 태워

살렸다.

대형사고로 인해 크게 흔들린 존은 광신도에 이어 마침내 등장한 철갑충차에 의해 무너져 버렸다.

하지만 다행히 이어지는 패자전과 최종전에서 연속으로 승리를 거둬 존은 간신히 16강 진출에 성공했다.

마지막 최종전 상대는 신족이었는데, 그야말로 사력을 다한 기병 전략(기동포탑+병영 체제)으로 거둔 신승이었다.

그리고 다음 날, 5조의 경기가 펼쳐졌다. 바로 주디가 속한 조였다.

"안녕하세요, 선배님."

경기장.

주디와 함께 경기장에 왔다가 잠시 복도로 나온 이신은 캔 음료 자판기 앞에서 오광태와 마주쳤다.

"뭐 마실 거 뽑아드릴까요, 선배님?"

"커피."

"네."

오광태는 캔 커피 2개를 뽑아 하나를 공손히 건네주었다.

"땡큐."

"별말씀을요, 선배님."

"그냥 형이라고 불러."

"그래도 될까요?"

이신은 고개를 끄덕였다.

"주디랑 같이 오신 거예요?"

"어."

"연습 많이 했대요?"

"많이 했어."

"아, 큰일 났네. 전 많이 못 했는데."

오광태가 웃으며 엄살을 피웠다.

하지만 오광태가 개인 연습할 시간이 많지 않은 건 사실일 가능성이 높았다.

팀 제미니의 에이스인 오광태는 요즘 팀을 거의 홀로 먹여 살리는 지경이었다. 프로리그 경기 준비도 벅차서 개인리그를 따로 준비할 시간이 없을 것이다.

"너 계약이 언제까지더라?"

"왜요? 저 데려가게요?"

"어."

"안 돼요. 감독님 쓰러져요."

오광태가 웃으며 답했다.

이신도 피식 웃고는 오광태의 어깨를 툭툭 두드렸다.

"잘해라."

"저 격려해 주셔도 괜찮아요?"

"결국 강한 놈이 이기게 되어 있어. 그거면 돼."

"그건 그렇죠. 그럼 가보겠습니다."

오광태와 헤어지고서 선수 대기실에 돌아왔다.

주디가 눈을 감고 마인드 컨트롤을 하고 있었다.

오광태와 주디를 비교해 보았다. 아무리 생각해도 주디가 오광태보다 강하다는 생각은 들지 않았다.

실력을 떠나, 본질적인 공격성 때문이었다.

오광태는 한 마리의 야수.

점잖고 적당히 밝은 성격에 공손하지만, 승부에 임하면 치열한 공격성이 폭발한다.

이신의 지론 중 하나인, 상대에 대한 처절한 악의(惡意)가 플레이에서 느껴진다.

어떻게든 상대를 상처 입히고 거꾸러뜨리고 싶어 하는 욕망.

주디에게는 그런 게 없었다.

그게 가장 큰 문제였다. 그래서 주디에게서 개인리그의 성적은 기대할 수 없다고 애초부터 평가 내린 것이고 말이다.

"주디스 레벨린 선수? 시간 됐습니다."

스태프가 들어와 말했다.

눈을 뜬 주디는 이신을 향해 방긋 웃어 보였다.

"다녀올게요."

"그래."

선수 대기실에 남은 이신은 대기실의 모니터로 생중계되는 경기를 지켜보았다.

─여러분, 오래 기다리셨습니다! 32강 5조의 경기가 지금부터 시작됩니다.

─1세트부터 16강 진출이 유력한 쟁쟁한 선수들이 나타났죠.

─예! 광전사 오광태와 신의 제자, 게임의 여신, 주디 선수의 대

결입니다. 두 선수가 과연 얼마나 대단한 승부를 펼칠지 벌써부터 기대가 만발입니다.

—특히 개인적으로는 오광태 선수에게 많은 기대를 하고 있습니다. 사실 프로리그에서의 활약이나 비중으로 보자면, 지금 이미 개인리그에서 우승이나 준우승 타이틀 하나쯤은 있어도 이상할 게 없는 오광태 선수거든요.

—예, 프로리그에서는 쌍영과 맞붙어도 승패를 예측할 수 없는 강자 중의 강자죠! 그런데 유독 개인리그와는 인연이 없었습니다.

—사실 이신 선수가 데뷔한 이후로 우리나라에서 선수들이 개인리그 타이틀을 따기란 하늘의 별따기가 되어 버렸죠.

—아, 그렇죠. 현실적으로 노릴 수 있는 게 준우승 정도죠. 준우승을 인간계 우승이라고까지 불렀잖습니까?

—그렇다고는 해도 이신 선수가 잠시 리그를 떠나 있었던 공백기도 있고 했는데, 아직까지 저 실력과 저 포스를 가지고 아직도 준우승 하나 못 해봤다는 것은 정말 운이 없었다고밖에 표현할 길이 없단 말이죠?

—그만큼 최근 우리나라에 강력한 선수가 많이 등장했다는 뜻이기도 합니다. 쌍영을 비롯해서 황병철, 신지호 등등이 있고 이제는 이신 선수의 가장 강력한 적수로 급부상한 차이 선수까지요!

—다시 오광태 선수에게 찾아온 개인리그, 하지만 이번 개인리그는 그 여느 때보다도 경쟁이 치열하고 험난합니다. 그 첫 번째

장애물이 바로 주디 선수입니다.

—주디 선수, 결코 만만한 상대가 아니죠?

—예, 미모나 출신이나 이신 선수의 제자라는 점 등에서 화제성이 많지만, 기본적으로 실력이 뒷받침되지 않았으면 이렇게 스타가 되지 못했을 겁니다.

—예, 강자가 될 수 있는 재능이 있었기 때문에 신의 제자로 선택을 받았던 겁니다!

—오광태 선수도 주디 선수도 분발해서 명승부를 만들어줬으면 하는 바람입니다.

게임이 시작되었다.

오광태는 과연 광전사라 불리는 자신의 공격성을 시작부터 드러냈다.

센터 참회실.

맵 센터에 지은 참회실에서 광신도를 생산했다.

동시에 정찰을 간 신도가 주디의 본진 출입구에 생명석을 건설했다. 주디가 심시티로 출입구를 막지 못하도록 차단한 것이었다.

그뿐만이 아니었다.

농토에 생명석을 지어 버려서 식량 자원 채집을 훼방 놓았다.

—견제가 잇달아 강력하게 들어갑니다!

—심시티 방해하고 자원 채집 방해하고! 이어서 광신도가 달려오고 있습니다! 어떡할 겁니까, 주디 선수?

—예, 주디 선수도 대응합니다. 당황하지 않습니다.

주디의 판단은 2병영.

정찰 보낸 건설로봇으로 맵 센터에 참회실이 2개나 지어져 있음을 확인했기 때문이었다.

맞붙었다.

—슈칵!

보병이 광신도의 칼날에 한 차례 얻어맞았다. 한 대만 더 맞으면 죽는다.

보병은 병영과 군량고 사이로 통과해 도망쳤다.

보다 몸집이 큰 광신도는 통과할 수 없는 간격이었다.

—투타타타타!

보병이 기관총을 갈겨댔다.

보병의 사격 거리 밖으로 빠진 광신도는 대신 옆에 있는 건설로봇을 치기 시작했다.

2병영에서 보병이 계속 생산됐다.

2참회실에서 생산된 광신도가 계속 달려왔다.

건설로봇이 다수 블로킹에 동원되었다.

—파아앗!

그 와중에, 오광태는 또다시 생명석을 농토에 지어 자원 채집을 방해했다.

—한 번 더 들어갑니다!

—지금 오광태 선수가 아주 좋아하는 진흙탕 싸움입니다! 처음부터 주디 선수를 상대로 이런 식의 난투로 몰고 갈 생각이었던 겁니다!

─이게 광전사 오광태죠! 깔끔한 운영 대결은 주디 선수의 특기거든요!

　─하지만 주디 선수의 저항도 만만치 않습니다. 보병이 계속 생산되고 있고, 기갑 정거장도 올라갑니다!

　─투타타타타!

　─으악!

　─크억!

　보병이 죽어나갔고, 총탄에 맞고 광신도가 죽었다. 건설로봇도 블로킹을 하다가 하나둘 죽어 나갔다. 하지만 그렇게 치열하게 난투를 벌이는 와중에도, 주디는 기갑 정거장을 완성했다.

　옆에 기갑부속연구소를 붙여 지으려는 찰나,

　"와아아아아아!!"

　환호성이 터져 나왔다.

　오광태의 신도가 달려와 기갑부속연구소 짓는 것을 방해해버린 것이다.

　주디는 보병 하나를 빼서 방해하는 신도를 공격했다.

　그러자 신도는 달아나면서 그 자리에 생명석을 하나 지어 버리는 것이었다.

　─와아아! 오광태!!

　─정말 집요합니다!

　하는 수 없이 주디는 기갑정거장을 띄웠다. 다른 곳에 옮긴 뒤에 기갑부속연구소를 연결해 지어야 했다. 시간이 크게 지체되었다.

두 선수의 얼굴이 연이어 화면에 나타났다. 강하게 부릅뜬 눈으로 열중하는 오광태.

딱딱하게 굳어 있는 주디.

힘겨워하는 주디의 표정에 이신은 마음이 흔들렸다.

선수의 희비를 한두 번 본 게 아니었다. 질 때도 이길 때도 있다. 한 번도 패자를 동정한 적이 없었다. 하지만 힘겨워하는 주디를 보자 이신은 가슴이 쥐어 짜이는 불쾌한 느낌을 받았다.

불안하고 안쓰러웠다.

'너무 정들었나.'

이신은 휘휘 고개를 저었다.

치열한 혈전.

그 와중에 테크 트리를 올린 오광태가 거신병기를 뽑았다.

주디도 포격모드 개발과 함께 기동포탑이 나와야 하는데, 계속되는 방해로 상대적으로 많이 늦어졌다.

대신 주디는,

―3병영!

―병영을 계속 짓습니다! 거기에 각성제까지 개발합니다.

―변형된 기병 전략이죠!

보병이 계속 쏟아졌다.

의무병까지 생산되어 합세하자 오광태 측이 주춤주춤 밀렸다.

단번에 밀어 붙여 오광태의 광신도들을 본진에서 걷어냈다.

4병영에서 쏟아지는 병력들.

주디는 레이더로 찍어 오광태의 진영을 확인했다.

오광태의 앞마당 확장 기지가 완성 직전에 놓여 있는 것을 포착했다.

주디는 아직 앞마당 확장 기지를 지을 생각도 못하고 있었다.

─주디 선수는 이제 남은 기회가 없습니다. 바로 역습 가야 합니다! 시간을 주면 자원 격차가 돌이킬 수 없이 벌어져 버립니다.

─그 순간에 기병 전략으로 턴한 건 정말 멋진 판단이었습니다.

기동포탑 3기와 다수의 보병·의무병·화염방사병.

주디는 군대를 전부 이끌고 총공세에 나섰다.

오광태 역시 거신병기 다수를 이끌고 마중을 나왔다.

─으악! 아악!

거신병기가 뒷걸음질을 치며 레이저빔을 쏴 보병 숫자를 줄였다.

하지만 각성제를 흡입한 보병과 화염방사병이 달려들자 형편없이 물러나야 했다.

그렇게 앞마당까지 몰아붙였다.

이제 오광태도 물러설 곳이 없어진 상황.

전면에 포진된 병영 병력과 후방에 자리 잡고 포격모드로 전환된 기동포탑!

바로 그때 오광태가 마침내 달려들었다.

그때, 후방에서도 광신도 6기가 나타났다.

─오광태 선수! 앞뒤로 싸먹기를 시도합니다!

─지금 이 결전을 위해 광신도 일부를 다른 곳에 빼뒀지요!

그 긴박한 순간에 이런 판단을 했다니, 정말 놀랍습니다!

―싸웁니다!

총탄과 유혈이 난무했다.

그리고 5분 뒤.

"……."

"……."

선수대기실은 침묵이 감돌았다.

피곤해진 모습으로 돌아온 주디도 이신도 침묵을 지켰다.

주디의 작은 두 손이 꽉 쥐어진 채 떨리고 있었다. 푸른 눈동자에 분기가 어렸다.

그랬다.

주디는 끝내 전투에서 광전사 오광태를 이겨내지 못했던 것이었다.

그럴 만도 했다.

처음부터 끝까지 줄곧 오광태의 특기인 전투 일변도였다.

오히려 그만큼이나 버텨내고 역습까지 시도한 주디를 칭찬해 주고 싶었지만, 이신은 그러지 않았다.

그러기에는 주디의 표정이 너무 좋지 않았다.

"마음 다스려. 곧 3세트 패자전 치러야 해."

이신이 침묵을 깨고 말했다.

패배가 충격이었던 것일까. 아니면 다른 간절한 이유가 있었던 것일까.

저기압인 주디는 고개만 끄덕였다.

그때, 2세트가 끝났다.

5조의 승자와 패자가 모두 결정된 것이다.

주디의 패자전 상대는 화성전자의 인류 플레이어 왕찬수였다.

"급할 필요 없어. 두 번만 더 이기면 돼."

"네."

"왕찬수 요즘 성적 안 좋은데 그렇다고 얕보지 마. 1시간짜리 장기전을 치르더라도 이기기만 하면 절대 네 손해가 아니야."

주디는 고개를 끄덕거렸다.

잠시 후, 경기장 스태프가 와서 주디를 데려갔다.

3세트, 주디와 왕찬수의 패자전.

스타트는 좋지 않게 끊었다.

왕찬수가 장난을 걸었다.

시작부터 보병 2기를 찔러서 주디의 건설로봇 2기를 잡은 것.

주디가 초반의 컨트롤 싸움에 약하다고 생각한 모양이었다. 앞서 오광태에게 진 것도 있어서 그런 듯했다.

'안 좋은데.'

일꾼 2기 잡힌 것 정도야 아무것도 아니다.

하지만 문제는 정신적인 측면.

이유는 모르겠지만, 오광태에게 지고서 평소답지 않게 정신적으로 많이 저기압 상태에 빠진 주디였다.

이런 식으로 또 기분 나쁘게 시작했으니 동요될지도 몰랐다.

넌 이런 거에 약하지?

하면서 찔러 들어오는 상대의 악의가 고스란히 피부로 느껴질 것이다.

'그게 좋은 쪽으로 작용해야 할 텐데.'

아니나 다를까.

주디는 게임을 어렵게 풀어나가고 있었다.

한발 앞서서 압박 라인을 구축한 왕찬수가 맵 장악을 리드하며 시종일관 게임을 유리하게 이끌어 나갔다.

두 차례의 견제까지 모두 실패한 주디는 진땀을 흘렸다.

확장 기지가 서로 늘어날수록 맵을 많이 장악한 왕찬수의 우세로 이어졌다.

주디는 더는 확장을 할 곳이 없었던 것이다.

하지만 반전은 주디의 과감한 병력 구성에서 시작되었다.

놀랍게도 인구수 제한까지 꽉 채운 병력의 절반이 스텔스 전투기였던 것이다.

전투기 편대로 제공권을 장악한 주디는 단숨에 왕찬수의 라인을 박살 내고 확장 기지 곳곳을 동시 타격했다.

연이어 진격한 지상군이 단숨에 왕찬수의 본진 앞마당까지 당도하여 압박 라인을 구축했다.

─놀랍습니다! 단숨에 턱밑까지 치고 올라와서 왕찬수 선수의 멱살을 틀어쥐었습니다!

─한 방! 정말 한 방이었습니다! 그동안의 고통을 단 한 방에 갚아주고 역전을 일궈냅니다.

─하지만 아직 끝나지 않았죠. 왕찬수 선수가 그동안 먹은 자

원이 있고, 게임은 아직 끝난 게 아니에요.

모니터로 경기를 지켜본 이신은 고개를 절레절레 내저었다.

이제 주디가 이겼다.

팬들이 보기에는 짜릿한 역전 경기였다.

하지만 이신이 보기에는 둘 다 졸전을 치렀다.

주디는 중반까지 계속 끌려다녔다.

아무것도 해본 것 없이 맵 장악에서 밀렸다. 게임이 져 있다는 말은 바로 그걸 두고 하는 소리다.

왕찬수는 자기 우세에 취해 상대에 대한 정찰을 소홀히 했다.

주디가 스텔스 전투기를 다수 모으고 있다는 사실을 전혀 몰랐으니 말이다.

차이는 인류 대 인류전에서 단축키 다섯 개를 모조리 레이더에 쓴다. 상대를 손바닥 안처럼 파악한다. 그것과 확연히 대비되는 형편없는 모습이었다.

어쨌거나 주디는 예상대로 승리를 거머쥐었다.

짜릿한 역전승이었다며 해설진들도 포장을 해주었다.

선수대기실에 주디가 돌아왔을 때, 이신은 퉁명하게 말했다.

"수고했어."

"네……."

주디는 쥐 죽은 듯한 목소리였다.

이신도 딱히 질책을 하지 않았다. 앞으로 한 경기를 더 치러야 하기 때문이었다.

하지만 성품이 매우 솔직한 이신이라 표정에 불만족스러운 기색이 역력하게 드러났다.

"죄송해요……."

주디는 기가 죽은 목소리로 말했다.

"뭐가?"

"제가 잘못했어요."

"뭘 못했는데?"

"소극적으로 플레이해서 주도권을 빼앗긴 거요."

"아무것도 못한 채 불리해졌다는 게 가장 잘못됐어. 그런 맥없는 플레이는 나와서는 안 돼."

"네."

"어쨌든 이겼으니까 다 잊고 마음 가라앉혀."

"네."

모니터에 중계되는 4세트는 바로 승자전.

오광태와 쌍성전자의 1군 주전 괴물 플레이어 안재훈의 대결이었다.

종족 상성은 괴물이 유리하지만, 모두가 오광태의 승리로 내다보았다. 선수대기실에서 지켜보는 이신과 주디도 마찬가지였다.

주디는 안재훈과 최종전을 치를 것을 생각하며 전략을 구상했다.

하지만……

─우와! 또 센터 참회실?!

─오광태 선수, 주디 선수에 이어 안재훈 선수를 상대로도 연속으로 센터 참회실을 시도했습니다!

"저런 미친……."

이신이 중얼거렸다.

그 도박 수는 곧바로 들통 났다.

안재훈이 대각선 방향으로 정찰을 가다가 맵 중앙에 지어지고 있는 참회실을 발견한 것이다.

이어지는 국면은 뻔한 수순이었다.

재빨리 수정관을 짓고 바퀴를 대량 생산한 안재훈이 오광태의 광신도 찌르기를 가뿐히 막아내고 역습했다.

오광태는 망연자실한 표정으로 모니터를 바라보았다.

이신과 주디의 표정도 그와 비슷했다.

―아아! 너무 무리한 수였습니다!

―예, 기본적으로 센터 참회실은 도박입니다. 저렇게 자주 써서는 안 되는 빌드였거든요. 오광태 선수가 너무 안일하게 생각했습니다. 안재훈 선수를 너무 얕봤어요!

―상황이 정말 묘합니다. 이렇게 되면 5조에서 가장 강력한 16강 진출 후보로 꼽혔던 오광태 선수와 주디 선수가 최종전에서 다시 맞붙게 되었습니다.

―예, 주디 선수로서는 안재훈 선수를 다음 상대로 기대했을 텐데 당혹스럽게 되었죠.

―그렇습니다! 안재훈 선수가 5조에서 가장 먼저 16강 진출을 확정 지었고, 이제 남은 5세트에서 두 사람의 희비가 교차하게 되었습니다!

이신은 혀를 찼다.

주디의 표정에도 깊은 부담감이 어렸다.

안재훈을 상대로는 져본 적이 없는 주디였다.

하지만 오광태는 그녀의 천적이나 다름없는 스타일.

주디의 16강행에 다시 한 번 가시밭길이 기다리고 있었다.

그런데 주디의 표정은 도리어 아까보다 밝았다.

"괜찮아?"

"네."

주디는 고개를 끄덕였다.

"사실 계속 졸전을 해서 선생님께 면목이 없었어요. 설령 16강 진출에 성공한다 해도 소원을 말할 수 없었을 거예요."

"……."

"오광태 선수를 이번에 제가 꺾으면 만회한 거죠?"

"그래."

이신은 주디의 머리를 슥슥 쓰다듬어 주었다.

주디는 기분이 좋은지 눈웃음을 지었다.

"이번에는 센터 참회실 못 할 거야. 또 했다가 떨어지면 욕을 바가지로 먹거든."

"알아요."

"대신 초반에 거신병기로 압박만 하는 척하면서 불쑥 치고 들어올지도 몰라. 포격모드 개발 완료될 때까지 절대 기동포탑을 안전한 곳에 둬."

"네."

"중반까지 가면 대사제와 아바타로 마법을 많이 쓸 거야. 전술위성으로 무력화탄 잘 쏴야 해."

"네."

그때, 쉬는 시간이 거의 끝났는지 경기장 스태프가 들어왔다.

"주디스 레벨린 선수, 슬슬 준비해 주세요."

"네!"

주디는 가방을 챙겨 들고 일어섰다. 그리고 선수대기실에서 나가려던 찰나,

"선생님."

문득 다시 뒤돌아 이신에게 말을 건넸다.

"왜?"

"소원 말이에요."

"그게 뭐?"

"미리 들어주시면 안 될까요?"

"……?"

이 와중에 무슨 소리를 하려는 것인지 이신은 고개를 갸웃거릴 수밖에 없었다.

그런데 주디가 성큼성큼 다가왔다.

몸을 숙여 눈높이를 앉아 있는 이신과 같게 낮췄다.

주디의 얼굴이 기습적으로 다가와,

쪽—

이신의 뺨에 입을 맞췄다.

어안이 벙벙해진 이신에게, 주디는 눈웃음을 지으며 속삭였다.

"서양에서는 그냥 인사예요. 아시죠?"

당황했던 이신은 그만 피식 웃고 말았다.

"알아."

주디도 웃었다. 서로를 바라보며 두 사람은 그저 웃었다.

이윽고 생중계 모니터에 부스로 들어온 주디의 모습이 보였다.

―아, 어려운 고비를 만난 주디 선수인데요, 도리어 기분이 좋아 보이네요?

―좋은 일이라도 있었던 걸까요? 아무튼 오광태 선수에 비해 오히려 마음은 가벼워 보입니다.

5세트, 주디 대 오광태.

마지막 16강 진출 티켓을 놓고 두 사람이 붙었다.

예상대로 오광태는 더 이상 센터 참회실을 시도하지 못했다.

양측 다 평범한 빌드 오더로 시작되었다.

오광태는 자신의 특기인 마법 활용을 극대화하기 위하여 아바타와 대사제를 모으기 시작했다.

어떤 불리한 상황에서도 마법으로 한 타 싸움에서의 대승으로 극복했던 오광태였다.

그런데 이에 맞서는 주디의 선택은 바로 다수의 전술 위성.

항공정거장에서 꾸준히 전술위성을 생산했다.

보통의 인류 대 신족전의 양상보다 훨씬 많은 숫자의 전술위성이었다.

계속해서 벌어지는 싸움에서 다수의 전술위성이 빛을 발하기 시작했다.

전술위성이 많으니 무력화탄을 싸울 때마다 마구 쏴대는 주디.

그런데 그게 의외로 좋은 효과를 발휘했다.

신족의 모든 유닛과 건물은 기본적으로 보호막에 보호되고 있기 때문에 체력이 강력하다.

그런데 무력화탄은 그 보호막을 제거해 버린다.

—퍼어엉!

—퍼엉!

무력화탄을 계속해서 사용하자 약해진 오광태의 병력들.

거기에 디펜시브 실드로 아군 유닛을 보호하기까지 하니, 전투마다 이득을 얻기 시작했다.

'좋아.'

이신은 고개를 끄덕였다. 이제야 주디다운 플레이였다. 깔끔하고 꼼꼼하고 완벽했다.

멀티태스킹과 반응 속도가 빠른 주디는 필요한 곳마다 놓치지 않고 무력화탄을 쐈다.

무력화된 대사제와 아바타는 마법을 발휘하지 못하고 도망쳤다.

확장 기지가 늘어난다.

주디는 계속 전진하며 확장 기지를 늘려 나갔다.

전술위성은 계속 고공을 누비며 무력화탄을 쏴댔다.

자신의 특기인 전투에서 계속해서 지자 오광태는 흔들렸다.

맵 센터를 쥐지 못하고 흔들리자, 주디의 견제 플레이가 시작되었다.

고속전차가 사방으로 다니며 일꾼을 사냥했다.

지뢰를 꾸역꾸역 매설하며 오광태의 활동 폭을 더욱 좁혔다.

—완벽한 주디 선수의 페이스입니다!

—상대가 괴물도 아니고 신족인데 저렇게 위성 숫자가 많은 건 처음 보네요. 그런데 저런 다수 위성 전략이 오광태 선수를 상대로 맞춤 전략으로 멋지게 먹혀들어 가고 있습니다!

—그러게 말입니다. 오광태 선수가 지금 전격 마법으로 쓸어 버리지도 못하고, 소환 마법으로 병력을 찌르지도 못하고 있습니다.

—그야말로 완벽하게 봉쇄당했네요. 1세트의 패배를 멋지게 설욕하는 주디 선수입니다.

—하지만 광전사 오광태입니다! 이대로 맥없이 끝날 리는 없죠.

말 그대로 최후의 싸움이 시작되었다.

오광태는 대사제가 아닌 광신도와 거신병기 위주로 병력을 구성하여서 공격을 개시했다.

주디는 기동포탑을 계단식으로 배치한 채 맞섰다.

—파앗!

—파아앗!

전술위성들이 잇달아 디펜시브 실드를 기동포탑에 걸어주었다.

해일처럼 덮쳐 오는 오광태의 총공격을, 주디는 꾸역꾸역 막아냈다. 끊임없이 무력화탄을 쏘고 디펜시브를 걸며 버텨냈다.

병력을 전부 잃은 오광태는 참담한 표정으로 GG를 쳤다.

"와아아아아!!"

"주디! 주디! 주디!"

폴짝폴짝 뛰며 부스에서 뛰쳐나온 주디는 팬들을 향해 손을 흔들었다.

그날, 이신과 제자들이 전원 16강 진출에 성공했다는 뉴스가 e스포츠면을 도배했다.

제3장

대진

개인리그의 진정한 본선은 16강부터였다.

16강부터 선수들이 일대일, 다전제로 실력을 겨루게 되기 때문이다.

누구랑 누가 붙으면 누가 이길까?

스포츠의 그 본질적인 궁금증을 해소시켜 줄 진검승부의 장이다.

16강전의 프로모션 영상이 간단히 촬영되었다.

이번에도 연출보다는 스토리텔링이 활용된 프로모션 영상이 공개되었다.

'당신의 최고의 순간은?'

16인의 선수에게 똑같이 던져진 질문이었다.

—처음 개인리그에서 우승했을 때입니다. 그 뒤로는 별로 감흥이 없었습니다. 그다음에 참가했던 월드 SC 그랑프리에서는 상대가 없어서 실망했으니까요.

이신이 답했다.

—쌍성전자 상대로 올킬을 했을 때요. 그때가 선생님의 적수 중 하나로 제 체급을 올린 계기라고 생각해요.

차이가 답했다.

—팀이 우승했을 때요. 저 개인의 성적에서는 늘 한발 차이로 우승을 놓치고 아쉬웠는데, 팀이 프로리그에서 우승했을 때 다 보상받은 기분이었어요.

최영준의 인터뷰.

—2020년 전반기 개인리그 우승했을 때요. 이신도 은퇴했겠다, 이제 나의 시대구나 싶었죠. 그때는…….

박영호가 씁쓸한 표정으로 대답했다.

—딱히… 아직 제 최고의 순간은 오지 않았습니다.

신지호가 냉정하게 답했다.

—선생님을 처음 만났을 때요. 너무 좋았어요.

—누나가 선생님의 제자가 되었다는 이야기를 들었을 때요. 제 일처럼 기뻤어요.

—1군이 되었을 때?

선수들의 인터뷰가 쭉 이어졌다.

그리고 마지막은 '2021년 전반기, 누가 최고의 순간을 손에 넣을 것인가?'라는 문구로 장식되었다.

선수들의 스토리가 짤막하게 소개된 프로모션 영상은 이번에도 팬들의 호평을 받았다.

그리고 얼마 후, 16강에 진출한 선수들이 한자리에 모여 대진표를 뽑는 이벤트가 벌어졌다.

이벤트는 역시나 생중계를 통해 많은 시청자를 불러 모았다.

신의 권좌를 누가 가져갈까?

이신이 모든 프로게이머를 도발한 프로모션 영상이 시발점이 되었고, 32강전에서 차이가 이신을 꺾는 이변도 연출되면서 팬들의 관심은 더욱 뜨거웠다.

─먼저, 가장 먼저 16강 진출을 확정 지었던 차이 선수가 번호를 뽑습니다.

차이가 무대로 나와 바구니 안에 손을 넣어 공을 꺼냈다.

공은 9번이라 쓰여 있었다.

─9번! 차이 선수는 9번 자리에 배정됐습니다.

차이의 이름표가 9번에 배치되었다.

─올해의 다크호스로 떠올랐으며, 이신과 황병철을 꺾고 올라오면서 모두를 놀라게 한 차이 선수가 9번입니다. 이제 다른 선수들은 10번을 뽑지 않기를 바랄 것 같네요. 차이 선수는 누구를 16강전 상대로 가장 만나고 싶지 않은 선수가 누구입니까?

─주디 누나요.

─아, 주디 선수요?

─네, 인류 대 인류전에 유독 강해서 복병이 될 수 있다고 생각합니다.

―오, 그렇죠. 그럼 만나고 싶은 선수는요?

―사실 16강까지 왔으면 모두가 위협적인 상대라고 생각합니다. 누구든 최선을 다해 이기겠습니다.

깔끔하게 인터뷰를 마치고 차이는 자리로 돌아갔다.

다음은 이신.

사뿐히 나간 이신은 익숙하게 번호를 뽑았다.

1번이었다.

―아, 딱 1번을 뽑는 이신 선수. 역시 뭐든지 1등을 굉장히 좋아해요. 이제 지겨울 법도 할 텐데요.

관객들의 웃음소리가 짧게 들렸다.

―이신 선수, 피하고 싶은 상대가 있습니까?

―없습니다.

―아무도 무섭지 않다는 뜻입니까?

―네.

―이야, 역시 확실한 단답형! 정말 은퇴하셔도 해설은 못 하실 것 같네요.

캐스터 이병철의 농담에 또다시 웃음이 여기저기서 터졌다.

―어, 그럼 누가 가장 쉬운 상대로 보이십니까?

캐스터 이병철이 장난기를 발동했다. 그 순간 선수들이 긴장했다. 저런 질문을 하면, 이신은 한 점의 거리낌도 없이 직격탄을 날리기 때문이었다.

아니나 다를까,

―안재훈.

"푸하하하!"

"진짜 말했어!"

"성격이 진짜 좀 너무해!"

선수들과 관객들이 깔깔거렸다. 안재훈도 장난스럽게 머리를 싸쥐며 괴로워하는 시늉을 했다.

안재훈은 32강전에서 주디와 같은 조였던 괴물 플레이어로, 무리수를 둔 오광태를 꺾고 16강 진출을 한 선수였다.

—괴물이 상대하기 편하고, 그중에서 안재훈 선수가 가장 쉬워 보였습니다.

이신의 간단한 평.

한마디로 16강전의 괴물 플레이어 중 안재훈의 실력이 가장 떨어진다는 노골적인 평이었다. 그리고 대체로 세간의 평도 그러했다.

—자, 가장 쉬워 보인다고 지목 받은 안재훈 선수? 저 말에 대해 한 말씀!

안재훈은 마이크를 받고서 한숨을 쉬었다.

—정말 성격이 나쁘다는 걸 새삼 확인할 수 있었습니다. 제가 쉬운 남자가 아니라는 것은 16강전에서 증명하겠습니다.

하지만 안재훈은 자기 차례가 되었을 때, 공교롭게도 2번을 뽑고 말았다.

이신의 16강전 상대로 낙점되어 버린 것이었다.

여기저기서 환호와 웃음이 빵빵 터져 나왔다.

안재훈은 울상이 되었다.

올도어SCC 소속의 선수들 중 유진영은 3번을 뽑아 2경기에 배정되었다. 상대는 하필 4번을 뽑은 최영준이었다.

'광기신족 다음은 이신이냐.'

유진영은 한숨을 쉬었다.

이래서야 8강 이상을 넘어서지 못했던 자신의 커리어를 갱신하기란 요원해 보였다.

한편, 9번을 뽑은 차이와 함께 5경기에 배정된 선수는 바로 신지호!

관객들이 박수를 쳤다.

차이 대 신지호.

우승을 노리는 톱클래스 간의 대결이었다.

그리고 6경기는 주디와 최찬영.

주디가 무난하게 최찬영을 꺾고 8강에 올라간다면 차이와 겨루게 되었다.

그리고…….

─존 선수는 13번입니다. 14번을 뽑은 박영호 선수와 겨루게 되었습니다.

"오오!"

"박영호랑 존?"

"재미있겠다."

관객들이 또다시 박수를 쳤다.

캐스터 이병철이 신이 나서 말했다.

─세계 최고의 괴물 플레이어, 철벽괴물 박영호! 그리고 괴물

전의 스페셜리스트 존 선수의 대결! 이건 또 굉장히 치열한 혈전이 예상되죠?

자타 공인의 괴물 박영호.

병영 병력 컨트롤 능력이 이신 급이라 평가받는 존.

박영호로서는 예상치 못했던 복병을 만난 셈이었다.

'하필 저 녀석이냐.'

자신과 견줄 클래스의 상대가 아니다.

하지만 괴물전만큼은 엄청난 능력을 보이는 선수가 바로 존 레벨린이었다.

'그래도 문제는 없어. 장기전으로 끌고 가면 무조건 내가 유리하니까. 16강만 잘 넘기면 4강까지는 무난하게 가겠군.'

그렇게 16인의 선수들은 완성된 대진표를 보며 제각기 우승이라는 최종 목적지로 향하는 여정을 계산했다.

16강전 대진표

1경기 : 이신, 안재훈

2경기 : 유진영, 최영준

3경기 : 이철한, 안태양

4경기 : 신태호, 진철환

5경기 : 차이, 신지호

6경기 : 주디, 최찬영

7경기 : 존, 박영호

8경기 : 남궁민재, 박신

대진표가 나옴에 따라 생중계되는 방송에 달리는 실시간 댓글들도 요동을 치고 있었다.

　—안재훈 : 나 쉬운 남자 아냐! 근데 다음 상대가 이신ㅋㅋ

　—쉬운 괴물 안재훈!

　—안재훈ㅋㅋㅋㅋ

　—안재훈 불쌍해;;;

　—박영호 이번에는 대진 운이 좋은데? 4강까지는 무난하게 가겠다.

　—박영호랑 이신이 결승전에서 붙었으면 좋겠다. 두 사람이 붙으면 항상 명승부였는데.

　—다전제에서 쌍영전 못 본 지 꽤 되지 않았음?

　—이제 대세는 신영전임.

　—이신과 차이의 사제전이 더 보고 싶은데.

　—이번에는 이신도 우승을 장담할 수 없다. 전과 달리 신을 위협할 강자가 많이 등장했다. …라고 해놓고 결국 이신 우승. 늘 그랬지 뭐ㅋㅋㅋ

　—내가 예언 하나 한다. 신께서 안재훈, 최영준, 이철한, 차이를 꺾고 우승하실 것이다. ㅇㅈ?

　—너희들 귀염둥이 주디 무시함? ㅂㄷㅂㄷ

　—최영준 안습;; 최근 기량 회복된 유진영에 이어서 8강전 상대는 이신;;

　—최영준 클래스가 있지 유진영 정도는 그냥 바른다. 이신이 문제지.

　—ㅆㅂ 유진영 무시하네? 요즘 유진영 분위기 괜찮거든? 올도어SCC 내에서도 엔트리에 꼭 올라가는 게 유진영이다.

　　　　　*　　　　　*　　　　　*

　이벤트가 끝나고 선수들은 각자 팀 숙소로 돌아갔다.

　이신 일행 또한 팀의 차량을 타고 돌아가려고 했다.

　그런데 그때, 갑자기 복도에서 웬 작고 못생긴 청년이 득달같이 달려와 이신의 팔을 붙들고 늘어졌다.

　"형!"

　"뭐야?"

　바로 철벽괴물 박영호였다.

　"우리 좀 태워줘요!"

　"뭐?"

　이신이 의아해했다.

　"너희들 팀 차량은 어쩌고?"

　"철환이랑 저랑 둘뿐인데 무슨 팀 차량이에요. 택시 타고 왔죠."

　같은 JKT 소속인 진철환도 다가와 꾸벅 인사를 했다.

　이신이 말했다.

　"그럼 택시 타고 가."

　"아, 싫어요. 형 차 태워줘요."

　박영호가 떼깡을 부렸다.

　이신은 가볍게 무시하고 계속 걸음을 옮겼다. 그러자 끈질기게 엉겨 붙으며 말했다.

"대신 오늘 같이 연습이나 하죠?"

"연습?"

"형 상대는 괴물이고 제 상대는 인류잖아요. 서로 연습이 될 것 같은데?"

"무슨 말도 안 되는!"

옆에서 듣고 있던 존이 발끈했다. 자신을 이기기 위해 스승과 연습하겠다니 발끈하지 않을 수 없었다.

박영호는 그런 존의 반응을 무시하고 이신을 계속 꼬드겼다.

"아예 철환이랑 주디 선수도 껴서 넷이 같이 하면 더 좋겠네. 주디 16강 상대는 최찬영이잖아. 철환이가 최찬영하고 스타일도 비슷한데."

진철환의 16강전 상대는 인류 플레이어인 신태호.

마침 인류 둘과 괴물 둘!

정말 같이 개인리그를 대비한 연습을 하기에 딱 좋은 멤버 구성이었다.

"선생님, 저 사람은 제 적이에요. 같이 연습할 거 아니죠?"

존이 울상이 되어서 반대편에서 이의를 제기했다.

하지만,

"합당한 제안인데."

"그죠? 그죠?"

박영호가 계속 깐죽거렸고, 존은 그런 그를 얄밉다는 듯이 노려보았다.

"그럼 너희 둘은 오늘 우리 집에서 같이 연습해. 밤에 데려다

줄 테니까. 차이랑 존은 연습실로 가고."

"네!"

결국 이신은 롤스로이스 팬텀에 박영호와 진철환을 태워 집으로 갔다.

"이야, 잘사네?"

박영호가 이신의 집 내부를 이리저리 둘러보며 감탄했다. 특히 거실에 배치된 5대의 PC를 가장 인상 깊어 했다.

이신은 시계를 보고는 박영호에게 말했다.

"12시에 보내주면 되지?"

"헐, 자정까지 하자고요?"

"어."

"형 돌았음?"

박영호는 어이없다는 투로 말했다.

"적어도 새벽 2시까지는 해야 하는 거 아님?"

"늦게 복귀해도 상관없으면 그렇게 하고."

박영호는 가슴을 탕탕 쳤다.

"감독님께 전화 한 통 해놓으면 돼요. 나 늦게 돌아간다, 내일 연습실도 늦게 출근하겠다! 딱 말하면 껌뻑 죽어요. 제가 갑이거든요."

박영호는 핸드폰을 꺼내 어디론가 문자 메시지를 보냈다. 이윽고 답장을 받았는지 의기양양하게 고개를 끄덕였다.

"밤새고 와도 된답니다. 오늘 아주 죽도록 해보죠."

이신도 만족스럽게 고개를 끄덕였다.

"다 자리 잡고 세팅해."

박영호는 오는 길에 미리 사놓은 빵과 우유를 바닥에 잔뜩 쌓아 놓았다. 식사할 시간도 아깝다는 뜻이었다.

진철환과 주디의 안색이 창백하게 질렸다.

이신도 박영호도 기본적으로 지독한 연습벌레였다.

지옥 같은 연습이 시작되었다.

*　　　　*　　　　*

각성제를 흡입한 화염방사병 한 무리가 흑안개 속으로 질주한다.

땅속에 숨은 촉수충들이 일제히 촉수를 뻗었다.

—파아앗!

귀신같은 타이밍에 걸리는 디펜시브 실드.

촉수충들의 타깃이 된 화염방사병에게 디펜시브 실드가 정확하게 걸렸다.

—꾸어엉!

—꾸엉!

화염방사병들이 뿜는 불꽃에 촉수충들이 몰살당했다.

질풍노도의 병영 체제.

화염방사병의 비율을 극단으로 높인 이신의 지상군이 박영호의 진영을 유린했다.

비행 유닛인 쐐기충을 보유하지 않은 박영호의 허를 제대로 찌른 병력 구성이었다.

거기에 이신의 컨트롤이 더해지자, 웬만하면 막아낼 수 있는 철벽 디펜스가 무참하게 돌파당했다.

박영호는 GG를 치고 이어폰을 거칠게 뽑아 내동댕이쳤다.

분기가 치밀어 빨갛게 물든 얼굴로 벌떡 일어났다.

"······!"

뭐라고 욕을 하려다가 간신히 참고는 그저 머리를 쥐어뜯는다.

그런 그에게 이신이 툭 내뱉었다.

"욕 하고 싶으면 해."

"…그래도 돼요?"

"괜찮아."

"오케이."

고개를 끄덕인 박영호는 이내 주먹으로 키보드를 후려치며 고함을 질렀다.

콰앙!

"아오, 존나 잘하네! 저 씨발 컨트롤—!!"

고래고래 욕설을 내뱉은 박영호는 씩씩대며 화풀이라도 하듯이 단팥빵과 초코 우유를 우걱우걱 먹어치웠다.

그것도 모자라 초콜릿 하나를 게 눈 감추듯 해치우고 나서야 분노를 가라앉혔다.

박영호는 고개를 휘휘 내저었다.

"내가 이래서 살을 못 빼. 열 받으면 단 거 안 먹으면 진정이 안 되거든요."

다시 제자리로 돌아와 게임에 접속한 박영호.

같은 맵에서 다시 한 번 이신과 연습 게임을 시작한다.

"늘 저래요?"

휴식을 취하고 있던 주디가 놀라 동그래진 눈으로 물었다.

같이 쉬던 진철환이 고개를 끄덕였다.

"매일 그러지. 근데 질 때마다 계속 발작하는 건 아니고, 이길 것 같았는데 졌을 때? 그럴 때는 화내지."

열 받은 박영호는 눈에 불을 켜고 다음 게임에 임했다.

분노가 고스란히 미친 폭탄충 컨트롤과 멀티태스킹으로 이어졌다.

엄청난 맵 장악을 보이며, 이신의 전술위성을 보이는 족족 잡아내는 역량을 보였다.

계속해서 괴물전의 핵심인 전술위성을 잃자, 이신은 수세에 몰렸다.

항공정거장을 추가로 짓고서 전술위성을 대량 생산해 맞섰다.

이윽고 박영호는 대량의 바퀴와 촉수충과 괴물주술사를 이끌고 몰려왔다. 괴물의 번식을 억제하지 못한 대가가 나타나고 있었다.

이신은 불리한 전세를 순전히 신들린 컨트롤로 맞섰다.

병영 병력과 전술위성, 그리고 고속전차라는 즉흥적인 조합.

지뢰를 매설하고 각성제를 흡입한 보병들의 컨트롤로 버텨가며 이신은 기갑체제로 전환할 시간을 끌었다.

"뒈져라, 뒈져라……!"

박영호는 거의 눈이 뒤집혀서 신들린 듯이 플레이를 했다.

끊임없이 중얼거리며 키보드와 마우스를 미친 듯이 조작하는 모습에서는 광기마저 엿보였다.

끝끝내 이신에게 확장 기지를 주지 않은 채, 앞마당까지 몰아붙였다.

그리고 피니시.

괴물 종족의 최강 유닛인 공성벌레가 나타나 돌격했다.

이신은 고개를 절레절레 내젓고는 GG를 쳤다.

"크하하! 어떠냐?"

박영호가 벌떡 일어나 소리쳤다.

"닥쳐."

"…네."

이신은 물을 마시고 돌아와 다시 연습게임을 시작했다.

주디나 진철환이나 그런 두 사람에게 질려 버렸다.

"우리도 계속해야지?"

"네……."

어쨌거나 승부욕이 강한 두 사람의 치열한 연습은 큰 도움이 되었다.

주디와 진철환까지도 덩달아 열의를 다해 플레이를 하게 되는 것이었다.

그리고 그러한 혹독한 연습의 결과는 1경기에서 확연하게 나타났다.

ㅡ아아! 상대가 안 됩니다! 쉬운 상대가 아니라는 걸 증명해야 하는데요, 안재훈 선수!

ㅡ너무 강합니다! 전술위성을 너무 잘 관리합니다. 폭탄충을 계속 동원했는데 1기도 못 격추시켰어요!

16강전 1경기, 이신 대 안재훈, 2세트.

1세트에 이어 2세트도 안재훈은 혹독하게 난타당했다.

전술위성이 계속 보병의 엄호로 폭탄충의 자폭 위협으로부터 보호받으며, 곳곳을 누비며 방사능살포를 시전했다.

방사능에 맞은 촉수충은 천천히 체력을 잃다 끝내 죽고 말았다.

그렇게 끊임없이 안재훈을 괴롭혀 번식을 억제하며 힘을 빼놓고는 이어지는 피니시.

디펜시브 실드로 보호된 화염방사병들이 앞장서서 적진에 돌입했다.

안재훈의 앞마당에 돌입해 촉수충의 공격을 디펜시브 실드로 버티며 무시하고 들어갔다.

그러고는 일벌레들을 무참히 학살했다.

화염방사병들이 헤집어 놓은 뒤에는 병영 병력이 밀어닥쳐서 끝냈다.

ㅡ안재훈 선수 GG!

ㅡ2 대 0!

ㅡ이신 선수의 기세가 너무 무섭습니다. 빈틈이 하나도 없고

컨트롤은 날카로운 세계 최강의 병영 체제! 전성기 시절의 최환열 선수가 돌아와도 이 정도로 할 수 있을까요?

"헹, 나랑 연습한 보람이 나타나네."

VIP석.

박영호가 의기양양하게 말했다.

진철환은 피식 웃었다.

확실히 연습하면서 박영호가 집요하게 노렸던 것은 전술위성 격추였다.

그 덕분인지 지금의 이신은 전술위성의 관리가 너무나 잘되고 있었다.

이어지는 3세트.

부화실 3개를 펼치며 부유하게 시작한 안재훈을 상대로, 이신은 2항공 빌드를 꺼내들었다.

빠르게 생산된 스텔스 전투기 2기가 하늘군주를 사냥하기 시작했다.

안재훈은 즉시 독침충으로 체제를 잡았다.

이신을 상대로 쐐기충을 뽑아 스텔스 전투기와 공중전을 벌이고 싶지 않았기 때문이었다.

"음? 이번에는 안재훈이 좋은데? 그치, 형?"

진철환이 물었다.

박영호는 고개를 끄덕였다.

"그러게."

독침충을 잘 배치해서 스텔스 전투기의 공중 견제를 막을 준비를 확실하게 해놓았다.

하지만…….

—이신 선수! 언덕을 끼고서 억지로 없는 틈을 만들고 있습니다!

언덕을 아슬아슬하게 넘나들며 일벌레와 독침충을 1기씩 사냥하는 이신.

독침충들을 이리저리 교란시키며 터닝 샷으로 1마리 1마리 사냥을 해내는 컨트롤!

스텔스 전투기를 막기 위해 독침충을 배치해 놓았다.

그런데도 소용이 없었다.

조금씩 데미지를 누적시켜서 끝내 사살하는 방식으로, 이신은 끈질기게 난타를 가했다.

독침충이 계속 죽었다.

일벌레도 계속 죽었다.

"꺄아아아아악!"

"우와아아아아!"

"저게 뭐야!"

"사람이 아니야!"

막으려고 가드를 올렸더니, 그 위로 잽을 계속 넣어서 가드 올린 팔을 부러뜨린 격이었다.

—우와, 이신 선수 전투기 컨트롤!!

—막으려 했는데 소용이 없습니다. 막아지지가 않습니다! 어떻

게 저럴 수가 있죠?! 이게 원래 스텔스 전투기가 독침충보다 센 게임이었던가요?! 말도 안 됩니다!

─언덕을 끼고 계속 왔다갔다 독침충들을 교란시킵니다. 딴 데도 안 가요! 그 자리! 때린 곳만 계속 때립니다!

스텔스 전투기가 생산되는 족족 합류해서 점점 숫자가 많아졌다.

다수가 뭉치자 이제 원 샷 원 킬로 안재훈을 괴롭혔다.

박영호도, 진철환도 그만 멍해졌다.

"형, 저게 가능해요?"

"언덕 끼고서 아슬아슬하게 시야를 넘나들면 독침충이 타기팅을 못하고 방황해. 그런데 그렇다고 해도……."

저건 컨트롤이 미친 거다.

잘 대처하는 상대를 강제로 패배하게 만드는 것이었다.

─키에엑!

─키엑!

─끼엑!

피해가 계속 누적되었다.

"아이고, 그냥 GG 쳐라. 저러다 멘탈 완전히 나가겠네."

박영호가 혀를 찼다.

그렇게 끊임없이 컨트롤하는 와중에도, 이신은 꾸준히 확장기지를 세우고 병력을 생산하고 있었다.

그렇게 모인 보병·의무병 부대가 마침내 게임을 끝내러 진군하기 시작했다.

이제는 돌이킬 수가 없었다.

정면에서는 지상군이, 공중에서는 스텔스 모드까지 개발된 전투기 편대가 견제를!

핀치에 몰린 안재훈은 발악을 했다. 폭탄충을 대량으로 생산해서 일제히 전투기에게 돌격시켰다. 스텔스 모드로 모습을 감춘 전투기를 밝히기 위해 하늘군주도 대동했다.

그 순간,

스르륵—

다시 스텔스 모드를 쓴 전투기 편대가 맞서 날아왔다.

—쫘아악!

날카롭게 하늘군주를 먼저 잡아냈다.

하늘군주가 사라지자 더 이상 전투기들이 보이지 않았다.

이어서 1마리 1마리 격추당하는 폭탄충들.

하늘군주를 다시 데려왔지만, 전투기 편대는 절묘하게 치고 빠지며 폭탄충을 모조리 잡아버렸다.

잔인하게도 단 1기도 격추되지 않았다.

안재훈은 너덜너덜해진 멘탈을 부여잡으며, 간신히 GG를 타이핑했다.

—안재훈 선수 GG!

—GG!!

"와아아아아!!"

쩌렁쩌렁한 팬들의 함성.

"일방적인 경기였는데 되게 좋아하네."

진철환이 질렸다는 듯이 중얼거렸다.

박영호가 혀를 찼다.

"그것도 팬들의 특성 중 하나지. 엄청난 혈전에 열광하지만, 때로는 저런 양민학살을 좋아하기도 해. 이번 16강전 VOD도 엄청나게 결제할걸?"

"와, 하긴⋯⋯. 저도 연습생 시절에 신이 형 경기 VOD 엄청 봤지. 무참히 관광 보낸 경기를 더 재미있게 봤던 것 같아. 당하는 입장에서는 이런 팬들 반응이 진짜 잔인하겠다."

"뭐, 어떠냐. 꼭 손해만 보는 것도 아닌데."

"무슨 소리야? 형도 지는 걸 그렇게 싫어하면서."

"대신 이신한테 화려하게 발렸으니까 VOD는 많이 팔릴 거 아냐."

"아!"

진철환이 큰 깨달음을 얻고 손뼉을 쳤다.

다시보기 결제 수익은 경기를 치른 당사자들에게 공평하게 분배된다.

즉, 안재훈도 금전적으로는 이신이 거느린 전 세계 팬의 덕을 톡톡히 보는 것이었다.

이신교의 광신도들 중에서는 이신이 화려하게 상대를 박살 낸 경기 VOD만 골라서 수집하는 팬들도 상당수였다.

무대로 나온 이신은 승리에 대해 별다른 감흥도 없이, 객석에 있는 몇몇 팬들에게 사인을 해주고는 돌아갔다.

"으아, 돈 좀 벌었다고 마냥 좋아할 일도 아니야, 영호 형!"

"응? 왜?"

"이것 좀 봐봐."

진철환이 스마트폰을 내밀었다.

진철환은 경기장에서 관람을 하면서도 스마트폰으로 온라인 관람권까지 결제해서 보고 있었다.

함께 관람하는 시청자들의 채팅 반응을 실시간으로 보고 싶어서였다.

"헉! 뭐야!"

박영호는 시청자들의 채팅을 보고는 뜨악했다.

─쉬운 괴물ㅋㅋㅋㅋ

─안재훈! 이제부터 너의 별명은 쉬운 괴물로 정했다!

─쉬운 괴물 안재훈에게 애도를…….

─그렇게 쉬운 괴물이 탄생했다.

─ㅎㅎㅎ이신 오빠 너무 잘한다!

─때린 데를 계속 패ㅋㅋㅋ 컨트롤 존나 잘해ㅋㅋㅋㅋㅋ

─이기고도 덤덤한 표정까지 너무 멋져 오빠♡

─쉬운 괴물ㄷㄷㄷ;;;

안재훈에게 불명예스러운 별명이 생겨 버린 것이었다.

철벽괴물이라는 박영호의 별명처럼, 인기 프로게이머에게는 꼬리표처럼 따라다니는 별명이 있다.

한 번 붙으면 다시는 뗄 수 없는 별명!

안재훈은 쉬운 괴물이 되어 버렸다. 짓궂은 온라인 커뮤니티의 팬들이 있는 한 그 별명은 영원할 터였다.

"…가, 가자. 너도 저런 별명 안 붙으려면 연습해야지."

"그, 그래, 형."

두 사람은 여러 가지 의미로 참패를 당한 안재훈에게 애도를 표하며 경기장을 떠났다.

'허접 괴물' 혹은 '안습 괴물' 같은 비참한 별명이 안 붙으려면 열심히 연습을 해야 했다.

제4장

8강 티켓

16강전 2경기, 유진영은 최영준에게 3—0으로 대패했다.

유진영은 최영준으로서도 결코 만만하게 볼 수가 없는 상대였다. 세 세트 모두 치열하게 공방을 주고받은 명경기였다는 평이었다.

하지만 한 세트도 이기지 못했다는 굴욕적인 기록을 남긴 것은 마찬가지였다.

—결국 한 끗씩 모자랐다고 할 수밖에요.

유진영은 아쉬운 마음을 담아 인터뷰를 남긴 채 퇴장해야 했다.

어쨌거나 8강에 진출한 최영준은 이신과 맞붙게 되었다.

16강전 3경기, 안태양이 CT의 에이스 이철한을 3—1로 꺾는 이변을 연출했다.

팀 제미니의 1군 주전으로 벌써 데뷔 4년 차였지만, 특별히 주목 받은 적이 한 번도 없었던 안태양이었다.

그러면서도 승률은 50%대를 유지하면서 부진할 때도 40% 이하로 내려간 적이 없었다.

한마디로 팬들보다 감독들이 더 좋아하는 전형적인 선수였다.

16강전 4경기, 진철환은 신태호를 3—1로 격파하는 데 성공했다.

머신이라 불릴 정도로 장기전에 능한 신태호를 상대로, 진철환은 초중반의 올인 전략을 연속으로 구사해 성공을 거두었다.

—작년에도 16강에서 만나서 제가 졌는데, 이번에 똑같이 되갚아줘서 기쁩니다.

8강 진출에 성공하면서 진철환은 JKT 괴물 제국의 3대째 후계자라는 이미지를 다시금 확립했다.

그리고 문제의 5경기, 차이와 신지호의 일대 승부가 시작되었다.

—지난 1라운드 PO 결승에서 쌍성전자를 상대로 올킬, 그리고 32강전에서 이신 선수를 꺾고 올라왔습니다! 무서운 신인! 이제는 누구도 이 어린 선수의 클래스를 의심하지 않습니다! 차이 선수입니다!

—예, 그리고 이에 맞서는 상대는 바로 신지호 선수입니다. 작년 후반기에서 아쉽게 준우승에 머무른 신지호 선수가 이제 다

시 우승을 향해 정조준하며 이곳에 올라왔습니다!

―신의 권좌를 노리는 두 사람이 벌써부터 만났습니다. 아주 치열한 접전이 예상됩니다.

―그렇습니다. 강력한 결단력과 균형 잡힌 밸런스를 가진 차이 선수와 인류의 방어 능력을 극대화했다고 평가받는 신지호 선수의 정면승부! 정말 전 세계 인류 유저들을 즐겁게 할 수준 높은 대결이 펼쳐질 겁니다.

"차이가 이길 수 있을까요?"

관객석.

이신과 나란히 앉은 주디가 물었다.

이신은 어깨를 으쓱했다.

"모르지. 신지호는 차이가 가장 어려워하는 유형이야, 너처럼."

의외로 집에서 연습할 때 차이와 승률이 비등비등한 주디.

차이는 주디처럼 강력한 디펜스를 구사하는 인류에게 약한 편인데, 신지호는 그야말로 인류 디펜스의 최강 버전이었다.

"차이가 이겨야 할 텐데요."

"진수가 참모로 붙었으니 결과가 나오겠지."

이신이 자비를 들여 운영하는 전략팀은 현재 차이의 우승이라는 특명을 받았다.

그 특명을 내린 장본인이 바로 이신이라는 것이 아이러니였다. 최환열은 그런 이신을 두고 '알 수 없는 놈'이라고 표현했다.

이신은 부스 안에 들어간 차이를 바라보며 생각했다.

'더 강해져라.'

절대로 지고 싶지는 않은데, 왠지 유쾌한 기분이었다.

최환열의 말이 옳았다.

이신 자신도 스스로를 알 수 없었다.

—자, 그럼 1세트 시작합니다!

—1세트 맵은 천상의 갈림길. 하필이면 신지호 선수가 거의 지지 않는 맵이죠.

—아, 그럼요. 오죽하면 지호의 갈림길이라고까지 하겠습니까?

—다전제는 1세트의 승리가 가장 중요한데 일단은 신지호 선수가 좋은 조건에서 시작하네요.

—하지만 차이 선수도 나름의 준비를 했겠죠? 어떤 전략을 짰을지 궁금합니다!

늘 그렇지만 실시간 전략 시뮬레이션에 있어서 가장 중요한 것은 주도권이었다.

누가 먼저 주도권을 잡느냐가 중요한데, 특하나 인류 대 인류 전에서는 더욱 그랬다.

초반에 그어놓은 방어선을 기준으로 서로의 영토가 나뉘기 때문이다.

국지전의 승자는 더 많은 자원 지역을 보유한 쪽이니까.

하물며 두 사람은 이신처럼 공격적이지 않아서, 싸움이 더욱 국지전으로 흘러갈 가능성이 높았다.

그렇다면 초반에 자원 확보냐 주도권이냐를 선택함에 있어, 주도권 쪽에 더 많은 선택이 실리게 된다.

차이는 1기갑 더블을 택했다.

기갑정거장 1개를 짓고서 앞마당에 확장 기지를 가져가는 빌드였다.

그런데,

—아! 신지호 선수가 먼저 칼을 뽑아 듭니다!

—2기갑! 평소의 신지호 선수라면 절대로 하지 않을 빌드죠! 신지호 선수가 정말 초강수를 뒀습니다.

그랬다.

신지호는 앞마당을 안 가져가고 기갑정거장 2개를 먼저 지었다.

당연히 더 빨리 병력이 모였다.

뒤늦게 앞마당 확장 기지를 따라가고는 기동포탑과 고속전차를 이끌고 먼저 진격했다.

—신지호 선수, 먼저 나와서 차이 선수의 앞마당을 공격합니다!

타이밍 맞춰서 포격모드 개발이 완료되었다. 정확한 계산!

—퍼펑!

—퍼엉!

앞마당 확장 기지에서 식량 자원을 채집하던 건설로봇이 죽었다.

차이도 기동포탑으로 맞대응을 했는데, 건설로봇까지 싸움에 동원해 병력상의 열세를 메웠다.

신지호는 무리하지 않고 후퇴.

그러면서도 건설로봇 여러 기를 사살했다.

─큰 피해 없이 막았습니다만, 신지호 선수도 아쉬울 게 없습니다. 진짜 목적은 먼저 라인을 바짝 앞세워 차이 선수를 압박할 생각이거든요.

─아, 그러네요. 그 와중에 일꾼도 몇 기 잡았으니까 금상첨화네요.

─예, 그렇습니다.

차이의 앞마당 앞에 진을 치고 압박 라인을 형성한 신지호.

차이가 압박 라인 돌파를 위해 기동포탑과 고속전차 위주로 병력을 뽑을 때, 신지호는 스텔스 전투기를 생산했다.

차이가 돌파를 시도할 때, 스텔스 전투기가 나타나 지대공 수단이 없는 차이의 병력을 일방적으로 공격했다.

결국 차이는 GG를 쳤다.

─신지호 선수가 1세트 승리로 앞서 나가기 시작합니다.

─깔끔한 운영의 승리였습니다.

"준비를 정말 제대로 했군."

이신도 나직이 감탄했다.

테크 트리에서 계속 한발씩 앞서 나가며 간단히 제압.

강한 적수를 상대로 1승으로 리드하기 시작했으니, 그만큼 신지호에게는 전략 선택의 폭이 넓어졌다.

"정말 잘하네요. 차이가 떨어지면 어떡해요?"

"그럼 실력이 그 정도인 거지."

"떨어지면 안 돼요. 잘돼야 할 텐데."

"차이가 올라가면 다음 상대는 너야."

"헤헤, 신지호 선수보다는 차이가 더 상대하기 익숙해요."

주디를 배시시 웃으며 말했다.

*　　　*　　　*

"애송이 새끼가."

쉬는 시간이 되자 선수 대기실로 돌아가면서 신지호는 코웃음을 쳤다.

최근 차이가 이신을 꺾을 가장 강력한 우승후보로 주목 받는 것에 대해 짜증이 들었던 신지호였다.

올킬?

대단한 기록이긴 하다.

하지만 그것 하나로 자신까지 차이에게 당한 5명 중 하나로 격하된 것은 분기가 치밀 노릇이었다.

'3-0으로 발라주마.'

신지호는 단 한 세트도 질 생각이 없었다.

신의 수제자라는 타이틀로 의기양양해하는 새파란 놈에게 관록과 실력 차이를 확실하게 보여줄 참이었다.

"잘했다, 지호야."

쌍성전자의 최민재 코치가 신지호의 어깨를 두드리며 반갑게 맞이했다.

"별거 아니던데요."

신지호는 오만하게 말하고는 자리에 앉아 물을 마셨다.

자존심이 강한 신지호의 성격을 아는 최민재 코치는 피식 웃었다.

"그래그래, 아무튼 잘했어. 일단 작전대로 1승을 따내는 데는 성공했으니까 이제 모험은 하지 말고 너 하던 대로만 하자."

"죽어라 방어, 확장, 방어, 확장?"

"그래, 인마. 108대공포도 쫙 깔아주고 관객들은 게임 길어지니까 지루해서 졸고, 그게 신지호지."

그 말에 눈을 치켜뜨고 노려보는 신지호.

최민재 코치는 그의 어깨를 툭툭 치며 말을 돌렸다.

"아무튼 이제 모험은 그쪽에서 걸어올 거야. 절대 평범한 운영으로는 못 이길 것 같다고 생각할 테니까."

"어떤 수단을 쓰든 제겐 안 통해요."

"그래, 자신감 넘쳐서 좋다."

휴식 시간이 끝났고, 신지호는 다시 2세트를 치르러 무대로 향했다.

그렇게 시작된 2세트.

차이는 아까와 똑같은 1기갑 더블을 사용했다. 동요하지 않았다는 것을 증명하기라도 하는 모양이었다.

그에 반해 신지호는 1병영 더블로 자원 확보 위주의 빌드 오더로 스타트를 끊었다.

그리고 먼저 치고 나와 라인을 긋는 차이에게 다시 한 번 스텔스 전투기를 꺼내들었다.

"말렸군."

이신이 말했다.

"말렸다?"

말뜻을 못 알아들은 주디가 고개를 갸웃거렸다.

"심리전에서 신지호에게 리드당하고 있다는 뜻이야."

"아하."

차이는 스텔스 전투기에 대한 대응으로 기계보병을 이미 뽑아 놓은 상태였다.

하지만 신지호는 스텔스 전투기의 빠른 기동력을 이용해, 아웃복싱 하듯 여기저기 치고 다니며 차이가 그어 놓은 라인을 흔들었다.

충분히 대응했음에도 차이는 신지호에게 끌려 다니며 먼저 압박 라인을 구축한 이점을 잃어갔다.

신지호의 지상군이 한 번에 밀고 나와 라인을 돌파했다.

"와아아아!"

"신지호! 신지호!"

관객들의 환호.

─신지호 선수가 치고 나갑니다! 차이 선수는 계속 물러납니다!

그 뒤로도 한참의 공방이 더 있었지만, 눈여겨볼 건 결국 신지호의 일방적인 공격과 확장 속에서 간신히 버티는 차이의 근성 정도였다.

─Chai : GG.

2세트까지 신지호의 승리!

차음 헤드셋과 이어폰을 뺀 신지호는 승리의 기쁨도 표현하지 않은 채 차가운 표정으로 선수 대기실로 들어가 버렸다. 이 정도 일 가지고 흥분할 필요 있느냐는 태도였다.

여유.

위압감.

오늘의 신지호는 매우 좋아 보였다.

"아, 큰일 났다……."

대형 화면에 비친 차이를 보며 정 많은 주디가 울상이 되었다.

차이는 침착한 표정을 애써 유지하고 있었다. 하지만 이마에 맺힌 땀은 숨길 길이 없었다.

이제 8강에 진출하려면 패패승승승이라는 리버스 스윕을 일으켜야 한다. 그런 드라마가 쉽게 일어날 리가 없었다.

그러려면 강력한 정신력이 있어야 한다.

0—2로 패배하고 있어도 평상시처럼 제 실력을 발휘할 수 있는 멘탈 말이다.

한국 나이로 이제 겨우 15세인 차이에게 그것까지 바랄 수가 있을까?

"아마 1패 정도는 감수했을 거야."

이신이 말했다.

"현실적인 분석을 좋아하는 박진수의 성향상 신지호를 상대로 차이가 1, 2세트 모두 이길 거라는 생각은 버렸겠지."

"그럴까요?"

"최악의 상황도 가정했을 테고. 3세트부터 차이도 승부에 나설 거야."

3세트 맵은 신의 귀환.

SC코퍼레이션에서 이신의 선수 복귀를 기념하면서 제작·발표한 2인용 맵이었다.

2인용 맵이라는 특성상 서로의 위치를 이미 알고 시작하기 때문에 전략적인 플레이가 더 많이 나올 수 있다.

'하지만 궁지에 몰린 탓에 낭패를 볼 확률이 있는 모험은 불가능해졌다.'

치즈러시나 각종 올인 전략은 함부로 하지 못한다.

역으로 궁지에 몰릴수록 과감하게 허를 찌르겠다며 도박을 거는 경우도 있었지만, 대게는 자포자기로 끝났다.

쉬는 시간이 끝나고 3세트가 시작되었다.

—2—0으로 궁지에 몰린 차이 선수! 하지만 아직 승부는 끝까지 가보기 전에는 모르는 겁니다.

—예, 이번 맵은 신의 귀환입니다. 이신 선수의 복귀를 기념하며 제작된 맵인 만큼, 제자인 차이 선수가 이곳에서만큼은 반드시 설욕을 해야죠.

—그렇습니다! 신의 귀환에서 신의 수제자가 3—0 탈락을 확정지으면 어떡합니까!

*   *   *

3세트, 신의 귀환.

두 사람 다 마찬가지로 평범한 정석 빌드 오더로 안전하게 시작했다.

맵 센터까지 병력을 끌고 내려온 신지호가 본격적으로 방어선을 구축하기 시작했다.

이에 질세라 차이도 맞대응을 하면서 남북전쟁의 양상이 되었다.

─양 선수 남북으로 맵을 나눕니다.

─반반싸움이 가면 확실하게 장기전이 되네요.

─신의 귀환은 이신 선수를 기념하기 위해 만들어진 맵인 만큼 견제 플레이에 용이한 지형이 많습니다. 그만큼 신지호 선수의 디펜스도 더 철저해지고 있습니다.

그 말대로 신지호는 대공포를 확장 기지 곳곳에 설치하며 침투를 원천 봉쇄하고 있었다.

신의 귀환에서 가장 효율적인 침공 수단인 공중 침투를 막겠다는 의지였다.

그리고 차이는,

─차이 선수는 항공수송선을 대량으로 생산했습니다. 드롭으로 승부를 보겠다는 뜻인데, 지금은 신지호 선수의 대공 방어는 빈틈이 전혀 없어요!

그러나 차이는 당장 드롭에 나서기보다는 잠자코 기회를 엿봤다. 항공수송선의 존재를 신지호에게 보여주지 않기 위해 맵 구석 끝에 처박아두는 용의주도함까지 보였다.

그러면서 레이더를 끊임없이 찍어서 상대 진영을 구석구석 파악하는 일에 주력했다.

그리고 기회가 왔다.

신지호가 지상군 비중을 줄이더니, 전함을 생산하기 시작한 것이다.

인류 최강의 유닛 전함(戰艦)!

인류 대 인류의 장기전에서 반드시 나오는 최종 테크 트리의 비행 유닛이었다.

신지호가 진영의 역량을 전함 체제에 쏟아 붓고 있는 지금이 기회였다.

쓸모없는 무기개발소 건물을 띄워 9시를 향해 날렸다.

신지호의 확장 기지인 9시에 무기개발소 건물이 나타나자, 그곳에 깔려 있던 대공포가 일제히 미사일을 쏘았다.

그렇게 건물을 방패막이로 삼아서 병력을 한가득 태운 항공수송선 편대가 9시에 출몰!

—아! 건물을 방패삼아 밀고서 일제히 드롭합니다!

—많습니다! 9시는 날아가겠는데요?!

기동포탑, 기계보병이 일제히 투하되어 9시를 완파시켰다.

신지호는 건설로봇만 대피시킬 뿐, 지키기 위해 병력을 움직이지는 않았다.

—신지호 선수는 급할 게 없다는 태도입니다.

—곧 있으면 전함이 나오거든요. 불의의 일격으로 9시를 잃긴

했지만 지금은 자원도 많이 쌓여 있어서 아직 여유가 있습니다.

─차이 선수도 이 정도 성과로 만족해서는 안 됩니다. 신지호 선수는 이제 곧 전함과 기동포탑이라는 가장 완벽한 조합으로 총공격을 해올 게 분명하거든요!

9시가 전부 파괴되자 차이의 항송수송선들이 돌아와 병력을 다시 태웠다.

병력을 가득 태운 항송수송선 편대가 이번에는 11시를 향해 날아갔다.

11시 확장 기지.

바로 전함이 생산되고 있는 항공정거장 건물들이 밀집된 핵심 지역이었다.

신지호의 자원과 병력 생산의 요지!

하지만 이런 곳의 방어를 신지호가 허술하게 했을 리가 없었다.

이미 대공포로 도배를 해놓았고, 기계보병들도 배치되어 있었다.

─이번에는 방패막이로 쓸 건물도 없는데요? 차이 선수, 대체 어떻게 저 대공 방어를 뚫고… 아아!

─우와아!

순간, 해설진이 일제히 감탄사를 토했다.

전술위성 3기가 나타나 항공수송선 6척에 디펜시브 실드를 걸었기 때문이었다.

─전술위성을 또 언제 생산했나요?!

—여기까지 다 구상하고서 포석을 깔아왔던 겁니다! 차이 선수, 정말 치밀한 전략을 준비했습니다! 딱 신지호 선수가 108대공포로 도배하고 전함 생산에 들어가는 타이밍을 노리고 전광석화처럼 움직였습니다!

디펜시브 실드로 보호된 항공수송선들이 11시 지역에 일제히 병력을 투하했다.

투하된 병력은 지키고 있던 기계보병들을 신속하게 격파한 뒤, 항공정거장부터 집중적으로 타격했다. 그곳에서 전함이 생산되고 있었기 때문이다.

차이는 계속 신지호를 살피고 있었다.

레이더를 끊임없이 찍어대며, 신지호가 전함 생산에 들어가는 타이밍을 보고 있었다.

그리고 전함 생산을 막 시작한 것을 발견했을 때, 공격에 들어간 것이다.

전함 생산이 완료되기 전에 9시와 11시를 밀어 버린다!

그런 신속무비하고도 대담무쌍한 전략이었다.

—신지호 선수도 급해졌습니다! 저곳은 절대 내줘서는 안 되는 지역이거든요!

—하지만 차이 선수도 가만히 있을 리 없습니다!

차이의 항공수송선 1척이 다시 나타나더니, 건설로봇 8기를 드롭했다.

건설로봇들이 일제히 대공포를 건설하기 시작했다. 바로 신지호의 11시 진영에서 말이다!

기동포탑과 기계보병들도 제각기 절묘한 위치에 자리 잡으며 디펜스를 완비했다.

"와아아아!!"

관객들이 함성을 질렀다.

　─11시에서 아예 살림을 차리기 시작하는 차이 선수! 저러면 신지호 선수의 병력이 11시를 구원하러 오기가 쉽지 않습니다! 눈 깜짝할 사이에 저렇게… 와, 정말!

　─스승을 기념하는 맵에서 차이 선수가 마침내 자기 실력을 유감없이 펼치기 시작했습니다.

　결국 11시는 꼼짝 없

이 밀려 버렸다.

　그곳에서 생산되던 전함도 달랑 3기만 완성됐는데, 그마저도 기계보병들과 대공포에게 난타당해 격침되었다.

　─GOD_JiHo : GG.

　─신지호 선수 GG!

　─2대 1! 차이 선수가 마침내 반격의 포문을 열었습니다!

역시나 3─0으로 맥없이 끝날 차이가 아니었다.

차이는 활짝 웃으며 관객석을 향해 손을 흔들고는 퇴장했다.

"이번 건 크군."

이신이 나직이 말했다.

"어떤 점이요?"

주디가 물었다.

"1, 2세트 모두 차이가 본 실력을 발휘하지 못한 채 졌는데, 3세트는 양쪽 모두 전력을 발휘했는데 차이가 이긴 거야."

"실력은 차이가 우위라는 거예요?"

"당사자들에게는 그렇게 받아들여질 수 있다는 거지. 특히나 자존심이 센 신지호에게는."

상대 심리를 귀신같이 꿰뚫는 이신의 추측이었다.

과언 그 말은 적중했다.

"망할!"

선수 대기실로 돌아온 신지호가 분통을 터뜨렸다.

"참아, 인마. 한 세트 졌을 뿐인데 뭘 그렇게 동요해?"

"내가 너무 병신같이 졌어요!"

철저히 완비해 놓은 대공 방어를 지나치게 맹신했다.

항공수송선을 활용한 드롭 공격은 절대 불가능할 거라고 생각해버렸다.

그래서 차이의 공격이 시도되는 걸 알고도 병력을 움직여 즉각 대응하지 않았던 것이다.

그 안일함은 차이의 센스 있는 플레이에 의해 한 방에 무너져버리는, 명경기에 희생당한 재물 같은 그림으로 나타났다.

작은 다윗의 돌팔매에 쓰러진 골리앗처럼 말이다.

"고작 한 세트야. 계속 마음에 두면 너만 손해야! 패패승승승리버스 스윕당할래?"

최민재 코치가 다그쳤다.

그제야 신지호는 입을 다물었다.

"3세트는 잊어. 그냥 네 스타일대로, 준비했던 대로만 하면 돼."

"알았어요."

신지호는 마지못해 대답했다.

하지만 숨소리는 여전히 울화로 인해 거친 상태였다.

최민재 코치는 내심 혀를 찼다.

'얘는 이게 문제야, 이게.'

멘탈.

기복이 심했던 신지호의 지난 프로리그 성적은 바로 쉽게 흥분하고 분노하는 멘탈 탓이 컸다.

휴식 시간이 끝나자 경기장 스태프가 들어와 준비해달라고 요청했다.

벌떡 일어나 무대로 향하는 신지호를 최민재 코치는 걱정스럽게 바라보았다.

괜한 걱정이 아니었다.

4세트, 어처구니없게도 신지호는 8병영 치즈러시를 시도했다.

힘을 잔뜩 실은 공격은 아니었으나, 소수의 보병과 건설로봇 1기를 이끌고 초반에 깜짝 기습을 한 것.

하지만 차이는 감각이 날카롭게 고양되어 있었다.

정찰을 가던 차이의 건설로봇이 신지호의 본진을 봤다.

차이는 신지호의 건설로봇 숫자를 보고 바로 8병영 치즈러시임을 알아차렸다.

그 즉시 보병을 생산해 다수의 건설로봇과 함께 대응, 막아내는 데 성공했다.

피해를 주지 못한 신지호는 도리어 차이의 고속전차에 의해 역습을 받아 큰 피해를 입었다.

한 번 벌어진 큰 격차는 만회할 수가 없었다.

차이는 철두철미한 운영으로 끝내 자신의 우세를 놓치지 않고 GG를 받아냈다.

―아! 놀라운 일이 벌어졌습니다! 스코어 2 대 2! 2-0의 위태로운 상황에서 차이 선수가 동일 스코어로 따라잡았습니다!

―정말 신지호 선수 입장에서는 열 받아서 뒷목을 잡을 상황이네요. 3세트나 4세트에서 끝낼 수 있을 거라고 생각했을 텐데, 차이 선수가 기어코 5세트까지 승부를 연장시켰습니다.

―이렇게 되면 오히려 마음이 급해진 쪽은 신지호 선수입니다. 이러다 역전당하는 게 아닐까 하는 불안이 점점 가시화되었거든요.

―예, 분위기가 완전히 차이 선수에게로 넘어왔습니다!

"저 바보가!"

선수 대기실에서 모니터로 경기를 본 최민재 코치는 비명을 지르는 수밖에 없었다.

신지호가 돌아오자 최민재 코치는 화를 냈다.

"방금 뭐 한 거야?"

"……."

"8병영? 그게 우리가 같이 준비했던 거였어?"

"……."

"대답 안 해?!"

버럭 호통을 치자 그제야 신지호의 입이 열렸다.

"…죄송합니다."

"3세트에서 져서 열 받은 거 알아. 근데 그렇다고 너랑 내가 함께 준비했던 것들을 전부 버려 버리고 네 멋대로 플레이해? 넌 순간의 감정으로 내 뒤통수까지 친 거야!"

"죄송합니다. 왠지 될 것 같다는 생각이 들어서……."

"아직 2 대 1이다. 아직 내가 이기고 있으니까 한 번 시도해볼까? 실패해도 2 대 2 동률이니까 괜찮아. 뭐 그런 거?"

"…네."

"그게 도박 중독이랑 비슷한 심리인 건 아냐? 그러다 망하는 경우가 수두룩해. 그런 개똥같은 엉터리 확률 계산의 유혹에 빠지면 안 된단 말이야!"

"죄송합니다. 제가 잠깐 돌았던 것 같아요."

신지호가 다시 한 번 사죄했다.

물끄러미 그런 그를 보던 최민재 코치가 말했다.

"그럼 한 대만 맞자."

"네?"

"한 대 맞고, 다 잊자."

"……."

"승부도 원점으로 돌아왔으니까 초심으로 깔끔하게 한 판 승부 벌이자."

"코치님······."

"그래, 인마."

"좀 오글거려요. 저 그런 거 싫어하는데요."

신지호는 본연의 건방진 태도로 돌아와, 무슨 헛소리냐는 듯이 말했다.

최민재 코치는 푸하하 웃었다.

신지호도 피식 웃었다.

"신지호 선수? 준비해 주세요."

경기장 스태프가 들어와 말했다.

"예, 갈게요."

신지호가 벌떡 일어났다.

"잘해, 인마."

최민재 코치가 등을 탁 때렸다.

"잘 보고 있으세요. 저 애송이 새끼 쥐어 패고 올게요."

"오냐."

신지호가 밖으로 나섰다.

승부는 아름답지 않다.

승자는 웃고 그 이면에 반드시 패자가 울고 있다. 이긴 자는 승리의 대가를 얻고, 진 자는 무언가를 잃는다.

하지만 그것이 스포츠라면 아름답다.

승자의 기쁨도 패자의 눈물도 아름답다.

5세트, 신지호와 차이의 마지막 승부는 마침내 결말이 나왔다.

―3 대 2! 5세트까지 간 대접전이었습니다!

―톱클래스 수준의 두 인류 플레이어가 자웅을 겨룬 일대 승부! 이신 선수와는 다른, 인류의 정석을 따르는 두 선수의 국지전이 빛났던 승부였습니다. 매 순간순간에 나타난 두 선수의 상황판단과 결단이 너무나 탁월했습니다.

　관객의 환호와 해설진의 찬사 속에서 무대 위로 승자가 걸어 올라왔다.

제5장

코멘터리

—어제 차이 대 신지호 경기 봤냐? 아주 ㅎㄷㄷ하던데;;;

—뭐가 ㅎㄷㄷ해. I, 2세트는 차이가 병신 짓했고, 4세트는 신지호가 삽질을 했는데.

—위에 새끼 3세트랑 5세트는 쏙 빼놓고 말하네. 존나 명경기였는데.

—3세트 보고 완전 지렸다. 신지호가 전함 생산할 때 공격해서 전함 생산이 완료되기 전에 9시랑 II시 전부 밀어 버림ㄷㄷ

—개 지렸지. 나 그거 VOD 결제함.

—나도 딱 3세트랑 5세트만 VOD 질렀는데. 근데 둘 다 진짜 잘하더라.

—3세트에서 지고 빡친 신지호 4세트에서 무리수ㅋㅋㅋ

—신지호 이 바보ㅠㅠ

—패패승승승이라니. 정말 오랜만이네.

—신지호 광탈 안습;;

—난 차이 싫던데. 스승을 물려는 배은망덕한 놈!

—솔직히 이신이 우승했으면 좋겠다. 누군가한테 지는 모습은 보고 싶지 않아.

—이신이 지면 어색하지. 32강에서 이신이 차이한테 지니까 되게 어색하더라.

인터넷 커뮤니티는 16강전 5경기로 인해 들끓었다.

3세트에서 엄청난 플레이로 승리를 거둔 뒤에 4세트도 신지호의 무리수를 잘 받아쳐 동점 스코어까지 따라붙은 차이.

그리고 5세트에서 장장 1시간 4분간의 혈투 끝에 승리를 따내 역전승을 이뤄냈다.

5세트에서 차이는 시종일관 맹공을 펼쳐 신지호를 난타했다.

그리고 신지호는 이를 뛰어난 디펜스로 막아내면서 처음부터 끝까지 지루할 틈이 없는 공방을 펼쳤다.

그야말로 명경기.

두 사람의 진검승부는 마침내 전함까지 등장한 극후반 대회전으로 이어졌는데, 스텔스 전투기를 택한 차이가 신지호의 전함+기동포탑 조합을 격파하면서 극적인 승리를 이루어냈다.

그렇게 8강의 윤곽이 조금씩 드러나기 시작했다.

8강 1경기 : 이신, 최영준.

8강 2경기 : 안태양, 진철환.

그리고 3경기는 16강 6경기에서 붙는 주디와 최찬영 둘 중 한 사람이 차이와 붙게 되었다.

"아마도 주디 누나와 붙겠네요."

"아직 몰라."

차이의 말에 주디가 겸양을 했다.

이신이 말했다.

"주디가 이기겠지. 요즘 최찬영의 기량이 많이 성장하긴 했지만, 아직 주디에게 이길 정도는 아니야."

최찬영은 신지호에 이어 이신까지 잃는 등 MBS팀이 전력 누수로 앓고 있을 때, 새롭게 에이스로 떠올랐다.

이번에 16강 진출에 성공한 박신과 함께 최찬영은 하위권을 면치 못할 거라고 평가받던 MBS를 중위권까지 유지시킨 일등공신이었다.

하지만 MBS에서 코치 겸 선수로 있었을 때 최찬영을 본 이신은 주디의 우세라고 점쳤다.

그동안 주디도 한층 더 기량이 성장했기 때문이었다.

전략팀이 꼽았던 약점, 전투 능력을 집중적으로 훈련해 보강한 덕분이었다.

"아, 주디 누나랑은 붙기 싫었는데."

"아직 모르잖니."

주디는 계속 겸양할 뿐이었다.

하지만 차이의 엄살은 어느 정도는 진심이었다.

이신에 의해 이신처럼 공격적인 스타일에 강한 타입으로 키워진 차이.

그런 차이에게 천적이 있다면, 아이러니컬하게도 이신과 마찬가지로 방어에 능한 인류였다.

방어와 운영에 능한 신지호로 인해 매우 고생한 차이였는데, 8강에서 만날 가능성이 농후한 주디 또한 그런 타입이었다.

만약에 주디를 이기고 4강에 간다 해도, 다음 상대는 프로리그에서 패배를 안긴 바 있었던 박영호였다.

"우승까지는 정말 험난하네요."

산 너머 산 너머 또 산.

올라갈수록 강자들만 남게 되니 당연한 일이었다.

차이는 새삼 참가했던 개인리그마다 우승을 거머쥐었던 이신이 대단하게 느껴졌다.

"아! 난 어떡하지."

식사하다 말고 머리를 싸쥐며 괴로워하는 사람은 바로 존이었다.

괴물전만큼은 스페셜리스트라 불리는 존이었지만, 상대가 철벽괴물 박영호라면 이야기가 달라지는 것이었다.

개인리그에 참가도 안 한 장양을 제외하고는 다들 8강에 가는 분위기였다.

자신만 16강에서 떨어지기는 싫었다.

존은 이신에게 물었다.

"선생님, 전에 박영호와 연습했었죠? 그때 어땠어요?"

"병영 체제만 가지고 이기기는 힘들더군."

이신이 가볍게 평했다.

존은 완전히 울상이 되었다.

이신은 잠자코 밥을 먹던 장양에게 문득 말했다.

"네가 존의 연습 상대가 되어주도록 해."

장양은 고개를 끄덕였다.

팬들의 관심이 개인리그에 집중되어 있긴 하지만, 장양 또한 프로리그 2라운드에서 맹활약을 하고 있었다.

지금까지 4승 0패.

이신, 차이, 주디, 존 등이 개인리그에 치중하는 동안, 장양은 올도어SCC의 에이스 역할을 톡톡히 해주고 있었다.

현재 올도어SCC는 개인리그 본선에 살아남은 선수에게 준비 시간을 많이 주기 위하여, 개인리그에서 탈락한 선수들을 중심 축으로 프로리그를 치르고 있었다.

유진영, 사나다 료, 그리고 장양.

나머지 두 자리는 이신이나 제자들이 출전하거나, 2군 선수들을 실험하는 데 쓰고 있었다.

신생팀인 올도어SCC의 입장에서는 명문 팀이라는 이미지를 갖기 위해서는 개인리그 우승자 배출이 필요하다는 판단이었다.

*　　　　*　　　　*

"신 님!"

발랄한 여자 목소리가 올도어SCC의 연습실을 쩌렁쩌렁하게 울렸다.

바로 올도어 부사장이자 올도어SCC 단장 지수민이었다.

워낙 바빠서 좀처럼 모습을 드러내지 않았던 그녀가 오랜만에 나타난 것이다.

"무슨 일입니까?"

"아이, 제가 신 님 얼굴 보러 오는 데 이유가 필요한가요?"

"네."

"아이! 짓궂으셔."

지수민은 전혀 기죽지 않고 오히려 이신의 어깨를 탁 터치했다. 옆자리의 주디가 조금 심기 불편한 표정이 되었다.

"오늘 제가 아주 좋은 소식을 가져왔는데."

"뭡니까?"

"신 님이 복귀하신 뒤로 유료 VOD 판매 실적이 껑충 뛴 건 아시죠?"

"압니다."

덕분에 최근 주거래 은행 계좌에 돈이 해일처럼 들어오고 있는 이신이었다.

"그래서 저희 올도어 측에서 이쪽 수익 확대를 위해서 새로운 상품을 기획했거든요."

"그게 나와 상관이 있습니까?"

"아이, 물론이죠."

지수민은 그러면서 은근슬쩍 양손을 이신의 어깨 위에 얹어놓고 밀착했다. 이신이 향수 냄새를 싫어한다는 것을 알고 뿌리지 않은 그녀였다. 주디의 표정이 더욱 좋지 않아졌다.

"신 님의 역대 명경기들을 시리즈 상품으로 판매하는 거예요."

"이미 무료로 풀린 VOD를 유료 상품으로 만들겠다는 겁니까?"

이신이 의아함을 표했다.

지난 경기 VOD는 유료 상품이고, 하이라이트만 무료로 풀린다.

하지만 6개월이 지나면 무료로 풀리는 것으로 올도어의 정책이 바뀌었다.

그래서 이신이 데뷔부터 손목 부상을 당해 은퇴할 때까지의 경기는 모두 무료로 풀려 있어 팬들이 자유롭게 감상할 수 있었다.

그런데 이미 무료로 풀린 역대 명경기들을 유료 패키지 상품으로 팔겠다니 의아해진 것이었다.

팬들의 반감을 살 쓸데없는 장삿속이라는 생각마저 들었다.

하지만 지수민은 보통 여자가 아니었다.

"물론 무료로 풀린 VOD에 대해서는 건드리지 않을 거예요."

"……?"

이신은 지수민의 생각을 알 수 없었다.

그녀가 설명했다.

"역대 명경기를 뽑아서, 거기다가 신 님께서 직접 코멘터리를 해주시는 거예요! 그럼 무료로 풀린 경기라 할지라도 신 님의 코멘터리와 함께 감상하고 싶어서 구매하는 팬들이 분명 있을 거라고요."

"어, 그거 괜찮은데?"

곁에 있던 최환열이 긍정을 표했다.

"그죠?"

"파프리카TV에서도 전 프로 BJ들이 가끔씩 옛날 경기 보면서 부연 해설을 하곤 하는데, 반응이 꽤 괜찮지."

"바로 그거예요! 신 님께서도 파프리카TV 개인방송을 하시지만, 워낙에 말이 없어서 갈증이 난 시청자들이 수만 명이거든요!"

"다 필요 없으니까 제발 가면만 벗어달라고 애걸복걸하고 있지."

"호호호, 바로 그런 사람들을 노리는 거예요. 토크쇼도 예능도 일절 안 나오는 야속한 신 님 때문에 목말라하는 팬들을 정조준한 상품이죠!"

최환열은 지수민과 죽이 맞아서 한마디씩 했다.

이신은 썩 내키지 않는 표정이었다.

그 표정을 읽은 지수민이 잽싸게 덧붙여 말했다.

"수익을 떠나서 팬들에게도 정말 뜻 깊은 일이 될 거예요."

"어떤 점이?"

"그 당시에 신 님께서 어떤 기분이었고, 어떤 판단을 가지고 플레이를 했는지 상세하게 알게 되면 훨씬 재미있잖아요. 또 후배 프로게이머들에게도 귀감이 될 테니 e스포츠의 발전에도 기여하고 일석이조! 그러면서 돈도 버니 일석삼조! 아, 너무 좋지 않나요?"

듣고 있던 최환열이 경탄하여서 지수민을 바라보았다. 말이 저렇게 청산유수이니, 저 여자는 개인방송 BJ를 했어도 성공했을 것 같았다.

"…좋습니다."

그렇게까지 말하니 이신도 거절할 수가 없었다.

"그래, 잘 생각했어. 프로리그 경기는 네가 출전 안 해도 여유가 있으니까 시간 좀 내서 해."

최환열도 거들었다.

그때, 지수민이 최환열에게 말했다.

"수석코치님도 같이 시간을 내주세요."

"엥? 저도요?"

"신 님뿐만이 아니라 상대 선수의 코멘터리도 토크쇼처럼 함께 나가면 훨씬 좋잖아요."

"…나랑 신이가 했던 공식전 경기는 딱 하나뿐인데."

"호호, 바로 그거요."

최환열은 똥 씹은 표정이 되었다.

최환열과 이신의 공식전 경기라고는 3—0으로 발렸던 개인리그 4강전뿐이었다.

"재미있겠군."

갑자기 의욕이 생긴 이신이었다.

"맞다! 이왕 두 분께서 참여하시기로 했으니까요, 아예 코멘터리를 녹음하는 모습도 실시간 스트리밍 서비스로 공개하는 건 어떤가요?"

지수민이 갑자기 떠올랐다는 듯이 손뼉을 치며 말했다.

"둘이서 코멘터리를 하는 모습을 개인방송으로 내보내자고 요?"

최환열이 물었다.

"네! 올도어 포털 사이트에서요. 팬서비스 차원에서 그런 일을 하면 해당 상품에 대한 팬들의 관심이 더 높아질 거예요. 그게 다 돈으로 직결된답니다!"

하늘에서 쏟아질 돈 생각에 기분이 좋은지 지수민은 깔깔거렸다.

'이 여자, 천잰가?'

최환열은 혀를 내둘렀다.

코멘터리를 곁들인 유료 VOD 상품이라는 이 기획까지 성공시키면, 그녀는 올도어의 부사장으로서 3연속 홈런을 때리는 셈이었다.

'나로서도 나쁠 것 없지.'

파프리카TV에서 BJ로 여전히 활동하고 있는 최환열이었다.

올도어 포털 사이트에서 수많은 사람에게 노출되면 그만큼 자신의 개인방송에 대한 홍보 효과가 된다.

"좋죠."

최환열은 결국 승낙했다.

"상관없습니다."

이신은 쾌히 승낙했다.

"호호, 그럼 갑작스럽지만 내일 저녁에 바로 녹음하실래요?"

"내일 저녁? 그렇게 빨리요?"

최환열의 물음에 지수민은 눈웃음을 지었다.

"승낙하실 줄 알고 다 준비시켜 놨어요."

"······."

경외 어린 최환열의 시선을 뒤로하고는 지수민은 이신에게 손으로 키스를 날리며 유유히 밖으로 나섰다.

'됐어!'

떠나면서 지수민은 주먹을 불끈 쥐었다.

'이걸로 파프리카TV에게도 확실한 경고가 되겠지.'

최근 파프리카TV BJ들 중 유료 관람 서비스로 생중계되는 e스포츠 경기를 멋대로 개인방송 소재로 이용하는 경우가 빈번해져서 문제였다.

그렇다고 법적 대응을 하자니 너무한다고 생각하는 e스포츠 팬들도 있을까 봐 그러지 않고, 대신 파프리카TV 측에 협조를 구해 단속해 달라고 했다.

그런데 파프리카TV는 알겠다고 대답만 하고는 조치가 전혀 없었다.

그래서 이참에 경고용으로 펀치 한 방을 날릴 참이었다.

올도어 포털 사이트에서 파프리카TV 최고 스타 BJ인 최환열과 이신(Player_SIN)이 실시간 스트리밍 서비스로 방송을 한다?

파프리카TV로서는 아찔한 기분일 터였다.

IT미디어의 거인인 올도어가 자신의 영역인 개인방송 시장까지 진출하려는 걸까 봐 말이다.

이번 기획이 지수민에게는 일석사조, 일석오조였던 것이다.

*   *   *

"안녕하세요, 이신 감독님, 최환열 코치님."

"방송 진행하실 곳은 이곳입니다."

직원들은 만반의 준비가 끝난 방으로 두 사람을 안내했다.

음향 장비, 모니터에 두 사람이 앉을 수 있는 가죽 소파까지… 모두 호사스러운 곳이었다.

"우와, 모니터 크기 봐라."

최환열은 49인치짜리 대형 모니터를 보며 감탄했다.

"자, 방송 시작합니다."

직원이 컴퓨터를 조작해 방송을 실행했다.

불과 하루 사이에 두 사람의 방송은 이미 포털사이트에 홍보가 되어 있었다.

때문에 방송이 시작되자마자 접속자가 삽시간에 만 단위로 치솟았다.

"와, 사람들 접속하는 것 좀 봐."

최환열은 혀를 내두르면서 저 많은 시청자가 모두 별사탕을 쏴준다면 얼마나 좋을까 하는 상상을 했다. 물론 올도어 포털사이트에는 그런 기능이 없었지만 말이다.

—이신이다!

—이신 오빠 안녕하세요!

—신 님♡

—최환열 형님이다!

—환열 형님은 여전히 농부처럼 순박하게 생기셨다.

—오오.

—환열아, 파프리카TV에서 이쪽으로 옮긴 거냐?

—신이시여!

—이신 얼굴을 스트리밍으로 보게 될 날이 오다니.

—그래 ㅆㅂ 가면 벗으니까 얼마나 좋아.

"예, 모두들 안녕하세요."

최환열이 인사했다. 이신은 그냥 고개를 꾸벅 숙여 보였다.

"오늘 이렇게 방송을 하게 된 것은, 신이와 제가 옛날에 치렀던 경기를 보면서 코멘터리를 하기 위해서입니다. 지난 명경기에 경기를 치른 당사자들의 의견이 첨가되는 것도 뜻 깊은 일이 되지 않을까 싶어서였습니다."

최환열은 PC 마우스를 조작해 VOD를 하나 실행시켰다.

"정말 예전에 치렀던 4강전이죠? 신이와 제가 치른 유일한 공식전인데, 한국 e스포츠 왕좌의 세대교체? 하하, 제 입으로 말하기 좀 민망하긴 한데, 하여튼 그걸 상징하는 경기였습니다. 3 대 0으로 발린 것이 좀 흠이긴 했습니다만……. 신아, 넌 저 때의 경기를 어떻게 생각해?"

"치열했지."

"그런 것 치고는 스코어는 되게 일방적인데."

"저 때 대회에서 가장 힘든 경기였어."

"그나마?"

"그나마."

무패우승.

신의 탄생을 알린 일대 사건의 서막이라 할 수 있는 최환열과의 일전.

그 경기의 1세트가 실행되었다.

최환열은 8병영 빌드로 치즈러시를 시도했다.

—시작부터 치즈러시— _

—왜 저랬던 거임?

—그 당시에는 신 님께 치즈러시를 시도하는 것이 자살행위인 줄을 몰랐다.

최환열이 웃으며 해명했다.

"저게 그냥 무리수가 아니었고요, 저때 이미 평소에 같이 연습하면서 신이의 실력을 알고 있었습니다. 일반적인 전략으로는 이길 수가 없다고 생각해서 초반부터 흔들어 보려고 했죠."

"꽤 놀랐지."

이신이 고개를 끄덕였다.

하지만 그런 것치고는 이신은 놀랍도록 잘 막아냈다.

명장면으로 불리는 플레이였다.

보병 4명이 무빙하며 총을 쏘는데, 삽시간에 부채꼴로 펼쳐진 이신의 건설로봇들이 달라붙었다.

　　특히 건설로봇 4기가 4명의 보병에게 하나씩 마크하듯이 붙는 장면에서 시청자들의 반응이 뜨거웠다. 보병 4명이 모두 죽어 버린 것이다.

　　─ㅎㄷㄷ

　　─컨 보소;;

　　─저게 사람 컨트롤이냐.

　　"그래도 건설로봇을 꽤 잡았잖아? 이 시점에서는 완전히 망한 게 아니었어."

　　"일꾼 여럿이 오랫동안 일을 못했으니까."

　　최환열은 재빨리 기갑정거장과 기갑부속연구소를 지으며 테크 트리를 올렸다.

　　그리고 같은 시각,

　　"와, 정말 어떻게 저런 판단을 하냐."

　　이신은 병영을 늘려 짓고 군사학교를 건설했다.

　　군사학교에서 각성제를 개발하며, 병영에서 보병과 의무병을 생산했다.

　　치즈러시 외에는 절대로 인류 대 인류전에서 나오지 않는 병영 체제였다.

　　이신은 역습으로 끝낼 수 있는 찬스라고 판단, 병영 체제로 전환한 것이다.

광산에서 광물을 캐던 건설로봇도 전부 식량 자원으로 붙이며 자원 조절을 실행.

삽시간에 대량의 보병·의무병 부대가 모였다.

그리고 그 사실을 싸움이 붙는 순간까지 최환열에게 들키지 않았다.

최환열이 고속전차를 뽑아 길목에 지뢰를 매설하고 이신의 진영으로 접근했다.

다시 한 번 이신의 센스가 발휘됐다.

병영 건물을 띄워서 보병들을 안 보이게 가려둔 것.

나머지 전 병력은 본진 안에 숨겼다.

—퍼엉!

침투를 시도했던 고속전차는 그대로 병영 건물 뒤에 숨어 있던 보병의 사격에 터져 버렸다.

둘 다 가난한 상태에서 자원을 쥐어짜는 본진 플레이를 하고 있었고, 유닛 하나하나가 귀중했다.

"저때 병영 체제를 알아차렸어."

"좀 늦었지."

이신은 그 즉시 전 병력을 움직였다. 그중 보병 1명은 각성제를 흡입하고 앞장서서 달려가 지뢰와 함께 자폭했다.

지뢰 2개를 전부 제거하자 보병들이 일제히 각성제를 흡입하고 달렸다.

전속질주!

최환열의 대응도 빨랐다.

포격모드 개발이 완료된 기동포탑이 본진 안쪽에서 자리 잡고, 건설로봇들이 뛰쳐나와 출입구를 블로킹했다.

게다가 병영 건물을 띄워서 출입구를 블로킹한 건설로봇들을 가리는 센스를 발휘했다.

아까 이신이 한 플레이를 똑같이 한 것이다.

이신의 보병들은 기동포탑의 포격에 얻어맞으며 우왕좌왕했다.

병영 건물로 가려져 있어 길을 막고 있는 건설로봇들을 직접 타기팅하지 못하기 때문에 벌어지는 현상이었다.

　—와, 진짜 둘 다 쩐다.

　—심장 쫄깃쫄깃 해지네ㅋㅋㅋ

　—최환열 센스 보소ㅋㅋ

　—둘 다 진짜 잘했다.

이신의 선택은 강행돌파였다.

보병들이 전부 각성제를 흡입하고 병영 건물부터 일점사했다.

최환열의 건설로봇들도 병영 건물을 수리하면서 난잡한 싸움이 되었다.

—퍼엉! 펑!

기동포탑이 계속 포격을 하면서 보병들이 죽어나갔다.

이신은 아랑곳하지 않고 계속 보병을 생산해 밀어붙였다. 끝내,

―퍼어엉!

병영 건물이 폭발했다.

이제 남은 것은 출입구를 블로킹하던 건설로봇들의 차례였다.

그사이에 최환열은 추가 생산한 고속전차로 지뢰를 계속 매설했다.

지뢰밭을 만들어 버려서 이신이 병영 체제로 덤비지 못하게 했다.

―퍼퍼퍼펑!

입구를 뚫고 안으로 진입한 이신의 보병들이 지뢰에 당해 괴멸했다.

하지만 추가 생산된 보병들이 계속 각성제를 흡입하고 전력질주하고 있었다.

이번에는 건설로봇까지 다수 동원해버린 이신의 총력전!

최환열도 건설로봇을 방어에 총동원하면서 싸움은 완전히 난장판이 되었다.

―투타타타타타!!

그 와중에 지뢰가 땅속에서 튀어나오는 즉시 일점사로 제거해 버리는 이신의 컨트롤이 빛을 발했다.

게다가 보병들을 끊임없이 산개시켜서 기동포탑 포격의 확산 데미지로부터 피해를 최소한으로 줄였다.

추가로 생산된 화염방사병들이 도착하자 싸움은 급격히 이신에게로 기울었다.

―퍼엉! 펑! 퍼엉!

화염방사병들의 화염세례에 여러 기의 건설로봇이 한 번에 녹아들었다.

양측 모두 목숨을 건 싸움은 끝내 이신의 승리로 끝나가고 있었다.

"아! 진짜 아깝다."

옛날 경기를 다시 보는 것인데도 최환열은 아쉬워했다.

1세트의 혈전 이후로는 이신의 페이스였다.

2세트는 이신의 성명절기 같은 2기갑 고속전차 견제가 펼쳐졌다.

고속전차 6기로 최환열의 앞마당을 공습.

최환열은 기동포탑과 건설로봇 블로킹으로 막아냈다.

그러자 그 뒤에 이신은 앞마당에 확장 기지를 가져가더니 기갑 정거장을 6개까지 늘리며 고속전차를 미친 듯이 생산했다.

항공정거장에서도 항공수송기가 1척 생산됐다.

"내가 6기갑을 좀 늦게 알아차렸어. 더 일찍 알았으면 바로 기갑정거장 숫자 따라가면서 병력 뽑았을 텐데."

그때부터는 이신의 파상공세와 최환열의 끈질긴 디펜스가 이어졌다.

바퀴 떼처럼 밀려드는 고속전차들이 최환열의 앞마당에 들이닥쳤다.

최환열도 기계보병과 기동포탑의 조합으로 방어에 나섰는데, 앞마당 안으로 들어와 지뢰를 깔아대는 이신의 컨트롤이 매우 신속 무비했다.

하지만 최환열도 지뢰를 기계보병의 일점사로 잘 제거하며 싸웠다.

다만, 몰랐던 것은 항공수송선을 활용한 드롭.

최환열이 앞마당의 사투에 치중하는 동안, 항공수송선이 고속전차를 4기씩 최환열의 본진에 실어 날랐다.

고속전차가 계속 물밀 듯이 밀려왔다.

엄청난 공세에 밀려 최환열은 GG를 치고 말았다.

*   *   *

최환열과 이신의 코멘터리는 반응이 매우 좋았다.

그리고 두 사람의 코멘터리가 녹음된 VOD가 새 상품으로 출시됐을 때, 불타나게 유료 결제를 하기 시작했다.

두 사람의 말을 번역한 자막까지 넣어서 판매하자 전 세계의 유저들이 결제를 해댔다.

이신의 다른 경기도 어서 코멘터리를 첨부한 상품으로 출시해 달라는 문의와 요청이 쇄도했다.

e스포츠 비즈니스에 있어 이신의 슈퍼 파워를 다시 한 번 느낄 수 있는 뜨거운 반응이었다.

"신 님, 반응이 너무 좋은데 또 하는 게 어때요?"

"방송까지?"

"호호, 그럼 좋죠. 이번에는 아예 따로 출연료까지 더 드릴게요."

이미 파프리카TV 측으로부터 만족할 만한 반응이 나왔다.

최환열과 이신이 잠깐 한 방송으로 수십만 시청자를 불러 모은 것이었다.

간담이 서늘해진 파프리카TV는 사장이 직접 지수민에게 연락해서 사과와 함께 BJ들의 중계권 침해를 막겠다고 약속했다.

하지만 한 번 재미를 본 지수민은 이걸 중단할 생각이 전혀 없었다.

"황병철을 가장 많이 원하던데요?"

"싫습니다."

이신은 질색했다.

현재 황병철과는 사이가 매우 악화된 상태였다. 둘이 함께 나란히 방송을 하는 어색함 따위는 사양이었다.

"그럼 누구 생각나는 사람 있어요?"

이신은 잠깐 생각하다가 입을 열었다.

"손지훈."

"아, 인간계 우승! 좋네요. 그러고 보니 요즘은 통 얼굴도 안 비치는 선수라 더 의외성 있고 반갑겠어요."

지수민이 손뼉을 치며 찬성했다.

지금까지 이신을 상대로 손지훈처럼 치열하게 승부를 펼친 선수는 없었다.

다전제 불패 신화를 자랑하는 이신에게 3—2스코어로 이길 뻔한 지경까지 간 거의 유일한 사람이 손지훈이었다.

그래서 손지훈의 전성기는 매우 짧았지만, 비운의 천재로 미화하며 아쉬워하는 팬들이 많았다.

'이 기회에 손지훈과 다시 이야기를 해봐야겠군.'

이신은 생각난 김에 손지훈에게 연락해 보았다.

―무슨 일이세요?

손지훈이 반갑게 전화를 받았다.

"결정은 했어?"

이대로 은퇴를 할지, 올도어SCC로 와서 선수 생활을 연장할지를 묻는 것이었다.

―전에 말씀하셨던 제안은 감사한데, 역시 안 되겠어요.

"조건이 마음에 안 들어?"

―그럴 리가요. 폐를 끼칠 것 같아서요. 더 이상 게임을 지속할 수 있는 상태가 아닌 것 같아요.

"손가락?"

―네.

이신은 잠시 생각하더니 다시 말했다.

"시간 나면 한 번 보자."

그러면서 이신은 코멘터리에 대해 설명해주었다.

―으음. 어차피 제 몫은 팀에게 가겠지만, 나쁘지는 않네요. 제가 너무 먹튀를 했으니 약간이나마 팀에 보상을 줘야겠어요.

손지훈은 쾌히 승낙했다. 이제 직접 만나 설득하는 일만 남았다.

'일단 그 손가락부터 고쳐 주고 봐야겠군.'

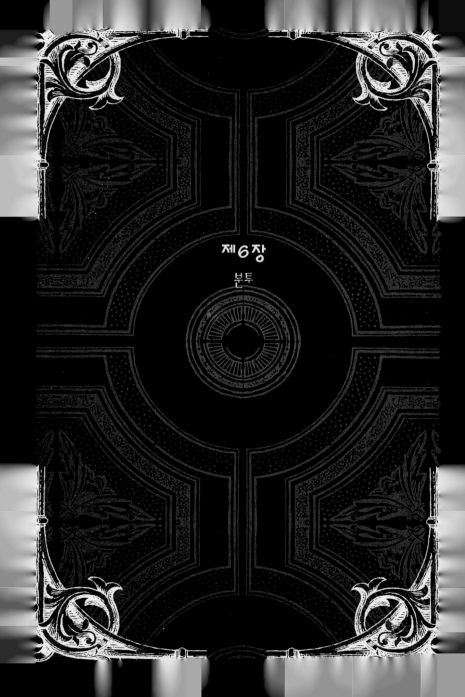

제6장

분투

손지훈과 함께 한 코멘터리 작업은 성황리에 끝났다.

개인방송 진행에 능숙한 최환열이 없었지만, 대신 두 사람이 맞붙었던 결승전의 내용이 너무나 재미있어서 충분히 시청자에게 어필할 수 있었다.

특히나 최근 통 공식전에 모습을 보이지 못하는 손지훈을 볼 수 있어서 신선했다는 반응이 많았다.

"오늘 재미있었어요."

"그래, 내 제안은 다시 한 번 생각해 보고."

"알았어요."

작업을 마치고 손지훈은 자기 소속 팀 숙소로 돌아갔다.

'이제 됐다.'

이신은 함께 작업하는 도중에 손지훈에게 치유의 힘을 불어넣었다.

손가락 관절염이고 나발이고 말끔하게 치료되었을 것이다.

상태가 나아져서 다시 기량이 올라오면, 소속 팀인 팀 넥스트에서 다시 잡으려 들지도 모르는 일.

그러나 손지훈은 이미 팀 넥스트에게서 마음이 떠난 상태라 별걱정이 안 들었다.

프로게이머로 계속 뛰고 싶다면 계약 기간이 끝나는 대로 올도어SCC로 올 것이라고 확신했다.

*　　　　*　　　　*

연습실로 돌아오니 16강전을 하루 남겨둔 존이 장양과 치열한 사투를 벌이는 것이 보였다.

중요한 경기를 앞두고 있어 필사적인 존.

연습이든 공식전이든 게임을 했다 하면 정상인보다 훨씬 높은 집중력을 발휘하는 장양.

그런 두 사람이 붙으니 불꽃 튀는 싸움이 벌어지는 것이었다.

심지어 둘 다 공격성이 강한 스타일이라 화려한 난전이 자꾸만 펼쳐졌다.

그래서 연습실의 선수들과 연습생들도 어느새 두 사람의 관객이 되었다.

"진짜 잘한다."

"보병 컨트롤을 어떻게 저렇게 하지. 집에서 감독님한테 집중 코칭이라도 받나?"

"원래 잘했대. 잘했으니까 제자로 데려왔지."

"장양 쟤는 진짜……."

"지금 병력을 네 개로 쪼개서 싸먹으려고 하는 거지? 멀티태스킹 미친 거 아냐?"

병력을 네 개로 분산시켜서 통제하고 있던 장양이, 마침내 진격해 오는 존의 병력을 덮쳤다.

동서남북 사면에서 일시에 덮쳐 들어오는 장양.

―으아악!

―아악!

보병과 의무병의 비명 소리가 난무했다.

기관총의 총성과 시뻘건 피를 흘리며 죽는 바퀴 떼.

존은 컨트롤이 불가능해졌다.

사방이 모두 적이라 물러설 공간이 없어 무빙을 당기지 못하는 것이었다.

존의 불꽃같은 컨트롤을 차단해 버리는 장양의 신기의 플레이였다.

"완전히 돌았다."

"무슨 컴퓨터도 아니고 병력 네 개를 분산시켜서 어떻게 일사불란하게 통제하는 거야?"

"네 방향 싸먹기 진짜 예술이다."

"자폐증 천재 그런 거라서 그런가 봐."

"저건 흉내도 못 내겠다."

"박영호보다 장양이 더 잘하는 거 아냐?"

지켜보는 모든 이들의 경탄을 불러일으킨 장양의 슈퍼 플레이.

존의 병력이 전멸했다.

장양은 서두르지 않았다.

확장 기지를 더 가져가면서, 허를 찔리지 않기 위하여 바퀴를 사방에 흩뿌려놔 맵을 구석구석 시야를 밝혀 버렸다.

돌아오자마자 두 사람의 연습 게임을 보던 이신이 입을 열었다.

"존 GG쳐."

"네?"

존이 놀라 이어폰을 뽑으며 물었다.

"시간 아까우니까 진 게임은 붙잡지 말고 끝내고 새로 해야지. 특별히 생각해 둔 노림수가 더 남아 있었어?"

"아, 아뇨."

"그럼 GG쳐. 장양의 진영 봐봐."

존은 GG를 선언한 뒤, 장양의 자리로 걸어와 적진을 살폈다.

맵을 절반 이상 장악해 버린 장양.

맵 전역에 시야가 밝혀져 있어 빈틈이 없었고, 확장 기지의 숫자는 말할 필요도 없었다.

존은 한숨을 쉬며 고개를 절레절레 내저었다.

"완전히 져 있었네요."

"규칙을 하나 정하지. 불리하고 전세를 만회할 수단이 안 보인다 싶으면 바로 GG. 알겠어?"

"네."

"그리고 장양."

장양이 눈을 동그랗게 떴다. 이신이 지시를 내렸다.

"존이 GG치면 시야를 공유해 줘. 지고 있을 때의 전체 상황이 어떤지 알게 되는 것도 공부가 될 거야. 존에게 부족한 부분은 그런 것들이니까."

장양은 고개를 끄덕였다.

특이한 연습 방침이었지만, 이신이 도입해서 실패한 훈련법은 없었기 때문에 반대하는 사람은 없었다.

오히려,

"우리도 그렇게 해볼까?"

"그러자."

연습 게임에서 질 때마다 노트에 게임 내용과 패배 원인을 정리하는 올도어SCC의 훈련법 역시 이신이 도입한 것.

그 훈련법은 이미 효과를 거두었다.

현재 최환열이 실험 삼아 프로리그 경기에 한 명씩 출전시키고 있는 2군 선수들의 성적이 꽤 좋은 편인 것이었다.

"신아, 녹음은 잘하고 왔어?"

최환열이 반겨주었다.

"어."

"지훈이나 너나 개인방송 체질은 아니더라. 게임 내용이 재미있지 않았으면 썰렁할 뻔했어."

"필요한 부연은 확실하게 코멘터리했으니까 괜찮아."

"어이구, 그래 잘났다."

그 말에 당연하다는 듯이 고개를 끄덕이는 이신을 보며 최환열은 황당함을 느껴야 했다. 하도 잘나서 겸손이 소실되어 버린 이신이었다.

"재호 실력이 많이 올라왔어."

"김재호?"

"그래. 4번 출전시켰는데 2승 2패야. 경기 내용도 썩 괜찮았고."

김재호는 고등학교 1학년생으로, 2군 중 가장 두각을 드러내고 있는 괴물 플레이어였다.

"잘됐네."

2군 선수의 성장은 1군의 활약보다도 감독과 코치진에게 희소식이었다.

선수를 키우는 팀의 시스템이 좋다는 뜻이기 때문이었다.

"근데 이거 좀 문제다."

"뭐가?"

"재호가 이제 많이 실력이 올라와서 웬만한 중상위권 팀에서도 1군 달 수 있는 수준이거든."

웬만한 중상위권 팀이라면 말이다.

이곳은 프로리그 1위를 달리고 있는 올도어SCC였다.

'그런 문제가 있었군.'

이신도 최환열이 무슨 말을 하려는지 알아차렸다.

이신, 차이, 주디, 장양, 유진영, 사나다 료, 존, 그리고 와일드카드로 가끔 꺼내는 한태화까지.

이 1군 주전 라인업에 김재호가 끼어들 자리는 없었다.

게다가 유진영에게 부담이 과중되어 있던 올도어SCC의 괴물 라인업도 이제는 천재 장양의 합류와 한태화의 성장으로 다소 여유가 생겼다. 심지어 3종족 모두 플레이할 줄 아는 이신도 있었다.

메인 종족이 아직 부족한 신족이었다면 모를까, 더더욱 김재호는 올도어SCC의 주전 멤버로 들어올 여지가 없었다.

"이런 식이면 2군 애들을 잘 키워놓고도 1군 벽이 지나치게 높아서 다른 팀에 줘버려야 하는 상황이 벌어질지도 몰라."

이신은 곰곰이 생각하다가 입을 열었다.

"1군 테스트 방식을 바꾸자."

"어떻게?"

"일단 1군 전원과 겨루는 것까지는 똑같이 해."

"그리고?"

"승률보다는 심사를 통해 1군으로 승격시킬지의 여부를 결정하자."

"심사는 누가 하고?"

"코치진과 전략 팀. 최종 결정은 감독이 하고."

"전략팀? 음, 그거 괜찮은데?"

가장 가까이서 선수들을 케어해 주는 코치진과 냉정하게 게임을 분석을 하는 전략팀.

양측이 심사하여 각기 의견을 내면 절충안이 나올 수 있다는 이신의 생각이었다.

"그럼 일단은 이제 슬슬 네가 사비로 운영하는 전략 팀을 팀에 데려와야지. 전략 팀의 성과도 확인했으니까 이제 정식으로 올도어SCC에 도입해도 될 것 같아."

"알았어."

그날 이신은 전략팀의 멤버 구성과 지난 실력 등을 정리한 자료를 단장인 지수민에게 건넸다.

"어머! 아무리 그래도 제게 말씀을 해주시지! 돈이 넘치는 우리 회사 놔두고 신 님께서 사비를 쓰시다니 말도 안 돼요!"

지수민은 그 자료를 검토하지도 않고 통과시켰다.

그걸로 이신이 개인적으로 운영하던 전략 팀이 완전히 올도어SCC의 소속이 되었다.

*   *   *

16강전 6경기.

주디는 최찬영을 3—1로 격파하고 8강에 진출했다.

기복이나 뚜렷한 약점 없이 기본기가 탄탄한 주디는 웬만해서는 괴물 플레이어에게 지지 않았다.

아쉽게도, 실력이 많이 는 최찬영이지만 그런 주디를 이길 정도의 특별함을 지니지는 못했다.

하지만 발등에 불이 떨어진 사람은 따로 있었다.

"잠깐 바람 좀 쐬고 올게요."

연습 게임을 또다시 패배로 장식한 존은 힘없이 연습실을 떠났다.

연습 상대인 장양은 슬그머니 존의 눈치를 보았지만, 이내 자신의 플레이를 되짚어보며 만족스러워했다.

주디는 그런 장양에게 눈총을 주고는 이신에게 슬며시 말했다.

"선생님."

"왜?"

"존 좀 달래주세요. 많이 힘들어 보여요."

"스스로 극복해야 할 문제야."

"선생님도 슬럼프를 겪어보셨어요?"

"아니."

이신은 그런 거 없었다.

"그것 봐요. 다들 선생님처럼 천재인 건 아니에요. 곁에서 격려해 주는 사람이 있으면 더 좋을 거예요."

"……."

듣고 보니 그도 그렇다는 생각이 들었다.

잠시 후, 존이 돌아오자 이신이 가만히 손짓했다.

"네, 선생님."

존이 가까이 다가왔다.

양옆에 앉은 최환열과 주디가 이신의 입에서 어떤 위로의 말이 나올지 기대했다.

"네가 알아야 할 게 있어."

"뭔데요?"

"기갑 체제는 손가락만 달려 있으면 누구나 할 수 있는 거야."

"……"

존의 얼굴이 자괴감으로 물들었고, 최환열과 주디가 기가 막힌다는 듯이 이신을 쩨려보았다.

이신의 말이 이어졌다.

"하물며 어려운 병영 체제를 잘하는 네가 기갑 체제에 약하다는 건 말이 안 돼. 문제는 컨트롤 같은 게 아니라는 뜻이야."

"…그럼요?"

"내 생각에는 시야야."

"시야?"

"맵 전체를 봐야 해. 보이지 않는 곳도 봐야 해. 그걸 극단적으로 잘하는 게 장양이고, 넌 그게 약한 거야."

"잘 모르겠어요."

이신은 곰곰이 생각하다가 장양에게 손짓했다.

"내가 한 번 보여줄게. 장양, 나랑 한 판 해."

고개를 끄덕인 장양은 신난다는 표정으로 온라인에 접속했다.

이신 역시 게임에 접속하면서 존에게 말했다.

"너도 접속해. 옵서버로 게임 전체를 봐봐."

"네."

그렇게 장양과 이신의 게임이 시작되었다.

이신은 존과 똑같이 병영 체제를 택했다.

"잘 봐."

이신은 그렇게 말하며 보병·의무병·화염방사병으로 이루어진 병력이 출발했다.

장양 역시 바퀴와 독침충으로 이루어진 병력을 두 무리로 나눠서 출진했다.

'시야라고?'

존은 두 사람의 대결에 집중했다. 특히 병력을 운용하는 장양의 컨트롤에 집중했다.

장양은 두 병력을 자신의 신체 일부처럼 자유자재로 움직였다.

장양은 이신의 병력을 양방향에서 싸먹기 위해 기민하게 움직였다.

이신의 병력은 장양의 시야에 보이지 않았지만, 장양은 마치 다 안다는 듯이 적정 거리를 유지하며 접근했다.

이신도 마찬가지였다.

장양의 본진을 향해 진격하다가도, 장양의 병력이 양방향에서 접근할 때마다 귀신 같이 움직여 빠져나왔다.

마치 시야 밖에서 움직이는 장양의 병력이 다 보이는 듯이 말이다.

장양은 스노우볼을 굴렸다.

추가 생산된 병력이 계속 합류하자 두 무리의 병력 덩어리가 점점 커졌다.

이제 병력을 세 개로 나눠서 운용하기 시작하는 장양.

이제 병력이 더 모이면 네 개로 나눠서 장양의 필살기인 4방향 싸먹기가 나올 것이다.

그때, 이신 또한 추가로 생산되어 모인 보병·의무병 집단이 본진에서 출발했다.

장양은 마침내 병력을 네 개로 나눴다.

맵 센터를 놓고 양측의 긴장감이 극대화되었다.

'어떻게 저럴 수가 있지?'

존은 충격을 받았다.

두 사람은 시야에 없는 서로의 병력을 다 보이는 것처럼 움직이며 밀고 당기기를 하고 있었다.

늘 봐왔던 이신의 플레이였다.

그런데 이제 와서 보니 이게 얼마나 대단한지 알 수 있었다.

"지형이야."

문득 존에게 다가온 차이가 말했다.

"지형?"

"응. 지형으로 상대를 파악하는 거야."

"어떤 식으로?"

"장양이 덮치기 좋은 곳은 넓고 탁 트인 지형이잖아."

고개를 끄덕이는 존에게 차이가 계속 설명했다.

"장양이 덮치기 좋은 탁 트인 지형이 있고, 선생님이 싸우기 좋은 장애물이 있는 막힌 지형이 있지."

"아……."

그제야 존은 무언가 느끼는 게 있었다.

이신은 지형의 특성을 통해 장양의 병력 운용을 예측하고 있었던 것이다.

그렇게 시간을 끌던 중, 마침내 이신 진영에서 기동포탑 2기가 생산되었다.

이제 장양은 더 이상 시간을 끌 수가 없었다.

기동포탑들이 장양의 앞마당이나 확장 기지에 도착해 원거리에서 포격을 시작하면 수세에 몰리는 것이었다.

4개로 나뉜 장양의 병력.

2개로 나뉜 이신의 병력.

두 무리가 마침내 충돌까지 초읽기에 들어갔다.

─투타타타!

─키엑!

이신이 먼저 각성제를 흡입하고 달려들어 장양의 병력 한 무리를 쳤다.

장양은 재빨리 후퇴시키며 다른 3개의 병력을 접근시켰다. 이신의 병력 두 무리가 합류하기 전에 하나를 쳐서 잡아먹어야 했다.

마침내 장양이 4방향에서 자리 잡고 이신을 덮쳤다.

그 순간,

"오!"

"우와!"

이신 역시 북쪽에서 덮치는 장양의 병력을 양방향에서 덮쳤다.

―투타타타타타타!

―키에엑!

―으악!

총탄과 비명 소리가 난무했다.

장양의 병력 한 무리가 전멸했다.

포위되었던 이신의 병력이 뚫린 북쪽으로 탈출!

2개의 병력이 합류되어 큰 덩어리가 되자, 이신은 삽시간에 부채꼴로 진형을 펼치며 돌격했다.

―키에엑!

―끼엑!

장양은 급히 후퇴했지만 병력의 피해를 면치 못했다.

장양은 후퇴하면서 촉수충이 숨어 있는 지점으로 이신을 유인했다.

"당한다!"

"긁히겠어!"

하지만 이신은 귀신같이 방향을 전환, 목표를 장양의 7시 확장 기지로 돌렸다.

유인이 통하지 않자, 장양은 하는 수 없이 촉수충을 모두 꺼내 일제히 덮쳐들었다.

이신은 각성제를 한 번 더 흡입하며 맞붙었다.

―띠리링!

레이더가 땅속에 숨은 촉수충의 존재를 모두 밝혔다.

―꾸엉!

—꾸어엉!

부채꼴로 넓게 펼쳐진 보병들의 일점사에 의하여 촉수충들이 전멸!

독침충과 바퀴들마저 크게 당했다.

하지만 이신의 병력도 다수 손상된 상태.

장양은 새로 생산된 병력을 모아서 다시 한 번 역공을 펼쳤다.

괴물 주술사가 나올 때까지 버티기만 하면 막을 수 있다는 마인드였다.

하지만⋯⋯.

항공수송선이 나타나 장양의 본진에 병력을 드롭했다.

동시에 이신의 병력은 두 갈래로 나뉘어서 앞마당과 7시 확장 기지를 동시 타격했다.

3방향 동시 타격!

"좋다!"

"끝나겠다."

역시나 명품 플레이였다.

깔끔하게 들어간 3방향 동시 타격에 장양조차도 흔들리지 않을 수 없었다.

장양은 GG를 치는 수밖에 없었다.

이어폰을 뺀 이신이 지시를 내렸다.

"박진수, 이 맵 좀 프린팅해줘."

"알았어."

이윽고 A4용지에 프린팅 된 맵을 존에게 보여주며 이신이 설명했다.

"실력이 좋은 괴물일수록 병력을 가만 놔두지 않고 쉴 새 없이 움직일 거야. 게다가 곳곳에 땅굴을 뚫어놓으면 어디서 나타날지도 예측이 안 되고. 그걸 육안과 정찰로 식별하기란 한계가 있는 거야."

"네."

"그래서 네가 기억해야 할 건 포인트야. 여기, 여기, 여기는 괴물이 인류 병력 싸먹기 좋은 포인트. 그리고 여기, 여기는 인류가 괴물의 다수 병력과 싸우기 좋은 포인트. 그리고 여기랑 여기는 괴물 폭탄충이 전술위성 격추시키기 좋은 곳. 여기, 여기, 여기는 쐐기충 견제 쓰기 좋은 곳……."

이신은 계속 포인트를 짚어 주었다.

엄청나게 많은 포인트들.

존은 그것을 전부 다 외워야 했다.

"상대의 체제만 확인하고 어떤 병력 구성을 하는지만 알면, 어떤 포인트를 피하고 어떤 포인트에서 싸워야 하는지가 보이지?"

"네!"

존의 표정이 밝아졌다.

무언가 해답이 보이는 것 같았다.

"기갑 체제도 요지는 그거야. 상대의 병력 구성과 규모를 알고, 어디에서 싸워야 하는지를 알면, 인류가 괴물에게 질 이유가 없어. 이젠 좀 이해 돼?"

"네!"

이신이 보여준 포인트 이론은 전략팀장인 박진수도 따로 필기를 해둘 정도로 탁월했다.

"난 장양이 원하는 포인트로 일부러 가줬어. 그렇게 장양을 유인하고서는 역으로 위아래로 협공해서 병력을 잡아먹었지."

"그, 그렇구나."

"너랑 박영호의 싸움도 이런 식이야. 박영호는 네가 원하는 포인트에서 싸워주는 대신 허를 찌르는 전술을 구사하거나, 원하지 않는 포인트에서 싸울 수밖에 없는 상황을 만들 거야. 아니면, 우리가 모르는 포인트를 찾아내서 공략하거나. 그게 철벽괴물 박영호야."

그 뒤로 존은 다시 그 맵에서 장양과 붙었다.

그리고 놀랍게도 아까보다 높은 승률을 보이기 시작했다.

"와, 진짜 쩐다."

"한 번 가르치니까 승률이 올라가."

"정말 게임에 관한 한 신이야, 저 사람은."

올도어SCC 선수들은 이신을 우러러보았다.

이신의 강좌 내용은 박진수가 이끄는 전략팀을 통해 교재가 되어 다른 선수들에게도 전해졌다.

존의 개인 훈련을 통해 올도어SCC 전체의 전력도 꾸준히 상승하고 있었다.

*   *   *

16강 7경기 당일.

존은 전략팀장인 박진수와 함께 경기장으로 떠났다.

이신을 비롯한 다른 선수들은 훈련을 위해 연습실에 남았지만, 경기는 인터넷 중계로 보기로 했다.

"잘해야 할 텐데."

주디의 걱정이 유독 컸다. 하나뿐인 동생의 주요 경기라 더욱 염려가 되는 모양이었다.

존은 만반의 태세가 끝났다.

다만 문제는 상대가 박영호라는 것이었다.

'솔직히 어렵겠는데.'

이신의 솔직한 평가였다.

일전에 박영호와 연습하면서 수없이 붙어보았기에 알 수 있었다.

박영호는 이신을 상대로 자신이 준비한 비밀 전략을 노출하지 않았다.

그냥 기본기만 가지고 싸웠다.

그럼에도 승률은 팽팽했다.

이신은 이토록 강한 연습 상대는 차이 이후로 처음이었다.

인류의 병영 체제를 막아내는 박영호의 방어력이 거의 절정에 달했다고 봐도 무방했다.

딱—

이신이 손가락을 튕기자,

"네, 선생님."

어김없이 차이가 쪼르르 달려왔다.

"박영호랑 존의 경기 잘 봐."

"네, 관심 있게 보고 있어요."

"네가 아무리 잘해도 괴물 상대로 하는 병영 체제를 존보다 잘하지는 않아."

"인정해요."

존의 무서운 보병 컨트롤은 차이도 십분 인정하는 바였다.

"그래도 난 존이 박영호의 철벽을 돌파하기 힘들 거라고 생각해."

"그 정도인가요?"

"저번에 연습해 보니까 병영 체제에 대한 박영호의 대응력이 절정에 달해 있었어."

"……."

"잘 봐야 해. 괴물을 상대로 인류가 병영 체제를 못 쓰면 차포 떼고 장기 두는 것과 같지. 저 박영호를 어떻게 이겨야 할지 곰곰이 생각해 봐."

"네, 그렇게 할게요."

이신은 잘도 대답하는 차이의 머리를 슥슥 쓰다듬어 주었다. 적수니 뭐니 해도 고작 15살짜리 소년일 뿐이었다.

그렇게 시작된 1세트.

첫 판부터 충격적인 상황이 벌어졌다.

―여왕괴물?!

―지금 타이밍에 여왕괴물?! 박영호 선수가 여왕괴물을 괴물 주술사보다 먼저 뽑았습니다!

보통은 괴물주술사를 뽑아야 비로소 안정적인 방어가 가능해진다.

그런데 박영호는 여왕괴물을 택한 것이다.

장점도 있었다.

괴물 주술사보다 더 빨리 생산할 수 있다는 점.

그리고…….

―푸하악!

여왕괴물이 존의 병력을 향해 점액을 끼얹었다.

점액에 얻어맞은 보병·의무병 병력은 일제히 이동 속도가 급격히 저하되었다.

그리고 바퀴와 촉수충 떼가 덮쳐들었다.

―으악!

―으아악!

존의 병력이 깡그리 잡아 먹혀 버렸다.

이신을 비롯한 모든 선수들이 그 장면을 보고 아연실색했다.

화면에 비치는 박영호는 살벌하게 웃고 있었다.

―아! 박영호 선수가 준비한 비장의 카드가 정말 멋집니다!

―여왕괴물의 점액이라니! 정말 존 선수에게 치명타를 가했습니다. 점액을 끼얹으면 컨트롤이고 뭐고 소용이 없죠!

―예, 존 선수에게 난제를 던지고 있습니다. 컨트롤을 그렇게 잘한다며? 어디 한 번 해봐! 그렇게 말하고 있는 겁니다!

박영호는 계속해서 존의 본진까지 휘몰아쳤다.

다시 한 번, 여왕괴물이 점액을 뿌렸다.

이번에는 앞마당에서 일하다가 방어에 동원된 건설로봇들을 향해서였다.

─퍼엉! 펑!

─펑! 펑! 퍼엉!

건설로봇이 폭죽처럼 펑펑 터져 나갔다. 존은 참담한 얼굴로 GG를 쳤다.

"와, 저게 뭐야……."

"개소름이다."

"한순간에 다 싸먹고 끝내 버렸어."

함께 지켜보았던 올도어SCC의 선수들이 멍해져서 중얼거렸다.

이신도 전율을 느꼈다.

소름 끼쳤다.

존의 병영 체제에 대한 박영호의 답.

이는 4강에서 붙게 될지도 모르는 차이와 결승전에서 붙게 될지도 모르는 이신에게 건네는 경고이기도 했다.

완벽하게 기선 제압을 한 박영호.

이어지는 2세트에서도 역시 여왕괴물을 생산하여 존의 병영 체제에 맞섰다.

여왕괴물과 폭탄충 편대를 자기 수족처럼 컨트롤하며 존을 위협하는 박영호의 움직임은 그야말로 일품.

게다가 괴물주술사까지 나오자 완벽한 괴물의 병력 구성이 조합되었다.

—푸하악!

여왕괴물이 보병들에게 점액을 끼얹었다.

—퍼엉! 퍼어엉!

폭탄충들이 전술위성을 격추시켰다.

—파아앗!

기동포탑이 자리 잡은 곳에, 괴물주술사가 혹안개를 뿌리고는 바퀴 떼와 촉수충이 덮쳐들었다.

점액에 맞지 않은 병력들이 일제히 후퇴했지만,

—촤좌촥! 촤좌좌촥!

퇴로에 심어놓은 촉수충들의 촉수에 긁혀 몰살당했다.

—존 선수의 병력들이 힘 한 번 못 써보고 맥없이 당합니다!

—퍼펙트! 너무나 완벽합니다, 박영호 선수!

화면에 비친 존의 표정이 너무나 좋지 않았다.

세계 최고의 괴물 플레이어!

박영호에게 삽시간에 궁지로 몰린 존의 상황이 얼굴에 그대로 드러났다.

"존……."

주디는 눈물을 글썽거렸다.

이신은 가만히 침묵을 지키고 있다가 문득 차이에게 물었다.

"봤어?"

"네."

"너라면 어떻게 상대할 거야?"

"…잘 모르겠어요."

차이로서도 박영호의 경기력은 충격적이었다.

여왕괴물을 빨리 뽑는 발상도 좋았지만, 그걸 자유자재로 활용하는 박영호의 컨트롤과 멀티태스킹이 만났기에 더 빛났다.

'생각보다 간단한데.'

이신은 이미 박영호가 선보인 저 전략에 대한 해답이 여러 가지 떠올랐다.

하지만 굳이 차이에게 알려주지는 않았다.

자기 나름의 해답을 찾아내어 난관을 돌파하는 것 역시 선수의 역량이라고 생각했기 때문이다.

휴식 시간이 끝나고 3세트가 시작되려 했다.

선수들이 부스에 돌아와 이어폰과 차음 헤드셋을 꼈다.

박영호는 변함없이 진중한 모습.

들떠 의기양양한 기색도, 방심한 기색도 없이 날카롭게 벼려진 눈빛 그대로였다.

승부사 박영호는 평소에 늘 보이는 개그 콘셉트와 거리가 멀었다.

존은 그보다 한층 더 비장한 표정이었다.

아직 눈빛에 투지와 의욕이 남아 있는 것 같아 다행이라고 이신은 생각했다.

첫 대회에서 16강, 그만하면 훌륭하다.

하지만 이렇게 끝나서는 안 된다.

박영호라는 강자 앞에서, 무언가를 더 보여줘야 한다.

쉽게 굴복하지 않았노라고 증명해야 한다.

3세트가 시작되었다.

*　　　　*　　　　*

'선생님도 보고 계시겠지?'

3세트에 임하면서 존의 머릿속에 여러 가지 생각이 떠올랐다.

단기적인 집중 훈련을 통해 더 강해졌다고 확신했었다.

이신의 가르침으로 이제는 박영호를 상대로도 어느 정도 해볼 만하다는 자신감을 가질 수 있었다.

하지만 냉엄한 현실이 뼈아프게 존을 옥죄었다.

1, 2세트 연패.

아무것도 해보지 못하고 패했다는 경기 내용이 더욱 가슴 아팠다.

선생님도, 누나도, 모두를 실망시켰다는 압박감을 느꼈다.

'어떻게 해야 이길 수 있을까?'

막막했다.

자신의 장기가 전혀 통하지 않는 박영호의 철벽에 막혀, 이제는 뭘 해야 하는지 모르는 지경에 놓였다.

게임이 시작되었다.

건설로봇을 계속 뽑으며 일을 시키면서, 존은 모종의 생각을 품었다.

'이렇게 되면 이판사판이야.'

존의 선택은 8병영이었다.

빠른 타이밍에 보병을 생산하여 치즈러시를 시도하는 빌드 오더였다. 실패하면 자원 상으로 매우 불리해진다는 단점이 있었다.

물론 센터 2병영처럼 극단적인 초반 올인은 아니었지만, 도박인 것은 매한가지였다.

하지만…….

—8병영을 택한 존 레벨린 선수! 으아! 하지만 박영호 선수는 9일벌레 수정관입니다.

—이러면 존 선수의 8병영은 통하지 않죠! 박영호 선수가 존 선수의 생각을 완전히 읽었습니다. 넌 이제 8병영 치즈러시 외에는 할 수 있는 게 아무것도 없을걸? 박영호 선수가 그렇게 존 선수에게 말하고 있는 거예요!

궁지에 몰린 존의 생각을 박영호가 완전히 읽은 것이었다.

빌드 오더의 상성 싸움에서도 완전히 밀린 채 시작하게 된 최악의 상황이었다.

그나마 다행인 것은 첫 정찰로 박영호의 진영을 발견한 점.

박영호의 본진에 들어가 빌드 오더를 확인한 존은 아차 싶었다.

때마침 부화실에서 생산된 바퀴 6마리가 곧장 밖으로 달려 나갔다.

—박영호 선수의 바퀴들이 공격에 나섰습니다!

—역시 노련한 박영호 선수입니다. 존 선수의 정찰 타이밍이 빠른 걸 보고 바로 8병영을 알아차렸어요. 곧장 역공에 나섭니다.

다행히 존이 바퀴 6마리에게 패배하는 상황까지는 벌어지지 않았다.

보병 3명과 건설로봇 2기로 본진 출입구를 방어했다.

당도한 바퀴들은 들어갈 듯 말 듯 왔다갔다만 할 뿐, 돌파를 시도하지는 않았다.

첫 정찰 성공이 존의 목숨을 살린 셈이었다.

대신 그사이, 박영호의 추가 생산된 바퀴 2마리에 의하여 정찰 들어온 건설로봇이 사살되었다.

—깔끔하게 정찰 제거. 이런 사소한 플레이에서도 박영호 선수의 클래스가 느껴집니다.

—예, 보통은 정찰 들어온 일꾼이 바퀴를 6마리씩 뒤에 달고 다니면서도 꽤 오래 살아 돌아다니잖습니까. 박영호 선수는 2마리로 잘 몰아넣어서 제거했어요. 정말 컨트롤이 대단합니다.

—아무튼 양측 모두 별 탈 없이 스무스한 운영으로 국면을 넘깁니다. 하지만 달리 말하면 아무것도 한 것 없이 자연스럽게 박영호 선수가 유리해졌어요.

—그렇습니다! 심리전이 가미된 가위 바위 보에서 진 만큼, 존 선수는 이를 타개할 비책이 필요합니다. 8병영을 시도했을 때는 실패했을 시의 대책도 있었어야 합니다.

'제길.'

존은 난감한 상태였다.

물론 실패 시의 대책은 있었다.

다만 그것은 스코어가 최소한 1─1 이상의 상태였을 때 하기로 했던 전략.

지금처럼 2─0으로 궁지에 몰렸을 때는 애당초 8병영을 시도해서는 안 되는 것이었다.

'실망시켜 드려서 죄송해요, 선생님.'

체념.

존은 박영호를 꺾고 8강에 진출할 수 있다는 희망을 버렸다.

실력 차이를 절감했으니까.

하지만 포기를 하자 비로소 전신을 짓누르던 압박감이 사라졌다.

손이 풀린 듯한 가뿐한 느낌이 들었다.

'그래, 질 땐 지더라도 최선을 다하자.'

부담이 사라지자 역설적으로 존의 본 실력이 발휘되기 시작했다.

존은 페이크 더블 전략을 펼쳤다.

앞마당에 서성거리던 박영호의 바퀴 떼를 보병들로 쫓아내고, 앞마당에 확장 기지를 짓는 듯한 모션을 취했다.

하지만 그것은 속임수.

확장 기지를 구축할 돈으로 이미 기갑 정거장을 2개나 짓고 있었다.

─앞마당 페이크에 2기갑! 존 선수가 기갑 체제를 꺼내들었습

니다.

―자신의 장기인 병영 체제를 버리고 취약하다고 알려진 기갑 체제를 선택! 이것이 도박이 될지 묘수가 될지는 지켜봐야 할 것 같습니다.

기갑정거장 2개에서 생산된 고속전차들이 일제히 출발했다.

앞마당 확장 기지까지 미루면서 생산한 빠른 타이밍의 고속전차 견제.

결과적으로 그것은 절반의 성공에 그쳤다.

길목에 지뢰를 매설해 어느 정도 지상군에 대한 방어는 해두었지만, 앞마당에 침투했을 때 박영호의 대처는 그야말로 전광석화.

일벌레들을 본진 안으로 피신시키는 동시에 바퀴들이 출입구를 가로막는다.

밖에 내보냈던 바퀴들도 돌아와 앞뒤로 막고서 그대로 고속전차를 덮쳐 버렸다.

―박영호 선수의 반응 속도 정말 빠릅니다!

―존 선수, 이걸로는 한참 부족하죠! 좀 더 피해를 줘야 하는데요!

―이제 쐐기충이 생산됩니다. 기회는 다시 박영호 선수에게로 넘어왔어요.

그 말대로 생산된 쐐기충들이 존의 진영으로 쇄도했다.

하지만 존은 타이밍 맞춰 기계보병의 사거리 업그레이드가 완료되었다.

쐐기충 역시 별 소득 없이 물러나야 했다.

하지만 상황은 박영호의 엄청난 우세.

존은 기갑 병력이 모일 때까지 밖으로 진출할 수가 없었다.

그 틈에 박영호는 확장 기지를 여기 저기 펼치며 엄청난 자원을 모으기 시작했다.

─박영호 선수가 4광산을 가져갔습니다. 계속 방치해 놓으면 괴물을 걷잡을 수 없습니다.

병력이 모였을 때, 존이 치고 나왔다.

─치고 나갑니다! 그러면서 동시에 12시에 확장 기지를 구축하는 존 선수!

─회생할 수 있는 마지막 기회입니다. 지금 공격으로 박영호 선수에게 엄청난 피해를 줘야 하거든요!

박영호도 가만히 있지 않았다.

독침충과 촉수충, 바퀴들로 이루어진 병력이 괴물주술사와 함께 뛰쳐나왔다.

─파아앗! 파앗!

괴물주술사가 흑안개를 미친 듯한 속도로 펼쳤다.

괴물들이 우르르 흑안개 속으로 밀려 들어왔다.

치열한 난타전이 벌어졌다.

존은 고속전차로 끊임없이 지뢰를 매설하고 바퀴 떼를 블로킹했다.

전술위성들이 방사능을 살포하고, 계단식으로 배치된 기동포탑들이 불기둥을 뿜었다.

—퍼퍼퍼퍼펑!

—끼엑!

—키에엑!

유혈이 낭자했다.

맵 센터에서 일대 혈전이 벌어지는 동안, 박영호는 일부 독침충 병력을 우회시켜 12시로 향했다.

새로 확장 기지를 구축하고 있는 존의 12시를 견제할 의도.

맵 센터의 혈전 중에 나온 박영호의 날카로운 판단력이었다.

하지만 존은 레이더를 통해 그것을 포착했다.

고속전차 몇 기가 움직여 우회로에 지뢰를 매설했다.

하지만 독침충들은 하늘군주와 함께 움직이며 지뢰들을 족족이 찾아내 독침을 쏴 제거했다.

바로 그때였다.

그쪽으로 고속전차와 전술위성이 나타났다.

고속전차들이 지뢰를 매설하고, 거의 동시에 전술위성이 지뢰에게 디펜시브 실드를 걸었다.

독침충들이 다가오자 튀어나온 지뢰.

독침충들이 바로 일점사를 했지만, 디펜시브 실드로 보호된 지뢰는 그대로 발동했다.

—퍼어어어엉!

계속해서 발동되는 또 다른 지뢰에게도 전술위성의 디펜시브 실드가 걸렸다.

—퍼어어엉!

독침충들이 무더기로 지뢰에 사살 당했다.

"와아아아아!"

"오오오!"

관객들이 함성을 지르며 박수를 쳤다.

12시를 향해 우회하던 독침충들은 큰 피해를 받고서 좌절.

맵 센터의 싸움도 존이 잡아가는 분위기였다.

물론 괴물의 진가는 한 방 싸움이 아닌 끊임없이 생산되는 물량!

또다시 박영호의 물량이 몰아치기 전에, 존은 박영호의 9시 확장 기지를 공격했다.

기동포탑들이 아슬아슬하게 언덕 너머에서 자리 잡고 9시를 포격.

또 일부 고속전차들은 길목마다 지뢰를 매설한 뒤에 5시를 기습했다.

박영호는 남아 있던 쐐기충들로 5시를 지켰지만, 9시 확장 기지는 잃어야 했다.

하지만 그 정도 피해로 박영호는 눈 하나 깜짝하지 않았다.

연이어서 존은 병력을 박영호의 본진인 7시로 진격시켰다.

—존 선수의 거침없는 진격! 정말 강력한 인류의 한 방이 나오고 있습니다!

—정말 잘 싸워줬어요, 존 선수! 저게 기갑 체제에 약하다는 존 선수가 맞나요?

—박영호 선수도 가만히 있지 않습니다.

괴물주술사들이 한 줌의 바퀴 떼와 함께 나타나 흑안개를 펼쳤다.

—파아앗! 파앗!

—파아앗!

삽시간에 기동포탑들을 향해 뿌려진 흑안개.

이윽고 바퀴 떼가 흑안개 속으로 뛰어 들어가 기동포탑들을 난타했다.

원거리 공격이 통하지 않는 흑안개에서는 약한 바퀴들도 골칫덩이가 되어 버린다.

그 순간, 존의 빠른 판단이 빛을 발했다.

기동포탑들이 일제히 포격모드를 풀고 후퇴.

하지만 전술위성 2기는 반대로 6시를 향해 날아갔다.

전술위성들이 서로에게 방사능을 살포하더니, 6시에서 자원을 채집하던 일벌레들의 머리 위를 누비기 시작했다.

—지우개!!

—병력을 모두 접고 후퇴하면서 전술위성을 6시로 찔러 지우개! 정말 미친 판단이 나왔습니다! 허를 찔렸어요!

지우개란, 2기 이상의 전술위성이 서로에게 방사능을 묻힌 뒤 괴물 유닛들의 머리 위를 날아다니며 방사능에 오염시키는 컨트롤이었다.

지우개에 제대로 걸려 6시의 일벌레들이 몰살당했다.

그때, 7시에서 날아온 한 무리의 폭탄충들!

보다 비행속도가 느린 전술위성들은 폭탄충들의 마수를 피할 길이 없었다.

하지만,

—파아앗!

—파아앗!

전술위성들이 서로에게 디펜시브 실드를 걸어주었다.

—퍼퍼퍼퍼퍼퍼펑!

폭탄충들이 들이받아 자폭했지만 전술위성 2기는 멀쩡히 살아서 도망칠 수 있었다.

모두가 전율을 느꼈다.

존의 집중력이 완벽하게 살아 있었다.

잇달아 슈퍼 플레이를 펼쳐서 전투를 연이어 이긴 존.

심한 경사로 기울어 있던 승부의 균형이 조금 공평하게 기우는가 싶었다.

＊ ＊ ＊

'그래, 인정한다.'

박영호는 웃었다.

'너 제법 하네.'

박영호에게 자신이 불리할 때 웃는 취미 따윈 없었다.

다 이긴 승리를 놓쳤을 때는 표정을 흉하게 일그러뜨리며 감정을 고스란히 드러내는 편이다.

박영호가 웃고 있다면, 이유는 하나였다.

'그러니까 이제 그만 집에나 가라, 응?'

여기저기서 괴물의 최종 유닛, 공성벌레들이 생산되었다.

황소처럼 큼직한 공성벌레들이 모여들었다.

이에 맞서 존은 맵 센터의 능선(稜線)에 방어선을 세운 상황.

바로 그 시점에 박영호가 움직였다.

어마어마한 숫자의 하늘군주들이 집단으로 날았다. 하늘군주 집단은 존의 본진을 향해 날아가고 있었다.

존은 그것을 대규모 드롭이라고 판단했다.

때문에 맵 센터에서 방어선을 꾸리던 병력을 다수 빼내 본진까지 후퇴시켰다.

'귀여운 자식!'

박영호는 킬킬거리며 비열하게 웃었다.

하늘군주들은 페이크.

그 안에 유닛이라고는 단 1마리도 타고 있지 않았다!

공성벌레들이 포함된 박영호의 진짜 전 병력은 대지를 달렸다.

병력을 뺀 바람에 허술해진 존의 방어선을 그대로 들이받았다.

돌파!

연이어 폭풍처럼 12시 확장 기지로 몰려갔다.

12시를 구원하러 급히 움직이는 존의 병력.

하지만 괴물주술사들이 흑안개를 마구 뿌리며 길목을 차단했다.

─철벽괴물 박영호! 오늘 경기력이 완전히 미쳐 있습니다!

─하늘군주를 떼로 던져서 존 선수의 병력을 빼게 만든 뒤에 지상돌파! 거기에 12시를 공략하고 적군의 길목을 차단하는 치밀성까지! 자신이 세계 최강의 괴물 플레이어라는 걸 보여줍니다!

존의 GG가 나왔다.

"아자!"

박영호는 부스에서 뛰쳐나와 양팔을 번쩍 들며 좋아했다.

관객들은 마땅히 승자에게 환호를 보냈다.

압승.

이보다 더 완벽할 수 없는 승리였다.

제7장

크롬웰

　―목표는 당연히 우승입니다. 정확히는 이신이죠.

　박영호는 여유롭게 승자의 인터뷰를 했다.

　―여왕괴물을 이용한 전략은 존 선수와의 일전을 대비해서 준비한 겁니까?

　―이신이나 차이를 비롯해서 이번 대회는 인류 강자들이 전보다 많이 눈에 띠었습니다. 그 때문에 인류 상대로 쓸 전략 중 하나로 준비했고 이번 16강전에서 공개하는 게 가장 적합한 타이밍이라고 여겼습니다.

　―우승을 목표로 하고 계시는 박영호 선수인데요, 이번 대회에서 결승에 진출해 이신 선수와 자웅을 겨룰 자신이 있으십니까?

그러자 박영호는 웃으며 기자에게 반문했다.

―4강에서 차이를 꺾을 수 있냐고 묻는 거죠?

―하하…….

―누군가가 이번에 신의 왕좌를 탈환한다면, 그건 저여야 합니다. 다른 사람은 도저히 납득이 되지 않을 것 같습니다.

그것은 차이를 향한 강력한 선전포고였다.

그 인터뷰를 TV로 보고 있던 이신과 제자들의 분위기는 다소 어두웠다.

그 중심에는 3—0으로 화려하게 대패하고 돌아온 존이 있었다.

"죄송해요."

존이 사과했다.

"뭐가?"

"제가 형편없이 지는 바람에 저 형이 의기양양해졌잖아요."

"쟨 원래 저래. 분위기 타면 정신 줄을 놓아."

이신의 덤덤한 말에 듣고 있던 주디가 나직이 웃었다.

"존, 네가 운이 없었어. 오늘의 영호 형은 나도 졌을 거야."

차이가 말했다.

존은 여왕괴물을 일찍 꺼내든 박영호의 새 전략의 희생양이었다. 장단점이 너무나 뚜렷한 존이었기에 제대로 저격당한 탓도 있었고 말이다.

그런 위로도 존에게는 전혀 도움이 되지 않았다.

계속 우울해하는 동생이 안쓰러운 주디는 남몰래 이신의 옆

구리를 쿡쿡 찔렀다.

이럴 땐 눈치가 전혀 없는 이신이 왜 그러냐는 표정으로 바라본다.

주디는 턱짓으로 존을 가리키며 간절한 눈빛으로 바라보았다.

그제야 존을 위로해 달라는 것임을 알아차린 이신.

이신은 곤란한 표정이 되었다.

어떻게 위로해야 할지 전혀 감이 잡히지 않았다.

"존."

"네, 선생님."

이신은 심사숙고 끝에 입을 열었다.

"살다 보면 질 때도 있는 거야."

"풉!"

터지는 웃음을 억제로 참는 사람은 조용히 있던 장양이었다.

어울리지도 않는 위로의 한마디 탓에 분위기가 급격하게 어색해졌다.

"선생님은 개인리그에서 진 적이 없잖아요."

"있어, 얼마 전에 32강."

"다전제에서는 안 졌잖아요."

있다고 말하려던 찰나에 이신은 고개를 맹렬히 도리도리 젓는 차이 때문에 입을 다물었다.

이신은 공식전과 연습을 통틀어서 딱 한 번만 졌다. 손목 때문에 부전패했던 그때뿐이었다.

"휴우, 여기까지가 제 한계인 것 같아요."

주디는 존의 상태가 더 악화되자 당황했다.

"잘하는 것과 못하는 것이 너무 뚜렷하니까, 솔직히 아무것도 못 해보고 졌잖아요."

'그야 그렇지.'

이신은 존 같은 선수를 숱하게 봐왔다. 그런 선수는 대개 반짝 빛나다가 오래 못 가 사그라진다.

이것 하나는 잘한다, 라는 타입은 대개 그래왔다.

"네가 프로게이머가 된 지 몇 년이 지난 선수였다면 나도 그 말에 동의했겠지."

이신이 말했다.

"위로는 집어치우고 솔직하게 얘기하지. 1, 2세트는 졸전이었어."

"맞아요."

"1세트는 처음 본 전략에 당황했다 쳐도, 2세트는? 여왕괴물 때문에 병영 체제를 제대로 구사 못 했다는 건 무슨 코미디야?"

"…죄송합니다."

"네 컨트롤 수준이라면 점액을 뿌리는 순간에 병력 산개 컨트롤로 피해를 줄일 수도 있었어. 왜 못해? 손가락이 고장 났어?"

"……."

"전술위성은 놀아? 여왕괴물은 방사능 한 방 맞으면 끝이야. 박영호도 여왕괴물 활용에 대단히 신중을 기해야 했을 거야."

존은 고개를 푹 숙였다.

"넌 네 장점을 봉쇄시키는 저격 전략을 만난 게 아니라, 똑같이 리스크를 짊어지고 한 정면 승부에서 박살 난 거야. 네가 가장 자신 있어 하는 병영 체제도 아직 그 정도밖에 안 되는 거야."

"선생님 말씀이 옳아요. 제가 잘못 생각했어요."

"알면 우물 하나를 바닥까지 다 판 것처럼 행세하지 마. 프로 데뷔 1년도 안 된 주제에 같잖게 한계를 만났다고 행세야."

"죄송합니다."

위로를 하려다가 무자비한 독설을 퍼부어 버린 이신.

그러다가 본인 스스로도 아차 싶었는지 마지막은 부드럽게 마무리했다.

"그래도 3세트는 좋았어. 노력하니까 기갑 체제도 잘하잖아. 넌 이제 막 성장 단계에 들어섰을 뿐이니까 벌써부터 한계를 규정짓지 마. 넌 보병 컨트롤로 스타덤 타더니 잠깐 들떴던 애송이일 뿐이야."

"네……."

자비 없는 이신의 독설에 침몰해 버린 존.

"오, 오늘은 제가 저녁 식사 준비할게요."

차이가 벌떡 일어나 부엌으로 달아났다.

"연습이나 하자."

이신의 말에 네 사람이 PC 앞에 앉아 연습 게임을 시작했다.

이신은 주디와, 존은 장양과 연습했는데…….

—푸하악!

여왕괴물이 보병·의무병 무리에게 점액을 끼얹어 버렸다.

이어지는 바퀴 떼와 쐐기충의 합공에 몰살당하는 존의 병력.

박영호와 똑같은 전략을 펼치는 만행을 저지른 장양!

울상이 되어 버린 존의 맞은편 자리에서, 장양은 주디의 따가운 눈총을 무시하며 히죽히죽 웃었다.

확실히 상대에 대한 악의는 이신에게 잘 배운 모습이었다.

＊　　　＊　　　＊

자고 일어났을 때, 잠자리가 유독 푹신하니 기분이 좋다는 느낌이 들었다.

깨어나 보니 아니나 다를까, 마계였다.

그레모리에게 선물 받은 자신의 영지, 오두막이었다.

'서열전인가.'

이신은 낭패라는 표정이 되었다.

하필이면 8강전이 얼마 남지 않은 이때라니.

마계에 있는 동안은 게임을 손에서 놔야 하기 때문에 일시적인 실력 저하 현상이 생긴다.

물론 하도 익숙해져서 이제는 다시 감각을 끌어올리기까지 그리 긴 시간이 필요하지 않은 이신이지만, 8강전 상대가 다름 아닌 최영준이라는 게 마음에 걸렸다.

"빨리 끝내고 돌아가야겠는데."

침실에서 나오자 오두막의 앞뜰에 모여 있는 세 명의 사도가 보였다.

"깨어나셨습니까, 주군!"

"주군을 뵙습니다!"

"주군께서 오셨으니 드디어 서열전이로군요."

질 드 레, 이존효, 콜럼버스였다.

이신은 질 드 레에게 물었다.

"그동안 별일 없었고?"

"서열상의 변동이 있었습니다. 악마군주 그레모리 님께서 56위가 되셨습니다."

"한 계단 올랐군."

"예, 50위대에서는 현재 서열전이 활발한 상태입니다."

위 서열에서 또 어떤 악마군주가 큰 배팅에 실패해 몇 계단 추락을 한 모양이었다.

아귀다툼이 치열한 악마군주들의 서열전.

그런 치열한 경쟁 속에서는 본래 서열을 유지하는 것조차도 쉬운 일이 아니었다.

"이번 서열전은 우리가 도전 받는 쪽인가?"

"현재 우리에게 도전하려 드는 간 큰 악마군주는 없습니다."

질 드 레는 자랑스럽게 말했다. 하지만 곧이어서 부연을 했다.

"악마군주 안드로말리우스 측이 현재 우리 뒤를 이어서 57위로 올라선 상태입니다. 아시다시피 그쪽은 우리와 서열전을 겨룰 생각이 없습니다."

악마군주 안드로말리우스의 계약자는 바로 오운. 이신과 개인적으로 협력 관계를 형성한 오자서였다.

이신은 고개를 끄덕이며 물었다.

"이번에도 우리가 도전자로군. 상대는?"

"악마군주 알로세스이고 계약자는 올리버 크롬웰이라는 자인데 들어보셨습니까?"

"올리버 크롬웰?"

이신의 눈이 크게 떠졌다.

모를 리가 있겠는가.

세계사에 조금만 관심이 있어도 알 수 있는 유명한 인물이었다.

영국 역사에서 있어 빼놓을 수 없는 인물인데, 그의 행적을 간단히 요약하자면 혁명으로 왕을 사형시키고 정권을 잡아 군사독재를 한 자였다.

"다음 서열전 상대가 올리버 크롬웰이냐?"

"예, 종족은 마물이라고 하였는데 들리는 소문을 접했을 뿐이라 그 이상의 정보는 얻을 수 없었습니다."

"올리버 크롬웰이라……."

이신은 올리버 크롬웰에 대해 자신이 아는 지식을 떠올려보았다.

사실 올리버 크롬웰은 군인이 아니었다.

부유한 지주 가문에서 태어나 케임브리지 대학 졸업 후 하원의원이 되었다.

그런 올리버 크롬웰이 두각을 드러내기 시작한 것은 청교도 전쟁이 터지고부터였다.

'청교도 전쟁'이란, 왕권신수설을 주장하는 찰스 1세의 왕당파와 의회파의 투쟁이었다.

'잉글랜드 내전'이라고도 하는데, 혁명 후 공화정이 수립됐을 때 청교도식 법규로 통치되었기에 청교도 혁명이라 부르는 것이 었다.

아무튼 이 전쟁은 왕당파의 우세로 시작되었으나, 사비를 털어 철기병대를 조직한 크롬웰이 활약하면서 의회파로 승리가 점차 기울어졌다.

'그렇다고 해서 군사적으로 활약했다는 이야기는 들어보지 못했다.'

크롬웰은 탁월한 전략이나 용맹으로 전쟁을 이루어낸 것이 아니었다.

그는 전쟁을 전문 통솔자에게 맡기고 의원들의 전쟁 지휘를 금지시켰다. 본인 역시 총사령관이 아닌, 부사령관이 되어서 그 규칙에 따랐다.

또한 자신의 철기병대를 모델로 한 신기군을 편성해 자원군을 전문 군대화하였다.

봉급, 무기 정비, 군복 착용 의무화 등 체계적인 군대를 길러냈다.

굳이 따지자면 전략·전술·전투보다는 병력의 구성과 조합에 탁월한 능력을 발휘한 유형이었다.

청교도 전쟁에 승리하고서는 찰스 1세를 사형시키고 국가 원수인 '호국경'에 취임했다.

하지만 그 뒤로 크롬웰은 의회를 해산시키고 종신호국경이 되어 독제 권력을 휘두르기 시작했다.

그는 프랑스 혁명의 로베스피에르와 여러 가지로 비슷한 인물이었다.

혁명으로 시작하였지만 독재자가 되었고 자신의 도덕적 신념을 강요하는 것까지 두 사람은 닮았다.

청교도 근본주의자인 크롬웰은 청교도적인 법령을 반포하여 왕당파와 가톨릭 세력 등을 무자비하게 탄압하였고, 온 사회에 청교도 정신을 강요하였다.

게다가 아일랜드를 정복하면서 크롬웰은 서유럽 역사상 전례가 없었던 초토화 정책으로 악명을 떨쳤다.

아일랜드 전역을 불살라버린 뒤에 원래 주민들을 쓸모없는 늪지대가 가득한 지역으로 몰아넣어 버렸다.

그렇게 해서 당시 아일랜드인의 4분의 1 가량이 죽었다고 하니, 아일랜드 사람들은 크롬웰을 히틀러보다 훨씬 증오했다.

"살아생전에 계약자로 선택된 케이스인가?"

이신이 물었다.

질 드 레는 고개를 저었다.

"지옥에서 악마군주 알로세스에게 선택되어져 계약자가 되었습니다. 그 탓에 언제든 다시 지옥으로 버려질 수 있기 때문에 현재 아주 절박한 상황일 겁니다. 그렇지 않아도 최근에 연패를 거듭했던 모양입니다."

"크게 어려울 것 없는 상대이겠군. 알겠다."

이신은 일단 오두막에서 나와 그레모리에게 향했다.

'최대한 빨리 끝내버리고 돌아가야겠다.'

근본주의자는 대개 사고의 유연함이 부족하다.

또한 마물은 이신이 숱하게 상대해왔던 종족이었다.

평소에도 마물을 지휘하는 질 드 레와 함께 실컷 모의전을 했기 때문에 준비 기간이 크게 필요하지도 않았다.

다만 크롬웰이 악마로서 가진 고유 능력이 무엇인지 아직 모른다는 것이 문제였지만, 그 정도 페널티는 이신에게 그다지 문제가 되지 않았다.

*　　　*　　　*

궁전을 방문하니 그레모리가 활짝 웃으며 반겨주었다.

"어서 오세요. 시장하시죠?"

"예."

별로 배가 고프지는 않지만 막 일어난 참이라 아침 식사를 해야 하긴 했다.

"다들 들었지?"

"예!"

그레모리의 물음에 모든 시녀들이 합창하듯이 대답했다.

이윽고 시녀들은 분주하게 움직였다.

겉보기엔 평범한 시녀 같아도 모두가 하급 이상의 악마들.

배우 빠른 속도로 득시글거리며 오가는데도 서로 동선이 엉켜 부딪치거나 하지 않고 일사불란했다.

화려하기 이를 데 없는 만찬(晩餐)이 마법처럼 삽시간에 차려졌다.

기다란 직사각형의 식탁에 온갖 요리가 한가득!

그레모리와 이신이 식탁의 양쪽 끝에 마주보고 앉았다.

대부분의 음식이 팔을 뻗어도 닿지 않을 정도로 식탁은 길었다.

지나치게 성대하고 화려한 것이 과연 악마들의 만찬다웠다.

"식사하고 모의전을 하러 가실 거죠?"

"예."

"호호, 맛있게 드시고 힘내주세요."

그렇게 식사가 시작되었다.

원하는 요리를 먹기 위해 팔을 길게 뻗거나 자리에서 일어날 필요가 전혀 없었다.

시녀들이 분주히 움직이며 요리를 척척 가져다준다. 심지어 먹기 좋게 썰어 이신의 입에 넣어준다.

이신은 간간히 음료를 마시는 것 외에는 손 하나 까딱할 필요가 없었다.

매우 이상한 식사였지만, 마계에서 그레모리와 만찬을 즐긴 게 한두 번이 아니었기에 이신은 익숙하게 식사를 마쳤다.

사실 귀찮은 걸 싫어하는 그의 취향에 딱 맞아떨어지는 식사 방식이기도 했다.

식사가 끝나자 시녀 한 명이 화이트 와인 한 잔을 가져다주었다.

이신은 고개를 저었다.

"술 안 해."

"네? 정말 맛있는 와인인데……."

시녀가 자기 일처럼 아쉬워한다.

이를 본 그레모리가 말했다.

"그러지 말고 한 잔만 해보세요."

"술기운은 연습에 방해됩니다."

"방해되기는커녕 도움이 될걸요?"

"……?"

그게 말이 되냐는 듯이 쳐다보는 이신.

"저를 믿어주세요."

그레모리는 다시 한 번 손짓으로 마실 것을 권했다.

이신은 수확의 날에 악마들의 퇴폐와 광기의 축제에 휘말린 경험이 있었기 때문에 경계했다.

하지만 그레모리가 그를 속여 함정에 빠뜨릴 이유도 없었기 때문에 이신은 순순히 잔을 입에 가져다 댔다.

입가에 가져간 순간 달콤한 포도향이 기분 좋게 매료시켰다.

이신은 마시려다 말고 본능적으로 향을 즐겼다.

"좋죠?"

"그렇군요."

"후훗, 마시면 더 좋을 거예요."

아주 조금 입에 흘려 넣었다.

청량하고 달콤한 맛이 입안에서 퍼졌다.

그와 동시에 묘하게 따스한 에너지가 혀를 중심으로 점차 전신으로 퍼져 나갔다.

세포 하나하나가 깨어나는 듯한 오묘하고도 환희적인 감각에 이신은 눈을 감고 즐겼다.

식도를 넘길 때 느꼈던 술기운은 씻은 듯이 사라지고, 대신 몸에 활기가 돌기 시작했다.

"어때요?"

"좋군요."

이신은 순순히 인정했다.

한 모금만 마셨는데도 컨디션이 회복된 듯한 느낌이 들었다.

결국 한 잔을 다 마신 이신은 그레모리에게 물었다.

"이런 와인이라면 마실 만할 것 같은데, 귀한 와인입니까?"

"호호, 얼마든지 드릴 수 있어요. 서열전 끝나고 돌아가실 때 몇 병 챙겨드릴게요."

"감사합니다."

"승리로 보답해 주세요."

"물론입니다."

그렇게 식사를 마치니 질 드 레, 이존효, 콜럼버스가 대기하고 있었다.

"그럼 전장으로 보내드릴게요. 어떤 전장에서 모의전을 하고 싶으신가요?"

"제12 전장 레틴으로 부탁드립니다."

"알겠어요. 그럼 오늘 하루도 수고해 주세요."

파앗!

그레모리의 능력에 의하여 이신 일행이 제12 전장 레틴으로 텔레포트되어 사라졌다.

이신 일행이 떠나고 나자, 곁에 있던 한 시녀가 한숨을 푹푹 내쉬었다.

"얼마나 귀한 와인을 하사받은 것인지 알까요?"

"후훗, 모르니까 사양 없이 받지 않았겠니."

"계약자님이 그레모리 님의 정성을 알아줬으면 좋겠어요."

현실 세계로 돌아갈 때 몇 병 받기로 약속한 화이트 와인은 바로 그레모리의 권능이 가미된 술이었다.

치유의 힘이 약간 깃들어서 몸이 회복되는 효과가 맛을 더 상쾌하게 살려주는 역할을 하는 절묘한 와인이었다.

"모르지는 않을 거란다. 그리고 언제나 그렇듯 이번에도 나에게 승리를 가져다주겠지."

그렇게 말하며 그녀는 와인처럼 달콤한 미소를 지었다.

*　　　　　*　　　　　*

모의전에 앞서 이신은 우선 다섯 사도의 목록부터 확인했다.

크리스토퍼 콜럼버스(휴먼, 노예)
무기 : 없음
방어구 : 가죽 부츠(이동 속도 +5%)

능력 : 빙의, 블링크

질 드 레(휴먼, 기사)
무기 : 롱 소드(공격 속도 +5%)
방어구 : 칠흑갑주(방어력 +5%, 이동 속도 +2%)
능력 : 지휘

이존효(휴먼, 창병)
무기 : 혼천절(공격력 +7%)
방어구 : 용린갑(방어력 +5%)
능력 : 광기

오귀스트 마르몽(휴먼, 공병)
무기 : 없음
방어구 : 가죽갑옷(방어력 +5%)
능력 : 빙의

서영(휴먼, 기사)
무기 : 장창(공격력 +5%)
방어구 : 명광개(明光鎧)(방어력 +7%)
능력 : 평정심

'콜럼버스와 마르몽에게 무기를 부여하기만 하면 장비와 능력

을 전부 부여한 게 되는군.'

노예인 콜럼버스나 공병인 마르몽에게는 사실 무기가 별로 필요 없었다.

정찰을 해야 하는 콜럼버스는 적을 만나면 도망치는 게 최선이었다.

마르몽은 투석기를 다뤄야 하기 때문에 직접 무기를 들고 싸울 이유가 없었다.

'하지만 없는 것보다는 나을지도 모르겠군.'

있어서 나쁠 건 없었다.

예를 들어 콜럼버스가 정찰 도중에 상대방의 정찰과 마주친다면?

같은 생산 유닛끼리의 일대일이라면 무기를 든 쪽이 더 유리한 게 자명했다.

이동 속도도 부츠를 신어 5% 상승한 콜럼버스가 더 빠르므로, 상대의 정찰을 죽일 수도 있는 것이었다.

'게임 시작부터 상대의 일꾼 하나를 죽일 수 있으면 이득이지.'

마르몽에게도 무기가 의외로 유용할 수 있었다.

예를 들어, 마르몽이 조종하고 있는 투석기에 헬하운드 1마리가 붙으면 어떨까?

주변에 호위해 주는 병력도 없는 상황이라면 매우 곤란해진다. 고작해야 헬하운드 1마리 때문에 비싼 투석기는 물론 사도인 마르몽까지 죽게 되는 바보 같은 사태가 벌어진다.

하지만 그때 마르몽에게 무기가 있어 스스로를 보호할 수 있다면?

헬하운드와 일대일로 이길 수 있는 정도까지는 바라지도 않지만, 아군이 도우러 올 때까지 시간을 끌거나 투석기를 포기하고 도망칠 수 있게 된다.

무엇보다도,

[마력: 11,061/11,061]

마력에 꽤 여유가 있었다.

중급 악마의 신분을 유지하기 위해서 유지해야 할 1만을 제외하고도 1,061마력의 여유가 된다.

이신은 심사숙고 끝에 결정을 내렸다.

'콜럼버스와 마르몽에게 무기를 부여한다.'

[무기가 임의로 부여되며 600마력이 소모됩니다. 부여하시겠습니까?]

'부여한다.'

그러자 사도 명단 메시지에 변화가 생겼다.

콜럼버스(휴먼, 노예)

무기 : 마비침(적을 1초간 마비, 총 5발)

'마비침?'

고작 1초라고 할 수도 있지만, 위급한 순간에는 그 1초도 생각보다 길었다.

5발까지 사용 가능하니 도합 5초!

사용하기에 따라서는 나름대로 유용하게 이용할 수 있을 듯했다.

오귀스트 마르몽(휴먼, 공병)
무기 : 사브르(공격력 +5%)

마르몽에게 부여된 무기는 무난했다. 그 당시에 기병대나 장교가 휴대했던 검 사브르가 주어진 것이다.

'이 정도면 무난하군.'

마르몽이야 딱 기대했던 정도였지만, 콜럼버스는 정말 의외였다.

저번에도 블링크로 놀라게 하더니 이번에도 묘한 무기를 받은 것이다.

고작 1초 마비에 5회까지밖에 사용할 수 없지만, 이신은 이걸 어떻게 유용하게 쓸지 궁리를 하기 시작했다.

질 드 레와 모의전을 시작했다.

질 드 레가 지휘하는 마물은 이신이 지금껏 만났던 어떤 계약자보다도 뛰어났다.

이신에게 단련되었으니 당연한 일이었다.

'연습 상대로는 차고 넘치는군.'

질 드 레를 어떤 전장에서든 무난하게 이길 정도가 되면, 올리버 크롬웰과의 서열전도 문제없으리라 확신했다.

'일단의 콜럼버스의 활용에 주안점을 둬야겠군.'

이신은 콜럼버스가 블링크로 건너뛸 수 있는 포인트를 찾아냈다.

상대가 예상 못 한 방향에서 침투해 결정적인 첩보를 얻어내기 위함이었다.

콜럼버스는 중요한 재원이라 정찰 갔다가 죽게 해서는 안 되지만, 상대의 체제를 완전히 파악할 수 있는 엄청난 정보를 얻을 수 있다면 희생시킬 만했다.

거기에 5회까지 쓸 수 있는 마비침을 잘 활용하면 무사히 살아 탈출하는 것도 불가능한 것은 아니었다.

'가만?'

그러다가 문득 이신은 좋은 생각이 떠올랐다.

콜럼버스의 무기인 마비침!

적을 마비시키는 효과는 고작 1초.

하지만 초반의 소수 병력끼리의 싸움이라면 큰 효과를 발휘할 수 있을지도 모른다.

찰나의 순간에 생사를 좌우하는 싸움에서 1초간 마비된다는 것은 엄청난 페널티이기 때문이다.

'이걸 잘 활용할 수 있는 초반 올인 전략도 괜찮겠군.'

휴먼이 초반에 약하다는 편견에 허를 찌를 수 있기 때문에 의외로 효과가 좋을지도 모른다.

실험이 계속해서 성공을 거두었고, 이신은 질 드 레와의 대결에서 압도적인 승수를 쌓아나갔다.

이신에게서 많이 배운 덕에 실력적으로 많이 따라잡았다고 생각했던 질 드 레는 고개를 절레절레 내저어야 했다.

"주군의 기량은 끝이 없으신 것 같습니다. 도저히 이길 수가 없습니다."

초반 올인 전략에 계속해서 당한 질 드 레의 토로였다.

"같은 전략을 쓸 테니 한 번 막아보도록 해."

"알겠습니다."

이신은 자신의 전략을 공개한 채로 계속 모의전을 했다.

이신의 전략을 알고 있으니, 질 드 레는 그 맞춤 전략으로 맞대응을 하였다.

그러자 당연히도 승률은 어느 정도 팽팽해졌는데, 이신은 질 때마다 계속해서 전략을 다듬어 나갔다.

예상컨대 이번 서열전 역시 한 판으로 끝나지 않을 것이다.

그레모리의 총 마력량은 34만 9천.

악마군주 알로세스는 381,200마력이라고 들었다.

양측의 격차가 32,200마력이니, 상대가 1만 마력씩 배팅을 한다면 2번을 내리 이겨야 결판이 난다.

중간에 한 번 패배할 가능성도 염두에 둬야 하므로, 적어도 한 전장당 3가지 이상의 전략을 구상해야 하는 것이었다.

다행히 그동안 질 드 레와 숱하게 겨루면서 만든 전략이 많기 때문에, 준비에 긴 시간이 걸리지는 않을 것 같았다.

"준비는 잘되어 가시나요?"

늘 그랬듯 하루 종일 모의전에 매달렸다가 돌아왔을 때, 그레모리가 물었다.

"예, 내일은 도전을 해도 될 것 같습니다."

"그런데 카이저가 한참 준비에 매진하는 동안 이쪽 서열에 약간의 변동이 있었어요."

"어떤 변동입니까?"

"악마군주 아미가 최근에 서열전에서 패하여서 54위로 내려앉았다고 하네요."

"아미?"

"네, 악마군주 아미에게는 꽤나 강력한 계약자가 있는데, 그때문에 알로세스도 고민이 많은 모양이에요."

현재 55위인 악마군주 알로세스.

아래로는 상승세인 그레모리가 있고, 위로도 소문이 자자할 정도로 강력한 계약자를 보유한 악마군주 아미가 있으니 중간에 끼어서 난처해진 것이다.

"그 계약자의 이름이 누굽니까?"

이신은 그 강력하기로 소문이 났다는 계약자의 이름이 궁금했다.

72인의 계약자 가운데 비범하지 않은 사람이 없는데, 그 가운데서도 소문이 날 정도라니 궁금하지 않을 수 없었다.

이번에 올리버 크롬웰을 이긴다면 그다음 상대가 될 것이 자명했다.

*　　　*　　　*

"악마군주 아미의 계약자는 항우라고 했어요."

순간 이신은 멍해졌다.

자신이 잘못 들었나 싶었다.

"항우 말입니까?"

"예, 생전에도 꽤나 명성을 떨쳤던 맹장이었다고 하던데, 들어 보셨나요?"

듣다마다.

역사에 일절 관심이 없는 사람도 그 이름은 들어봤을 것이다.

무식함에 안하무인의 성격에 온갖 단점을 다 가지고 있었음에도, 용맹 하나로 천하를 잠깐이나마 제패했던 작자였다.

그의 용맹은 정사(正史)를 무협소설처럼 만들 정도였다.

'조아생 뮈라 같은 타입이겠군.'

안 봐도 뻔했다.

판단력도 운영 능력도 바닥 수준인 항우인데 악마군주의 계약자로 선택을 받았다면 말이다.

현재 54위에 랭크된 서열만 봐도, 조아생 뮈라보다 더 까다로운 상대일 게 분명했다.

'곤란하군.'

이신이 지금껏 서열전을 치르면서 당한 유일한 패배가 바로 조아생 뮈라에게 당한 것.

이번에는 그 업그레이드 버전인 항우가 상대이니 말할 필요도 없었다.

어쨌든 항우는 다음 문제였다.

일단은 눈앞에 있는 올리버 크롬웰부터 해결하고 봐야 했다.

현실 세계로 돌아가서 8강전 준비도 해야 했고 말이다.

"그건 나중의 일인 것 같습니다."

"그래요. 일단은 눈앞에 있는 상대부터 생각하도록 해요."

그렇게 하루가 지나고 이신은 준비를 마무리했다.

이신과 그레모리는 함께 악마군주 알로세스의 영지로 갔다.

"카이저, 이번에도 안대를 써야 해요."

"알겠습니다."

이신은 두말없이 안대를 썼다. 악마군주를 만날 때는 늘 조심하는 게 좋았다.

안대를 씌워주며 그레모리가 부연 설명을 했다.

"악마군주 알로세스는 불이 타오르는 눈동자를 지녔는데, 인간이 그 눈을 보면 죽은 자기 자신이 보이고 그 충격에 실명을 하고 말죠."

실로 섬뜩한 설명이었다.

"카이저도 이제 중급 악마라 마주한 것만으로 그 정도로 피해를 입지는 않지만, 마력으로 스스로를 보호하는 법을 모르시니 위험한 건 여전해요. 이번 서열전이 끝나면 제게 마력을 다루는 법을 좀 배워보시겠어요?"

"아뇨, 그럴 필요 없습니다."

이신은 단호하게 거절했다.

안대를 쓰고 있어서 서운해하는 그레모리의 표정을 볼 수 없었다.

"눈이 마주쳐도 위험하다니 그런 악마군주는 다시는 마주치고 싶지 않군요."

"후훗, 이번에 이기고 나면 우리는 더 높이 올라갈 테니 다시는 볼 일이 없을 거예요."

여전히 이신에 대한 믿음이 강한 그녀였다.

텔레포트로 악마군주 알로세스의 영지로 이동했다.

풍경이 보이지는 않았지만 싸늘한 찬바람이 살을 에는 것이 느껴졌다.

그리고 여기저기서 분주한 소리가 들리는 것을 보니 꽤 많은 사람이 야외에 모여 있는 듯했다.

"춥군요."

"네, 알로세스의 영지는 언제나 겨울이에요."

"주변에 사람, 아니 악마들이 많이 있는 것 같습니다."

"알로세스 군단의 병사들이에요. 대군단의 병영을 생각하시면 돼요. 겨울에 막사를 치고 야영을 하는 수십만 군대, 그게 알로세스의 영지의 풍경이에요."

그녀의 말을 들으니 비로소 주변에서 발자국 소리와 함께 들리는 금속이 부딪치는 소리의 정체를 알 수 있었다.

그때였다.

"왔군, 환영한다."

크고 쉰 목소리가 울려 퍼졌다.

목소리에 깃든 묘한 장엄함은 그가 보통 존재가 아님을 느끼게 해주었다.

"내가 환영을 받을 줄은 몰랐구나, 알로세스."

"그만큼 얼마 전까지의 네 처지가 가련했으니까. 이렇게 다시 보게 될 줄을 누가 알았겠는가?"

"이 싸움이 끝나면 가련한 게 어느 쪽이 될지 아무도 모를걸? 물론 나는 알 것 같지만."

"못 본 사이에 많이 자신 만만해졌군. 그 계약자의 힘인가."

그 순간 이질적인 감각이 이신의 피부를 자극했다.

이신은 안대를 써서 아무것도 보이지 않았지만, 그럼에도 악마 군주 알로세스가 자신을 바라보고 있다는 것을 느꼈다.

'불타는 눈동자라고 했나? 그렇군, 온기가 느껴져.'

그의 시선이 닿는 피부에서 온기를 느낄 수 있었다.

온기가 머리부터 발끝까지 온몸을 훑고 지나갈 땐 섬뜩함마저 느껴졌다.

아마도 알로세스는 마음만 먹으면 눈빛만으로 상대를 재로 만들어 버릴 수 있을 터였다.

"이신이라……."

쉰 목소리가 다신의 이름을 언급하자 이신은 가슴이 철렁 내려앉았다.

"아직 살아 있는 인간이라고 했던가. 얼마나 대단한 영웅이기에 내로라하는 영웅들이 모인 이곳에서 승승장구를 한단 말인가."

말발굽 소리.

아마도 말을 타고 있는 모양이었다.

그의 시선이 닿는 곳에서 느껴지는 온기가 점점 더 뜨거워진다.

알로세스가 가까이 다가오고 있었다.

"그만."

이신에게 접근하는 알로세스를 그레모리가 한마디로 제지했다.

"계약자를 많이 아끼는군."

"너라면 아끼지 않겠느냐, 알로세스."

"흐흐, 아끼겠지. 아끼고말고. 나에게 무수히 많은 승리를 가져다줄 수 있다면 뭐든지 선물할 수 있지."

그때,

—위대하신 주인님, 제가 주인님께 승리를 안겨드리겠습니다.

인간의 것이 아닌 듯한 기이한 음성이 울려 퍼졌다.

순간 이신은 혼란을 느꼈다.

인간의 성대에서 나올 수 있는 목소리가 아니었다.

하지만 정황상 알로세스에게 저런 말을 할 사람은 올리버 크롬웰밖에 없었다.

호국경 올리버 크롬웰.

절대왕정을 꿈꾸던 왕 찰스 1세에 대항하여 일어난 청교도 혁명을 통해 영국의 최고 통수권자가 되었고, 정권을 잡은 뒤에는 거꾸로 의회를 해산하고 꽃피우려던 민주주의의 씨앗을 밟아버린 인물.

영국인은 청교도 정신을 강요하던 올리버 크롬웰의 강압적인 통치를 몹시도 싫어하여, 그의 사후에 곧바로 왕정복고가 이루어졌다.

하지만 어찌 되었든 역사에 뚜렷한 족적을 남긴 인간 올리버 크롬웰이다.

그런데 마치 악마와도 같은 저 목소리는 무엇이란 말인가?

'물론 이제는 악마겠지만.'

그래도 음성이 저렇게 인간과 거리가 멀 정도로 변해 버린 경우는 처음이었다.

"그래야지. 더 이상 패배하면 나도 더 이상 너를 용서할 수 있을지 장담 못 하겠으니까."

―실망시키지 않겠습니다.

"그럼 이제 그만 시작하지."

"그러자. 마신께서 정하신 율법에 따라 너에게 도전한다, 알로세스."

"자격을 갖춘 상대의 도전은 거부할 수가 없는 법. 도전을 받아들이겠다."

"배팅할 마력과 전장을 선택하라."

"전장은 제1 전장 아스테이아. 마력은 1만이다."

"받아들이겠다."

파앗!

알로세스와 크롬웰이 먼저 전장으로 떠났는지 기척이 사라졌다.

"우리도 가볼까요, 카이저?"

"묻고 싶은 게 있습니다. 크롬웰의 모습은 어떠했습니까?"

"굉장히 절박한 표정이었어요. 그 탓인지 카이저를 매우 적대적인 눈길로 노려보기도 했죠."

"아뇨, 그건 목소리만 들어도 알 수 있습니다."

"그럼요?"

"그의 목소리가 이상했습니다."

"아, 그야 인간이 아니니까요."

"악마가 되었다 해도 지금까지 만났던 계약자들은 인간의 모습을 유지하고 있었습니다."

"올리버 크롬웰은 보기 드문 케이스이긴 하죠. 주 종족으로 마물을 택한 계약자들에게서 간혹 저런 현상이 나타나곤 해요."

"선택하는 종족과 관련이 있는 겁니까?"

"맞아요."

그레모리는 듣기 좋은 목소리로 설명을 이었다.

"카이저, 서열전에서 자신의 고유 능력을 발휘하기 위해서는 어떻게 해야 하나요?"

"일단 사도에게 빙의를 해야……."

이신은 대답하다가 말끝을 흐렸다.

그레모리가 말하고 싶은 게 무엇인지 알아차린 것이었다.

"마물의 육체에 빙의된 느낌은 어떠할까요? 상상이 가시나요?"

"잘 상상이 가지 않습니다."

"엘프도 드워프도 오크도 마찬가지겠지만, 마물은 가장 인간과 동떨어진 종족이죠. 심지어 이족보행도 못하고 사고력도 없죠."

"……"

"하지만 인간을 훨씬 능가하는 체력을 갖게 되죠. 아마도 마물의 육체에 빙의한 순간 감옥에서 석방된 듯한 해방감을 느꼈을 거예요. 훨씬 우월한 육체, 넘치는 활력, 그리고 뜨거운 체온과 숨결."

"빙의에서 풀려나면 다시 인간으로 돌아오잖습니까."

"하지만 인간이 아니라 악마죠. 마력을 가진 존재요. 그리고 마력은 주인의 정신에 많은 영향을 받죠. 카이저가 손목을 심하게 다쳤을 때의 경험으로 치유 능력을 각성했듯이 말이죠."

"그래서 올리버 크롬웰은 마물로 변한 겁니까?"

"맞아요. 마물을 주로 다루는 계약자들 중에서 몇몇 소수는 그 중독성에 잠식되어서 마물화가 되어 버려요."

"끔찍하군요."

자신이 인간이라는 정체성을 굳건히 지키고 있는 이신으로서는 잔인하게 들리는 이야기였다.

하지만 그레모리는 무슨 소리냐는 듯이 말했다.

"어째서요? 원하는 대로 육체가 마물화되어 강력해졌는데요."

"……."

이신은 입을 다물었다.

이곳은 마계였다.

이신이 드는 거부감은 인간으로일 뿐, 마계에서는 외양 같은 것은 아무런 의미도 없었다.

지나칠 정도로 공손하고 예의 발랐던 악마군주 세에레처럼 말이다.

"…가죠."

두 사람은 제 1 전장 아스테이아로 이동했다.

[악마군주 그레모리 님과 악마군주 알로세스 님의 서열전입니다. 전쟁의 승패가 서열과 마력에 영향을 줍니다. 마력은 2만이 배팅됩니다.]

[마력 2만이 마력석이 되어 전장에 유포됩니다.]

[종족을 선택해 주십시오.]

"휴먼."

―마물.

이신과 크롬웰이 거의 동시에 대답했다.

안대를 써서 앞이 보이지 않지만, 이신은 어쩐지 크롬웰이 자신을 노려보고 있을 거라는 생각이 들었다.

아니나 다를까.

―나를 알고 있나?

"언뜻 들어보긴 했지."

─홍, 역사 공부를 형편없이 못한 놈이로군.

"내가 알아야 할 정도로 당신이 존재감 있는 사람은 아니라서."

사실 충분히 존재감 있는 행보를 보였던 인물이지만 이신은 일부러 도발하기 위해 폄하했다.

─난 네놈이 정말 마음에 안 들어. 왜인 줄 아나? 마계에는 의외로 너처럼 더러운 피부색을 가진 놈들이…….

"관심 없어."

이신은 휙 뒤돌아 버렸다.

크롬웰이 뭐라고 알 수 없는 소리를 내며 고함을 질렀지만 신경 쓰지 않았다.

[서열전이 시작됩니다.]

[악마군주 그레모리 님의 계약자 이신 님과 악마군주 알로세스 님의 계약자 올리버 크롬웰 님께서 참전합니다.]

서열전이 시작되자 이신은 즉각 노예들에게 일을 시켰다.

'마침 가장 무난한 전장이군.'

제1 전장 아스테이아는 아무래도 가장 많이 연습했던 곳 중 하나였다.

'한 번 시도해도 좋겠군.'

조금 더 과감한 빌드 오더를 선택했다.

물론 이신은 도박하는 심정으로 시도해 보는 게 아니었다.

정찰을 통해 상대의 동태를 봐가며 맞춰가며 싸울 수 있다는 자신감이었다.

"콜럼버스."

"옛! 정찰하러 가겠습니다!"

마력석을 채집하던 콜럼버스가 냉큼 대답하고는 떠났다.

준비한 전략의 승패 여부는 콜럼버스에게 달렸다 해도 과언이 아니었다.

이신이 시작한 위치는 7시.

콜럼버스는 11시를 먼저 들렀다가 1시 부근에서 올리버 크롬웰 측과 마주쳤다.

1시 앞마당 앞에 대기하고 있던 헬하운드 1마리가 보였다.

"크르릉!"

헬하운드는 콜럼버스를 보자마자 득달 같이 달려들었다.

"어떡할까요?"

'마비침으로 따돌리고 들어가. 정찰은 해야 해.'

"옛!"

콜럼버스는 시키는 대로 움직였다.

"쉿, 쉿! 덤벼봐!"

모의전에서 이 같은 상황을 수없이 마주했기에 콜럼버스의 배짱은 보통이 아니었다.

서서히 거리를 좁혀온 헬하운드가 마침내 득달같이 덤벼드는 순간,

"으앗!"

콜럼버스는 엄살을 피우며 좌측으로 뛰었다.

아슬아슬하게 헬하운드의 발톱이 어깨만 할퀸 채 빗나갔다.

헬하운드를 재치는 데 성공한 콜럼버스는 그대로 본진 출입구를 향해 뛰었다.

헬하운드 역시 야생적인 몸놀림으로 재빨리 방향을 전환하고는 뒤쫓아 왔다.

이동 속도 +5%의 효과를 주는 부츠는 생각보다 큰 위력을 보였다. 꽁지 빠지게 달린 덕에 헬하운드와 거리가 좁혀지지 않은 것.

앞마당을 확인하는 데 성공!

올리버 크롬웰은 앞마당에 마력석 채집장을 건설하고 있었다.

'앞마당을 갖고 시작하는 정도는 이곳에서도 일반화된 패턴이다.'

문제는 지금 크롬웰이 어떤 병력을 소환하고 있느냐다.

헬하운드를 다수 소환하고 있다면 이신은 전략을 즉시 바꿔야 했다.

'본진 안으로 들어가라.'

"옛!"

콜럼버스는 그야말로 헐레벌떡 달렸다. 아주 잘 해주고 있었다. 마비침 한 번 안 쓰고 헬하운드를 따돌렸으니 말이다.

하지만 그때, 본진 출입구에서 또 다른 헬하운드가 나타났다.

비로소 콜럼버스는 아껴 두고 있었던 마비침을 꺼냈다.

그것은 대롱을 입으로 불어서 마비침을 날리는 방식의 무기였
다.

캑!

마비침을 맞고 잠시 움직임이 멎어 버린 헬하운드.

콜럼버스는 과감하게 그 옆을 지나치고 본진 안으로 진입했
다.

가장 먼저 콜럼버스가 본 것은 마력석을 채집하고 있는 바글
거리는 클로들이었다.

"헬하운드는 2마리가 전부였습니다! 클로만 잔뜩 뽑고 있어
요!"

올리버 크롬웰의 체제가 밝혀졌다.

'헬하운드 2마리는 정찰 용도로 뽑기만 했군.'

상대가 휴먼인 만큼 초반에 딱히 위협 받을 일은 없다고 생각
한 모양이었다.

휴먼이 초반에 동원할 수 있는 병력 구성이야 궁병·방패병·창
병 등이 한계이니 말이다.

방심한 것은 아니었다.

연전연승을 거둔 자신을 상대로 승리에 절박해하는 올리버
크롬웰이 방심할 리가 있겠는가?

오히려 클로 1마리도 더 정찰로 낭비하지 않고 타이트하게 마
력을 모으겠다는 의미로 보였다.

'나야 고맙군.'

일단은 정찰에 성공한 콜럼버스부터 살아서 탈출하게 해야

했다.

콜럼버스는 헬하운드 2마리에게 쫓기고 있어서 아주 죽을 맛이었다.

'블링크 써서 탈출해라.'

"옛!"

이윽고 콜럼버스가 절벽을 향해 달려다가 헬하운드들은 얼씨구나 하고 쫓아갔다.

쥐새끼처럼 잘 도망쳐서 짜증났는데 드디어 스스로 궁지에 몰리는 것처럼 보이는 것이었다.

하지만,

파앗!

[계약자 이신 님의 사도 하급 악마 콜럼버스가 능력 블링크를 사용합니다.]

[10미터 범위 내에서 순간이동을 합니다.]

콜럼버스는 블링크로 절벽을 건너 뛰어 버렸다.

헬하운드 2마리를 바보로 만들어 버리고 깔끔하게 탈출한 것이다.

이신은 본격적으로 준비한 빌드 오더를 꺼내 들었다.

이는 차이가 쌍성전자를 상대로 올킬을 했을 때, 신지호를 상대로 써먹었던 올인 전략의 응용 버전이었다.

이신은 곧바로 특수 병영 2개를 지었다.

앞마당에 마력석 채집장도 더 가져가지 않고 내린 판단이었다.

그 도중에 정찰이 한 번 왔지만 궁병 2명을 전진배치 시켜서 차단했다. 올리버 크롬웰은 이신의 앞마당도 보지 못했다.

이윽고,

[기사가 소환 완료되었습니다.]

[계약자 이신 님의 사도 하급 악마 질 드 레가 소환 완료되었습니다.]

[기사가 소환 완료되었습니다.]

[계약자 이신 님의 사도 서영이 소환 완료되었습니다.]

소환된 질 드 레는 본진 내부를 둘러보다가 말했다.

"상당히 이른 시간에 소환하신 듯합니다."

이신은 고개를 끄덕였다.

"지금 즉각 서영과 함께 공격에 나서라. 최대한 많은 피해를 줘야 한다."

"옛!"

"이랴!"

질 드 레와 서영이 적진을 향해 달려갔다.

콜럼버스도 합류했다.

콜럼버스는 앞서서 진격 루트를 살펴보며, 적에게 들키지 않고 접근할 수 있도록 도왔다.

핵심은 기사 2기의 기습 공격.

공격에 임하기 전까지 상대에게 들켜서는 안 되는 것이었다.

수많은 연습을 했기 때문에 호흡이 척척 맞았다.

콜럼버스는 바깥으로 나와 정찰을 하는 헬하운드의 동향을 파악했다.

그러면 지휘 능력으로 이신과 똑같이 모든 곳을 다 보는 질 드 레가 알아서 서영과 함께 안전한 루트로 우회하는 것이었다.

용의주도한 기습 작전.

정찰로 안전한 루트를 알려주는 콜럼버스와 일일이 지시하지 않아도 되는 현장 사령관 질 드 레가 합작을 했기에 가능했다.

마침내 올리버 크롬웰의 앞마당에 당도한 순간,

"쳐라!"

질 드 레가 앞서 달리며 소리쳤다.

마법진을 중심으로 질 드 레는 왼쪽, 서영은 오른쪽으로 파고 들며 클로들을 향해 달려들었다.

"차합!"

일하던 클로들이 우르르 달아났지만, 서영의 돌진에 무더기로 피해를 입었다.

그리고 말을 타고 바짝 쫓아온 질 드 레가 롱 소드를 휘두르 며 마무리.

클로들이 무더기로 죽었다.

크롬웰도 가만히 당하고 있지만은 않았다.

기습 받은 뒤에야 소환을 시작한 헬하운드들이 뒤늦게 나타 난 것.

한 순간에 대량 소환된 헬하운드 떼가 본진에서 나와 앞마당 을 지키러 들었다.

그 순간, 이신이 명령을 내렸다.

'출입구를 막고 못 나오게 해라. 뒤에서 콜럼버스가 마비침으로 보조.'

이에 질 드 레와 서영은 좁은 출입구에 서서 헬하운드 떼에게 맞서 싸웠다.

"깨앵!"

"크르릉!"

한바탕 격전.

하지만 좁은 길목에서 싸우는 탓에 헬하운드들은 수적인 우위를 잘 활용하지 못했다.

게다가 뒤에서 마비침을 쏘는 콜럼버스의 원조도 크게 주효했다.

그러는 사이에 추가적으로 소환된 기사들이 계속해서 합류했다.

뿐만 아니라,

[사도 콜럼버스의 능력 빙의를 사용합니다.]

[계약자 이신 님께서 사도 콜럼버스의 육체에 빙의됩니다.]

콜럼버스에게 빙의된 이신은 치유 능력을 펼쳐서 전투를 지원했다.

중급 악마가 되면서 강화된 이신의 고유 능력.

치유가 인근에 있는 모든 기사들에게 적용되었다.

이신의 지원에 힘입어, 마침내 질 드 레가 돌파를 시도했다.

"뚫어라! 놈들을 끝장내 버린다!"

"와아아!"

가장 먼저 앞마당의 마법진을 깨부쉈다.

크롬웰은 본진 안에 마법진을 더 건설해서 막아내기 위한 병력 소환에 박차를 가했지만 전세는 이미 기울어진 상태였다.

연이어서 출입구를 돌파하고 본진 안으로 진입하는 데 성공한 기사단.

기사들은 질 드 레의 지휘 하에 크롬웰의 본진을 유린했다.

결국 기습에 완벽하게 당한 크롬웰은 패배를 선언할 수밖에 없었다.

[악마군주 알로세스 님의 계약자 올리버 크롬웰 님께서 패배를 선언하셨습니다. 악마군주 그레모리 님의 승리입니다.]

[악마군주 그레모리 님께서 마력 1만을 획득하셨습니다.]

[악마군주 그레모리 님의 마력 총량이 35만 9천이 되셨습니다. 서열의 변동은 없습니다.]

[악마군주 알로세스 님의 마력 총량이 371,200이 되셨습니다. 서열의 변동은 없습니다.]

"수고하셨어요."

그레모리가 즉시 달려와 이신의 눈에 다시 안대를 씌워주었다.

실수라도 악마군주 알로세스의 눈을 바라보면 안 되기 때문이었다.

한편, 크롬웰은 분통을 터뜨리고 있었다.

─이해할 수가 없습니다. 대체 어떻게 그렇게 이른 시간에 기사가 나타날 수 있었던 건지 모르겠습니다.

인간과 거리가 먼 괴이한 음성의 크롬웰.

하지만 기습 전략에 제대로 걸려 허무하게 패배한 분함은 충분히 느껴졌다.

"그것은 네가 정찰을 하지 못했기 때문이다."

그레모리와 함께 서열전을 관전했던 알로세스는 이신이 어떻게 운영을 하였는지 설명해 주었다.

비로소 완벽하게 당했음을 깨달은 크롬웰이었다.

─다음번에는 이길 수 있습니다. 저는 아직 제 능력을 보여 주지 않았고, 그에 비해 상대는 능력도 전략도 모두 들통났습니다.

"그래야지. 이번에도 진다면 그게 네 마지막이 될 지도 모르거든."

알로세스는 크롬웰에게 으름장을 놓았다. 그러고는 이신에게 말했다.

"소원을 빌어라, 그레모리의 계약자!"

"마력."

"빌어먹을!"

이신은 알로세스에게서 3,712마력을 뜯어냈다.

그로서 이신이 보유한 마력은 총 14,173이 되었다.

"당연히 또 도전을 하겠지?"

"물론이다, 전장을 골라라."

그레모리가 당연하다는 듯이 대답했다.

알로세스는 크롬웰과 상의하다가 결정을 내렸다.

"마력은 2만. 그리고 전장은 제 5 전장 이블 홀을 택하지."

이블 홀은 앞마당과 뒷마당이 본진과 붙어 있는 지형을 가진 전장이었다.

자원 확보에 매우 용이해서 마물에게 유리한 전장이었다.

반면에 휴먼으로서는 출입구가 두 개라서 방어에 더 까다롭고 말이다.

"어떻게 생각하세요?"

그레모리가 물었다.

이신이 말했다.

"2만을 배팅한 것은 이번 판에서 승부를 내겠다는 뜻입니다."

3차전까지 가기를 꺼려하는 알로세스 측의 심리적 부담이 느껴지는 배팅이었다.

만약 1만 마력을 배팅한다면 설령 알로세스가 이긴다 해도 그레모리는 여전히 피도전자의 9할이라는 도전 자격을 유지하기 때문에 즉석에서 3차전을 치를 수밖에 없었다.

이미 이신의 실력을 충분히 경험했기에 알로세스는 이에 부담을 느꼈을 터.

그래서 2만 마력을 배팅한 것이다.

만약에 이신이 패배하게 된다면 알로세스는 387,488마력이 되고, 그레모리는 그 9할에 못 미치는 33만 9천이 되어 버리는 것이다.

'패배할 수는 없지. 이쪽도 사정이 있거든.'

패배의 페널티.

서열전에서 패하면 다음 서열전에서 승리할 때까지 이신은 현실 세계로 돌아가지 못한다.

멈춰 있던 현실 세계의 시간이 흐르면서, 그쪽에서 이신은 잠에서 깨어나지 않는 상태가 되어 버린다.

'그렇게 되면 개인리그고 뭐고 다 날아가 버리는 거지.'

심지어 악마군주들 사이에서 이신의 실력은 정평이 나 있어서 도전자가 좀처럼 없었다.

이번에 패배하면 상당 시간 동안 돌아갈 수 없게 되어 버릴지도 모른다.

때문에 이신은 어떻게 해서든 이겨야 했다.

더 절박한 쪽은 크롬웰이지만 남의 사정 따윈 알 바가 아니었다. 다시 지옥에 떨어져봐야 결국 생전에 지은 죗값을 치를 뿐이지 않은가.

[서열전이 시작됩니다.]

2차전이 시작되었다.

*　　　*　　　*

'이신, 네 이놈!'

크롬웰은 분노에 차 있었다.

비겁한 기습 전략 때문에 패배를 기록하고 말았다.

최근 연패를 면치 못하고 있어 곤경에 처한 크롬웰의 입장에서는 아무것도 해보지 못하고 당한 그 패배가 너무나 뼈아프고 화가 났다.

'이번에야말로 나의 힘을 보여주마.'

인간이었던 시절은 이제 기억조차 나지 않는다.

언제 계약자의 위치를 박탈당하고 지옥으로 돌아갈지 몰라 전전긍긍인 크롬웰은 아직 살아 있는 이신에게 질투를 느꼈다.

그러면서 실력까지 좋다니.

많은 면에서 자신과는 정반대로 팔자가 좋지 않은가.

'재앙이 무엇인지 알게 될 것이다.'

이글이글 불타는 크롬웰의 눈빛은 사람과는 거리가 매우 멀었다.

도전자는 피도전자보다 불리하다.

피도전자가 원하는 전장에서 싸워야 하기 때문이다.

서열전에 쓰이는 전장은 무려 12개나 된다.

피도전자는 그중 하나를 미리 골라서 전략을 구상하고 준비하면 되지만, 피도전자는 준비에 있어 그 부담이 12배였다.

하지만 이신은 철두철미하게 준비했다.

프로게이머로서 전장에 대한 접근 방식과 전략 구상이 체계화되었기 때문에 준비하는 데 있어서 큰 문제가 없었다.

때문에 크롬웰이 제5 전장 이블 홀을 지정했을 때도 별로 당황하지 않았다.

앞마당과 뒷마당.

본진에 뚫려 있는 두 개의 출입구.

이 특징이 가져다주는 휴먼 대 마물의 방향성은 뚜렷했다.

앞마당과 뒷마당에 마력석 채집장을 펼쳐놓고 재빨리 마력을 확보하는 마물.

두 개의 출입구 때문에 방어에 더 신경 써야 하는 휴먼.

이는 본질적으로 마물이 휴먼보다 병력을 소환하는 시간과 이동 속도 등이 더 빠르기 때문에 어쩔 수 없이 주도권을 내줄 수밖에 없는 것이었다.

'아마도 초반부터 헬하운드를 써서 압박을 하려 들 테지.'

이 전장의 지형상 마물이 휴먼을 상대로 나올 수 있는 기본적인 패턴이었다.

"콜럼버스."

"옛, 주군! 정찰입니까?"

식량창고 건설을 막 마친 콜럼버스가 대답했다.

"그래. 앞마당과 뒷마당에 마력석 채집장을 짓고 있는지 우선적으로 확인하고, 헬하운드를 공격에 동원할 가능성이 높으니 그 점도 확인해야 한다."

"옛!"

콜럼버스가 발 빠르게 출발했다.

정찰을 시킨 한편, 이신은 두 개의 출입구를 모두 봉쇄하는 심시티를 구성했다.

　병영 2개와 식량창고를 연결시켜서 간신히 지나다닐 수 있는 약간의 공간만 주고 바리케이드를 쳐버리는, 심혈을 기울여 구상한 심시티였다.

　스페이스 크래프트의 인류와 달리 건물을 공중에 띄울 수 없으므로, 완전히 틀어막아버리면 나중에 밖으로 나가기 위해 건물을 스스로 부숴야 하는 사태가 발생하기 때문이었다.

　이신의 예상이 들어맞았다.

　콜럼버스는 앞마당에 돌아가고 있는 크롬웰의 마력석 채집장을 포착했다.

　그곳에 집결한 한 무리의 헬하운드들도 볼 수 있었다.

　"놈들이 출발합니다! 그쪽으로 갑니다!"

　헬하운드들은 달아나는 콜럼버스를 무시하고는 곧장 이신의 진영을 향해 달렸다.

　"어떻게 할까요? 저도 본진으로 돌아갈까요?"

　콜럼버스가 그렇게 물었다.

　초반에 전투에서 불리함을 딛으려면 콜럼버스에게 빙의해서 치유 능력을 발휘해야 했기 때문이다.

　하지만 이신은 고개를 저었다.

　'그럴 필요 없어. 뒷마당과 추가적인 후속 병력이 있는지 체크해.'

　"옛!"

　콜럼버스는 그대로 우회하여서 뒷마당도 향했다.

때마침 마법진을 건설하기 위해 뒷마당에 나온 클로 1마리와 마주쳤다.

'방해해.'

"옛!"

콜럼버스는 냅다 달려들어 클로에게 주먹을 날렸다.

클로도 날카로운 손톱으로 맞서면서 드잡이를 벌였다.

마비침을 한 방 날려서 1초간 마비시킨 뒤에 펀치 몇 번을 더 꽂아 넣자 싸움은 콜럼버스가 유리해졌다.

결국 클로가 본진 안으로 도망쳤고, 다른 클로가 나왔다.

"이제 그만 튈까요?"

'그렇게 해.'

한 번 뒷마당 마력석 채집장 건설을 지체시켰기 때문에 그걸로 충분했다.

'아군 진영으로 향하는 길목에 서서 추가 병력이 공격하러 오는지만 체크해.'

"옛!"

한편, 이신은 2개의 병영에서 궁병을 꾸준히 소환하며 방어태세를 갖췄다.

심시티도 충분히 갖춰 놨으니 당장 처들어온 데도 막아낼 수 있었다.

'뒷마당에도 마력석 채집장을 가져갔으니 당장 공격에 크게 힘실은 생각은 없을 것이다.'

예상대로 들이닥친 헬하운드들은 공격을 시도하지 않고 앞마당에만 서성거렸다.

콜럼버스가 감시하고 있는 길목에서도 추가로 병력은 확인되지 않았다.

크롬웰의 생각이 어느 정도 읽혔다.

'본진, 앞마당, 뒷마당에서 충분히 마력을 얻어서 대군을 꾸릴 생각이겠지.'

그렇다면 이신은 일단 눈앞에서 얼쩡거리는 헬하운드들부터 몰아내고서 앞마당이나 뒷마당 둘 중 하나에 마력석 채집장을 확보해야 했다.

*   *   *

폭풍전야.

앞마당과 뒷마당까지 총 3군데에서 마력을 채집한 크롬웰은 금세 대군을 모았다.

독포자꽃이 득시글거리기 시작했고, 그중 일부를 꾸준히 엔트로 진화시켰다.

크롬웰의 전략적 의도는 뻔했다.

지상전 대군!

휴먼을 방어적인 자세를 취하게 만든 뒤, 마력 채집량에서 크게 우위를 점해 끝내버릴 생각이었다.

시간을 더 주면 휴먼도 힘이 붙기 시작하기 때문에 그 전에 결판을 지어야 했다.

'이번에는 네놈도 어쩔 수 없을 것이다.'

물론 전략 자체는 그리 특별할 게 없었다.

최근 명성을 떨치고 있는 이신이라면 이 정도 전략도 간파 못할 리는 없다.

아마도 막을 수 있는 방어책을 충분히 세워놨을 것이다.

'하지만 넌 내 능력이 뭔지 모르지.'

크롬웰이 믿고 있는 구석은 바로 그 점이었다.

상대가 모르는 자신의 고유 능력이라는 변수!

독포자꽃이 계속해서 소환되었다.

득시글거리는 독포자꽃들과 엔트들이 공격 명령만 기다리고 있었다.

'이제 때가 됐군.'

크롬웰은 눈을 감고 심호흡을 했다. 그러고는,

[사도 엘리게리우리아의 능력 빙의를 사용합니다.]

[계약자 올리버 크롬웰 님께서 사도 엘리게리우리아의 육체에 빙의됩니다.]

사도 엘리게리우리아는 독포자꽃이었다. 마물의 육체에 빙의되자 후끈거리는 열기를 느꼈다.

"크흐으으……!"

마물의 육체로 감각을 받아들이게 되자 크롬웰은 짜릿한 희열을 느꼈다.

불타오를 것만 같은 뜨거운 체온.

온몸에 휘도는 마력.

폭발할 것 같은 혈기(血氣).

'흐으으, 역시 이 희열은 잊을 수가 없어.'

이미 인간이었던 시절의 기억은 잊은 지 오래.

청교도 근본주의자였던 살아생전의 정신 역시 사라진 지 오래였다.

마물 그 자체가 된 희열!

끓어오르는 폭력성!

크롬웰은 참을 수가 없었다.

"가자! 전부 짓밟아 버리는 거다—!"

"키에에엑……!"

"키에엑……!"

"끼에에에엑……!"

독포자꽃들과 엔트들이 일제히 진군을 시작했다.

노도 같은 진격.

크롬웰은 마물 대군을 이끌고 단숨에 이신의 진영 인근까지 도달했다.

먼저 앞마당 쪽으로 가보니, 식량창고와 화살탑 등을 연결해 지어서 탄탄한 바리케이드를 구성하고 있었다.

'역시 방어가 튼튼하군.'

석궁병과 방패병이 집결해 있었고, 무엇보다도 경계해야 할 핵심은 뒤에 배치된 투석기들이었다.

이대로 냅다 공격을 개시하면, 건물을 때리다가 석궁병의 볼트와 투석기의 바위에 피떡이 될 터였다.

크롬웰은 병력을 양분하고, 자신이 절반을 이끌고 뒷마당 방면으로 향했다.

뒷마당은 텅 비어 있었지만, 본진으로 들어가는 출입구는 역시나 빈틈없이 건물 바리케이드가 형성되어 있었다.

게다가 투석기가 꼼꼼히 배치되어서 바위 투척 세례에 당할 게 틀림없었다.

'이렇게 견고해 보이는 방어선은 처음 보는구나.'

크롬웰은 감탄을 금치 못했다.

역시나 상대의 솜씨를 인정 안 할 수가 없었다.

프로게이머의 사고방식으로 최적화된 심시티를 연구하는 치밀성의 결과물이었다.

'건물 배치로 이렇게까지 방어를 튼튼하게 해놓은 경우는 처음 보는군. 하지만 그거야말로 네 패인이 될 것이다.'

크롬웰은 득의양양하게 웃었다. 독포자꽃의 육체에 빙의된 탓에 그의 웃음도 기괴하기 이를 데 없었다.

'총공격! 건물부터 때려 부숴라!'

전군에 명령을 하달했다.

마침내 개미떼처럼 모인 마물 대군이 저돌적으로 달려들었다.

"키에엑……!"

"히에에에에에엑……!"

음산한 괴성을 지르면서 독포자꽃들이 달려들어 독포자를 마구 뿌렸다.

독포자는 건물에 달라붙어서 부식시켰다.

이신 진영에서도 가만히 있지 않았다.

"쏴!"

"다 죽여 버려!"

석궁병들이 볼트를 쐈다.

"일제히 발사!"

오귀스트 마르몽이 지휘하는 투석기 부대도 일제히 바위를 날렸다.

그리고 그 순간,

'간다!'

크롬웰은 비로소 자신의 고유 능력을 펼쳤다.

[계약자 올리버 크롬웰 님께서 고유 능력을 사용합니다. 채집한 마력 중 300이 소모됩니다.]

[5분간 건물 파괴 속도가 1.5배 증가합니다.]

살아생전 영국의 종신 호국경으로서 철권 독재를 하던 시절, 크롬웰은 평등한 선거를 주장한 수평파와 왕당파 그리고 가톨릭 세력을 무자비하게 탄압했다.

특히나 영국의 정권을 잡자마자 시행한 것이 통제가 불가능했던 아일랜드 가톨릭 연합의 정복이었다.

아일랜드의 가톨릭 연합 제후들과 켈트족 족장들의 세력을 기반까지 뿌리 뽑기 위하여 크롬웰이 시행한 것은 바로 무자비한 초토화 정책.

토지를 전부 강탈하고 재분배하는 그 정책은 아일랜드 전역을 철저하게 불살라 버리고는 알토란 토지는 측근들에게, 쓸모없는 땅을 아일랜드 인에게 분배했다.

극소수의 개신교 기득권층이 대다수의 가톨릭 소작농을 지배하는 아일랜드의 기형적인 지배 구조는 그렇게 탄생했다.

그리고 악마가 된 크롬웰의 고유 능력 또한 그때의 일화에서 나타난 그의 성향이 그대로 반영되었다.

일명 초토화 능력.

서열전에서는 건물을 파괴하는 속도가 빨라지는 현상으로 나타났다.

*　　　　　　*　　　　　　*

'뭐지?!'

이신은 당황했다.

치밀한 심시티로 지어진 건물들이 계산보다 더 빠르게 파괴되고 있었던 것이다.

'저게 크롬웰의 고유 능력이군.'

이신은 곧장 사태를 파악했다.

완벽하게 방어가 되어 있었던 진영에 그대로 총공격을 감행한 이유는 바로 그 능력을 믿고 있었기 때문이리라.

즉시 견적이 나왔다.

이신의 감각이 위험을 알렸다.

이대로는 막아낼 수 없다는 견적이 나왔다.

어떻게든 막아낼 수야 있겠지만, 계속해서 추가로 소환되어서 밀려오는 후속타는 막아내지 못한다.

꾸역꾸역 막아도 결국은 크롬웰이 유리한 싸움이었다.

크롬웰의 마력 채집량이 훨씬 많기 때문이었다.

마력이 풍부하게 공급되고 있으니 계속 싸워서 병력을 소모해도 충원시킬 여유가 충분한 것.

이신의 두뇌가 팽팽하게 회전했다.

어떻게 해야 이길 수 있을까?

심시티가 급속도로 무너지고 있는 이상, 수세에 몰릴 것은 확실한 상황.

물량 회전 싸움에서도 확실하게 밀리는 상황이었다.

당장 방어선이 밀리고 밀려서 앞마당의 마력석 채집장까지 날아가 버리면, 마력 공급이 줄어들어서 병력 소환에 더 불리해진다.

'그렇다면…….'

이신은 판단을 내렸다.

다행히 이신은 게임의 신이라 불린 남자였다.

이 같은 상황에서도 역전을 일궈낸 경험이 많았다.

'공병 하나는 열기구를 제작한다.'

'방패병들 앞으로 스크럼 형성.'

'이존효는 나서지 말고 뒤로 빠져서 별도의 작전을 수행할 준비를 한다.'

'마탑 건설 개시.'

빠른 결단.

끈질기게 막아내고, 지독스럽게 물고 늘어진다.

버티고 버티면서 꾸준히 견제를 넣어서 같이 피투성이가 된다.

그런 진흙탕 싸움은 이신이 누구보다도 잘하는 장기 중 하나였다.

퍼어어엉—

콰아앙—!

투석기에 피떡이 되는 독포자꽃들.

하지만 죽이고 또 죽여도 꾸역꾸역 밀려오면서 심시티를 해놓은 건물들이 무너져 버렸다.

진짜 진흙탕 혈투의 시작이었다.

* * *

콰콰콰콰쾅—!!

투석기들이 끊임없이 바위를 투척했다. 바위에 짓뭉개져 죽어 나가는 독포자꽃들.

하지만 독포자로 가득 채운 안개가 사방에 뻗어 나가 석궁병들과 방패병들을 죽여 나갔다.

뒤뚱뒤뚱 천천히 걸어온 엔트들 역시 가지를 사방에 뻗으며 공격했다.

방패병들이 스크럼을 형성해 막았지만 매우 힘겨워 보였다.

"제길! 막아도 막아도 계속 옵니다!"

"크아악! 그래도 막아!"

"지겨운 놈들!"

투석기들의 화력 덕에 피해는 독포자꽃들이 훨씬 많았다.

하지만 크롬웰은 세 군데서 뽑아내고 있는 마력으로 꾸준히 병력을 소환해 계속 충원시키고 있었다.

예상보다 빠르게 뚫려버린 건물 바리케이드가 이신의 계산을 벗어난 변수를 만들어냈다.

석궁병도 꾸준히 죽어나갔다.

시급한 상황 속에서 이신은 방패병을 집중적으로 소환하는 방침을 내렸다.

일단은 방패병으로 최대한 적의 진입을 막고, 공격은 후방에 배치된 투석기만으로 하겠다는 전략이었다.

그러면서도 쥐어짜내는 마력을 아끼고 또 아껴서 마탑을 건설했다.

당장 눈앞만 보는 게 아니라 계속되는 난전에서 승리하기 위한 투자였다.

'그리고 또 하나!'

이 싸움에서 이기려면 한 가지가 더 필요했다.

그것은 크롬웰과 자신의 마력 채집량 격차!

그 격차를 줄여야만 끊임없이 이어질 공세를 막아낼 수가 있는 것이었다.

이는 광기신족 최영준의 엄청난 물량 회전을 겪으면서 알게 된 사실 중 하나였다.

상대의 물량을 막으려면 생산—이동—소비의 사이클 중 하나를 못 쓰게 만들어야 하는 것이다.

공병 하나가 열기구를 완성했다.

이신은 미리 뒤로 빼두었던 이존효에게 지시를 내렸다.

'장창병 7명을 이끌고 열기구에 타라. 적의 뒷마당을 급습한다.'

"옛! 나를 따라라!"

이존효의 장창병대가 열기구에 탑승하여 출발했다.

당장 패배로 직결될 수도 있는 상황 속에서, 이신은 초인적인 정신력으로 냉정한 결단을 내렸다.

방패병만 소환하는 전술은 성공을 거두어서 독포자꽃·엔트 대군의 진입을 성공적으로 지연시켰다.

후방에서 꾸준히 투석기들이 바위를 날려 마물들을 피떡으로 만들었다.

그러면서도 미래를 바라보고 마탑을 건설하고 마법사 소환을 시작한 이신의 판단력!

게다가 이존효의 장창병대를 태운 열기구가 크롬웰의 본진에 들어섰다.

크롬웰은 병력을 소환하여 공격 보내기에 급급해서 본진 방어를 소홀히 하고 있었다.

설마 이런 와중에 이신이 반격까지 도모할 정신이 있으리라고는 상상도 못했던 것이다.

'진정한 진흙탕을 보여주마.'

수세에 몰렸을 땐 막기만 해서는 이길 수가 없다.

같이 공격해야 한다.

같이 피 흘리고,

같이 멱살을 붙잡아 물귀신처럼 진창에 함께 빠져야 한다.

"내려라!"

이존효와 장창병대가 열기구에서 내렸다.

그대로 바람처럼 달려가 마력석을 채집하고 있던 클로들을 습격했다.

놀란 클로들이 앞마당으로 대피했지만, 이존효는 능숙하게 장창병들을 둘로 나눠서 한쪽은 퇴로를 덮쳤다.

"한 마리도 남김없이 죽여라―!"

[계약자 이신 님의 사도 하급 악마 이존효가 능력 광기를 사용합니다.]

[주변 아군이 광기에 휩싸여 공격력이 크게 강화되었습니다.]

이존효의 능력 광기가 사용되었다.

공격력이 더욱 급증한 장창병들이 클로들을 학살했다.

양방향에서 덮친 전술이 효과를 거두어서 클로들을 무더기로 잡을 수 있었다.

그제야 크롬웰은 추가로 소환된 독포자꽃들을 부랴부랴 본진에 보냈다.

이존효는 몰려오는 독포자꽃들을 보며 혀를 내둘렀다.

"이만하면 됐다! 철수!"

장창병대는 잽싸게 열기구를 타고 도망쳤다.

그때, 이신의 새로운 오더가 떨어졌다.

'시계방향으로 선회. 적의 뒷마당을 다시 덮쳐라.'

이신의 견제는 한 번으로 끝나지 않는 것이었다.

그 같은 견제가 계속되자 크롬웰도 주춤거리기 시작했다.

클로들이 죽는 바람에 한층 감소된 마력 채집량.

그러다 보니 소환하여 공격에 투입하는 병력의 숫자도 크게 줄어들었다.

그럴수록 크롬웰은 초조해졌는지 공격에 더욱 박차를 가했지만, 이신은 끈질기게 버티고 또 버텼다.

방패병들만 집중적으로 소환하여 건물 심시티처럼 길을 틀어막는 전략이 크게 주효하고 있었다.

물론 방패병들도 독포자와 엔트의 가지에 죽어나갔지만, 전투의 효율은 이신이 압도적으로 좋았다.

병력 생산은 크롬웰이 훨씬 좋았지만, 병력 소비 또한 크롬웰이 더 심각했던 것이다.

     *   *   *

크롬웰은 상황의 심각성을 느꼈다.

'이대로 뚫지 못한다면?'

이번 공격에 모든 전력을 쏟아낸 크롬웰이었다.

이대로 본진·앞마당·뒷마당의 마력석이 모두 고갈될 때까지 계속 공격을 퍼부어도 끝내 승리하지 못한다면……

'지금이라도 멈춰야 하나?'

크롬웰은 초조해졌다.

이제라도 비효율적인 싸움을 그만두고 병력을 철수해 나중을 도모해야 하는 게 아닐까 하는 생각이 들었다.

하지만 계속해서 아쉽다는 생각이 들었다.

이신의 방어선은 뚫릴 듯 뚫릴 듯 아슬아슬하게 버티는 형국이었던 것이다. 이신의 치유 능력이 없었다면 진즉에 뚫렸을 터였다.

조금만 더 박차를 가하면 이길 수도 있을 것 같았기에 포기하기가 아까웠던 것이다.

'그래, 심기일전해서 한 번만 더 공격해보자.'

크롬웰은 대신 욕심을 줄이기로 했다.

완전한 승리는 바라지 않았다.

다만 이신의 앞마당 마력석 채집장이라도 파괴시키는 정도의 성과쯤은 있어야 수지 타산이 맞았다.

'뒷마당 루트로의 공격은 포기한다. 전 병력을 앞마당에 집중시킨다!'

뒷마당 쪽으로 우회하여 본진을 침공하려던 마물들이 일제히 앞마당 쪽으로 선회했다.

하지만 크롬웰은 몰랐다.

이신이 바로 그 순간을 기다려왔다는 것을 말이다.

'이때다. 전 병력은 앞마당의 마물들을 집중 공격.'

두 패로 나뉜 크롬웰의 병력.

그중 한쪽이 공격을 포기하고 앞마당으로 돌아가는 동안, 이신은 전 병력을 앞마당 방어에 집중시킨 것이다.

방패병들이 스크럼을 짠 채 일제히 진군했고, 투석기들도 전진 배치되어서 화력 집중을 더했다.

또한,

[마탑에서 마법사가 소환되었습니다.]

없는 마력을 쥐어짜서 한 투자가 마침내 결실을 일궈냈다.

마법사가 소환된 것이었다.

소환된 마법사는 일단 대기하면서 마법 에너지를 모으기 시작했다.

마법 에너지가 꽉 차서 파이어 스톰을 쓸 수 있게 되는 순간, 전세는 완전히 역전되는 것이었다.

마법사의 파이어 스톰은 독포자꽃은 물론 엔트들에게 있어서도 천적이나 다름없었던 것이다.

절묘한 타이밍의 집중 공격이 효과를 거두었다.

앞마당을 향해 일제히 전진 배치된 투석기들이 마물 군단을 학살하였다.

콰아아앙!

콰아앙!

"히에에엑⋯⋯!"

"흐이이익⋯⋯!"

짧은 순간, 공세의 고삐를 잠깐 늦춰버린 실수로 말미암아 크롬웰은 엄청난 피해를 입고 말았다.

"맙소사!"

크롬웰은 눈 깜짝할 사이에 벌어진 사태에 경악을 감출 수 없었다.

뒷마당 쪽 병력을 잠시 앞마당 방면으로 우회시킨 그 타이밍에 치고 나오다니?!

실로 날카로운 결단력이 아닌가.

이대로 싸워서는 절대로 이길 수 없다는 것을 깨달았다.

전투 시작 때는 그의 초토화 능력으로 우세를 보았지만, 그 직후부터 시작된 이신의 위기 대응 능력은 무서운 수준이었다.

'이대로는 내가 지겠구나.'

크롬웰도 악마군주의 선택을 받은 계약자였다.

싸움의 주도권이 이신에게로 넘어갔음을 깨달았고, 더는 싸워서는 안 된다는 것도 알아차렸다.

"전 병력 후퇴!"

결국 모든 마물이 썰물처럼 후퇴했다.

그런 크롬웰의 결정은 옳았다.

계속 공격을 했다가는 마법 에너지를 다 채운 마법사의 파이어 스톰에 된통 맞았을 테니 말이다.

이신으로서는 내심 아쉬운 순간이었다.

'역습을 감행할 만한 병력 구성이 아니니 나도 장기전을 도모해야겠군.'

방패병+투석기+마법사로 구성된 이신의 주력 병력은 방어에 특화되었지 공격에 나설 만한 조합은 절대로 아니었다.

'이제 승기는 내 쪽에 있다.'

그렇게 한 차례 고비를 넘긴 이신은 신속하게 체제를 정비했다.

병영은 이제 그만 병력 소환을 중단했다.

대신 특수 병영을 늘려 짓고서 기사들을 소환하기 시작했다.

마탑에서도 마법사를 꾸준히 소환.

그리고 뒷마당에 새롭게 마력석 채집장을 구축해 마력 확보에 나섰다.

한편, 열기구에 탄 이존효의 장창병대는 계속 적진 인근을 다니며 크롬웰이 추가적으로 확장을 하지 못하게 방해했다.

특수병영에서 질 드 레와 서영이 소환되자 이신의 세력 확장이 가속화되었다.

가장 먼저 기사단을 조직하여 재빨리 진격시켰다.

'크롬웰의 추가 확장을 차단해라.'

발 빠른 기사단으로 하여금 크롬웰이 더 이상 마력석 채집장을 가져가지 못하고 고사(枯死)시키는 것이었다.

이미 총공격에 심한 마력 낭비를 한 탓에, 크롬웰의 진영에는 마력석이 거의 고갈된 상태일 터였다.

이신은 자신의 우위를 잘 이용할 줄 알았다.

계속해서 추가로 마력석 채집장을 구축해 마력량을 늘렸다.

열기구에 탄 이존효의 장창병대와 질 드 레가 이끄는 기사단은 끊임없이 곳곳을 다니며 크롬웰의 확장을 차단했다.

늘어나는 마력량만큼이나 기사와 마법사의 숫자가 늘어났다.

투석기가 점점 전진 배치되어서 크롬웰을 전장의 한구석에 가둬버리는 엄청난 포위망이 형성되었다.

견제 플레이와 아슬아슬한 승부를 즐기는 이신이었지만, 이런 식의 운영에 있어서도 그는 일류였다.

빈틈없는 압박 운영에 크롬웰은 심각한 압박을 받았다.

결국 남은 마력을 쥐어짜서 형성한 마물 군단에 최후의 희망을 걸고 진군을 시작했다.

헬하운드+독포자꽃+엔트로 구성된 마물군단.

하지만 정찰과 감시로 상대의 동향을 훤히 꿰뚫고 있던 이신은 기사단을 투입해 압박 라인을 강화하고, 동시에 열기구에 탄 이존효의 장창병대로 하여금 기습적인 본진 드롭을 행했다.

"돌격!"

질 드 레가 명령을 내렸다.

지휘 능력으로 인해 그의 수족처럼 움직이는 20기의 기사가 칼같이 정렬한 채 돌격했다.

헬하운드들이 한순간에 쓸려나갔고,

콰아앙! 콰앙! 퍼어엉!

투석기의 바위 세례에 독포자꽃이 몰살당했고,

"파이어 스톰!"

화르르르륵ー!!

"히이이이이……!"

마법사들의 마법에 엔트들이 고통스럽게 불타올랐다.

이에 질세라 크롬웰의 본진에 드롭된 이존효도 혼천절을 휘두르며 용맹을 뽐냈다.

디펜스와 카운터가 병행되자 크롬웰은 단숨에 그로기에 빠졌다.

이제는 더 쥐어짤 마력도 없어서 헬하운드만 계속 소환해서 저항하는 크롬웰.

진 것이 확실한데도 패배를 선언하지 못하는 것은 그만큼 절박하기 때문이리라.

물론 이신은 패배자에게 동정을 느끼지 않았다.

'어서 끝내주지.'

이신은 냉혹한 총공세로 끝끝내 크롬웰의 진영을 완전히 짓밟아 버렸다.

[악마군주 알로세스 님의 계약자 올리버 크롬웰님께서 패배를 선언하셨습니다. 악마군주 그레모리 님의 승리입니다.]

[악마군주 그레모리 님께서 마력 2만을……]

"이해가 가지 않는군."

서열전 2차전이 종료되었을 때, 안대를 쓴 이신의 귀에 악마군주 알로세스의 질린 목소리가 들렸다.

"가장 나중에 나타난 계약자일 터인데, 그대는 어째서 그렇게 능숙하고 노련한가?"

"……."

"그것이 기량의 차이라면 실로 무섭구나, 네 재능이."

알로세스는 그렇게 패배를 인정하고는 크롬웰과 함께 사라졌다.

제8장

초대

"제가 이번 대결을 제대로 본 거라면 이번에는 조금 위험한 순
간도 있었죠?"

그레모리가 물어왔다.

안대를 벗은 이신은 고개를 끄덕였다.

"예, 방어는 계산상 완벽했는데 그걸 뚫고 들어올 줄은 몰랐습
니다."

"올리버 크롬웰의 능력을 몰랐기 때문이죠."

"예, 계산에 약간의 오차를 불러일으키는 변수가 있을 거라는
건 각오했지만 말입니다."

건물을 더 빨리 부수는 능력이라니.

크롬웰의 고유 능력은 오늘처럼 이용하기에 따라 승패를 판가

름하는 결정적인 요인이 될 수 있다.

'치유 능력이 있으니 웬만한 변수는 허용 범위 내라고 생각했는데 하마터면 큰일 날 뻔했군.'

오랜만에 진땀 뺀 서열전이었다.

조아생 뮈라의 말도 안 되는 싸움 실력 때문에 당한 1패 이후로 처음으로 당황했다.

"그래도 결국은 이겼잖아요. 정말 대단한 역전이었어요."

"상대가 미숙한 측면도 있었던 덕분인데, 보다 상위의 계약자였다면 제가 졌을지도 모르지요."

"걱정하지 마세요. 상위에서는 서열 변동이 좀처럼 없으니까요."

"……?"

"배팅할 수 있는 마력량은 정해져 있는데 상위로 갈수록 서열 간의 마력 차이는 커지잖아요."

"그래서?"

"같은 상대와 계속 겨루는 일이 빈번하다는 것이죠. 상위 서열에서는 이미 서로의 고유 능력을 다 알고 있기 때문에 오늘 같은 변수는 없을 거예요. 서로 순수한 실력을 겨룰 수밖에 없죠."

"그건 다행이군요."

계산 범위 밖의 변수를 싫어하는 이신으로서는 다행인 일이었다.

아무튼 마력이 생겼으니 사도들에게 투자를 더 해야겠다는 생각이 들었다.

일단은 나머지 두 사도, 서영과 마르몽을 권속으로 삼고 하급 악마로 만들어줄 생각이었다.

'생각해 보니 상위 서열로 가면 사도들까지 중급·상급 악마인 경우도 있을 수 있겠군.'

격(格)이 오를수록 능력도 더 진화될 테니까 말이다.

무기가 하나라도 더 많아야 하는 서열전에 있어서 사도들의 능력 진화는 꼭 필요한 일이었다.

당장 하급 악마가 된 콜럼버스만 하더라도 블링크로 인하여 큰 활약을 하지 않았던가.

중급, 상급이 되면 얼마나 더 쓸모가 많아질지 모르는 일이었다.

물론 당장은 이신도 이제 막 중급 악마가 된 터라 그럴 여력까지는 없지만 말이다.

이신은 서영과 마르몽을 소환하여서 그레모리의 도움을 받아 권속으로 삼는 의식을 치렀다.

[권속의 계약이 성립되었습니다. 지금 이 순간부터 계약이 효력을 발휘합니다.]

[계약에 따라, 사도 서영이 계약자 이신 님의 권속이 됩니다.]

[계약에 따라, 사도 오귀스트 마르몽이 계약자 이신 님의 권속이 됩니다.]

[계약에 따라, 계약자 이신 님의 마력 1,000이 사도 서영에게 전달됩니다.]

[계약에 따라, 계약자 이신 님의 마력 1,000이 사도 오귀스트 마르몽에게 전달됩니다.]

[사도 서영이 하급 악마가 되었습니다.]

[사도 오귀스트 마르몽이 하급 악마가 되었습니다.]

"감사합니다, 주군!"

"영원히 충성을 다하겠습니다!"

서영과 오귀스트 마르몽이 감격하여 소리쳤다.

이신은 사도 명단을 통해 두 사람의 변동 내역을 살펴보았다.

오귀스트 마르몽(휴먼, 공병)

무기: 사브르(공격력 +5%)

방어구: 가죽갑옷(방어력 +5%)

능력: 빙의, 명중률(원거리 무기의 명중률이 100%가 됩니다)

서영(휴먼, 기사)

무기: 장창(공격력 +5%)

방어구: 명광개(明光鎧)(방어력 +7%)

능력: 사기(아군을 각종 혼란에서 회복시키고 사기를 크게 상승시킵니다.)

역시나 두 사람의 능력은 바뀌어 있었다.

마르몽의 경우 빙의 능력은 그대로였지만, 명중률이라는 새로운 능력이 생겼다.

'나쁘지 않군.'

투석기는 현대의 화기와 달리 오차가 심해서 오발이 많이 나는 병기였다.

마르몽의 투석기 명중률이 100%가 된다면 이는 아주 유용한 일이었다.

투석기가 한두 대밖에 없는 초중반의 전투라면 투석기 한 대가 쏘는 바위 하나하나의 명중률에 얼마나 일희일비한단 말인가?

앞으로 기대가 많이 되는 능력이었다.

'내가 중급 악마가 되면서 치유 능력이 광역 치유로 바뀌었다.'

주변의 모든 아군의 체력을 회복시키는 것으로 진화된 이신의 고유 능력.

그렇다면 마르몽 역시 중급 악마가 되면 저 명중률 100%가 주변 아군 모두에게 적용되는 쪽으로 진화될지도 모른다는 뜻이었다.

마르몽의 주변에 모인 투석기가 모두 명중률 100%가 된다면?

투석기뿐만 아니라 근처에서 호위하는 석궁병들 또한 함께 적용이 될 터!

한편, 서영의 능력은 기존의 '평정심'이 '사기'로 바뀌어 있었다.

각종 정신적 혼란에서 회복시키는 점은 동일하지만, 아군의 사기를 진작시켜 준다는 점이 달랐다.

'이건 그냥저냥 무난하군.'

동탁처럼 상대의 정신에 간섭하는 능력에 대한 방어책은 될 테니 충분히 가치가 있긴 했다.

"드디어 다섯 사도가 모두 하급 악마가 되었네요. 축하드려요."

그레모리는 이신의 권속이 된 사도 5인을 쭉 둘러보더니 웃음을 지었다.

"이 많은 식구가 모두 같이 살려면 이제 카이저의 영지는 너무 좁겠네요."

"충분할 것 같긴 합니다만."

이신의 영지인 오두막은 현실 세계의 집과 비슷한 넓이라 6명이서도 사는 데 문제는 없었다.

물론 쾌적하다고 보기는 힘들었지만 말이다.

군복무를 경험했던 이신이로서는 시커먼 사내들과 부대끼고 사는 게 영 탐탁지 않았다.

"중급 악마도 되시고 했으니까 제가 그에 합당한 영지를 드릴게요."

"지금도 이미 충분히 신세를 졌다고 생각됩니다만."

"호호, 부담 갖지 마세요. 계약자의 영지는 악마군주가 챙겨주는 게 보통이에요. 카이저는 그보다 더 많은 것을 제게 가져다주었고요."

상위 서열에서는 악마군주와 계약자 간에 신뢰 관계가 형성되어 있는 게 정상적인 경우였다.

충분히 실력이 검증된 계약자에게는 그만한 대가를 주며 의

욕을 올려주어야 한다.

그래야 그만큼 좋은 성적이 꾸준히 유지되는 것이다.

"그럼 감사히 받겠습니다."

"후훗, 기대하세요."

그레모리는 먼저 궁전으로 돌아갔고, 이신은 사도들과 함께 모의전을 했다.

마르몽과 서영의 능력을 테스트해 보기 위함이었다.

상대는 늘 그랬듯이 질 드 레.

확실히 실력이 좋아진 질 드 레는 방금 사투를 치렀던 올리버 크롬웰보다도 운영이 뛰어났다.

'e스포츠로 치자면 유진영 같은 스타일이군.'

뚜렷한 특이점은 없지만 공수 밸런스가 적절하고 원칙적이고 침착했다.

헬하운드와 엔트와 쐐기충의 조합으로 이신의 진격을 막아내는 질 드 레.

이신은 적당한 지점에서 진격을 멈추고, 자리를 잡아 투석기를 조립했다.

조금씩 영역을 넓히는 이신과 이를 막아내며 시간을 버는 질 드 레 간의 싸움.

그런데 한창 모의전이 재미있어지고 있을 때였다.

—카이저.

문득 뇌리로 그레모리의 음성이 들렸다.

'무슨 일이십니까?'

이신은 지휘를 계속하며 물었다.

—지금 돌아오셔야겠어요.

'무슨 일입니까?'

이신이 다시 물었다.

—카이저에게 초대장이 와 있었어요.

'…초대?'

결국 이신은 모의전을 중단하고 그레모리의 궁전으로 돌아와야 했다. 권속이 된 서영과 마르몽을 포함한 5인의 사도도 함께였다.

사도들을 영지로 보내놓고 그레모리를 찾아갔을 때, 그녀는 초대장을 건네주었다.

"받으세요."

"제게 온 게 맞습니까?"

"네."

초대장을 열어보니 안에는 이상한 문자가 나열되어 있었다.

생전 듣도 보도 못한 괴이한 문자였는데, 읽는 순간 몸속에 잠잠히 있던 마력이 꿈틀거렸다.

그러고서는 놀랍게도 그 이상한 문자가 나열된 글이 읽혀지는 것이었다.

재능 많은 동양의 계약자에게.

그동안 잘 지냈는지 모르겠군.

바쁜 일이 끝나고 여유가 생기니 문득 자네가 떠올랐네.

괜찮다면 자네를 나의 영지로 초대하고 싶은데 꼭 응해주길 바라네.

언젠가는 서로 겨루어야 하는 입장이 될 지도 모르지만(언젠가는 그리될 수 있다고 믿네), 승부를 떠나 자네 같은 재능 넘치는 젊은 이와는 좋은 인연을 갖고 싶네.

권속으로 삼은 사도들이 있다면 그들도 함께 데리고 오면 더 좋겠군.

이곳에 있는 자들 중에서 살아생전에 재미없는 인생을 산 사람은 없으니 말일세. 서로 들려줄 수 있는 이야기가 많으니 생각만으로도 재미있을 것 같군.

참, 일전에 내가 했던 제안은 잘 생각해 보았는가?

지금쯤 결론을 내렸으리라 생각되는데 그 대답도 들려주었으면 좋겠군.

물론 이번 초대는 그 제안과는 상관없네. 나도 이미 반쯤은 포기했으니 말일세.

나폴레옹 보나파르트가.

이신은 초대장을 보낸 장본인이 누군지를 알고 깜짝 놀랐다.

서열 1위!

72악마군주 중 최고의 위세를 자랑하는 아가레스의 계약자.

저 대단한 나폴레옹이 이신에게 친히 초대장을 보낸 것이었다.

"나폴레옹이 초대장을 보내다니, 카이저의 능력을 알아본 것이 틀림없어요. 그는 뛰어난 사람이면 피아를 가리지 않고 호의를 보인다고 들었어요."

그레모리가 다소 들뜬 목소리로 말했다.

나폴레옹은 살아생전이나 지금이나 여전히 대단했다.

현재 그레모리의 서열은 55위.

무려 서열 1위에 있는 악마군주 아가레스의 계약자 나폴레옹이 이신에게 호감을 보였다는 것은 반길 만한 일이었다.

"초대라……."

누군가를 만나러 간다는 행위 자체를 별로 좋아하지 않는 이신이었지만, 상대가 나폴레옹이라면 이야기가 달라진다.

서열 1위의 계약자는 과연 얼마나 뛰어난 실력을 가지고 있을까?

일전에 보았던 그의 사도들은 어떤 인물들일까?

많은 궁금증이 있었던 것이다.

다만 한 가지 꺼림칙한 것이 있었다.

"혹시 나폴레옹의 영지도 악마군주 아가레스의 궁전 안에 있는 건 아니겠지요?"

이신이 걱정하는 것은 나폴레옹의 초대를 받고 찾아갔다가 악마군주 아가레스와 맞닥뜨리게 되는 일이었다.

오늘 겨뤘던 악마군주 알로세스는 불타오르는 눈동자를 지니고 있어 마주치는 사람을 실명케 한다고 한다.

그렇게 무서운 악마군주들이다. 하물며 서열 1위의 아가레스라면 어떻겠는가?

"염려하실 것 없어요. 나폴레옹은 웬만한 악마군주들보다 많은 마력을 가진 자라 영지도 상당히 드넓습니다. 당연히 카이저의 오두막처럼 악마군주 아가레스의 궁전 안에 있지는 않겠죠?"

"그럼 다행이군요."

이신은 나폴레옹을 만나보기로 했다.

사도들도 데려가기로 했는데 다만 한 사람, 오귀스트 마르몽에게는 따로 의향을 물어봐야 했다.

마르몽은 고민을 하다가 고개를 끄덕였다.

"가겠습니다."

"괜찮겠어?"

"여러 가지로 은혜를 입었으니 인사도 드려야겠습니다."

"불편하진 않고?"

"마음이 넓은 분입니다. 제가 주군의 사도가 된 점에 대해서는 이제 마음에 두고 있지 않을 겁니다. 그리고 저도 제 입장에서는 찾아온 좋은 기회를 잡은 것이라 살아생전의 배신과는 성격이 다른 문제입니다."

살아생전에 자신을 장교로서 키워주다시피 해주었던 나폴레옹을 배신했던 오귀스트 마르몽.

하지만 나폴레옹은 마르몽을 용서한다고 유서에 남긴 바가 있었다.

"그럼 같이 가지."

그렇게 이신과 사도들은 나폴레옹을 찾아가기로 했다.

*   *   *

나폴레옹에게 찾아가는 일은 아주 간단했다. 그레모리가 텔레
포트로 데려다줬으니 말이다.

"데리러 올게요. 좋은 시간 보내세요."

그 말을 남기고 그레모리는 먼저 떠났다.

"대단한 궁전이군요."

질 드 레가 경탄한 얼굴로 말했다.

나폴레옹의 궁전은 실로 거대했다. 그리고 아름답기 그지없었
다.

하지만 이신은 나폴레옹의 궁전을 보며 헛웃음을 흘렸다.

"베르사유 궁전이군요. 그분답습니다."

마르몽이 웃으며 말했다.

그랬다.

나폴레옹의 궁전은 그 유명한 베르사유 궁전을 그대로 옮겨놓
은 것처럼 똑같았다.

그때, 궁전에서 일단의 무리가 나와 이신 일행을 맞이했다.

"악마군주 그레모리의 계약자 이신 님이십니까?"

"저희가 안내해드리겠습니다."

"따라오십시오."

궁전에서 일하는 하인들로 보이는 이들은 당연히도 모두 악마였다.

하나같이 하급 악마에 준하는 마력이 느껴지는 터라 이신은 내심 감탄했다. 이 정도면 정말 웬만한 악마군주를 능가하는 성세였다.

'나긴 난사람이군.'

식민지의 하급 관리 집안에서 태어나 자력으로 황제가 되더니, 마계에서조차도 이러한 위치에 올랐다.

원채 타고난 기량이 대단하다고밖에 볼 수가 없었다.

"정말 그대로군요."

생전의 기억이 있는 마르몽은 궁전 안으로 들어서자 내부를 둘러보며 말했다.

들어서자마자 보이는 곳은, 본래 베르사유 궁전이었다면 왕실 예배당이 있어야 할 장소였다.

왕실 예배당과 구조는 똑같았지만, 나폴레옹의 조각상이 장식된 것이 달랐다.

계속 안내를 받아 마침내 나폴레옹 일행이 있는 곳에 당도했다.

2층 전체를 차지하는 거울의 방.

너비 10.4미터, 길이 73미터, 높이 13미터.

좌우 벽면에는 창문이 17개씩 있었다.

한쪽의 17개 창문들은 바깥의 아름다운 정원이 내려다보였고, 반대편의 17개 창문들은 대형 거울로 장식된 것이었다.

왕족의 결혼식이나 외국 사진의 접견 등을 행하는 가장 중요한 의식장이었던 거울의 방이 똑같이 구현된 것이었다.

예전에 파리에서 열렸던 월드 SC 그랑프리에 출전했을 때 베르사유 궁전을 관광한 적이 있었던 이신은 그때의 기억을 떠올리며 신기해했다.

다만, 다른 점이 있다면 천장의 벽화였다.

천장에 그려진 수많은 벽화는 모두 나폴레옹을 주인공으로 하고 있었다.

궁병, 헬하운드, 투석기, 기사, 드워프 총수, 엘프 스나이퍼 등등이 그려진 걸 보니 나폴레옹이 승리한 서열전을 그린 모양이었다.

"어서 와라."

그곳에 있던 서양의 젊은 미남자가 인사를 건넸다. 일전에도 한 번 보았던 얼굴이었다.

젊은 시절의 모습을 한 나폴레옹 말이다.

"반갑습니다."

"초대에 응해줘서 고맙다."

나폴레옹이 자연스러운 하대로 이신을 맞이했다.

그 뒤에는 다섯 명의 사도들이 보였다.

나폴레옹의 시선이 이신을 향하다가 그 뒤에 있는 사도들로 향했다. 그중 가장 왼편에 있던 마르몽에게서 머문다.

"이런."

마르몽이 이곳에 있다는 것은 하급 악마가 되어 마계의 일원이 되었다는 뜻.

이신의 권속이 되지 않으면 이곳에 있을 수가 없는 것이었다.

"송구합니다, 폐하."

마르몽이 고개 숙여 사죄했다.

나폴레옹은 피식 웃고는 고개를 저었다.

"됐다, 어쩔 수 없는 일이지. 그래도 뛰어난 새 주인을 만났으니 덜 아깝구나."

"감사합니다."

그것으로 나폴레옹은 마르몽에 대한 관심을 끊어 버렸다.

그는 이신을 바라보며 물었다.

"내 궁전에 온 소감이 어떤가?"

"놀랐습니다."

"그래? 어떤 점에서?"

"생전에는 베르사유 궁전에 머물지 않으셨다고 들었습니다."

"그 베르사유 궁전은 귀족들의 사치의 온상이었으니 프랑스 혁명으로 일어선 내가 거기에 머물 수가 없었지. 하지만 이 궁전은 나의 힘으로 만든 것이니 자랑스럽지 않은가."

나폴레옹은 싱긋 웃으며 덧붙였다.

"그리고 사실 궁전을 짓자니 이것밖에 안 떠오르더군. 내가 이런 쪽에서는 생각보다 창의성이 빈곤한 모양이야."

술과 식사와 함께 담소가 이어졌다.

나폴레옹이나 이신이나 서로의 사도들에게 관심이 많았다.

"내 사도들에 대해서는 마르몽에게 이야기를 들은 바 있을 테지?"

"아직 듣지 못했습니다."

"호오, 그래? 그럼 서로 한 사람씩 소개하도록 해볼까?"

나폴레옹은 우선 가장 가까이 있는 사내를 가리켰다.

"니콜라 우디노일세. 나의 둘도 없는 충신이지."

"척탄병단?"

나폴레옹에 대한 책을 많이 섭렵했던 이신은 그 이름을 듣자마자 무심코 물었다.

이에 니콜라 우디노의 얼굴에 만족스러워하는 기색이 어렸다.

평민 출신인 니콜라 우디노는 우둔하지만 매우 용맹한 사나이로, 몸을 아끼지 않고 싸워서 34차례의 부상을 당했을 정도였다.

나폴레옹은 그를 두고 프랑스 최고의 전공 영웅이라고 칭찬했다.

특히나 그가 이끄는 척탄병 부대는 우디노의 척탄병들이라 불리며 전 유럽에 위명을 떨쳤다고 한다.

이번에는 이신의 차례.

이신은 가장 먼저 사도로 삼았던 콜럼버스를 턱짓으로 가리켰다.

"콜럼버스입니다."

"하하! 신대륙을 발견한? 재미있군. 그자는 병과가 무엇이냐?"

나폴레옹은 크게 웃었다.

"노예입니다."

"정찰에 쓰는 모양이군."

병과를 듣자마자 나폴레옹은 콜럼버스의 용도를 알아차렸다.

"현명한 선택이다. 적어도 사도 5인 중 1명은 정찰 역할에 배치해야 하거든."

"당연한 일입니다. 승부는 정찰에서 이미 50% 이상 판가름이 납니다."

이신도 지당하다는 듯이 고개를 끄덕이며 맞장구를 쳤다.

"역시 승승장구를 한다더니 전술에 조예가 깊군. 그대 같은 자가 아직 55위에 있다니 요즘은 하위 서열의 계약자들 수준도 많이 높아진 모양이다."

"별로 그런 것 같지는 않습니다."

"하하, 그렇군. 아직 성에 차는 상대를 만나보지 못했다는 뜻이로군. 내가 듣기로 그대는 계약자가 되고부터 지금까지 14연승을 거두었다고 들었다."

"중간에 한 번 패배한 게 있습니다."

"멧돼지에게?"

"예."

나폴레옹의 사도들 사이에서 나직한 웃음소리가 나왔다. 멧돼지는 당연히 조아생 뮈라를 뜻했다.

"그러고 보니 그대의 다음 상대도 비슷한 부류의 상대더군?"

"예."

현재 그레모리의 서열은 55위.

바로 위인 54위는 악마군주 아미였으며, 그의 계약자는 바로 항우였다.

특별한 변동이 없는 한 이신의 다음 상대가 될 공산이 높았다.

"자네는 상식이 통하지 않는 조아생 뭐라 같은 부류의 상대에게 약한 면이 있는 모양이군. 그렇다면 항우는 만만한 적수가 아닐 거야."

"항우에 대해 아시는 게 있습니까?"

이신이 물었다.

항우에 대한 역사적 상식을 묻는 게 아니라, 당연히 계약자 항우에 대해 묻는 것이었다.

나폴레옹은 고개를 저었다.

"내 상대가 될 정도로 올라온 적이 없었으니 자세한 것은 알 턱이 있나. 그저 지금 계약자들 사이에서 자네가 화제가 되고 있듯이, 예전에는 항우의 상승세에 주목을 했었지."

전략적으로나 정치적으로나 성격의 결함이나 모자람이 많았던 항우.

하지만 단 3만 군세로 휘몰아쳐 56만 대군을 박살 낸 팽성대전은 항우의 군사 지휘력과 무력이 초인적인 수준이었음을 증명했다.

계약자로서의 항우는 그런 면이 크게 작용한 모양이었다.

"그리고 그 항우도 아주 멍청이가 아니라면 유능한 참모를 곁에 두어 자신의 단점을 보완케 했을 테니 말일세."

"생각해 보니 그럴 수 있겠군요."

생전의 항우에게는 범증이라는 책략가가 있었다.

범증의 말만 잘 들었어도 항우가 유방을 꺾고 천하통일을 했을 것이라는 의견이 모두의 중론이었다.

이미 살아생전에 실패를 경험했던 항우였다.

마계에 있으면서 수많은 사람을 만나 후세의 평가도 들어봤을 터였다.

그때처럼 지금 역시 참모를 찾아서 사도로서 곁에 두었을 가능성이 높았다.

"단순한 개인의 용맹이라면 이쪽도 맞설 만한 인물이 있습니다. 경계해야 할 건 그보다 군 지휘력과 악마로서의 능력이겠죠."

"호오, 항우에게 맞설 만한 무장이 있다고? 내가 보기에 저 이상한 병기를 든 자를 말한 것 같군."

나폴레옹은 혼천절을 든 이존효를 가리켰다.

"정확합니다. 이존효라는 인물입니다."

"재미있겠군. 이존효, 그대의 일생을 한 번 내게 들려다오."

이존효는 이신을 쳐다봤다.

이신이 고개를 끄덕이자 자신감 있게 자신의 생애를 이야기해주었다.

그렇게 서로의 사도들을 소개하고 살아생전의 이야기를 들려주는 시간을 가졌다.

사람 사는 이야기가 다 그렇듯 이 자리에 모인 이들 또한 많은 굴곡이 있었다.

동서양을 가리지 않고 발견한 인재를 모은 이신과 달리, 나폴레옹의 휘하에 있는 5사도는 한 명만 빼고 다 살아생전의 부하들이었다.

니콜라 우디노, 니콜라 장드듀 술트, 앙드레 마세나, 장 마티유 필리베르 세뤼리에 등.

아마도 살아생전의 부하들로 진영을 구축하는 것이 여러 가지로 익숙하고 능력을 신뢰할 만하다고 생각한 듯했다.

그런데 이신을 제외한 모두가 술을 마셔서 술기운이 무르익었을 즈음, 나폴레옹이 슬며시 운을 띄웠다.

"이신."

"예."

"그대는 궁금하지 않으냐?"

"무엇이 말입니까?"

나폴레옹은 미소를 지었다.

"서열 1위 악마군주의 계약자는 과연 얼마나 실력이 뛰어날까? 설마 내가 질까? 그런 생각이 들지 않느냔 말이다."

"……!"

나폴레옹의 말 그대로였다.

이신은 나폴레옹의 실력이 궁금했다.

전쟁 실력이야 역사 공부를 조금만 해도 알 수 있지만, 서열전 실력은 어느 정도일지 궁금하지 않을 리가 없었던 것이다.

그리고 이신은 자신이 진다는 생각을 하지 않고 있었다.

악마군주 급의 마력에 사도들도 보나마나 다들 중·상급 악마 수준일 터.

그 차이 때문에 지는 일은 있어도, 실력에서 밀릴 거라는 생각은 들지 않았다.

이신 역시 실시간 전략 시뮬레이션 게임으로는 절대자의 지위를 누린 장본인이었으니 말이다.

나폴레옹의 말이 계속 이어졌다.

"그대가 원한다면 유희 삼아 한 번은 궁금증을 풀어줄 수가 있는데 말이야."

"모의전입니까?"

"그렇다. 생각이 있나?"

"물론입니다."

나폴레옹은 곧바로 대답하는 이신을 보며 웃었다.

"알기 쉬운 자로군."

"……?"

"모의전 얘기가 나오니까 눈빛에 생기가 돌기 시작하지 않으냐."

그러면서 크게 웃음을 터뜨리는 나폴레옹.

이신도 히죽 웃었다.

"부인하지 않겠습니다. 지금 당장 붙어보지요."

"하하! 좋다. 다만 아직 서로 격차가 존재하니 사도는 소환하지 않는 것으로 하겠다. 동의하느냐?"

"상관없습니다."

그렇게 이신은 나폴레옹의 실력을 겪어볼 수 있는 기회를 얻었다.

그런데 바로 그때였다.

"계약자님!"

궁전으로 악마 하나가 헐레벌떡 뛰어 들어왔다.

"뭐냐?"

눈살을 찌푸리는 나폴레옹.

악마는 다급히 소리쳤다.

"지금 즉시 오시라는 악마군주 아가레스 주인님의 명이십니다!"

"서열전이냐?"

"예! 바알이 지치지 않고 또다시 도전을 해왔습니다!"

"그렇다고 하는군."

나폴레옹이 어깨를 으쓱하며 겸연쩍게 웃었다.

이신의 표정은 잔뜩 찌푸려져 있었다.

"너무 그렇게 기분 나빠 하지는 말게. 기회는 오늘만 있는 게 아니니까."

대놓고 짜증난 표정을 한 이신을 나폴레옹이 타일렀다.

뭔가가 생각났는지 나폴레옹은 오른손 중지에 끼워져 있던 반지를 뺐다.

"아직 살아 있는 인간이라고 했지? 그렇다면 이게 유용한 선물이 될 수 있겠군."

휙 던진 반지를 이신은 받아 들었다.

"이게 뭡니까?"

"손님을 초대해 놓고 제대로 대접을 못한 무례에 대한 사과의 의미일세."

나폴레옹은 자신의 양손을 펼쳐 보였다.

그는 열 손가락에 모두 반지를 끼고 있었다. 방금 빼준 중지를 제외하고 말이다.

이신이 오른손 검지에 끼고 있는 것처럼, 저 반지들도 각기 무언가 능력이 깃들어 있으리라 추측되었다.

"약지에 낀 반지가 더 좋은 거지만, 남자에게 약지 반지를 선물하면 주는 쪽이나 받는 쪽이나 썩 좋은 기분이 아니니까."

그러면서 사도들과 함께 유쾌하게 웃는 나폴레옹이었다.

"감사합니다."

여전히 짜증이 사라지지 않은 이신의 얼굴 표정은 별로 감사한 눈치가 아니었지만, 나폴레옹은 그에게 작별을 고하고 떠나버렸다.

잠시 후, 이신 일행도 그레모리의 궁전으로 돌아왔다.

"선물을 받았군요?"

그레모리는 오른손 중지에 끼워진 반지를 한눈에 알아보았다.

"이 반지에 어떤 능력이 들어 있는지 아십니까?"

"물론이죠. 악마군주 아가레스의 권능 중 하나가 깃들어 있네요."

"아가레스의?"

"네, 악마군주 아가레스는 지진을 일으키고 세상의 모든 언어를 알고 있죠. 그 반지는 인간의 언어를 알게 해주는 능력이 깃들어 있네요. 마력을 주입하면 효과를 보실 수 있을 거예요."

"통역 반지로군요."

듣고 보니 확실히 유용해 보였다.

하지만 나폴레옹과 모의전을 치를 수 있는 기회를 놓친 아쉬움을 달랠 정도는 아니었다.

'통역은 사람을 고용하면 그만인데.'

선물을 받아도 고마운 줄을 모르는 이신이었다.

*　　　*　　　*

다음 날, 일어나서 아침식사를 할 때였다. 같이 식사를 하던 제자들 중 주디가 눈에 이채를 띠었다.

"그 반지는 뭐예요?"

평소에 이신을 면밀히 관찰하는 주디가 아니더라도, 손에 반지가 두 개나 끼워져 있으니 눈에 안 띨 수가 없었다.

"선물 받았어."

나폴레옹에게 선물 받은 반지라고 대답할 수는 없는 노릇이라 이신은 적당히 둘러댔다.

"검지에 낀 반지 선물해 준 그분이요?"

"어."

"직접 수작업으로 만든 반지인가요? 아무리 찾아봐도 안 팔던데."

"선생님하고 똑같은 반지 끼고 싶어서 막 찾아봤나 봐?"

존이 음흉하게 웃으며 물었다.

쩔끔한 주디가 빨개진 얼굴로 둘러댔다.

"디자인이 예뻐서."

"선생님과 똑같은 반지 끼고 싶은 게 아니고?"

"그러니까 디자인이 좋아서 그런 거래도."

키득거리는 차이와 뭔 소리를 하는 건지 모르겠다는 표정을 하는 장양.

그들은 식사를 마치고 다 같이 연습실에 출근했다.

"료, 연습 도와줘."

"옛!"

이신의 8강전 상대는 최영준.

이에 대한 대비로 결정된 연습 상대는 단연 사나다 료였다.

*　　　　*　　　　*

"야, 너 정말 오랜만이다."

"하여간 얼굴 보기가 힘들어."

"e스포츠 스타님인데 당연하지."

"쟤 대체 연봉이 얼마야? 2억? 3억?"

"더 많을걸? 쌍성전자잖아."

"와, 부럽다. 나도 졸업하고 쌍성에 취직하고 싶은데."

친구들이 한마디씩 하며 알은체를 했다.

올해에 고등학교를 졸업하고서 처음으로 만나는 고교 동창 친구들이었다.

평소 같았으면 연습 때문에 바빠서 절대 친구들을 만나지 못했을 최영준이었다.

하지만 최근 들어 개인리그 준비 때문에 연습을 과도하게 하다가 감독에게 휴식을 '명령'받았다.

하루를 놀게 된 최영준은 그제야 몇몇 친구에게 연락했고, 친구들끼리 서로 연락해서 동창회 규모로 모임이 형성되었다.

"근데 진짜 많이 모였네. 영준이가 쏜다면서?"

"돈 진짜 많이 깨지겠다."

"뭐 어때! 연봉이 억대인데. 아오, 나도 고딩 때 게임 좀 열심히 하는 건데!"

"열심히 한 덕분에 그 대학 간 거잖아."

"뒤질래?"

낄낄거리는 친구들 사이에서 최영준은 기분이 좋아졌다.

친구들은 각자의 이야기를 쏟아냈다.

다들 대학에 막 입학한 신입생들이었다.

오리엔테이션, 엠티, 연애, 군대, 취업…….

대학과 관련된 많은 이야기로 친구들은 열띤 이야기를 했다.

그중에 최영준이 알 수 있는 이야기는 많지 않았다.

"영준이는 좋겠다. 취업 걱정이고 뭐고 할 필요가 없어서."

"군대도 공군 프로팀 가면 되잖아."

"몇 년 안 지나서 평생 먹고 살 만큼 벌걸?"

최영준은 그저 웃어 보일 뿐이었다.

그 역시 많은 고충이 있었다.

받는 연봉만큼 팀의 에이스로서의 책임이 있다는 것. 패배의 고통이 너무나 아프고 두렵다는 것.

좋아하는 게임으로 먹고살 수 있다는 행복은 프로가 되면서 깨어진 지 오래.

더 이상 게임은 재미가 아닌 목숨을 걸어야 하는 생업이 되었다.

사소한 일로 걱정하는 친구들이 차라리 부러웠다.

"근데 이런 거 물어봐도 되나?"

한 친구가 문득 물었다.

"뭔데?"

"8강전 다음 상대. 좀 예민할 땐가?"

최영준은 피식 웃었다.

이신에 대해 묻고 싶은 것이리라. 이신은 이 나이대 모두의 우상이었으니 말이다.

"괜찮아. 물어봐."

"이신이랑 전에 싸워봤잖아. 어땠어?"

"3 대 0 스코어 보면 모르겠냐? 진짜 잘해. 너희들이 생각하는 것보다 훨씬 잘해."

최영준의 핀잔에 친구들이 낄낄대며 웃었다.

"그래도 전에 한 번 이기지 않았나? 너 개인방송하다가 Player_SIN이랑 했잖아. 운영 싸움에서는 네가 이겼었는데."

"오, 나도 그거 봤어!"

"건빵들은 다 입 다물어라. 난 영준이한테 별사탕 300개 쐈거든?"

"난 건빵이지만 추천은 늘 눌러준다고."

"나도 개인방송으로 봤어. 둘 다 존나 잘하더라."

"나도. 와, 물량이 그냥……."

친구들이 열띠게 이신과 최영준의 실력에 대해 토론하기 시작했다.

게임에 관심을 가져 주는 친구들이 그저 고마울 뿐이었다.

"근데 이신, 그 새끼는 진짜 괴물 아니냐? 게임을 처음 시작한 게 고3 때였다면서?"

"그리고 스무 살에 무패우승이랑 무패 금메달이랑 다 해먹었지."

"근데 웃기는 게 이신은 그 와중에 중상대 갔다더라."

"원래 서울대 장학생으로 갈 실력이었는데 그나마 게임에 미쳐서 중상대 간 거라더라."

"근데 어떻게 게임한 지 1년 만에 우승을 하지?"

"천재지. 영준이도 천재라고 생각했는데, 이신은 그냥 뭐 미친 천재지 뭐."

이어지는 이신에 대한 이야기.

최영준도 8강전에서 곧 맞붙게 될 이신에 대해 생각했다.

지금 자신의 나이에 이미 세계 정상에 서 버린 남자.

자신들이 살아가는 세상의 신.

'정말 상상이 안 간다.'

19세라는 늦은 나이에 게임에 입문했는데, 어떻게 이듬해에 당연하다는 듯이 전 세계에 적수가 없는 절대자가 될 수 있을까.

부상으로 1년이나 쉬고 돌아왔는데 어떻게 그토록 강할 수 있을까.

26세의 나이에도 뱀파이어처럼 건재한 채 여전히 왕좌를 차지하고 있는 희대의 천재.

신의 축복을 받은 남자.

인간이 아닌 다른 종(種)처럼, 처음부터 그렇게 태어난 것처럼, 데뷔부터 지금까지 당연하게 권좌에 앉아 있는 사람에 대하여 경외를 느꼈다.

"무슨 생각 해? 갑자기 말이 없어."

친구가 상념에 잠겨 있던 최영준을 일깨웠다.

그제야 생각에서 깨어난 최영준이 웃으며 말했다.

"무슨 수로 이겨야 하나 궁리하고 있었다. 니들은 뭔가 좋은 아이디어 없냐?"

"우리한테 그런 걸 왜 물어?"

"여기 있는 놈들 다 D등급도 안 되는 허접들이야."

"마치 넌 허접이 아니라는 듯이 말한다?"

"영준아, 내가 좋은 아이디어 알려줄게. 너도 신족 말고 다른 종족으로 하는 거야. 괴물 골라서 4일벌레 러시 어떠냐?"

"이신 건설로봇은 바퀴보다 강하거든?"

"말하는 것 봐라, 저 자식 이신교 끄나풀 냄새가 나는데?"

왁자지껄하는 친구들의 잡담 속에서 최영준은 그저 즐겁게 웃었다.

하지만 눈은 웃지 않고, 이 자리에 없는 이신을 응시하고 있었다.

저녁 8시.

2차를 가자고 꾀는 친구들에게 양해를 구하고 연습실로 돌아갔다.

늦은 시간에 최영준이 나타나자 다른 선수들의 눈길이 모여들었다.

"최영준, 너 오늘 쉬라고 했는데 왜 나타났어?"

오준환 코치가 말했다.

"많이 쉬었어요. 게임하고 싶어요."

"쯧쯧, 게임 폐인 같으니."

오준환 코치의 말에 최영준은 킥킥 웃었다.

"지호! 그만하고 영준이 연습 상대 좀 해줘라."

"예."

신지호가 최영준의 연습 상대가 되어주었다.

신지호는 방어적인 자신의 스타일을 버리고, 보다 공격적인 빌드 오더로 상대해 주었다.

그러나 최영준과 함께 쌍성전자의 더블 에이스인 신지호의 기량은 어딜 가지 않았다.

앞마당 확장 후에 자원을 쥐어짜서 6기갑정거장에서 병력을 쏟아내는 파워풀한 공격은 매섭기 이를 데 없었다.

고속전차들이 끊임없이 질주하며 지뢰를 매설하고 일꾼을 테러했다.

하지만 연습이 계속될수록 인류의 기갑 체제에 대항하는 최영준의 디펜스도 점점 좋아졌다.

특히나 빠른 고속 전차의 침투 경로를 차단하는 거신병기의 배치와 움직임이 훌륭했다.

그리고 중후반부터는 활발한 아바타 활용으로 인류의 기갑 체제에 대항하기 시작.

점차 신지호를 상대로 최영준의 승률이 올라가기 시작했다.

"인류 상대로는 그 정도면 됐다."

오준환 코치가 어깨를 두드리며 말했다.

"다른 종족은 어떻게 할까요?"

이신은 3종족을 모두 다루는 미친 작자였다.

상대하는 입장에서는 3종족을 모두 대비해야 하는 골치 아픈 난제가 있었다.

"냉정하게 생각하자. 일단 신족은 배제할 수밖에 없어. 아무리 이신이 잘났어도 너를 상대로 같은 신족을 골라서 동족전을 걸어오지는 않을 거야."

"그렇겠죠?"

"그래, 오히려 이신이 신족을 고르면 우리로서는 땡큐야. 그렇게 생각하자고."

"네, 신족은 배제할게요."

"그럼 이신이 괴물을 골랐을 때의 가능성인데, 그것도 사실 확률이 낮아. 3종족 모두 할 줄 안다고는 하지만, 이신이 괴물로 플레이를 선보인 건 월드 SC 올스타전 딱 한 번뿐이야. 그것도 쐐기충 컨트롤 정도고."

괴물의 비행 유닛인 쐐기충은 신족을 상대로는 잘 쓰이지 않는다.

신족에게는 하늘의 왕자라 불리는 사략기가 있기 때문이었다.

물론 신족의 사략기를 폭탄충으로 모두 격추시켜 버리고 카운 터로 쐐기충을 기습적으로 활용할 때가 있지만 말이다.

그리고 쐐기충으로 신족의 대사제를 저격하는 경우도 있다.

"이신이 괴물로 골라서 잘하는 거라고는 쐐기충 컨트롤 정도 야. 그야 워낙에 컨트롤이 좋으니까 스텔스 전투기 다루듯이 했 겠지. 하지만 그것만 믿고 너를 상대로 괴물을 고르는 것도 상당 한 모험수지."

"네."

"그럼 생각해 보자. 총 다섯 세트에서 네 세트는 인류, 그리고 한 세트 정도만 깜짝 카드로 괴물을 고르는 정도."

오준환 코치의 예측은 매우 타당했다.

하지만 최영준으로서는 마음에 걸리는 부분이 있었다.

이신의 신족은 최영준보다 못할 것이다.

이신의 괴물은 쐐기충 컨트롤이 전부다.

오준환 코치의 예측은 이신을 과소평가하는 것을 전제로 하 고 있었다.

『마왕의 게임』 11권에 계속…

초대형 24시 만화방

신간 100%, 샤워실, 흡연실, 수면실(침대석), 커플석, 세탁기 완비

▪ 광명 광명사거리역점 ▪

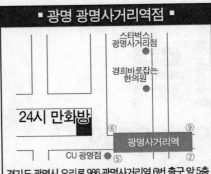

경기도 광명시 오리로 986 광명사거리역 6번 출구 앞 5층
02) 2625-9940 (솔목타워 5층)

▪ 강북 노원역점 ▪

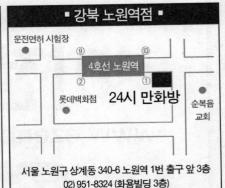

서울 노원구 상계동 340-6 노원역 1번 출구 앞 3층
02) 951-8324 (화용빌딩 3층)

▪ 일산 정발산역점 ▪

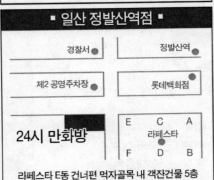

라페스타 E동 건너편 먹자골목 내 객진건물 5층
031) 914-1957

▪ 일산 화정역점 ▪

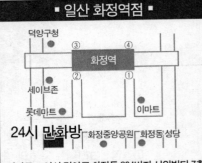

경기도 고양시 덕양구 화정동 984번지 서일빌딩 7층
031) 979-4874 (서일사우나 건물 7층)

▪ 부천 역곡역점 ▪

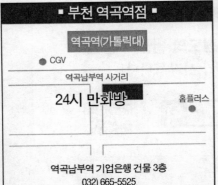

역곡남부역 기업은행 건물 3층
032) 665-5525

▪ 부평역점 ▪

(구) 진선미 예식장 뒤 한신포차 건물 10층
032) 522-2871

내일을 향해 쏴라

김형석 장편 소설

FUSION FANTASTIC STORY

1만 시간의 법칙!
'성공은 1만 시간의 노력이 만든다'는 뜻이다.

그러나…
사회복지학과 복학생 수.
전공 실습으로 나간 호스피스 병동에서
미지와 조우하다.

1만 시간의 법칙?
아니, 1분의 법칙!

전무후무한 능력이 수에게 강림하다!
맨주먹 하나로 시작한 수의
인생역전이 시작된다!

Book Publishing CHUNGEORAM

유통이 아닌 자유추구
WWW.chungeoram.com

월야환담

채월야 · 홍정훈 장편 소설

"미친 달의 세계에 온 것을 환영한다!"

서울을 중심으로 펼쳐지는 뱀파이어, 그리고 뱀파이어 사냥꾼들의 이야기!
한국형 판타지의 신화, 월야환담 시리즈 애장판
그 첫 번째 채월야!

걸작 新무협 판타지 소설

FANTASTIC ORIENTAL HEROES

목탁

해적으로 바다를 누비던 청년,
절해고도에 표류해·· 절대고수를 만나다!

"목탁은 중생을 구제하는
좋은 이름일세"

더 이상 조무래기 해적은 없다!
거칠지만 다정하고, 가슴속 뜨거운 것을 품은

목탁의 호호탕탕 강호행에
무림이 요동친다!

Book Publishing CHUNGEORAM

유행이 아닌 자유추구 -
WWW.chungeoram.com

연기의 신

FUSION FANTASTIC STORY

서산화 장편소설

GOD OF ACTING

PRODUCTION
DIRECTOR
CAMERA
DATE | SCENE | TAKE

무대, 영화, 방송…
모든 '연기'의 중심에 서다!

『연기의 신』

목소리를 잃고 마임 배우로 활동하던 이도원은
계획된 살인 사건에 휘말려 비참한 죽음을 맞이한다.
그런 그에게 주어진 특별한 기회, 타임 슬립.

"저는 당신의 가면 속 심연을 끌어내는 배우입니다."

이제 그의 연기가 관객을 지배한다!
20년 전으로 되돌아가 완전한 배우로서의
삶을 꿈꾸는 이도원의 일대기!

Book Publishing CHUNGEORAM

유행이 아닌 자유추구 -
WWW.chungeoram.com